U0455642

北京老舍文学院 编

九月

散文卷

老舍文学院新人力作丛书

北京燕山出版社
BEIJING YANSHAN PRESS

图书在版编目（ＣＩＰ）数据

九月：散文卷 / 北京老舍文学院编 . -- 北京：北
京燕山出版社，2019.12（2022.9 重印）
（老舍文学院新人力作丛书）
ISBN 978-7-5402-5734-7

Ⅰ.①九… Ⅱ.①北… Ⅲ.①散文集－中国－当代 Ⅳ.① I267

中国版本图书馆 CIP 数据核字 (2020) 第 003624 号

九月：散文卷

编　　者：北京老舍文学院

责任编辑：王月佳

装帧设计：张　悦

出版发行：北京燕山出版社有限公司

社　　址：北京市丰台区东铁匠营苇子坑 138 号 C 座

电　　话：010-65240430（总编室）

印　　刷：廊坊市新景彩印制版有限公司

开　　本：710mm×1000mm　1/16

字　　数：318 千字

印　　张：22

版　　次：2021 年 6 月第 1 版

印　　次：2022 年 9 月第 2 次

定　　价：58.00 元

版权所有　盗版必究

序

    这本散文集是老舍文学院第三届中青年作家高研班青年作家的结业创作，是他们学习成果的一次集中展示。这些学员我是了解的，因为他们曾经是我的学生，我和他们建立了深厚的友谊。想想和他们朝夕相处的日子，总是有那么多美好的回忆，画片般地滑过大脑。

    如果我们心中的那个五湖四海就是北京这 1.65 万平方公里的土地，那他们就来自这个山水相望的土地的四面八方。麦子，平谷文联、作协推荐的学员，多好的笔名啊，望词就有种联想，我敢肯定她是那种永远将希望植根于土地的作者。茉莉，密云人，这美丽的笔名也是我动笔写这篇序时才知道的，不过回想她那时坐在座位上听课的情景，我更喜欢我在那段时间对她的称呼。许青山，望名可生义，不过你永远猜不出青山是位女同志，她是延庆人，爽快的性格体现着干练。李文强，正儿八经的小伙子，海淀文联、作协推荐来学习，阳光青春，我总愿意在他身上找到北京文学的未来。范雨素、万华山，北漂中的打工一族，《北京文学》杂志推荐的，他们是让我充满敬意的人，怀揣着文学这个有点儿奢侈的梦想，让自己永远走在精神的高地上。还有杨建涛、何晓冬、华双鱼、卫如珍、孟丽君、杨春勇……二十四位学员构成了我们的集体，在那段美好的日子里，我们大家一齐向着文学的前方疾跑。

　　关于老舍文学院的教学，在前两期高研班摸索式办学的基础上，也有了更大胆的实践，比如压迫式的课间作业，比如学员联谊活动的加强，比如学员违规的"惩罚"措施，这些后来都变成老舍文学院学院文化的一部分。而学院文化的兴起又带动了大家的学习热情，也重新构建起他们对文学新的认识。压迫式课余作业是最令学员们津津乐道的一个教学环节，当然乐道的不只是他们的作业，更多的是对他们作业的公开展示和点评，作业是命题创作，里面涵盖有文学院训练的想法，比如写"芦庄"锻炼学员的采访能力，写"秋虫"是想训练学员的观察力和思维的扩展能力。我每每回想起那一个个被秋虫之声包围的晚间课堂，学员们站在前台朗诵自己作品的那一幕幕，眼前还会浮现出他们那生动的身影。

　　这是种独特的教学，一个作家采访能力的强弱关系到他未来的创作深度，而芦庄的采写确实让二十四位学员动了脑筋。当学员腹中有了采访计划，写出的文章又各有侧重与特点，讲台前一读，不同的关注点、各自的采访套路就亮在了大家面前。交流之后便可以取长补短，让大家再回芦庄补采，文章就精彩了。记得韩瑞莲采写中就结交了位芦庄的大姐，她一天早晚两次拜会这位大姐，大姐的家事和芦庄的发展，点与面交汇尽收入她的文章中，你说这文章好看不。

　　秋虫的写作也煞是好玩，学员们动用了自己的经验储备，又蹲在各自的房前屋后，细心地和秋虫交上了朋友。记得贾玉虎的那篇写秋虫的作品叫《乡间火车》，写的是学员住处廊下经常出没的节状虫子，他对那虫子的刻画生动入目，让我闭上眼睛就能感觉到那节状躯体的千足虫，在无数小腿的簇拥下如小火车般向前蠕动的妙趣。

　　不过这些命题创作后边还有文学院更深的用意，那就是通过这些创作找出学员们普遍存在的问题，在教学中加以侧重。比如后来关于事物复杂性的讨论，就让学员观察事物的眼界有了很大的提升。其实我对秋虫的创作是不满意的，大家对秋虫的表达还只停留在文学中感情的层面上，没能向更深更广的方向发展。今天很大的孩子看见一只昆虫吓得哇哇叫，你能说出他们之间到底发生了什么吗？而谈论今天城市中秋虫的消失大家多是种无奈，像是这城市带走了我们无限的乡愁。对的，这就是一个作者走出小自我的开始，我更愿意学员在抒发个人情感的同时，也能把自己的视野扩展到更远的地方。

学员们的创作题材面不宽，始终是阻碍这一级作者创作突破的一道坎，他们创作的内容大多集中在自己直接经验的范围内，而且以情感抒发为主，其中主要是亲情，这也阻碍了他们思维的拓展。不过亲情还是要表达的，当然表达一定得是真情实感，而不是无病呻吟。我特别在几次评讲作业中赞赏了马进思的作品，马进思是位西北汉子，五大三粗的外表下隐藏着他细腻多情的内心世界，他写的亲情作品不时地打动着我。记得他文章中和父亲在昌平城外的一家小饭馆吃涮羊肉的情景，文字里装着满满的深情，使读者眼前总是蒸腾出火锅弥散在小饭馆中的水汽，而透过这水汽，那种父慈子孝的情意也溢满在爷俩的酒杯中。

"结业不结课"也是老舍文学院学院文化的一部分，在此精神的主导下，结业后的学习就发展出了网络课堂和微信群内部交流，这使大家的学习和探索劲头更足了。梁利萍给我发来了她结业后创作的一篇散文《门路》，她解释说这是她学习后在文章的内容上尝试突破的一篇作品，散文写的是小区行车难、停车难、出门难的现实，这回她虽然还充当作品第一人称中的那个"我"，但她已不再是一个简单的提意见者。我提议可否也去坐坐小区物业、城市规划者和交通管理者的位置，她说她试着坐了，随后发现观察的角度突然变得那样多维，在她眼前出现的是不同以往的小区。后来梁利萍说她那篇文章写得不成功，但我认为她真的找到了通往成功的道路。

结业后，盛蕾创作的散文《我的博物馆》，发表在《青年文学》2020年12期的散文头条，这篇散文创作之前我们俩关于创作曾经有过一次长谈，我肯定她的文字能力，她从事记者工作多年，创作对她来说不是问题，她的问题是文章的切入点不够独到，不能透过事物繁杂的表面去寻找本质，这让她的作品内容变得平平。盛蕾悟性很强，她完全理解我们谈话的内容，《我的博物馆》的创作就有了新的突破，这是篇真情写作。博物馆中的每件物品给予读者的一定是让作者刻骨铭心的东西，读者和它们有共情，当然就一定会带来共鸣，而在这些物品中我们也能感受到作者的人品、人格，她的好恶，她的境界，她的追求。真心祝愿盛蕾进步。

还想说一说的是班上的张秀娟，秀娟感动人的地方是她那股子山里人不服输的倔强劲，秀娟的工作地是房山区史家营乡，她的文学基础一般，但她真的是来认真学习的。第一天上课她就往我手里塞了好几篇她平时创作的作品，我曾试着给她讲解她文章中的不足，但她反应平平，我知道她不甚理解，不过她努力学习的精神还是让我对她充满希望。结业后我们有过多次通话，她也不断地发来新作，每一回我都能看到她创作的进步。最近我们有机会见面，并对她的新作进行了一次深入讨论，我发现我们之间能顺畅地交流了，她修改后的作品也变得那样完美。

高研班的学员因文学和我走得都比较近，情谊深厚，更多的时候他们把我当成可以探讨文学的学长。建梅给我寄来她的新作，童话《玉米人儿前传》，一篇充满想象力的作品；春霞给我发来她的散文《光影麦田》，这是一篇金句迭出的美文；席一文多才多艺，她给我快递了一份她酿制的梅子酒；林遥是我们班的班长，给我的电话里谈到关于延庆文学新人培养的设想；当然我也忘不了我们班的年青学员艾诺依，以及这一班充满文学情怀的文学同道者。

翻看着《九月》中的每一篇作品，我都能从中感受到他们对文学新的理解，文学在他们身上不再是简单的爱好和个人情感的表达，它更像是一种责任，一种承担，一个事业。为人民书写，讲好中国故事将成为他们内心的动力，我对他们抱着极大的期望。

北京老舍文学院前常务副院长
王升山

目录 |

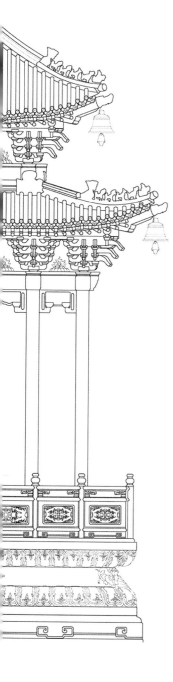

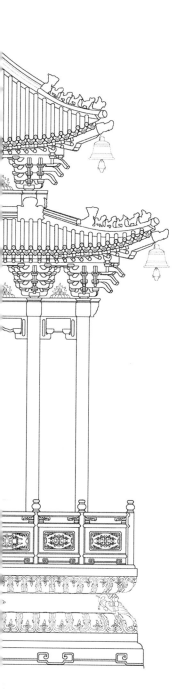

何晓冬 |

作者简介：

何晓冬，北京市西城区作协会员，

北京老舍文学院第三届中青年作家高研班学员，

先后创作《蔓延式创新》《跋涉者的足迹》等作品百万余字。

散落在京郊的瑰宝

　　我们一行人走在北京延庆区大庄科乡的路上，周围很安静，浑然不觉这里竟是京郊的一处瑰宝。农村的人很朴实，透彻得如素纸一样，把我们当成了游客，热情地说道："干啥儿去了？现在来早了，等到冰雪都融化时候的景儿才美呢！"

　　清澈，成为我对大庄科乡人的第一印象。我们紧走了几步，此行是为了寻找那些藏在深山里的老战士，丝毫不想停下来休息。根生土长的胡永旺从沙塘沟抗战纪念馆走出来，他已经在馆里义务讲解十多年了。一有空闲，他就坐在林荫小道上跟路过的学员闲聊。知道我们的来意后，他很快就打开了话匣子。

　　"我的爷爷胡殿鳌，那时才50岁，村里人有大事小事都愿意找他帮忙。驻在大庄科的日伪警察局，经常来村里催粮要挟，我们和附近几个村子就成立了伙会。张福和张朴都四十来岁，是伙会的主要负责人。后来，在八路军的动员下他们加入了共产党。有一天，张福找到了我爷爷，捅了捅他胳肢窝，把我爷爷带到一个僻静的地方问：'你愿意入党吗？'爷爷似懂非懂地说：'入党是干啥？'张福说：'入党就是打日本鬼子。'我爷爷一听能打鬼子就爽快地答应了：'我入！我要打鬼子！'

　　"当时入党非常保密，上不告父母，下不告妻儿，只有他们自个儿知道，村里人都不知道我爷爷是共产党员。后来又成立了妇救会、青救会、农救会，还建起了自卫军、儿童团。你们往村里头走走，当时儿童团的张满利应该还在家，有不少故事呢。"胡永旺向前指了指路。

走了一会儿，80多岁的张满利热情接待了我们："我10岁就加入儿童团了！那时特喜欢在东梁放哨。那儿能看到三个方向来的敌人，南边看从窑湾过来的，北边看从永宁过来的，东边看从昌平过来的。那时鬼子进出频繁，我们就在山顶上支起了消息树，敌人从南面来，就朝南面放倒；从北面来，就朝北面放倒。鬼子一次次都扑空了！

"你们听说过'小白龙'吗？我还见过白乙化呢！有一次他来我们村，见我就问：'你多大了？'我回了一句：'10岁了。'白乙化摸着我的头又问：'你长大当兵去不？'我说：'只要能打鬼子就去。'后来赶到1947年征兵，村里大场上，我和好友张长顺等十多个少年报名了。村主任胡建书点名，叫到名儿就能当兵去，听到点我的名字，可把我高兴坏了！比我大两岁的张长顺也当上了，可惜他在一次战役中牺牲了。唉……我们在儿童团时经常一起站岗放哨送信。他还是我们团长呢……"

大庄科乡人的豁达，让我多了一丝敬佩。看到老人眼里已泛起的泪光，我们很不是滋味。这里每个人、每个家庭都与革命息息相关。随着时间的推移，儿童团的"老战士们"也先后去世了。离别前，老人依依不舍地跟我们招了招手，也推荐了儿童团里另一位老人——张成金。

张成金今年也将近80岁了，每次提起儿童团都一脸的欣慰："儿童团时，数我煞呱（意为干得好），最多任务就是送信儿，最远送到十多里的瓦庙。走在深山里，荆棘都连片儿，腿总被刺得伤痕累累。那时候舍不得买鞋，我就光着脚抄小道走，光脚踩上去钻心地疼。那时啥都不想，只要为了抗战胜利，再苦再累再疼都值得！脚底板的茧子和腿上的旧伤新伤都不算什么，最磕硬的是出没在山里的豺狼。现在年纪大了仍然很利索，就是因为在儿童团练就了一身'躲避野兽'的本领！"

寻访完沙塘沟村，走了一段山路，山上的核桃树仿佛也向我们招手，我们一行人来到了铁炉村。一排排的二层小楼错落有致，一派新农村的样子。我们沿着路，找到了铁炉村里的老书记高万富。

"我的弟弟高小升，1948年攻打永宁县城，敌人的机枪像暴雨一样射下来。那年我弟弟刚18岁，他在壕沟里咬得牙齿咯咯响。只见一个战士藏在棉被下推着车向城门冲去。子弹毕毕剥剥地砸在厚厚的棉被上，轰——的一声，县城就被撕开了一个口子。战士们冲向城门，我弟弟冲在最前面。又是轰——的一声，我弟弟腾空而起后重重地摔在地上。清理战场的时候，才发现原来是敌人埋下的地雷，夺走了我弟弟的生命。那时他才18岁呀……现在日子富了，他却看不到现在的好时候了！"

高书记擦了擦眼泪，目光炯炯。在这儿生活了一辈子的老战士，勤奋了一辈子，也微笑了一辈子。"我们村还有韩秉周，他在朝鲜战场上两闯鬼门关！"高书记指了指前面，"他家就在那儿，你们快过去吧！"

韩秉周老人很健谈，说起两次踏进"鬼门关"时就好像是发生在昨天一样，轻描淡写："我1947年就参军了，转战大庄科、康庄、张家口、大同等地，还给领导们当过警卫员！

"第一次是押车，在冬天的晚上路不好走，一侧轮胎轧空，车随势就摔到路边的深沟里，司机当场牺牲。我也晕了过去，过了很久才被赶来的战士们救了。第二次是跟车拉汽油，身体被两个汽油桶夹在里面，动弹不得。幸好，我带着枪，见到后面来车，向地上开枪求救，才被战友发现，出来之后来不及休息，继续把物资送到芥川、德川战场。"

走在回去的路上，铁炉村村民韩建军凑了过来。村主任介绍说，这是韩廷举的孙子。"我的爷爷韩廷举，解放战争时参加了担架团，解放井庄时正下着大雪，三九天手都伸不出来。1948年初，这场战斗打了三天三夜，我爷爷不停地把伤员抬下来，三天三夜也没休息一下。战斗结束，担架团在回来的路上发现手冻得不行，就在路上烤火，这一烤不要紧，全都冻坏了。我爷爷十根手指全都冻掉了，井庄担架团的胡朝余冻掉了几根手指，还冻掉了半个耳朵！"

"现在生活好了，"韩建军继续说，"我爷爷虽没有手指，但他仍养活自己和我爸爸，村里人在地里，有时还能听到他一边锄地一边唱《抬担架歌》：'上战场不要慌，抬上要稳当，草帘被子准备好，东西都拿上……'"

天渐渐黑了，村头的大秦铁路又忙碌起来。呼啸而过的火车，铁炉村的老人们回到各自的家里。听老人们介绍，在建设大庄科乡这一段时，条件非常艰苦，当地老百姓前呼后拥地参与了这场浩大的工程，不喊苦，也不叫累。在战争年代，老百姓筹粮运药，站岗放哨；在和平年代，老百姓也倾其所有，支援国家建设。真是一群可爱的人哪！

第二天，我们一行人来到了景儿沟村。山里的条件很艰苦，但队员们都心照不宣地走着。对他们来说，这次寻访更像是一次洗礼。在村主任的带领下，我们直奔今天的主题，敲开了方书林、方书海家的大门。

知道来意后，正在吃饭的方书林立即放下碗筷，语速非常快，跟机关枪一样说了起来："我的父亲叫方玉恒，一米七几的个头，国字脸。当时我们村有门大炮，父亲总爱围着这大炮转。他带领几个后生，天天鼓捣。自制火药助推，砂石瓦砾充当炮弹，黄土泥封口……咣的一声，鸡蛋大的石头，飞出去数百米，竟成功了。后来在村主任胡海于的命令下，大家伙儿尖镐开路、铁锨挖土、撬棍和硬木杠助力、大石块打眼，硬是把这门大铁炮推上了我们村的制高点。"

我们一边听一边记，弟弟方书海也凑了过来，插了一句："这大炮还真管用。那时候我还小，也跟着父亲、哥哥一起挪炮。一天，有三个鬼子带着一队伪军来我们村扫荡。等敌人走近时，咣的一声，铁片砂石漫天飞，只听敌人哭爹喊娘吱哇乱叫。小鬼子和伪军不知遇到了啥神器，抱头鼠窜。这一炮，鬼子竟好长时间不敢再犯，村里可安宁了一阵子。从此，这门大炮就成为我们的'护村炮'。

"不过，可惜的是，现在这门大炮找不到了。之前一直在我哥书林家后面的沟槽里放着，后来村里搞建设，这门大炮被掩埋于地下。"刚才发亮的眼神里瞬间带着几丝惋惜。两兄弟又推荐我们来到了同村的胡坤老人家里。一进家门，简单寒暄之后，老人就拿出了参加抗美援朝战争时荣立的三等功奖章。在朴实的外表之下，很难想象如此和蔼的老人，他的故事竟带着些许传奇色彩。

"抗美援朝时期，我担任架线任务。北汉江战役打起来，只要关门锁这条电话线一架起来，取胜将变得易如反掌。连长对我说：'今天，你必须完成任务，飞也得给我飞过去！线在，你就在；线不在，你也就别打算活了！'那时寒冬腊月，我一头扎在江水里，脚疼，腿疼，就连心脏也跟着一块疼。一点点过去确认架完线，我又从北岸回到南岸，立马就没了知觉。战友们给我做了一锅白面疙瘩，放了满满一层辣椒。过了三四个小时，我才醒了。说起打仗，当兵呀，为革命别怕死，怕死你保卫不了全中国。有困难你就说，不说不成。"

离开景儿沟村，我们一边回味着几位老人的谈话，一边整理这几天的资料。很快，我们的车就消失在群山之中。不知不觉我们已来到了里长沟村，很早时候就听闻了卫生所书记赵文奎的事迹，到医院时才知道他已经退休了。在医生的介绍下，我们敲开了赵医生家的门。

刚打算午休的赵医生坐起来，搬来几把小凳，外面和风习习，我们的内心却不断翻腾着。"我出生在一个贫苦农民家庭，父亲长年给地主富农家里扛长活。13岁的时候，为两升高粱便顶替给鬼子做苦力。那时候没力气，挖到一丈深的时候实在扔不上去，鬼子们就毒打我，我趁他们不注意就偷偷跑回去了。1948年，我被分配到华北五分区做了卫生员，在那儿我废寝忘食地钻研医学书籍。朝鲜战争爆发后，我随部门来到了朝鲜。那时我们背着武器粮食，足有七八十斤。肩膀压疼了压肿了，没有一个人叫苦。战斗间隙，给朝鲜人民看病成为我的第二职业。看着病人一个个好起来，我就像打了一场胜仗那么高兴！"

一边说着，他一边打开了珍藏的药柜药箱。据老人介绍，退伍后，他带着他大半生的药柜药箱，就来到了村里的卫生所。这些物品成为老人毕生的信仰和追求，也成为老人生命的一部分。

晚上，我们回到了住处，将今天集体采访的录音又重新听了一遍。当录音响起的那一刻，我的心又一下子飞到了老战士们的家里。人是历史的见证者，坐在我们面前的，是几位普普通通、粗褙布衣的老人，一个个没有埋怨，心存感恩，神采奕奕的眼神里充满了对牺牲同伴的叹息和哀惋，对自己能够存活下来尤为庆幸，对烽火岁月极为怀恋。过去，有太多人的生命永远定格在了战斗姿态，有太多人的生命停留在了青春年华。历史，离不开这些默默无闻的人，他们既是一个个有着不同经历的个体，又形成了大庄科乡人舍生忘死、无私奉献的英雄群像。

他们是英雄，也是生活在周围的普通人。他们在时间的长河里，耐得住，静得下，不张扬，不夸功，不讲条件，只讲奉献。当我们离开时，那些当过兵、上过战场的老人，自然而然地举起了右手。一个个淡然得不计名利，一个个简单得不计得失，却能够在国家和民族利益面前以身赴死、以死明志——正是这样一群老战士把包括我在内的很多人内心的"渺小"和"聪明"全都炸了出来，在老人面前暴露无遗。他们的纯粹，让我们显得过于复杂和粗俗，复杂得可以避而不谈，粗俗得可以存而不论。

他们是英雄，也是令人永远敬畏的战士。仅仅是敬礼这么一个简单的动作，无论过去了多久，每次都令我眼眶湿润，泪盈于睫。几天的采访很快就结束了，我们离开了这个到处是英雄的地方。寂静的大庄科乡，正是这群可爱的人，成为散落在京郊的瑰宝。这些扎在田间地头劳作的老人，很难想象他们过去曾出生入死。瘦削、苍老的右手时常出现在我的眼前，铁骨铮铮，靠的不是气力；铿锵有力，靠的不是语言。这些故事，无怨无悔，每时每刻都在感染和激励着我，催我奋进，激我成长。

┃杨建涛

作者简介：

杨建涛，1972 年出生于北京，

毕业于北京师范大学经济与管理学院，硕士研究生，

国家二级心理咨询师，

中国当代文学研究会会员，北京朝阳区作协会员，

北京老舍文学院第三届中青年作家高研班学员。

自 2001 年起开始发表文学作品。

错 过

以前错过好的机会，我的人生有了变化。说来，这些年，我的命运并不顺利，曲曲折折，很多不如意。

也不知我现在的一切，是当初错过造成的，还是天生注定本该这样的。岁月无痕，让我总觉得自己就像一个过客，年龄大一点了，对时间越发地珍惜，开始敬畏生命，回味自己走过的路。

百年光阴，我们遇到最多的就是人，每个人相遇都是我们前世修来的缘分。活着是最好的期盼。独处时，就会睹物思情，看到什么，想什么。留恋过去的美好，想过去的人、过去的事情，可抓在手中的什么也没有，怀念的只有流失的岁月和回忆中的片刻。

在时间的码头上，我们都是匆匆的行者。往事如烟一路回看终将散去。上下五百年，亲眼所见不过百年，很多是道听途说，一段段缘像一个环子把我们一个个连接起来。

有时走在荒田野地，看到一个个孤零零的野坟，顿时，会有一种凄凉之心。"纵有千年铁门坎，终须一个土馒头"，有的土坟长满了野草，有的土坟在风雨的侵蚀下，只剩下了个坑坑洼洼的土包，想来是后人很久没有来过了，或者是个绝户人家。有的坟头收拾得干净，这是每个亡者挣扎的最后归宿和一点地盘，让活人看得眼热，毕竟谁也不会料到自己百年之后的事情。要是看到有立碑的坟头，我会驻足停下，看看碑上的文字，能推算一下墓主人的岁数。

活着的时候，很多拥有的东西，今天来了明天失去，手中没有一点印痕。有时候难过的不是思念，而是没有可以思念的对象。丢了岁月误了容颜，回忆是没有归途的路，过去的一切都是无法复制的，明天的东西永远看不完。

时光是最好的见证者，经历了繁华，人生就会变的，任何人都有生活需要和更多的欲望。有时候，相遇就是一辈子，错过了便是此生的遗憾。岁月能败红颜，不曾饶过一个人，无法带走彼此内心对错的思念。要不是佛说前生千百次的回眸，才能换来今生的一次邂逅，真的不敢相信。惜缘才会续缘，有缘相见是今生难得修来的福气。

如果不是缘分，即使你我天天相遇，也不过是个陌路人。年轻的你我错过相遇的机会，只能天各一方。为此，我们流出了伤心的眼泪。

一

老婆总问我的初恋故事，要听我过去的事情。我也不想回避，讲给她听，把每一段都说得天花乱坠，好像一切就是昨天的事情。"既然这么好，你们为什么走不到一起呀？"老婆反问我。我说："那不是你总在后边，哭着说要嫁给我，吹乱了我的心吗？"老婆说那是你心不在焉。的确，如不是我错过了初恋的机会，今生怎会有与妻子的缘分？

我曾为初恋许下过诺言，不知能否实现。心里只有一个她，容不得等待。走在路上只看到她的身影。初恋，那是永远的多情回忆，是人的第一次流着泪的感情冲击波。那天，我遇见了她，从天而降，眼前一亮，这不是我梦中的女孩吗？你到我身边带着美丽的微笑，变成了我梦中追求，那时我们还不懂爱情，一百次的挫折下来，一声叹息过后，眼中都藏满了泪光。

多少秘密深深藏在心底，思念成瘾相思如梦，难以忘怀。时间能带走很多遗憾，却抹不去初恋那伤心的印迹。感情从来不是那么简单，一路记载一路回看，走走停停，从古到今多少初恋往事终究无法到岸。到头来初恋总是一场空欢喜，是因有太多伤痕。

初恋的绝交，会在无声中有了新的爱意。同样的光阴经历了不同秋色，若能在初恋后走到一起定下江山，世上就不会有红颜祸水。是初恋让我们失去后才懂得珍惜，缘初不曾相识是我们太小，缘尽不会相认是我们已经变老。

二

人生在世，既有风雨也有晴天。过去的真的过去了，明天未知的东西，永远看不懂。有的时候，总想把失去的寻回来。在家的感觉最好，没有一点思想负担，想坐着就坐着，无拘无束，是一种享受。太多的累，有了内心的恐慌与迷情。初恋的错过就像世上的爱，不会重来。

世间的事情是往而不复的，这是天道，美好的错过变成了遥远的记忆，不再会重现。错过了还能遇见美好。既然没种上因，终究是结不出果的。都说初恋从不褪色，是一辈子的怀念。

这几年，我最痛苦的事情是父亲的突然离世，瞬时没有了靠山，一切都失去了意义。很多时候，我经不起悲伤的事情了。一看到周围有人离去，也跟着伤心流泪，像个可怜的孩子。

没有父亲的日子是痛苦无助的，孤零零的没个着落。每次想起的时候，都是父亲生前的片刻。我与父亲的一切都将是回忆。

失去的人永远值得怀念，这也许就是默许的事实。因为缺失父亲包容，也就渴望与父亲梦中相见。虽只是流泪，醒来时又是一阵忏悔。我当了父亲之后，终于知道了天下父母心的不易。

我爱父亲，但再也没有回报的机会。父亲在天有灵，会原谅我的。我对父亲的思念，始终就像昨天难以忘怀。像电影回放中的一幕一幕，镜头中父亲骑车驮着一只肥猪到固安去卖，几十公里的路自己骑着车都会很累，别说车座上还有那么重的分量。路不可能平平坦坦，上坡时父亲会使劲地蹬着车，身子不断地向前倾，猪被捆在自行车架上也不老实，来回地晃动，会让自行车左右摇摆，几个小时的路程，父亲是怎么骑过去的，会不会饿啊，渴啊？我不敢往下想了，眼里充满了泪水。如果换到今天，我是不会让父亲受那份罪的。

也许在父亲眼里我永远长不大，我是儿子，与父亲血脉相通，父爱是困境中的希望，父亲的命运不只是属于自己，更是我生的指引。永远想念他的好处。尽管错过了与父亲今生相处的机会，但我也只好面对一切。来生与父亲要好好相处，不能错过。人间尽是情满之事，但愿父亲在天堂过得和人间一样快乐。

三

风水总要轮流转的，十年河东，十年河西，总会变的。1999年，我遇到了很多不顺心的事情，生活不顺心，处处碰壁。一连串的冲击让我喘不过气，多少爱意，消散于恶言相对。人生逆转让我感到一片空白，很多的不快，让我无法开口去说，也不知该跟谁去说。一个大男人总不能像祥林嫂似的，整天见人唠叨自己的难处吧。没有聆听者，有时母亲会给我些安慰，她担心我想不开，总劝我去外面转转，没事时听母亲说自己过去的难处，心情会好些，至少母亲比我坚强。也许这是上天对我的安排。

以前，我也不是顺风顺水的。弄不清上辈子自己做错了什么事，有了这么多的烦事让我一个人面对。都说孽有补满之时，债就有归还之日。只能等着，走一步看一步，也许往后会有一条更好的路。

世间的烦恼，一半源于计较。变化这东西谁也说不清楚，感情薄得不如一张纸。无奈我这些年布施出去的都是怨恨，我想不明白，也可能这就是我该走背运。

运气不好时也没办法，是上天的安排。没人在意一个不如意的人。走在热闹的大街上脑子总是空白。我实在懒得出门，仿佛一切人都在歪头看我。苦日子是难熬，得一天一天过，一下子就蹦到老不可能啊。我一直想转个好。回忆过去的一切，实在找不出一点源头与积怨。相信天道不会亏待人的，终究能够脱出现境，让我减少眼前的痛苦。这些年我一直让情困扰着，一直找不到属于我自己的感情，我不知未来属于谁。想到明天心中没有着落。物本无情，物皆有情，我已经错过了很多。

有时，我真的痛恨自己，痛恨不理解我的人。黑夜总是寒冷，夜晚我会开无数回的灯，灯开了心情会好些，关上灯，我又会睁着眼睛睡不着。那段时间，多少个深夜没有睡过觉，让我喘不过气来，无力留住什么，只有任风吹打。

倒是时间可以淡化一切痛苦，让我慢慢适应了这种忧愁的生活。我不在乎旁人的各种猜疑与议论。什么报应与不报应啊，是福是祸都得往前走。

在那段艰难的日子里，没有别的事情可做。骑车出去到处转悠是我的头等大事，没边儿地乱走，天亮前时光最是寂寞。我与寂寞为友，共诉婵娟。这个时候很多人还在睡梦里。能起早的人不容易，为了养家糊口，就得出来奔命。我也披着星光出发，像一匹孤单骆驼行走在沙漠中，耳边听不到驼铃声。

到野地里看群鸟捕食，到庄稼地边看农民播种，到父亲的坟前静坐，骑到哪里算哪里。有时一走就是一整天，总是忘记了家里人在等我吃饭，等我归来。

古今多少事，尽在笑谈中。走出去，就能吸到空气中那弥漫着的少有的灵气，让我又扬起微笑。多少个日夜我都在彷徨，过后，我知道这不该是生活，无数个困惑让我在梦中惊醒，早些结束这闲散的生活，人生有起落，风再急也有停的时候，何况我还有明天等待。

四

我时常想家庭是离我们最近的地方。有家就会有希望，有家才会拥有一切，家是每个人的栖身之所，梁园虽好并非久留之地，生活可以随心所欲，但每个家庭却不能随波逐流。

有时候，爱羡慕别人的家庭，但随着时光的推移和年龄的增长，越发地恋家。

离家久了，只要有家有父母的惦记，活在世上才会有意义有期盼。也许是少年时的迷茫与渴望，现在让我对家庭有了更深的依恋，有家是幸福的。更多的时光花在与家人相聚上，其实爱就是陪伴，更多的陪伴。

家虽小却是温暖的。也许一个家庭生来具有的，是另一个家庭一生也追求不到的。千百年来，家乃至整个家族能够顺利传承下来，追本溯源是有其存在根源的。能记载的只是人名而已，传下的家风是独有的。世上没有什么东西可以永恒，而爱的力量则是无穷的，有福德之人自然能感召有福德的子孙。家庭的尊严需要爱护，当人经历了世间种种，便会珍惜当下，有生命才会见到明天。

谁都希望自己有个温暖的家，又有多少人能够坦然地面对各种诱惑？有时候，一个家庭的存在看起来固若金汤，但却经不起时间的检验，受不住打击。昨天还是卿卿我我，明天也许就会劳燕分飞，放弃当初爱的诺言，各奔东西，由此解体，曾经的爱情变成遥远的回忆。

人们怀念过去家庭的真情存在，家的感觉。当我们还是孩童的时候，对父母不满的时候，憎恨他们的固执，时代赋予的烙印他们是永远不会改变的。斗转星移，今天我们已经为人父为人母，可能我们面对的远比过去时代需要承担得多。我们也许缺少父辈们对家的情感，没有家的束缚，内心世界经不住外在的诱惑，给家庭带来了不安与烦恼。没有家庭就会少了爱的陪伴，从而失去了温馨的驿站，让家走到了尽头。

我们憧憬着美好家庭，有谦让家庭就会多一些爱的力量。家庭散发的情能温润我们的心灵，让我们的生活更精彩，家是人通往成功的通行证。

古往今来，几多回忆几多故事，那些幸福的家庭，任凭风吹雨打依然充满着爱的笑语。温和是积善人家不缺少的，只要有家我们明天就会有阳光。

家是爱的发源地，是传递亲情的风帆，是父母生活的根，"少小离家老大回，乡音无改鬓毛衰"，不知何时起，这一句"我要回家"成了游子们的梦想。无论回家的路有多远，只要有故乡的一土一木，只要有家乡的父老乡亲，只要有父母的思念……家永远是离我们最近的，舍不断的念想。

生命是一个不断修行的过程，今生总会遇见一些伤痛。如果活着，便会成长，在时间的见证下一切终将随风而去，错过的理应放弃，一次次的错过必将铸就我们今生的美好。

白雪唱春

庚子年的春节注定不平静，缺了喜庆，多了忧虑，处处弥漫着恐慌。面对这场突如其来的疫情，人人自危，一下子迷失了方向，让回家的心蒙上了一层阴影，不再遥想着与故乡家人的团聚守岁。

人与人见面似乎成了一种负担。犹如当年的非典卷土重来，一时危机四起，如临大敌。也让人再次感受到了大自然的可怕，灾难换来了人的觉醒。疫情防控就是一场战争，也许，很多人还没有意识到疫情的残酷无情，但流逝的生命告诫世人，每个人都有可能是下一个受害者。病毒无孔不入，就像一阵狂风，吹掉了本有的平静。

面对这场向人类挑战的灾难，没有回避，没有逃脱，只有迎战。世事你不经它，你就摸不准它。真是突然，太突然的发展让人始料未及。没有人知道疫情的尽头在哪儿，各种猜测如潮水一般撞击人们的神经。我们不知何去何从，只有耐心等待。

在灾难面前，生命轻如鸿毛。只有多经历一些事情，才能懂得生的深浅与厚薄。细想一下，我们没有理由怨天尤人，也不必为人的内心恐慌而沮丧。

百年节为首，人们最重视春节，如今一切寂静，很多地方不见熙攘人群，没有了车水马龙。当夜色淹没城市，灯光不再璀璨。此刻，人与人之间最多的关怀就是隔离。消毒，防控，每天的头等大事是注视疫情数据的变化。戴口罩就是责任，足不出户更是对他人的尊重。社区与乡村都是封闭的家，无数个基层工作者从此早出晚归，日夜监守筑牢防线，扛起了守护家园的重任。相对城市而言，偏远地区显得更加宁静，为节日增添了一种神秘之感。

在这段特殊的日子里，疫情肆虐，人们避之唯恐不及。前方，太多的医护人员每天面对的就是生与死，用自己的生命守护着他人的生命。

国家在抗疫，社会在抗疫，人人都在抗疫。从焦点武汉到边陲小镇，疫情都是议论的热门，也牵动着亿万人的心。疫情在蔓延，人心在颤抖。此时，人们最关心的是对疫情的掌控。生与死，对于所有人都是不可承受之重，珍视自己，就是保护他人。更多人是守在自己家中。虽然太多的人没有身在一线，心却始终飘在前方，如坐针毡，急切期盼疫情早日消失。无数个静心的祈祷，反思感叹着时下人生的起落无常，开始意识到生命就是生命，不分贵贱，动物也是有生命的，不容忽视。

虽然我们素不相识，或者只有一面之缘，却无时无刻不在为武汉祈祷、加油、助力。来自五湖四海的医疗队伍奔向湖北抗击疫情，他们深知病毒凶险，但使命如泰山之重，只有勇往直前分秒必争。这是一场关乎世人的战役，更是生命的呼唤，他们在与时间赛跑。守在家中的人，没有忘记为一线火线奋战、不眠不休负重前行者助威、点赞。

天下本无事，古今各不同。倘若是一百年前遇到这场疫情，这绝对是一场血腥的屠杀，天地苍生只能听天由命。历史的车轮从未停过，也不会再现。此时，我思绪万千，这是我们近代鼠年发生的大事记，1972年的六一八水灾，1996年的丽江地震，2008年的汶川特大地震到今年的新冠疫情，都是考验。哪一次我们不是笑看流水，一切灾难终究随风而逝。经过了世事沧桑和岁月洗礼，一次经历就是一段成长，我们懂得了命运要靠自己转弯。

而今，草木初萌静待花开，寒冷必将远去。前行必有光。尽管挫折不断，今天我们已没有退路，唯有向前。团结的心抵过一切困难，请战也好奔赴也罢，都要擦干身上的汗水，全副武装拼搏。待风雨同舟过后时时都有变化，处处将是惊喜。困局虽然还未破解，但一场迎春的白雪，已经唱着胜利的歌曲，向我们翩翩走来。

山河无恙，让疫情尽快离去，黑夜过后，会是新的白昼。本该承受生命的打击，无论好坏，留下的都将是一道亮丽的风景，让人沉思。春天已经不再遥远，一定会如期到达，革命尚未成功，同志仍须努力。

盛蕾 |

作者简介：

盛蕾，毕业于中央戏剧学院戏剧文学系。
自初中起在《人民文学》等国家重点期刊、
报纸发表作品多篇，部分结集出版。
做过编导、主持人、栏目主编等；
多个大型国际展览的总编审、策展人，
获得"加中文化交流贡献奖"等奖项。

我的博物馆（童年篇）

题记：人生中，有些东西是要珍藏一辈子的。我们看到这些东西，会瞬间想起我们曾经活过怎样的日子——这些东西也许并不贵重，但它们散发着我们青春的味道，散发着我们内心最珍贵的付出和保留，散发着与我们有关的人情世故，散发着岁月的幽香……

我整理了我自己，把那些曾和我紧紧相关，启发、锻炼、感悟，并温暖了我人生的物和事搜集了起来，予它们以回忆的血肉，建成了"我的博物馆"——

我的生活是我的博物馆

我的博物馆里有我的生活

我用记忆构建了它们

它们是我存活于这个世间的明证……

——因为活在当下，我的博物馆无须推断考证，我是第一当事人，我从我的历史深处走来，那些营养了我的馆藏，构筑了我精神的血脉骨骼，让我成为今天的我。

下面，我带大家走进我的童年馆。童年馆里面藏品很多，但有几样东西构成了我人生中极为重要的部分，我重点介绍一下。

馆藏一：我的"过滤嘴裤子"

先说说我们家里那一台经历了40多年都没舍得丢弃的老缝纫机吧——这个缝纫机是我妈妈的陪嫁，当时流行的三大件之一。母亲是新中国的同龄人，1949年10月出生的，初中毕业考上了军校参军到了部队，是那个年代走在大街上人人羡慕的对象，她后来成了一名军医，和我父亲是在部队里经她的领导宁永利伯伯和老伴儿介绍相识相恋的，当时我父亲被称为那个部队里最有前途的军官。那个时代，他们是很有代表性的一种婚姻模式，我就是在这个军人家庭中长大的。

身为军人的母亲，针线活不怎么太会做，只是能应付急需……在我的记忆里，小时候，我经常看到母亲在灯前踩着缝纫机给我们缝缝补补做衣裤和随身的物件。母亲并不喜欢做这些，她经常说："等富裕了，衣服全都买着穿！做衣服太费事了！"

这也是那个年代的特征：布票珍贵。布票换的布，拿回来给家人做衣服，做出来的衣服兄弟姐妹轮流穿，家里兄弟姐妹少的，或者年龄间隔大的，就需要不停地改着穿。像我的这条棉布裤子，原版是5岁时候做的，腰部是松紧带，裆很深，裤腿极肥大，奔跑时往里面灌风，可以穿四季，冬天一般套在棉裤外面穿。后来5岁以后长个子了，成了吊脚裤，母亲就坐在缝纫机前，给我把里面窝进去的宽边放出来，凑合着长度；又过了两年，我又长个子了，实在没得放，就找了一块别的什么布给拼接上，凑合着不吊脚。

有一天去大院的锅炉房打开水，提着暖瓶经过门岗的时候，被刚换下岗休息的解放军小哥叫住："嘿！小孩，你咋穿了个过滤嘴裤子呀？"我一愣，旁边的家属们大笑起来……

我重新审视了一下我的裤子，可不是吗！裤子的颜色是浅咖啡色的，接上的那截是深咖啡色的，从老远看，活脱脱两根过滤嘴香烟……

我羞愧难当，一路小跑着回家，脱下裤子扔给我妈表示不穿了！我妈问为啥？我怒气冲冲地跟她讲我打水被嘲笑的经历，把我妈笑得前仰后合，差点笑岔气……

我妈上气不接下气地申辩："……你知道……我还是挑了好几块布呢，好容易找了两块一模一样的，我还说看着怎么这么顺眼，哈哈哈哈……"

之后这条让人欢乐的裤子就彻底压了箱底，我妈把她少女时的军装裤拿出来裁短了给我穿，弟弟身上的裤子不论怎么接裤腿，颜色我妈一定会选好，必须都不能接成"过滤嘴"式的，但每次搬家，这条裤子我妈都不让扔，说看着就想笑，太有意思了……

多年后的某天，参加工作的我正在办公室忙活手中的材料，突然听到在一旁聊天的几个同事提到了"过滤嘴裤子"——我心中一惊，心想："她怎么知道的？"

于是赶紧放下手中的工作，蹭过去和她们聊天，后来才知道，原来她也有过相似的经历。原来在那个年代，"过滤嘴裤子"的典故并不是我一人的专属。

而我，因为这条新奇的裤子，不自觉地关注并喜欢上了美术。后来遇到了画家伯伯一家，学画画的热情被彻底激起，中学时专门拿出时间去学习过，高考时还去参加了提前招生的美术院校的专业课考试，后来竟然拿到了服装设计专业的专业过关通知书，差点走上了服装设计的道路……

我曾想：如果有一天，我成为著名的服装设计师，我一定会在颁奖典礼上谈起我当年的这条"过滤嘴裤子"，它是冥冥中指引我走上艺术之路的明灯；又或者，我会设计一场巨大的国际"过滤嘴香烟衣裤"时装饰品秀，请时尚"大咖"们前来演绎所有"过滤嘴香烟"元素的服装，把补丁做成最时尚的形态，去致敬那个难忘的年代！

馆藏二：铁皮盒子里的集体来信

少时不懂别离。

从小在部队大院里出生和长大，部队大院是一个很特别的地方，"铁打的营盘，流水的兵"，当兵入伍都是一茬一茬的，生下来的孩子也都是一批一批差不多大。于是，我生来就有一批和我同龄的小伙伴陪伴在身边，因为父母都是军人，平时忙得很，所以我2岁多就被送去了托儿所，和那些同样父母没时间带的小孩一起，天天做伴玩耍。后来上了小学，我们这批孩子又一起走进了当地著名的重点小学。我们这些从刚会说话时就结交的友谊，上学、放学、吃饭、学习、考试、玩耍、打闹都在一起……这样的经历让我觉得朋友们就像空气一样，无处不在，也从未想过会分开。

一天，妈妈很小心也很慷慨地对我说："我们很快要出远门，你想吃什么、想要什么都可以说，一定会满足你。"

我想了想问："我可以吃山楂片吗？"

在那个物资匮乏的年代，从小最吸引我的就是部队大院军人服务社里卖的8分钱一卷的山楂片。我第一次偷父母的钱就是为了去买一卷山楂片，后来被妈妈发现挨了一顿饱打，之后就没敢再提这个要求了……

"没问题！钱给你，去多买点吧，你可以去买一大袋子……"

"真的啊？！"

我高兴到忘形，忘记了妈妈说的那个前提，马上攥着钱飞奔去服务社买了一大袋子的山楂片，里面有16卷，当场就撕开包装吃了两卷。

第二天，看到爸妈的军装上已经没有了领章帽徽，看到他们和战友们一一拥抱告别，一起把家具家电搬上卡车，把我们的衣服都打成了包袱搬上了卡车，家里都空了……我才发觉不对劲，我回想最近爸妈经常出差，但每次出差都不带我们，怎么这次……

妈妈催促着，喊我让我坐在卡车前排，我说："我还要去食堂打饭呢，你们把纱布袋子放哪里了？"

妈妈突然鼻头一酸，把山楂片塞进我手里，说："不用打饭了，慢慢吃，后面路还长着呢……"我被大人赶着上了车。

车子开动后，从车窗里掠过了我熟悉的家门、我小伙伴们的家、部队的大礼堂、我跳皮筋绑过的树、我的小学、我熟悉的大街、城中的小河、郊区的山林……

直到所有熟悉的东西全部消失，我惶恐不安起来，突然间崩溃大哭……我觉得我出卖了自己，用一袋山楂片做代价遗失了我所有的一切……

那一刻，我懊恼非常！

我哭着向我爸妈喊："我再也不吃山楂片了，咱们回去吧！我明天还要上学呢……"

那天，我本能地再也不吃山楂片了，那个平时酸酸甜甜的味道，只剩下了酸，酸到了心里，又从我的眼睛里涌了出来，回到嘴里变成了咸的和苦的……

那些陪我一起长大的小伙伴，我甚至比亲人更需要他们、更爱他们、更想念他们……

父母转业到地方后，我转学到了新环境，一直不适应，一直怀念过去的伙伴们。

两个月左右后的一天，妈妈回来神秘又高兴地说："你猜我给你带什么了？！"

看着她，我沉默不语。

她说："你猜猜，猜猜看！"

我说："不知道，没什么高兴的。"

她转身把一个大包裹塞给我："看看！惊喜吧？"

我一看，熟悉的学校名字从邮递单上弹跳进了我的眼帘——

"是……是、是……"我结巴着。

"是呀！就是呀！你的整个班都给你写信了！"妈妈看着激动到手足无措的我说。

我们激动地满屋子找剪刀，然后颤抖着小心翼翼地把邮政包裹打开，取出了全班39位同学和老师的信。那个晚上，我又哭又笑地把它们看完，大家的想念和鼓励让我仿佛又回到了熟悉的集体中，让我找回了安全感。我记得小伙伴姜丽还给我画了一幅当地的标志风景画，那是我们经常去玩耍的地方……

这些信是一颗颗我熟悉和了解的爱我的心，是我最纯真的感情和记忆，我把它们收藏在一个铁皮盒子里，每当想念他们了，就拿出来读一下，一遍一遍地，陪我度过了小学最难的转型时光……

"亲人是上天派给你的朋友，

朋友是你在世间为自己找的亲人。"

——这是一位清华学子在中央电视台《交换空间》栏目中写给他挚友的话，被我铭记，镌刻在了"我的博物馆"的展墙上。

馆藏三：你的名字

这件事发生在我上幼儿园还不识字的时候。

一天，有个拖着鼻涕的小男孩十分认真又无限崇拜地对我说："你的名字真神气！"

我听了很诧异，问："为啥呢？"

他一手叉着腰，一手指着天，十分有气势地说："齐天大圣的'圣'，打雷的'雷'！"

——瞬间，我像是被雷劈到一样惊呆在那里，心中有一万个"孙悟空"在翻腾……

"我……真的有这么厉害吗？"

这幸福的快感来得太突然了，我的身体突然间好像被架空了，慢慢在空气中飘了起来，又好像在冲浪，像过电一样一波一波地汹涌袭来，从我的胸口直冲向脑门儿……

我懵圈儿了——懵得很真、很彻底、很辉煌，生平第一次进入了"我非我"和"我到底是谁"的状态……

那一刻的我，觉得自己好像真是孙悟空变的，顿觉气势斐然，无所不能，眼神都变凌厉了……

我像是被催眠了一般张开了想象的翅膀，幻想着我在《大闹天宫》里的神武，幻想着我在幼儿园里神气地斩妖除魔大闹教室——只有我！只有我是最厉害的！哈哈哈哈……

我亢奋地幻想着，能听到自己的心脏咚咚咚强烈的跳动声，脸颊火热，鸡皮疙瘩起了一身……

不知过了多久，等浮云慢慢散去，我回过神来，想找刚才那个夸我的小男孩再深度探讨一下，发现这位小男孩早已经吸溜着鼻涕跑远了……

我忽然发现自己不会走路了：我不知道"孙行者"走路应该是先迈左脚还是先迈右脚。

我模仿着孙行者的姿势一路"手搭凉棚"、左顾右盼地回到家，把这个振奋人心的消息告诉了我妈，我那个不解风情的老妈听了后，立马用实事求是的态度，以最简短有效的话把我打回原形：

"不是不是！不是那俩字！那是个什么名儿啊？你是个女孩儿，你的名字是这个——"她拿了张纸，找了个笔当场写下了我的名字："盛蕾"。

看着那么多笔画也写不出我想象中的神气，我顿时泄气，感觉好好的神通被眼前这位女医生给收了……真是好生无趣！

过了几天，在幼儿园正和大家玩耍打闹时，突然蹦出来个小男孩扬了我一脸沙子，让我顿时火大——但当我拍了拍脸，揉了揉眼睛，看清原来正是那个拖着鼻涕的小男孩后，一秒的气恼立马转为惊喜——我笑嘻嘻地把他拉到大家面前，想引导他再说一下我那个"神气"名字的"正解"，我想再感受和回味一下那个令人眩晕的瞬间——怎知他一脸嫌弃地说："你妈说了，你不是这个名字！"

（此处省略555字，请大家自行脑补我当时的崩溃……）

若干年后，我弟弟有了儿子，我给他起了个名字叫"盛名扬"（见笑见笑），后来老人说他五行缺木，就改成了"盛名杨"。

他4岁那年，我回家探亲，与他玩耍得不亦乐乎。他搬来了一大堆的玩具和漫画书和我分享……看着他，我突然想起了当年那场"名字"事件时我好像也是4岁，我马上灵机一动，问他："你知不知道你为啥姓盛？"

他懵懂地摇了摇头。

我说："这个盛是齐天大圣的'圣'呀……"

"啊……呀呀……"

在停顿了一秒后，他眼睛里立马闪现出我当年熟悉的光芒，眼神也瞬间变得凌厉起来，人如同被"点穴"一般拖着长腔大喊一声——转身就跑去门后抄了一根长棍子朝我抢过来，一边抢还一边兴奋地大声唱着："猴哥！猴哥！你真了不得……"

追着我开始虎虎生风、劈头盖脸、没轻没重地实捶起来，伴着他的自配音乐振奋不已地从屋内追打到屋外，又从屋外追打到屋内，一家人都拦不住……

我渐渐体力不支，大喊着让他停下，他充耳不闻，完全沉浸在"猴哥"的"了不起"中不能自拔，嘴里还呜里哇啦地喊着"玉帝老儿、妖怪们，快出来受死吃我一棒……"

——我心中叫苦不迭：这届"猴哥"也太不淡定了！！看来还真不能随便给熊孩子"贴标签"啊……

就在马上要被他打到的时候我抓住了破绽顺势来了个反扑，把他压在床上夺去了"金箍棒"，冲他没头没脑地大喊："你不是那个圣！你不是那个圣！你不是那个齐天大圣的圣！你就是个普普通通的小孩……"

……

——扯远了，再说回当年吧。待我后来认字了才发现：当年那个给过我眩晕状态的"鼻涕虫"小男孩的名字才是真正"神气"的——他叫"李鹏"，和当时的国家总理一个字都不差。

馆藏四：保姆奶奶床头的照片

在我小时候，保姆换了好多。

我在去托儿所之前，弟弟在出生之后，家里都需要照顾，父母当年都是离开故乡去参军的，身边没有老人，家务让人分身乏术，只能把我们托付给保姆。

在我们家工作时间最长的保姆是一位50多岁的单身奶奶，她没有孩子，自30多岁守了寡，一直单身到成为我家的保姆。保姆奶奶十分要强，非常能干、重情义，在邻里间口碑极好。在我的记忆里，她永远留着齐耳的短发，穿着青色大襟褂子，干干净净地忙里忙外。有她，家里总是整洁有序。她经常月初从母亲手中接过工钱，月末家里没钱了，她又把钱塞回母亲手中……很多时候，她都是自掏腰包给我们改善伙食，有时还带我和弟弟去早市吃油炸糕解馋。我们一直有种错觉：她就是我们的亲奶奶。

直到有一天，她跟爸爸妈妈说，弟弟该上小学了，她完成了使命，应该离开了，不能让我们家再花冤枉钱请她……

这些话招来了我们全家的极力反对！大家都表示不能接受——六年了，我们早已习惯了生活中有这位老人。妈妈和爸爸动情地表示：他们从小离家出来当兵，父母都不在身边，他们早已将保姆奶奶视为自己的母亲，这么多年大家相处得像一家人，老人孤苦伶仃，没家没归宿，我们可以给她养老，给她送终，把她当成亲人一样，大家有钱没钱都一起过，请她不用多想，留下和我们生活在一起。老人固执地说什么也不同意，她想自力更生，她不愿意被供养，更不愿意增加我们的负担……于是，在开过几次家庭会议之后，父母决定：给保姆奶奶找个老伴儿！

于是，在多方托人物色之后，父母为保姆奶奶寻觅了一位刚丧偶的离休老干部。这位老干部生活在长岛，人非常厚道，家里的孩子也都很孝顺——于是，在征得了保姆奶奶的同意后，爸妈积极撮合，把保姆奶奶像嫁亲人一样嫁到了老干部的家中，他们家的儿女也像迎接亲人一样把保姆奶奶迎到了自己家中……这在当时，在当地，是轰动一时的新闻。那天，我作为保姆奶奶的"娘家人"，穿上了鲜艳的新衣服，也第一次看到保姆奶奶脱下了青色的大襟褂子，穿上了大红色的绸袄，第一次看到她那慈祥的脸上泛起了羞涩的红光……

15年后，我已经长大，爸妈得知保姆奶奶的老伴去世了，已经转业到其他城市的我们长途跋涉，去长岛探望她。

到达后是一个清晨，老干部的孩子们真诚地去码头迎接我们，请我们来家里做客，告诉我们保姆奶奶的近况和平时的作息时间。他们怕早告诉奶奶，她会焦虑地一直盼望着，所以在估计奶奶晨练回屋以后，让孙女带我们去了奶奶家。

推开门，看到我们的一刹那，奶奶惊呆了！她不敢相信是我们——她使劲搓了搓眼睛确认后，激动地喊：“蕾蕾啊！蓬蓬啊！是你们吗……”

我们上去使劲拥抱了奶奶，大家的眼里都泛着激动的泪花……

我们拉着她的手，和她激动地聊起了家常。其间，我发现了在奶奶的床头，挂着两个小镜框：一个里面是她老伴的照片，另一个里面是一位不认识的老年妇女的照片，这个让我很惊讶。

等大家都去筹备午饭了，我问奶奶：“这位老奶奶是谁？”

她说：“是我老伴儿的亡妻。”

我惊讶不已，问：“为什么要挂她的照片？”

她坦然一笑，摸着我的头说：“一直都挂着，她是孩子们的亲妈，拿下来，孩子们伤心。我也感恩哪，他们接纳我一个孤老婆子，让我晚年过上了好日子，老天爷给了这么多孝顺的孩子在身边，我知足啦……”

我们离岛两年后，保姆奶奶安详地去世了，她的继子女们隆重地按照当地风俗给奶奶办了后事，据说出殡当天他们披麻戴孝哭得像个泪人……

事后，她的继女给妈妈打来电话，哭着说：“我们最后一个妈妈也走了……”

馆藏五：秦大虎伯伯送给父亲的油画

在我很小的时候，家里的墙上挂着一幅油画：那是一幅风景画，画的是一条林间小路，路的两边是郁郁葱葱的大树，画用描金的深棕色边框装裱着，看起来非常高档雅致，和我家那个时代朴素的装修家具十分不搭。

从记事的时候起，我就时常看到老爸一个人坐在书房，欣赏着这幅油画，或望着它发呆……我们家搬了很多次，这幅画不论到了哪个家里，一直都被挂在书房的正中央，它成了我家最明显的一个标志，看到它，我就知道没进错家门。

小时候，我问老爸："这幅画你是从哪里弄来的？"

老爸没正面回答我，反问我："你觉得这幅画怎么样？"

我说："喜欢！这个和其他的画不一样！"

"和哪些画不一样？"老爸问。

"和那些……还有那些……"我指着其他墙上的挂历和院子外面的标语宣传画。

老爸哈哈大笑起来，然后问："你觉得它们怎么个不一样法儿？"

我认真地跑来跑去地看，看了好久，说："这幅画很漂亮，这个样子的地方我们这里没有……这幅画近看像一堆乱草一样，好像是拿笔在布上乱戳的，但离远了看是一幅画，里面的树好像都站了起来，好神奇……还有爸……这个画框也好漂亮！咱这里没有……"

"嗯……这是你秦大虎伯伯送给我的，在他离开这里的前一晚，他顶着大风雪，抱着这幅画走了十多里地，送到咱家，这幅画是他画的，他说是他临摹的法国的乡间小路……这个画框也是他亲手做的，石膏的，来的时候，下大雪路滑，把你秦伯伯给摔了一跤，框子这儿摔坏了一个角，来咱家后又重新给粘起来的……"

"哦……"我凑上去看，画框上还真是有条裂缝，这么多年一直挂在墙上从没有注意到。

"你秦伯伯是咱家的好朋友，他话不多，但是感情都在心里，你秦伯伯可爱画画了，对画画他是真的爱呀！他经常揣着点干粮就去写生了，一画就是大半天，后来他画得好，浙江美院把他调走了，他那么踏实、那么执着，以后会是一个大画家！我每次看到这幅画，就会想起他，想起我俩在一起喝酒聊天的时候……"

"哦……"我抚摸着这条裂缝，瞬间明白了老爸这些年来，为何经常会凝视这幅画出神，除了老友间浓浓的情谊，秦伯伯的奋斗之路是一种与我们按部就班的生活非常不同的生活方式，就如同这幅画带给人的信息，它其实潜移默化中，为我们全家打开了一扇近距离了解艺术、了解世界的窗……

难怪每逢春节，大年初一早上，老爸总会第一个来到电话边，给秦伯伯和其他老战友拜年。每个大年初一，我都是在老爸热情又激动的问候声中醒来的："大虎啊……我是老盛啊，给你全家拜年啦！你身体还好吧……"几十年了，这个习惯从来没有中断过，和老朋友的联系也从来没有中断过。

小学时候的一个暑假，我们全家与秦伯伯一家在蓬莱度假。秦伯母非常好客健谈，秦伯伯则非常朴实木讷，只有问到他，他才会说话，但他对我们的关心我们都能感受得到。他的儿子小海比我大几岁，已经上初一了，当时瘦瘦高高，戴着墨镜和近视眼镜二合一的双片眼镜，经常拿眼镜耍宝，很活泼时尚，被太阳晒得黑黑的。

我问他暑假一般怎么度过。

他说四处旅行写生，靠自己一路打工养活自己……

我问："为什么要这样？你爸妈不给你钱吗？"

他说："为什么要用我爸妈的钱？我有手有脚，可以养活自己，我爸从来都不给我零花钱，他说生活要靠自己奋斗……"

他的话当时给了我极大的震撼，我像听广播剧一样听他讲述着暑假在不同的地方怎么去找工作、怎么去旅行写生……他给人搬过啤酒、帮餐厅洗过碗、当过侍应生……能有工作的机会他都去争取，又平衡着工作和享受生活、学习的时间……他才上初中，只是比我大几岁，但他的成熟度和经历比我丰富太多，和他一比，我简直就是个婴儿！我开始重新审视秦伯伯一家，审视我和我身边熟悉的人，体会他们的生活方式，重新观察和思考我们为什么会如此不同。

假日的海风吹动着秦伯伯认真写生时穿的衣衫，吹动着小海在海浪中翻滚滴水的头发，吹动着秦阿姨和爸妈开心聊天时他们的茶水中蒸腾的热气，吹动着我心底被激起的丝丝颤动……

这一刻，没有人在意我——一个穿着花裙子的小学生心里在想些什么，他们自由自在又十分努力地做自己喜欢事情的状态给了我很大的震撼，仿佛从那一刻起，我已经不再是那个唯唯诺诺只会说"是"的老师眼中的"三好生"——我开始懵懵懂懂地觉得我应该有自己喜欢的事情、专注的爱好和独立的思考。与秦伯伯一家的交往正默默地改变着我和我学习、生活的方式。

若干年后，得知我也去学画画了，秦伯伯非常高兴，很认真地说，什么时候把作品带过来让他看看。我高考的时候曾经报考了提前招生的美术专业，当时在上海考区考试，妈妈陪考。她说考完后会带我去趟杭州，看看秦伯伯。我高兴得跳起来，秦伯伯一家听说我们要去也非常高兴，不停来电话询问我们到达杭州的车次，但那天因为特殊原因，没有去成，我们都非常遗憾……据说，那天秦伯伯一家早早就准备好去火车站接我们了。

之后有关秦伯伯的一切都是在电视上或者报纸上看到的了，很辉煌，像爸爸当年预言的一样。只是让我惊讶的是，长大后系统地重新去欣赏秦伯伯的绘画作品时，却发现：他竟然是一位彻彻底底的中国风格的油画家——他的油画作品里体现的都是中国的民风民俗，中国人可爱可敬的一面，连美国给他发行的邮票，内容也是他的油画作品中的中国传统十二生肖，他是用西方绘画的技法画出了他心中的中国——而他当年送给我们的油画，应当是那个阶段他学习研究西方画技的习作。

家人最近一次见到秦伯伯是几年前的冬天。小侄子名杨非常喜欢画画，在学校里还办过画展，得知秦伯伯寒假回来，爸爸妈妈带着小侄子和他的作品去看望秦伯伯，请他帮忙指点……秦伯伯已经80多岁了，身体已大不如前，但看到我们一家还是非常高兴，打起精神，搂着小侄子，看完了他拿过来的每一幅作品……

妈妈说，他们离开时，秦伯伯反复叮嘱小侄子："你画得很好，很有灵气，但是不能只画国画，要开始速写和素描的练习，把基础打好……"

据我老爸说，现在，在家里那幅秦伯伯的油画前凝视最久的，是我小侄子。

馆藏六：空空的一铁盒擦手油

童年的馆藏我和我父母核实过，大多他们都记得，也都认可，尤其是上面的几件馆藏和与之相关的记忆，但是在有一件事情上，我妈反应特别大——她强烈反对！说事情是有，但时间上不对！说我是在瞎扯！

但那件事，那个瞬间，却是我一生无法治愈的渴望。

我在上幼儿园之前上过托儿所（这件事我妈坚决否认，说她绝没有把那么小的我送到托儿所），我被"全托"很长时间（这我妈也坚决不承认，说没有全托那么长时间），但好吧，我按照我自己的记忆来描述吧，因为这个存在对我一生影响深刻。"全托"的意思是一周或者一个月（有特殊事情的时候）只有一天可以回到自己家里，其他时间全部在托儿所中度过。于是，小小的我特别特别盼望这一天，盼望我妈妈来接我。

我问托儿所的阿姨："我爸妈是不是不喜欢我？他们为什么那么长时间才来接我一次？"

阿姨说："不是，他们太忙了。"

我说："我怎样他们才更喜欢我？"

阿姨说："你现在刚洗完手，抹上擦手油，香香的，他们就喜欢你了……"

周六傍晚，我妈妈来接我之前，我把从家里带来的擦手油全部抹在了脸上……

阿姨见到我，惊讶得眼睛都靠到一起了："空空的一盒呀！啊？我的天！全抹脸上啦？像个油猴子……"

阿姨想拿个手绢帮我擦擦，我躲着不让，她每次靠近我的时候，我都低下头或者转过脸去，不愿让她碰我的脸，头很低很低……阿姨突然理解了，她拉着我的手沉默了好久，用很温柔的声音告诉我，我妈妈快来了……

焦急不安又漫长的等待后……

我妈妈来了，她好像是披着阳光斗篷进来的，开门的那一刹那，我迎着光朝她张开了双臂，她抱起了我，问："这脸上怎么抹了这么多油？"

阿姨说："她想香香的，美美的，让你喜欢她，早点带她回家。你瞧，这一盒子的擦手油全给抹脸上了……"

妈妈没说什么，把老师递给她的放擦手油的空铁盒放进军装口袋，抱着我，离开了。

以后的日子，没有因为我脸上抹了一盒子的擦手油而改变，我依然是那个生活在托儿所，迎着阳光，张开双臂，等着家人抱起我离开的小姑娘……

很多年过去了，托儿所的事基本上忘得差不多了，但我还是时常会想起那个瞬间，抹了一铁盒子油的脸，迎着阳光，张开双臂，奔向我爱的人……

20年后，我离开媒体进入了民政系统工作，当时正值儿童福利院进行创新业务探索，开启了"孤残儿童助养"的新模式，我成了北京市第一位正式签署儿童助养协议的助养人。我助养的儿童是一名1岁半的小男孩，他是出生的当天被遗弃的，是在儿童福利院"土生土长"的孩子……

我每周五下班后去接他，周一早上再把他送回儿童福利院停在民政局门口的班车上——小家伙当时刚学会走路，第一次要把他领回家时怯生生的，很害怕，头一直低垂着，任我怎么逗他都不笑，甚至在离开的时候崩溃得大哭起来……

但经过一段时间的相处，我们熟悉了以后，他开始慢慢信任我和依赖我了，睡觉的时候也会悄悄抱着我……

有个周五，我早早结束了手头的工作去接他。他看到我后高兴得大叫起来，两眼放光，从一群孩子中跌跌撞撞地向我奔来，高高地举起了双臂，夕阳洒在他仰起的小脸上，那充满了惊喜和期待的眼神瞬间刺痛了我——那一刻，窗外照进来的夕阳像一道闪电，击穿我的身体我的心，射向我已经尘封在记忆深处的那个瞬间……那一刻，我被一股巨大的酸楚击中，这酸楚一直冲到我的鼻尖，我眼前闪现出当年抹了一脸油的自己，那无限信任、无限憧憬的眼神和高高举起迎向我妈妈的双臂……

抱起他时，紧紧抱住他时，我好像也抱住了那个小小的自己，我的泪水瞬间冲出了眼眶……

馆藏七：挂在我脖子上的钥匙

小时候放学后经常玩疯了，和一群小伙伴翻墙爬树，钻防空洞……经常是大人满院子喊"吃饭"，或者直接找到我，把我从小伙伴中拽出来，才能结束我的玩耍状态，回到人间烟火的饭桌上。

爸妈下班比我们放学晚，家里就只剩保姆奶奶，遇到她出门置办东西，或带着弟弟出去遛弯儿，我就进不了家门。

最初，大人给我配了家门钥匙，但作为一名玩耍儿童，带着钥匙玩耍十分不方便——跳皮筋时，挂在脖子上的钥匙打脸；放兜里吧奔跑翻滚时又经常蹦出来；把钥匙绳拴在裤鼻儿上，系上死疙瘩，有一次绳断了，钥匙也没了；放手里攥着上墙爬树时又掌握不了平衡……钥匙对我来说真心是个累赘！在把钥匙弄丢过几次后，我就索性不带了，进不去家门就去找小伙伴们玩耍，只安心等着家长"叫吃饭"……

但这种"无拘无束"的日子，在我小学一年级时就画上了句号。

一天黄昏，妈妈喊我回家吃饭。
但那一天，我明显感到她神色凝重，心事重重，和平时不同。

妈妈领我走到路的转角，一个很僻静的地方，她停了下来，蹲下身来，从口袋里掏出一个用布条编好的绳穿着的钥匙，挂在我的脖子上。

我诧异地看着她："我不要这个！"

我握住钥匙正想摘下这个束缚，妈妈压住了我的手，她很郑重地对我说："以后，就这样戴着，不要摘下。"

我被这种凝重震慑住了，说不出话来。

妈妈告诉我，她和爸爸要去老山前线打仗了，两人都已经向组织递交了请战书，可能很快就要出发。

"那不去不行吗？！你们为啥都去呀？！"我带着哭腔喊。

"不行！我们都是军人，随时要服从命令听指挥，国家需要的时候，我们是必须挺身而出的，保卫祖国是我和你爸的本分……"

妈妈那天跟我说的话并不是很多，但总是停停顿顿，经常是说一句，沉默好久，再说一句，又说不下去了……

妈妈最后交代："听保姆奶奶的话，你是姐姐，爸爸妈妈不在，要照顾好弟弟！"

那个黄昏，我生平第一次感受到"生离死别"。

后来，因为父母不在同一个部队，两边的领导在核查了解情况的时候发现我们是双军人家庭，还有两个孩子，都很小，两边也没有老人跟随照顾，就不约而同地没有批准他们去前线。

替补妈妈出征的是他们医院年轻的军医小韩叔叔。

小韩叔叔二十出头，圆圆的脸蛋，稚气未脱，说话还常常羞涩。我以前去找妈妈时，经常看到他，还经常和他打招呼玩耍……

部队出征后，学校让大家自愿给老山前线的战士们写信鼓劲，说会有后勤保障人员统一送到前线去，当时正在读小学一年级的我也提起了笔……

一年后，老山前线胜利收复，小韩叔叔胜利归来。

作为英雄，他被邀请到我们学校做报告。进场时，我惊讶地发现，被大家簇拥着进来，身上挂着军功章和大红花的小韩叔叔竟然是拄着双拐的，他的一条腿没有了……

小韩叔叔被大家扶到主席台中央坐好，他的眼神里已没有了天真，取而代之的是一种与他身上的军装极为相称的坚定和沧桑，笑的时候却让人感觉到一种隐隐的痛，他面庞也苍老稳重了许多。

在主席台上做报告时，他说他收到了我的来信，还说出了我的名字，说他记得我，是同医院大姐的孩子。他说我写给他的这封信很短，但给了他亲人的感受，给了他战斗的鼓舞和活下去的希望……

他从口袋里掏出了那封有些脏脏的、破了边角的我给他的信，读了起来，几度哽咽……

我在台下不敢看他的眼睛，直到他读完，台下爆发出热烈的掌声，有些同学还扭头看我……

而我此时，却用双手捂住了脸，失声痛哭起来……

他们不知道，那封信最初的冲动是写给我爸爸妈妈的……

他们更不知道，如果小韩叔叔不去前线，今天拄着双拐坐在台上的，可能是我的妈妈……

妈妈在小韩叔叔回来后，看到小韩叔叔的现状非常痛心，她除了关心小韩叔叔的身体，大部分精力都放在积极为小韩叔叔张罗相亲对象上。走到哪里，她就把小韩叔叔的照片带到哪里、夸到哪里；无论遇到什么人，她总能几句话后就把话题绕到人家亲戚朋友里有没有善良热情、心肠好的姑娘上……

只可惜，直到他们转业离开，小韩叔叔还是孑然一身。

10年后，中央电视台播出了一部电视剧，名叫《和平年代》。它最后的一句话像用刻刀沾血一般镌刻在我心底：

"和平，是对军人的最高褒奖！"

华双鱼

作者简介：

张华，笔名华双鱼，江苏泗洪人。

作家，未来的画家。

母亲的生日

腊月初六，回家给母亲过八十大寿。这是我第一次正儿八经给母亲过生日。

本打算把她和父亲接到北京来过。父母年事已高，这么多年，我跟他们总是聚少离多。一直就想着能把他们接到身边过个一年半载的，母亲却执意不来。说北京的东西太贵了，买棵葱都要钱，哪像他们在家里，什么都能自己种。蔬菜粮食，自给自足，哥哥和我还可以回去拿，能给我们减轻不少负担。拗不过她，我和爱人孩子只好买票回家。回去前，母亲一再叮嘱，不要乱花钱，人回来就好，家里什么都不缺。

还没进家门，我已经闻到了炖肉的香味。母亲正在灶房里忙碌。看见我们，她放下手里的东西，弓着腰从屋里迎上来："饿了吧，菜都好了，正好吃饭。"我看见她的腰弓得比我上次回来时更厉害了。我走上去抱住母亲，把头贴在她脖子上，流泪。母亲温柔地拍着我："走，吃饭吃饭，菜要凉了。"

满满一桌子的菜，牛肉、羊肉、排骨、鱼……都是肉，溢着扑鼻的香味。父亲在桌前忙着摆放筷子和喝酒的杯子。

"吃吃。"母亲不住往我们的碗里夹菜，"都是你爸现买的，两条羊腿，两个大牛腱子，使劲吃，够你们吃好几天的。北京的牛羊肉没有肉味，不香。""买这么多啊，明天你一过完生日，我们就得回去了。"我不无歉意地对母亲说。母亲听了有些惊讶："不是说可以在家多过几天的吗？""是的，本打算请假在家多待几日的，但孩子周一要回学校填报中考信息，不能请假。""哦，那么巧？"母亲低低说了一声，声音和眼神里都充满了失望。接着她慌慌地对正在吃饭的父亲说："吃完饭你赶快再去街上买几斤鸡蛋，家里的不够带。"父亲忙应着，加快了吃饭的速度。我连说不用买了。父亲并不听我的，照旧匆匆吃完饭骑着车子上街去了。

饭后，本想跟母亲唠唠家常，母亲却急着要去给我准备带的东西。还像以前一样，母亲拿出针线用被她洗得干干净净的白布缝成一个个口袋。之后一样一样朝口袋里装她精心为我准备的那些东西：豆腐干、山芋干、萝卜干……都是母亲自己做的。我知道，好多东西母亲已准备了半年。从我告诉她决定回家之日起，她就开始着手准备给我带回北京的东西了。

她知道我们最喜欢吃她做的豆腐干，所以夏天太阳最厉害时，她用自己家种的黄豆磨成豆浆做成豆腐切成块在太阳下晒。几十块豆腐干，要翻来覆去晒几个月才能晒成我所喜欢的豆腐干。山芋干和萝卜干一样，都要经过清洗、切片然后反复晒，最后制作出来。

"今年你爸在园子里种了好几种豆，黄豆、绿豆、黑豆、红豆、巴豆，我都在袋子里装好啦。"她一边念叨，一边把那些小布袋一个一个朝我的大包里塞，塞得很密很严实。

"哎呀，我这脑子，差点把最好的东西忘了。"她拍了下脑门，似乎是突然想到了什么，忙忙地站起来，颤颤巍巍地走到门后的粮仓前，从一个大口袋里掏出一小包东西。这包东西被母亲用塑料袋里三层外三层地包着，虽然包了好多层，当她把它从口袋里拿出来时，我还是立马闻到了一股醉人的香味。"我擀的熟芝麻，可香了。"母亲像个孩子一样开心地笑，似乎是为她的幸好想起得意。我的眼睛湿润了，为了我这一趟短暂的返家，母亲得花多少心血、多少精力啊！

我跟母亲一起把一包包东西塞到我的大旅行包里。母亲很用力，把包塞得结实而满，直到塞得放不下任何东西时才罢休。收拾好大包，她又去拿过一个早已准备好的纸箱子，朝里面放那些草鸡蛋。满满两箩筐的鸡蛋，是母亲攒了几个月攒出来的。每次都是这样，从听说我要回家开始，母亲就再也舍不得吃家里鸡下的鸡蛋，她要攒着留给我带到北京。她说草鸡蛋好，城里吃不到。母亲一边朝纸箱里装鸡蛋，一边带着无限惋惜说："唉，今年只有几只草鸡下蛋，每天就只能收到两三个，聚了几个月才聚这点，要不是你爸又买点，更少。"我的眼泪再一次在眼眶里打转。我知道，母亲是巴不得把整个世界都给我的。

收拾好这些零零碎碎的东西，已经是晚上八点多。母亲对我说："坐了一路车怪累的，你们早点睡吧。"我要陪着她跟她一起睡，她骗我："你先睡，我也马上就去睡。"一路颠簸，确实有些累，我只好听她的话去睡觉。床铺被母亲收拾得舒适整洁。柔软的床垫，柔软的被子，被子上还散发着洗衣粉淡淡的清香味道。我知道，母亲在我们回来的前一天，刚把被子洗过。躺在母亲铺得如此舒适的床上，睡意顿时袭来，不一会儿我就进入了梦乡。

等我一觉醒来，已是夜里一点多。出去上厕所，竟然发现灶房里还亮着灯。悄悄走过去，母亲正在朝灶里添火，红红的火光，照着母亲布满皱纹的沧桑脸庞，泪一瞬间倾泻而出。我哽咽着："妈，你怎么还没睡……"母亲看见我，有些慌张："哎呀，你这孩子怎么起来了，那么冷，可千万别冻着了。""你们明天就离开了，买的这些肉吃不着，我把它们煮熟了腌上盐给你带到北京吃……"写下这句话时，我在电脑前已经泣不成声……几度停顿，几度搁笔。母亲，母亲，我亲爱的母亲！

生日那天，亲戚朋友，左邻右舍，人很多。母亲一直在忙着接待客人，我也是里里外外地忙活，并不曾有时间和母亲待上一会儿。饭后送完一批批客人后，也到了我们返京的时刻。表哥开车送我们。我再一次要求母亲跟我们一起去北京，母亲坚决拒绝，她说孩子要中考，她去了不但增加我们的负担，还会影响孩子学习。"明年吧，明年再去。"我紧紧抱着母亲。母亲，等着我，明年，女儿来接您！

车子缓缓启动。母亲对车里的我们挥着手："到了就马上打电话回来。"声音和眼神里，都是不舍。我摇下车窗，伸出头依依不舍地跟母亲道别。车子走了好远，猛然从反光镜里，我看到母亲还站在那里，正低着头，用抬起的袖子拭泪。

我的心酸得难受。母亲一百八十个日夜，四千多个小时的等待，换来的只是女儿一天零十个小时的相守。几十年的光阴里，母亲一直是这样，期盼，等待，再期盼，再等待……直到身子佝偻，直到白发苍苍。每一次长久的等待，换来的都仅仅是短暂的相聚。没有人能了解作为一个母亲，这样的孤独、这样的期盼、这样的痛。

母亲，好好的，等着我！

卫如珍 |

作者简介:

卫如珍,笔名晓薇,华夏讯网总编。

北京市石景山区作家协会会员,

北京老舍文学院第三届中青年作家高研班学员。

大量采访作品散见于网络报纸杂志,

多次担任CCTV《天南地北齐闹春》

《精准扶贫 央企在行动》等节目撰稿人。

好愿——一盏为你点亮的灯

年前，儿子去台湾法鼓山学习，带回了两张圣严法师的帖"好愿在人间"。我很是喜欢，正好做完房间大扫除，便端正地贴在了书柜里。"许个好愿，让它实现；积极行愿，造福人间。"

愿望这东西，感觉它就像一座灯塔，能照亮前行的航程；就像一针强心剂，会精准击中内心最坚定的地方。它总是不声不响、不折不扣地伴随着时光流逝和努力给出答案。

20年前，那个寒冷的冬天，我第一次来北京，来到这个什么都不属于我的城市。在带队老师的引领下，从北京站内走出来，天色已晚，我东张西望，分不清东南西北，没有兴奋和激动，丝毫没有歌里唱的"我爱北京天安门"的自豪，只是好冷。坐上接我们的车，到京台西路，目之所及，路灯闪过，影影绰绰，似乎全是桥墩子。

"作为一名媒体从业者，你们要想在北京发展，就要充分运用广博的专业知识和职业道德去传播当属时代的信息。我希望你们能有个奋斗的目标，最起码有一天，在偌大的首都北京，无论从天南海北出差归来，还是夜晚几点加班归来，万家灯火中能有一盏为你点亮的灯。"这是当初报社培训的徐老师所说，他讲话的神态和意味深长的笑容直到现在我都记忆犹新。

脚还没站稳，想找寻那盏灯，谈何容易？简直痴心妄想！踏实工作为第一要务。媒体工作就是要眼勤、脑勤、脚勤、手勤，还得加一个嘴勤，多向老师们请教，多向同事们学习。用今天的话说，要增强脚力、眼力、脑力和笔力。春天，我不顾柳絮毛毛骚扰，穿梭于北京的大街小巷采访。夏天，我不管咄咄逼人的热浪裹挟，习惯了从地铁里人挤人的缝隙中突围到地面，倒换一口气，继续执行我的任务。秋天，北京最美的时节，不冷不热。工作之余，我记下了香山上，卖红叶纪念卡那个小哥的叫卖声，"一生只爱你一个"要几张？冬天，为了完成年终选题策划，坐大巴回老家晚点，遇到大雪，高速封路，原本6小时的行程，硬生生地走了26小时。朋友们戏称，你的工作还真是起得比鸡早，睡得比猫晚，干得比驴累。我笑笑，因为喜欢，实际我更想拥有那盏灯。

渐渐地，随着工作的逐步展开，我真的喜欢上了北京，喜欢上了四九城。在这里，采访写稿的工作，尽管起早贪黑异常辛苦，但可以见识不一样的人生；在这里，单位书香气息弥漫的浓厚氛围让我陶醉；在这里，每天车站、小区"晚报晚报"的叫卖声，让我备感爽心悦耳；在这里，哪怕是地铁里人们手捧书报的神态，都让我为之痴迷；还有，那些采访对象变成朋友时隔三岔五的问候声，让我备感温暖……那盏灯，让我越来越向往。

不记得谁说过，没有目标，哪来的劲头？从小我就听妈妈念叨，吃不穷，穿不穷，计划不到一辈子穷。我开始有意识地压缩衣食住行开销，将那盏灯列入计划。

有道是女人的衣柜里永远少一件衣服。那一年春节前，我喜滋滋地刚领到一笔数额不小的奖金，铁瓷李姐便邀我："你不是早就想买件大衣吗？走，咱俩逛街去。"一声召唤，走起！从汉光到庄胜崇光，不停地逛，三个小时后，李姐心满意足地提了两大包，我却两手空空。她着急地问："小卫，你不是要买大衣吗？怎么不看啊？"我不好意思地说："没合适的，再看看。"实际是那吓人的价格让我不得不敬而远之。"大衣要买就买件好点的，你想花多少钱啊？""嗯，不超500元。""那不太可能，一件好点的大衣，少说也上千了。"就在她陪我继续搜寻时，一件黑色的千百度大衣映入眼帘，简洁大气，再看价格，原价999元，打5折499元，我如同发现新大陆一般，众里寻他千百度，蓦然回首伊（衣）在此处。

立刻取来衣服试穿，看来老天爷就是让它在这里等我的，腰身哪儿都合适。试衣间的灯光打过来，美！就它了。

食对于我这个山西人来说，有面食则足矣。有一次，接到任务，一大早没来得及吃早饭就去采访，中午返回单位时，已过饭点。于是来到单位旁边经常光顾的小饭店，点了一大碗面，碗是那种敞口的大白瓷碗，手擀面、绿油油的菠菜，又浇了西红柿鸡蛋卤，满满的，便宜实惠，我顺手端过来便狼吞虎咽，风卷残云般下肚。买单时，店家说："姑娘，你的账结过了。""啊？没有啊。""真结了！你不认识？是他买的。"顺着店家手指的方向，另一桌有位胖叔叔，在他面前有一小盘饺子，我急忙过去准备把钱还他。谁知，他忙不迭地说："别价！抱歉啊，没别的意思，就是看您吃得太香了！这么个小姑娘，那么一大碗面，爽快！看您吃饭我都有了食欲，您要还我钱，那就是打我脸。"最终，钱，没给出去，那人再也没见过。后来，我的同事从店家那里听说了，时不时打趣，这人要是命好啊，连吃碗面都有人替买单。等你买房时，我们一定都包个大红包！

猴年马月我能买得起房？在北京，住房是个大问题。从延静里的单位宿舍到菜户营朋友租来的独院，从甘露园西里同事合租到康家沟独租，居住时间或长或短，都留下难忘的回忆。尤其是康家沟，那是孩子上小学时，我们从合租的楼房里，搬到了一间不到20平方米的平房里。那里一排一排的房子，每间大多是前面住人、中间有堵墙隔开、后面可以做饭的格局。房间外面有公共卫生间。听起来，看起来，都还过得去。没想到，实际住进去，全乱套了，孩子不是今天发烧，就是明天感冒。我不是在向领导请假，就是在领孩子买药。好不容易适应些，冬天来了，房间没暖气，大家都用蜂窝煤炉子。别看那简单不过的炉子，实在是不好侍候，早上烟熏火燎半天，好不容易点燃了，也得上班了。浓烟呛得睁不开眼，不是咳嗽就是掉眼泪，偶尔脑海里竟神经病似的迸出"日照香炉生紫烟""蓝田日暖玉生烟"的诗句，奇怪古人怎么会用烟字！我自己则常常日暮客愁，外加真正的烟熏妆。下午接孩子回来，家里又是如同冰窖，那段时间可谓食尽人间烟火。每晚临睡前给孩子讲故事，还假模假式地励志："舜发于畎亩之中，傅说举于版筑之间，胶鬲举于鱼盐之中，管夷吾举于士，孙叔敖举于海，百里奚举于市。故天将降大任于是人也，必先苦其心志，劳其筋骨，饿其体肤……"实际哪有那么深奥，不就是因租金便宜吗？

能省则省。出行自然首选公交了，无论寒暑，无论远近，只要公交能到，一般是不舍得打车的，毕竟，北京太大了，只要时间允许，哪怕是小跑几步。采访工作一般要求必须提前5～10分钟到。有一次，我去海淀一个机构采访，那时只有纸版地图在手，有的机构从地图上根本找不到。按照提前约好的地址，觉得应该在附近，可左转一圈，右绕一圈，问来问去，连个影儿也没有，有人说还远着呢。眼看预约时间马上将到，偏偏天公不作美，又下起了雨。无奈，赶紧打车，不承想，车前行300米不到，转了两弯，拐角处即是。那个心疼啊！平时，抽空回老家看父母，为了省钱，在老北京南站，太阳底下一晒就是几个小时。稍有情绪，一想到那盏灯，神经质地立刻会自我解嘲，晒晒又何妨，有利钙吸收！

就这样，精打细算地漂在北京。直到2004年的国贸房展会，根据单位选题，去展会抱回一堆广告，本来准备用来写稿看，没想到越看越心潮澎湃，越看越深陷其中，大晚上如皇帝批奏章一样，哪些列入考察对象，哪些直接舍弃。那一张张广告纸，就像一封封诚挚的邀请函；那一句句广告语，就像一篇篇发自肺腑的情书。适逢八通线地铁顺利通车，于是，我鬼使神差般迫不及待前往通州，那一个个卖房的美女帅哥，就像我几生几世的亲人般有着吸引力。在他们的一次次引领下，看到脑袋发晕，看到眼花缭乱，看到饥肠辘辘，看到两腿发软。直到累得闭门思过，才清醒过来，纵使各家房产万千好，最主要我口袋里有多少钱。

"安得广厦千万间，大庇天下寒士俱欢颜。"那是杜甫的理想。我只想要"一个不需要多大的地方"，与我的爱人共拼搏，与我的孩子共成长，与我的父母共享天伦之乐，偶尔也可邀三五好友前来把酒言欢、品茶论道。最终，我和家人几经商量，在众亲朋好友的协助下，七拼八凑，如愿以偿地拥有了心中那盏向往已久的灯。

住院记

一

永远忘不了，2018年10月28日那天，屋外的风呼呼地刮着，让人感觉有种莫名的心烦，有点无来由的害怕。爱人如往常一样起床后，坐在沙发上，神情略显疲惫地对我说："身体感觉有点不舒服。"

"快喝点温水，怎么不舒服？不行咱去医院！"我随口说。

"不用，不用，没什么大不了的，稍歇会儿就好了。"爱人说着。

过了一会儿，因当天还有个采访，我问："感觉怎么样？要不咱去医院，我赶紧给采访单位回个信。"

"不用，好好的，去啥医院？好多了，你去吧！"爱人又说。

看看他的神态，也没太多不同，伸手摸了摸他的头，也不发烧。他又说："走你的吧，没事。"我犹豫着，看看表，来不及弄饭吃了，但还是出了门。可说不出为什么，心里总觉得慌慌的，似乎要发生什么大事。

地铁里，熙熙攘攘的人群拥挤着，堵得让人喘不上气来。我一会儿给爱人发一条信息，他回没事。还打了个电话，他也说没事。谁知，大约半小时后，他忽然发来一条信息："老婆，到哪里了？我还是不舒服，你回来吧。"

我立刻折返，恨不得插翅飞回。刚进小区，爱人已来到身边。两人即刻打车，前往附近医院，挂了急诊。谁知，仅测了个血压，抽血后血检的结果还没出来，一个女医生就匆匆为爱人输了液，说问题比较严重，建议我120快速转往安贞医院。

二

哇呜——哇呜——我有生以来第一次陪着爱人，坐上了120急救车。汽笛鸣响，心里杂乱，一个声音高叫着，活蹦乱跳的爱人这是怎么了？

走进医院急诊室，一个高高的、瘦瘦的大夫走来，详细询问、检查，让护士做了些处理，眼神中充满同情、真切，后来才知道他叫李响。他转身把我叫到处置室，将爱人病情的严重性和需要办理的事宜向我说明。我蒙了！真的不知道他说了些什么，只记住了"心梗"这个致命的词汇，想不明白，怎么竟然会与我有交集？脑子里刹那一片空白。

押金、办住院手续，手足无措的我傻眼了。医院不能微信、支付宝付费。事发突然，我既没带现金，也没带银行卡。这可怎么办？当我语无伦次地与大夫讲清楚这些情况后，他随手抓起桌上的电话，看看我，又看看我爱人，大概是和对方沟通我们的具体情况吧。

时间就是生命。看着躺在病床上的爱人，我无奈地在心里祈祷着。

几分钟后，李响大夫写了张字条，让我跟着他出来。电梯口排着长长的队伍。他瞥了一眼，快速走向楼梯口的行人安全通道。我紧跟着，三步并作两步上到三楼。他顺手指给我方向，让我务必尽快到院总值班室，请负责人签字，并盖章，然后给他拿来，速速办理住院。

我撒开腿便是跑啊跑，走廊的尽头变得如此漫长。时间一分一秒地过去，我终于找到了总值班室，一切还算顺利。我把爱人身份证交给那位负责人做了抵押，她很快签好"住院押金随后补齐"的字样，盖章，交给我。我如获至宝，不顾一切冲回急诊室。

此时，爱人已在那里输液。李大夫也准备好了各种做手术时需要家属签字的东西。我哪里还有心思看，但又不得不强迫自己扫描一眼，更多是像祥林嫂一样不停地请求大夫，对我爱人怎么处理最好、怎么治疗最有效就怎么来。他问："家里还有其他人吗？"我说："儿子正在赶来的路上。"边说边机械地签好了那些只在电视里见过，一切涉及责任的各种文本，特别是那张醒目的病危通知书。尔后，爱人就被李大夫和几个医生推进了手术室。

三

这里是地下一层，狭长的走廊，只有我自己。我如被烈火烧灼般煎熬着，心仿佛一下被掏空了。人生40多年，唯一的一次住院，还是20年前，在老家单位的医院里生孩子。那里的医生都是熟人，躺在产床上，她们还和我在随性地聊天。一个病房三张床就我自己一人，可现在——

我呆呆地胡思乱想着、祈祷着，亲爱的，一定要挺住啊！我们还有那么多事情要做，我们还有那么多计划没落实，我们还有好多梦想没实现……无数的场景在眼前晃动。

这些年，爱人那么努力、那么勤奋，宁愿自己多辛苦点，也不愿我和儿子受半点委屈。只要是我喜欢做的，他看着我高兴他就开心。就说当初自己来北京任职，孩子还小，一边是爱自己和自己爱着的家人、稳定的铁饭碗工作，一边是500公里以外人生地不熟的首都，以及凭主观意愿感性喜欢的工作。可他说："没事，喜欢就去看看，不行咱就当旅行一次，家里有我呢，孩子不用担心，况且还有爸妈呢。"就这样，我是干上了喜欢的与文字打交道的工作，可他过起了又当爹又当妈的日子，还要正常上班。几天时间好说，这样的日子一过就是近两年。儿子高考前，因为异地求学，考试须回原籍，各种报考手续从高三的第一学期末便开始张罗起来，大厂、廊坊、石家庄、太原、北京几地奔波。特别是临近考试报名前那一次，头天一大早爱人从北京赶到廊坊，中午到了石家庄，下午又赶到太原，结果教委说还差一个公章，时间特别紧，怎么办？我还莫名地生气没给他好脸色。为了按规定时间把资料交齐，第二天他又折到河北，找到有关负责人补盖好公章，才又返回太原提交成功。想来，当时我怎么就那么理直气壮呢？尽管他也有缺点，猴急的性格，时不常惹我担心，但那又如何？远的近的，一桩桩一件件浮现在眼前，我不停地自责、自我折磨着，不知何时，泪水已如断线的珠子在脸颊任意流淌。老天爷啊！请无论如何善待我的爱人，您怎么舍得与他开如此大的玩笑啊？

"病人家属在吗？"我的思绪在医生的叫声中戛然而止，应声即刻在一张什么器械使用说明书上签了字。四五十分钟后，手术室的门打开，爱人被推了出来，只是在他的床旁还带了个显示着各种颜色和数字的机器。李响大夫把爱人安排进了 EICU 病房，向几个医生交代了些什么，并嘱咐："家属要注意这个机器是保护生命的，至关重要，有异常随时叫医生。"他的手指向爱人床尾扑通扑通有节奏地响着的机器。

四

对于 EICU 的认知，我大多来自电视剧中，花费巨大如无底洞，生命无常如吹鼓了的气球。

医生提示，手术后24小时是绝对的危险期，需要严密观察。护士说："患者日常有护工照料，每天下午2点到4点是探视时间，家属要保持随叫随到，有问题会及时联系。"

当晚，我就在病房外等候。白天熙熙攘攘的大厅，夜晚一下变得冷清，零零散散坐着几个人，都是病人的家属。忽然间，一个阿姨撕心裂肺的哭声打破了死气沉沉的寂静，她边哭边嘟囔着，大概是老头子生病，费用已花了30多万元还不见好，今天又割开了喉管，人也昏迷过去，祈祷老头子要醒过来。她越哭越伤心，哭得上气不接下气，把保安都招来了。幸亏她儿子及时出现解了围，一个劲儿地拍着她肩膀安慰着："娘啊，钱是什么东西呀？没了咱再挣，您别再折腾出个啥事！只要人家说能治，咱就有希望，不行，我明天再去想办法弄。""大姐呀！您这么大年纪了，快别伤心了！您知道我们家的，这住进来都快一周了，十多万元差不多快花光了，还不能做手术呢！这不，今天又让俺们老家人赶紧想法子筹钱呢！"旁边一个大姐走过去劝说着。"唉，有啥别有病，一生病算倒了八辈子霉，我们在老家医院都花掉不少了！这啥时候是个头，愁死人！有啥法子？愁，也得想开些，挺着！不然里边的人怎么活！"坐在另一边的一个中年男人似乎在自言自语。

钱是什么？钱不是万能的，可在这里，没有钱真是万万不能的。我静静地听着，不由自主地盘算着，万一真不够用了，我该和谁借？一分钱逼倒英雄汉！这事儿肯定不能让爸妈知道，他们年龄大了，辛苦了一辈子，不能让他们跟我着急上火。弟弟他们上班挣死工资，还要供小孩读书，也不富裕。爱人的哥哥和姐姐，都是一大家子人，各家有各家的难，都不容易，我不能和他们张口。那我能和谁借呢？身边的朋友，我一个一个地在脑子里过滤着。如果实在不行，那就大不了把房子卖掉，或者以房子做抵押，从银行借，就这么定吧。天无绝人之路。

迷迷糊糊我竟然坐着睡着了。

五

次日，正是探视时间。我和儿子一起围在爱人身边，他的情绪特别不好，叨叨着腿被捆得太紧了，动弹不得，背后太热了，不透气。我们俩一个劲儿劝说，为了身体，咱听医生的，忍一忍，好起来就回家。没待一会儿，发现好几位医生、护士来来往往地过来，交头接耳，声音很低，病房空气一下感觉比卫星发射现场还紧张，那个氧气罩不时发出刺耳的嘀嘀声，爱人生气得直想把它揪下来。

韩福生大夫是我们在 EICU 病房时，接触最多的医生。从刚才进来，他就一直在病房，偶尔眉头紧蹙地看看爱人，偶尔盯着旁边机器屏幕上那些与生命体征息息相关的数据。终于我也发现了，那个代表爱人心跳的数字在闪烁着呈递减态势。我们迫不及待地问韩大夫这是什么状况，他竟然不紧不慢地说：别着急，医院专家正在就病情进行会诊。我甚至有些生气。护士直接说："请家属出去。"此时，我恨不得躺在病床上的是我而不是爱人，他在家排行老小，平时连打针都怕疼啊。

晚上7点多，爱人又被推进了手术室。那天是周一，做手术的人好多，手术室外的走廊里站满了人。他们看我的眼神，似乎是惋惜，又似乎是同病相怜。有的还在窃窃私语："唉，人的生命说耐活也挺耐活，说不行还真不行，这么年纪轻轻的，怎么也得心脏病了？"我不记得自己哭了多久，也不记得等了多久，直到爱人被推出来，直到我看到他的脸、他的眼，我拉起他的手，我的呼吸才得以恢复正常。那一晚，由于情况特殊，我被允许留在了病房。灯光是那么刺眼，那些高档的机器是那么冰冷，洁白的墙壁变得那么扎心、无情。整整一个晚上，随着各种仪器此起彼伏地响动，医护人员不时地进来，看数据、问病情、处理用药，我如同一个麻木的看客，呆滞、无用，只觉如鲠在喉，如刺在胸。

六

一天、两天、三天……白天医护人员多，有什么紧急情况可以得到及时的处理，我心里比较踏实。夜晚，医护相对少，我就会担心。为应对紧急情况，方便医生找家属，我索性找来条野营的睡袋，在医院安营扎寨，白天把它塞到凳子底下，晚上拿出来将就一下，偶尔还要躲避医院巡查。每天如惊弓之鸟，抱着恐惧和期待度日如年。

这期间，弟弟来电："姐，忙啥呢？爸妈牵挂，怎么好几天都没往家打电话了（平时几乎每天一个电话）？"我既然不想让家人操心，那就不能实话实说。刹那间控制好情绪，尽量故作轻松地说："我挺好的，让爸妈放心吧，别惦记。这一阵单位事多些，天天加班，现在还忙着呢！先挂了啊。"不容他说下去，便挂掉了电话，泪水早如泄闸的洪水奔涌而出。

这期间，每天不知道会出啥么蛾子。有一晚，因爱人的伤口往外渗血，我又被叫进病房。护士几次进来做了处理，仍于事无补。雪白的纱布很快便被浸得殷红一片，我急急地催促，终于风风火火进来个值班大夫。噢，看清了，她是那个与李响大夫一起为爱人做手术的医生，叫金彦彦。她穿着绿色的手术服（短袖）走来，麻利地检查，三下五除二熟练地把胶布拆掉，纱布一层一层揭开，重新上药、包扎，并说："没事儿哈，这几天感觉怎么样？"随手放了一袋盐，让多放会儿。透过她潇洒干练的动作，我在她脸上仿佛看到了六个大字："这都不是事儿！"以至于后来的日子，我自私地特别希望她能天天值夜班。

这期间，最难忘的要数那次医生护士协力为爱人排尿的尴尬。那是一个午后，韩大夫对爱人说："情况恢复得不错，如果感觉可以，憋点尿，感觉尿急时，就可将尿管给你拔除。"急性子的爱人，一听高兴坏了，十多天失去自由，身上又是机器又是管子，折腾得够呛。他认为现在只剩下这个尿管了，如果尿管再拔去，身上就自由多了。于是，医生话音刚落没多久，爱人便喊护士，说尿液憋好了，把管子拔了吧。护士和他确认后，便给他把尿管拔掉了。谁知，10分钟过去了，爱人没动静；又10分钟过去了，爱人还是没动静；眼看着，半个小时也过去了，爱人还是没有任何尿意。韩大夫急了，不停地在病房门口转来转去，一会儿问："想尿了吗？如果实在不行，待会儿还得给你把管子加上啊！"越是着急越是尿不出，爱人也急得够呛。当班的护士也有些忍不住了，但看着韩大夫忧心忡忡的样子，安慰说："韩大夫，您别催了，人家尿尿您也催，谁被催着能尿出来？"话虽如此，但韩大夫根据经验仍是有些担忧，他建议让我为爱人换换躺着的姿势。如此这般，又折腾了20多分钟，爱人终于尿了出来，我兴奋地赶紧给护士汇报。一位年轻的护士特激动地喊："13床尿了，13床尿了！"夸张的成分就像过大年时，小孩拎着一串儿鞭炮，边跑边喊"放炮了！放炮了！"的感觉。韩大夫过来，笑呵呵地对我说："尿了好，这下就踏实了。放心吧！"谁能想象得出，一泡尿牵动着如此多的人！

七

在 EICU，忙乱是常有的，大多数患者还是配合医护，谨遵医嘱的。当然也有例外。

有一天一大早，我被叫进病房配合护工照顾爱人。刚刚6点，医护人员开始有序地进行测血压、量体重、采血、留化验样本等各项常规工作。忽然，旁边的病房传来一阵阵激烈的吵架声，不对，正确地说并不是吵架。听说，这是一个很厉害的老头儿，他好像对当班护士有偏见，护士要采血，一次采四个样本。正在采样时，也许是真的扎疼了，也许压根儿就是那老爷子想出气（据说他是老干部退休，快八十了，家里亲人儿女没人管，他老骂人发泄），血样还没采完，他就骂上了，说给他扎坏了，大声嚷嚷要找领导，并且数说护士什么也干不了等，言辞尖锐犀利。小护士都快被骂哭了，给他解释，却更激起了他的斗志。又过来一个护士，好言相劝，继续给他取样，可他摆出了一副不依不饶的架势，使劲嚷嚷着，直到护士把血样采齐，离去。

不由得想到了媒体报道的医闹事件。医生是守护每一个患者的生命保障，是为每一个患者带来健康的天使。通俗些，医生也是人啊，他们也有父母、妻儿、子女，他们也需要平安幸福的生活！如果医生的生命安全都得不到保障，大家的健康又由谁来呵护？如果医者、仁心都被任意伤害，那生死一线间，还有哪个医护愿挺身而出，把我们从死神手里拉回？这里是 EICU 啊！

八

11月的北京，凛冽的寒风任性地怒吼着，仿佛要吞噬整个世界。医院楼下，时不时地夹杂着120急救车的汽笛声，让人总有种说不出的胆战心惊。

眼看着 EICU 里各种危重病人越来越多，我每天探视进出，恨不能马上逃离。事实是只能日复一日地盼望着爱人快点好起来。医生说，他身体恢复得差不多了，如果几个关键指标检测合格，很快就能出院了，爱人听了即刻笑逐颜开；后来，医生又说，他因有几项指标还有问题，须继续观察，他的情绪便会瞬间低至冰点。我的整个身心随爱人的病情阴晴不定，随爱人的喜怒哀乐而定格。慢慢地，如杨绛先生所言："刚开始是假装坚强，后来就真的坚强了。"就这样，直到第18天早上，终于迎来了转入普通病房的通知。

普通病房相对EICU，人间烟火味已很浓，可以有家人陪床，空气中都减去了极度紧张的成分。病人之间都可以互相交流：你的病是什么情况，怎么发病的，他的病有什么特殊，治疗情况如何。彼此之间交流多了，大家好像一下放松了，神经也没那么紧张了，感觉病魔也没那么可怕了。有的病人，每天晚饭后，还会在家人陪同下，在病房的走廊间小步小步地运动。

对面床上，是个廊坊来的大哥，比爱人大一岁，性子特别急，他说自己两年前就做过手术，放了一个支架。今年因承包果园，出现变故，天天着急上火，晚上睡不着觉。这几天，感觉到胸闷得厉害，并伴有疼痛，便赶紧来了。一检查，血管又堵了。他说："这里的医生水平高，护士耐心负责，我们家人信得着，把命交给他们踏实。"

是啊！生命诚可贵，生病住院能遇到可托付的医护也是一种幸运。

梁利萍 |

作者简介:

梁利萍，中国散文学会会员，北京作家协会会员，
北京老舍文学院第三届中青年作家高研班学员。
已出版散文集《守住手心里的幸福》，
并在《人民日报》《中华英才》《民主》
《工人日报》等三十多家媒体发表诗文。

它们与我

小 黄

我家和爸妈家之间那条小路南侧，原本是一片平房，早些年拆了，住户都上了楼，家养的土狗不值钱，又嗓门大，就和残墙断瓦一起留在原地。

没了主人和房子，土狗们还认这里是家，成天在堆了碎砖头的空地上转悠。起初它们很牛气，眼神凛冽如狼，一副神圣不可侵犯的架势。我见了就怕，尽量绕着走。后来，也许它们接受了丧家之犬的现实，不再那么嚣张，我们对视的眼神都友好了些许。庞大的狗群在侧，夜晚注定不得安宁，狗吠此起彼伏，它们从来没有好言好语，像吵架，你一句我两句。后来就如同打斗，听得出来它们在拳脚相加了。再后来，狗的叫声变得犀利而凄惨，带着面对仇敌拼死一搏的愤恨。我猜想，那时的它们眼中一定喷着火；我断定，那不是狗咬狗的动静。渐渐地，路边死守家园的土狗越来越少，夜间的狗吠也稀稀落落，白天再看到零落的它们，我心里一声叹息：你们几个真是命大，没落入歹人的餐盘。

路边的流浪狗少了，我基本可以记住它们的样子。认得最准的当数大黄。大黄是我见过的最为温驯的流浪狗，裹一身缎子般丝滑的金毛，不言不语，沉稳而世故。都说性格决定命运，这话一点不错，大黄内敛的性格博得人们的喜爱，卖菜的、卖小吃的，都愿意照顾它的肠胃。它索性就在我们小区西门口安了家，吃喝不愁，跟我们小区的人都混了个脸熟。

大黄的肚子开始微微隆起的时候，我知道了它是位淑女。它的眼睛里有着所有孕妈妈的独特的慈爱，神情端庄且不容侵犯，任凭谁见到它都不由得肃然起敬。随着它的肚子越来越大，人们看它的眼神更加怜爱。大黄伙食见好，毛色比从前越发光亮了。

说不清从何时起，小区西门大黄的地盘上，常有一只幼小的狗狗在戏耍，看什么都好奇，见什么都不怕。小狗的爸爸是谁我不知道，看它的模样就知道是大黄的孩子，一点不走样。索性叫它"小黄"吧。大黄什么时候生产的，生了多少个宝宝，后来又去了哪里，是生是死，谁也不清楚。反正西门附近再没见过大黄的身影。

小黄传承了大黄的模样，还接过了大黄的地盘，过着和大黄从前一样的生活，至少在人类的理解上，它是无忧无虑地成长。闲来无事时我揣测，假如大黄还活着，它会不会趁没人注意，悄悄来看望它的小黄呢？大黄是不是刻意把地盘送给小黄而自己去另谋出路？

阳光宜人的时候，小黄在大铁门边的空旷处一卧，悠然自得。我从它身边走过，必然招呼："小黄，小黄。"它追着我看。我蹲下身子跟它说说话，有时也顺手带点吃食给它。小黄会晃悠着尾巴用小粉舌头舔我的手心，清透的大眼睛无邪地望着我，充满试探性的期待，以为我会给它更好的庇护。但每一次它的表达都在我思虑的天平上高高翘起，我的怜悯止于零星的施舍和并无多大意义的爱抚。小黄曾经向多少人这样表白过？一度认为，这么可爱的小黄总会被爱狗的好心人领养，小黄怕也这么想吧？可惜我们都错了，小黄没有那个命。

日升日落，花谢花开，小黄的个头和从前的大黄一样高了。跟大黄不同的是，它开始变得不修边幅，灰头土脸，金色的毛没了光泽也没了型，饱经沧桑的样子。我颇为难过。小黄对我没有了热情，或说没有了期待。叫它，它根本懒得搭理，它认为理我也没有什么意义，实际上的确如此。想起了大黄。因为曾经的居家安稳日子，大黄即使落魄了，也保持着一只狗应有的体面，从头到脚干净利落，眼神饱满而自信。年少时得到的爱给予了它逆境中的支撑，正如秋天攒下的粮食足以应对寒冬。小黄生来就是流浪狗，就算吃喝不愁，也是居无定所，更不用说被细心呵护。没见识过的东西理解起来太抽象，因为不懂，小黄认为狗和狗的生活就应该是这个样子，它的词典里没有"体面"，出于本性向人类寻求的无非是安定的生活。

喜欢小黄的人少了。多少人会怜爱一只脏兮兮又不会讨好的狗呢？喜欢和爱到底不是一回事：喜欢是等价交换，爱是无条件、不计代价的付出。养狗需要周全的考虑，并有所舍弃，我做不到。

小黄也就是蹭吃蹭喝。人的悲悯心到此为止，没有人真正收留它过夜。我在夜晚回家的路上，偶尔能看到它静卧在黑漆漆的残墙下，一副落魄又参透世事的样子，不屑于多看路人，即使与它对视，也见不到它眼中有何光亮，它只是茫然地看，你顺着它的眼神甚至找不到它看的方向。它早已不期待什么了。

九月

窗外，老柳树冒出新芽，青枝让东风拽着，弯了又直，直了又弯。九月的大脑袋就在这直与弯的拉扯中，在我眼前晃呀晃，晃起来。

开春了。九月，你在哪里？

"杂货店的大猫下崽了，五只，毛色跟小老虎一样，等小猫满月了我抱一只给你。"林君这样说时，一定扬着嘴角，隔了七百里路，我依然可以感觉到。我也在笑。林君认为好的，在我看来都好。

一个月的时间那么长，我切切地盼；又是那么短，巴掌大的小猫像只花老鼠，匆匆辞母别乡，一路颠簸随我进了京。

九月，它走进了我的小屋，就叫它"九月"吧。

九月长得飞快，一礼拜一个样儿。没过俩月，已经是个小男子汉了。

"九月呢？"林君来电话，总忘不了问。

"自己追尾巴玩呢。人家长本事了，我去阳台浇花的工夫，小坏蛋就上了餐桌，偷喝我的小米粥，让我抓个正着也不悔改，有照片为证。"

"九月呢？"

"你自己问问九月犯什么错误了。我急着写文案，它偏要趴在键盘上，好说歹说起不来。我抱它到一旁，没半分钟它又趴过来了。如此折腾三五趟，我真是没了脾气，将它扔到书房外，它竟然用爪子拉开了门把手，又蹿上书桌。我只好再次请它老人家出去，把书房门锁上，这会儿正在梆梆梆砸门呢，简直是小土匪。"

"说你呢，听见没有？"我放下电话打开门向九月抗议。九月稳稳当当地趴回键盘上，看也不看我，一副"你能把我怎样"的胜利者神情。

林君来京，进了门就逗九月，又没个轻重，时不时将九月惹火了。一贯"傲娇"的九月受不住这份气，龇牙示威，以为能把"恶人"撵走，待看见林君点了支烟窝在沙发里坏笑，九月感觉受了侮辱，爪尖亮出一把把"小刀"。

"九月，咱们不理他。"我忙把九月揽在怀里宽慰。九月端坐于我手臂，怒目圆睁，呼呼地喘，大概是说"我忍了你，但真的不想忍"，然后以极大的涵养平静下来，运足气喵呜——一声，蹦到阳台上数麻雀去了。

"气性不小，这家伙！"林君吐出个大大的烟圈。

"见好就收吧。人家九月看我面子不跟你计较罢了。"我笑着挖苦。

九月一岁生日那天，我买了它最爱吃的金枪鱼罐头，特别准许它晚上还可以吃一包。我不知道它懂不懂"一岁"是怎样一个概念，反正九月那天心情不错。

个子又大了一截的九月已经不满足于偷走脏袜子、啃人脚后跟之类小儿科的游戏了，它需要更刺激的项目来检验自己盖世的武功。九月有些挑剔，看不上我专门买给它的塑料玩具、布偶。也许它跟我沟通过，"猫同人讲"这种超现实主义行为艺术的结果是显而易见的悲催。于是九月只好用非常直白的实际行动告诉我，其实不花钱也可以玩得快乐。比如皮沙发底下的红衬布，九月悄没声儿地撕扯成了一条条红旗，从不张扬战果。我想，九月对它的杰作一定很满意。我抓起九月的前爪让它站老实点，郑重其事地表示我很愤怒。它一脸无辜，我说一句它喵喵一句。

"还犟嘴，不服是不是？"

九月很诚实，绝不口是心非。它不承认错误，也没有悔改，言行一致地继续在沙发下操练。

九月三岁了，长得越发英俊，如果有机会展示，它一定会迷倒所有的小母猫。九月开始有了青春的萌动——想谈女朋友了。奔腾的荷尔蒙驱动着九月上蹿下跳、左抓右咬，想尽办法展示自己的雄姿。

"林，再养只小母猫吧，给九月找个媳妇。"我给林君拨过去电话。

"给它做绝育吧，回头生好几只小的可怎么养？"

"哦。"

给九月做绝育，我舍不得。它还不知道恋爱的滋味呢。

有一天我回到家，一股呛鼻的猫尿味扑将而来，比往常九月尿在猫砂中的味道浓烈很多。我顺着味道很快就摸到了源头——我的枕头。九月从来没干过这种事，从小训练得颇守规矩，只在猫砂中大小便，算是有教养的猫。为了让九月长个教训，不再这样做，我把它狠狠地批评一顿，让它闻闻枕头，紧跟着在它屁股上轻拍几下，告诉它下不为例。

我喜欢用荞麦皮芯的枕头，感觉更贴近大自然，就像睡在田野中。为了这份浪漫我付出了大量的劳动。荞麦皮枕芯不能放在洗衣机中直接洗，我拆开小小的枕芯，倒出两大盆荞麦皮。养过猫的人都知道，猫尿的味道有多难清除掉。我一遍遍淘洗两盆荞麦皮，几乎直不起腰来。

然而晾晒了一个星期的荞麦皮放回枕套中，依然有股难闻的猫尿味儿。我只好扔掉，去超市买了一只枕头。隔天进门，那只新枕又被九月尿湿了。

当第三只枕头画上九月的尿痕后，我知道必须想办法了。

"闹猫呢，你得给它做绝育。"

"做了就好了，不然总会这样。它认准那个地方了。"

朋友们如是说。

我抱着又惹了祸的九月犯愁。九月，我该怎么办？九月，我真的让你当太监吗？九月，那样你会不会痛苦？你需要男欢女爱对不对？你想生儿育女对不对？

我向林君求助，就像每次我遇到烦恼一样。

"林，如果你是个男人，你愿意为了衣食无忧做太监，还是愿意风餐露宿做个正常男人，娶妻生子？如果，只能二选一的话。"

"不用'如果'，我本来就是男人。"许久不见的林君答非所问，或者是，无法回答这么奇怪的问题吧。

若是我呢，我会选择自由。无论人还是动物，上天如此设计了身体构造、情感思绪，当然有道理；上天还选择了让猫与人类相伴而生，也有道理。从前的猫与人类生活在宽阔的田野、乡村、城市的院落中，并无太多束缚，猫可以在院子里跑，在墙头放风，跳出院墙幽会，可以儿女成群。而如今这城市中，猫和人一起关在上不接天下不着地的笼子中，人可以走出去，猫不能。如此境况下，人与猫在一起生活，到底谁更需要谁，谁更依赖谁呢？猫的意愿是什么？跟人一样吗？

九月，我问了自己十万个为什么，可并没有给出自己的答案。我只能把我当作你，去揣度你的心思。九月，我不想夺走你的快乐，不想让你失去情爱的体验。九月，我们要分别了，你去自由地过自己想要的生活吧。九月，今后，你要靠自己了，外面的野猫多，见到那凶的你要躲，我不能护着你了，你是最棒的男子汉，打架也不可以输知道吗！

抱着九月硕大的身体，享受它身体的温度和柔软，我知道这一切将不再属于我。

我狠心把九月放在门外关上了门。也许是离门太近了，我从"猫眼"中看不到它。九月不知发生了什么，喵喵大叫，我靠在门内默默流泪。

不一会儿，门外突然静了。我猛地打开门，楼道的水泥地板上空空的。

"九月！九月！"我从楼上喊到地下室，从楼下喊到小花园。没有见到九月，再也没有见到九月。

九月，九月，你真的离开了我，我真的抛弃了你吗？我是不是错了，舒适和自由到底哪个更重要？

那些日子，我疯狂地在小区里找九月，找遍每个从不曾踏足的角落。

但我再也没有见过九月，再也没有。

夏末的一个傍晚，我在小花园散步，远远望到玉兰树下的草坪上，几只小花猫在嬉闹，小老虎一样的毛皮，小老虎一样的神气。这种虎皮花纹的猫咪从前没在小区见过呢，九月，这是你的儿女吗？九月，九月，你在哪里？你当爸爸了是不是？能不能让我再看你一眼！我湿润了眼眶，泪珠大颗大颗地滴落。

我拨通那个许久没有碰过的号码："林，你还好吗？我看到九月的孩子了，九月当爸爸了。"

"我……还好哦。你怎么样？工作累不累？怎么哭了？"

"没，没事，我就是……想九月了。"

"又养猫了吗？"

"没。不养了，也不会有分离。"

一晃五六年过去了，每年窗外的老柳树叶芽最嫩的时候，我都能在小花园里看到和九月同样花色的一窝虎皮猫。它们有了自己固定的活动地盘，与邻近的黑猫、白猫和平相处。那时，仿佛九月就在脚边，和我一起看它的儿孙们在阳光下嬉闹。

半日缘

阿宝是一只喜鹊，我与它只有半日多的缘分。

那个初夏的上午，气爽风怡，心情大好的我正在家里收拾房间，女儿从楼下打来电话，说发现一只喜鹊躺在地上不能动了，但还活着。我让女儿在楼下护着那只鸟，我拿上钥匙和钱就下楼了，准备送喜鹊到小区宠物医院。

花池边缘，喜鹊无力地躺着，一动不动，我不能确定它是否还有气息，也不敢碰触，因我向来最怕死掉的动物。女儿告诉我它肯定还活着，身上是温热的，有时会动一下。我说："那就带它去宠物医院吧。你抱还是我抱？"女儿二话不说，从包里拿出一张纸巾托起喜鹊就跟我走。

走到半路，喜鹊大张着嘴巴叫起来，我想它还这么有精神，定无大碍了。一位年轻妈妈牵着个小男孩迎面走来，妈妈对小男孩说："抓喜鹊可不好，我们不要那样做。"我们又往前走，一个妈妈领着小女孩从侧前方走来，小姑娘问："妈妈，她们为什么抓喜鹊？"妈妈说："应该爱护小动物，不要抓鸟。"这次我有些忍不住了，对她们母女说："我们没有抓鸟，喜鹊受伤了，掉在地上，我们带它去宠物医院。"

到了宠物医院，医生说这里只能看猫和狗，看不了禽类，我一再恳求而无果，万般无奈，只得离开。虽然我们去之前就没抱多大希望，因为喜鹊毕竟不是宠物，有点难为医生了，但还是感觉很失望。我不甘心，想起前面还有一家药店，不如暂且先买点消炎药水，把喜鹊带回家休养些日子好了。到了药店，店员看了一下喜鹊后告诉我，它受的是内伤，可能被人打了，或是撞到什么东西上，估计活不了多久，消炎药没有用。"怎么会呢？它肯定是外伤，您看它左边腿根这儿是红的，抹点药能好，刚才在路上它还叫了呢。"我急了，不知道是在说服店员，还是在努力说服自己。

我抱上喜鹊走了，好失落，我们的大喜鹊真的没救了吗？我不信，偏要试一把，万一救活了呢？不，是一准儿能救活的。

我把喜鹊安置在阳台上，找来两个小碟子分别放满水和小米，推到喜鹊嘴边。它不肯吃喝，总想硬撑着飞。它用尽气力张开翅膀扑扇，但是两只脚无力站起，很快就歪倒在地。它试了很多次，不愿听我劝告，折腾得筋疲力尽，本就虚弱的身子更加无力，躺在地板上胸脯剧烈地起伏。我从药箱中翻出一瓶碘伏给它涂在左腿根处，又打开一只阿莫西林胶囊，将一小半药粉末灌进它嘴里，然后喂了点水。除此之外，我再想不出还能为它做些什么。女儿也一趟趟地到阳台看它，我们蹑手蹑脚，生怕惊吓到它。想起曾经养过的猫咪，它无声无息地卧在我脚下被我不小心使劲踩到，一下子蹿到沙发底下不动了，也叫不出声，我以为必死无疑，不想几个小时后，咪咪又恢复了活力。唉！都说猫有九条命，喜鹊有几条呢？

下午还要上班，中午出门前，看到喜鹊奄奄一息的样子，我好担心傍晚进家门就看到一只没了性命的喜鹊。这种担心，一半是因为心疼鸟，一半是因为我怕死掉的动物。当我关上家门的那一刻，就将喜鹊的生死交给命运了。

惦念了一下午，临下班前，听女儿说喜鹊还活着，我好欣慰，想来喜鹊熬过这个下午，就算挺过来了吧，提着的心多少放下来些。可是进了家门，我依然不敢往阳台走，没有冲过去看喜鹊，而是坐下来先吃晚饭，担心万一看到不愿看到的情况就没心思吃饭了。饭正吃了一半，突然从阳台传来几声喜鹊脆亮的嘎嘎声，我心下大喜，放下碗筷直奔阳台，喜鹊正在那里扑棱翅膀呢，看上去似乎比中午欢实了些。"阿宝，咱们可真棒，我就知道你会好，等你能飞了，我就送你到院子里，你可以去找你的亲人了，这会儿可是要好好休养，不急着练习飞呢。"我一边跟它唠叨一边将阳台上的座椅搬走，怕它刚有点精神头就使劲折腾，撞到什么东西上。我满心欢喜地继续享受我的晚餐。哈哈，一场虚惊呢！真是自己吓唬自己。

当晚餐进行到尾声之时，喜鹊又叫起来了，这小家伙，刚好点儿就闹腾，还挺活跃。然而紧跟着，一声异常响亮、异常持久的嘶鸣划过整个居所掷入我耳中。我有些诧异，那叫声好长好奇怪，像是有极大的愤懑与怨怼，是怪我将它带到这陌生之地来了吗？脾气好大呢。可接下来出奇的静寂让我感觉不妙，屋子里的空气似乎凝固了，一切都凝固了。我急急跑到阳台，喜鹊仰面，炭黑色的喙子直指向天，两腿直直地向后伸着。"阿宝！阿宝！"我喊。"阿宝！快起来！阿宝！你怎么了？"我大喊。回答我的是罪恶的寂静。我不甘心，又不敢伸手去碰它，就用脚轻轻挪动地上盛了小米的碟子到它身边，凭我怎样碰触，它都没有反应。

我又等了十来分钟，等一个渺茫的希望，可等来的是冰冷的事实。我找来一块旧棉布单子将它裹起来，一手托起它小小的身体，一手拎了把小铁铲下楼了。

夜幕已沉，我把它带到距离捡到它之地不远处的花池边缘，在大柳树下给它挖一个小小的简陋的墓穴，这是它在这个尘世最后的家。我不能让它在垃圾桶里和恶臭的垃圾混在一处，也不想将它抛掷在荒地成为什么动物的美餐。我没能挽回它的性命，能做的只是让它死后稍微有些尊严。昏黄的路灯下，我挖了许久，不觉疲惫，也不在意路人奇怪的眼神，总想再多挖几铲，再深些，让它能睡得安稳；再挖长些，唯恐它长长的尾羽不得舒展。

蓝天属于过往，它永恒地归向大地了。望着空落落的阳台，就在前一刻，这里还是阿宝暂时的居所，此时不过就是个阳台罢了。睹物思鸟，那一声撕心裂肺的长鸣一直回荡在我耳际心间，是它临死前留给这个世界的声音，我想这大概就是"生命的绝响"。是对儿女的惦念？是对即将而至的死亡的愤怒？还是那难忍的疼痛使然？那一声，它用尽了残存在生命中的全部力量，惨烈，悲愤，它定是听到了死神的呼唤，它不甘，又无奈，但是谁能阻止它这对命运的最后一搏呢？

一天，朋友来做客，路过大柳树，我说："你看，阿宝就在那里。"

山蜘蛛的午餐

山蜘蛛不是学名，也不是小名，而是我在百里峡山路上邂逅的一只蜘蛛。见到它时，我刚用过午餐，而它呢，正守着它的午餐。

当然，蜘蛛并非一日三餐，不过，谁让它非在午后让我撞见了？人的思维转换到节肢动物的角度颇难，姑且就叫午餐吧。

我在下山的石阶拐角处，在凉亭外的小树枝间看到那张漂亮的蛛网时，也看到了静守蛛网一隅的乌油油的它，以及在蛛网另一端奋力扑棱翅膀的黑底白花的飞蛾。

飞蛾定是忙晕了头，撞在蛛网的边缘，只差一点就能逃过厄运。不知山蜘蛛是否已向它身体注射了毒液，此刻，懊悔不已的飞蛾明显体力不支了，时不时停下扇动的翅膀歇息，再挣扎再歇息……一切皆是徒劳，它的身体已被蛛丝牢牢地粘住，除了翅膀都动弹不得。山蜘蛛一动不动，与那只体积大它四五倍的美餐比起来，仿佛死神即将召唤的是它。

我和同行好友决定救它——可怜的飞蛾，善良的我们不允许一个无辜的小生命在眼前命丧黄泉。于是，两个平日里怕虫子的女人开始救援。

时间紧迫，性命攸关，来不及寻找工具的我用手机去挑飞蛾周围的蛛丝，数不清的蛛丝瞬间附着在手机上。当我费了很大气力在好友的帮助下将手机从蛛网中拔出来时，手机已变成五花大绑的"囚犯"了。我用手、纸巾、T恤都擦不掉（回到酒店用湿毛巾才清理干净，那是后话）。纤细的蛛丝，让我不禁慨叹蛛丝的韧性与力量之强大。后来得知，蛛丝的强度是同体积钢丝的五倍，我深信不疑。

想起芥川龙之介的短篇《蛛蛛丝》，为救曾做过一件好事的大恶人犍陀多，释迦牟尼将一缕银色的蛛丝垂向深邃莫测的地狱。犍陀多喝令随其后攀爬上蛛丝的众多罪人"滚下去"。随后，蛛丝断了，没有慈悲心的犍陀多重新坠入地狱。那断了的蛛丝至今还在极乐净土晃动着……

我们眼前的蛛丝不是救生而是要命的。经过我们的一番救援，飞蛾离死亡更近了一步——原本自由的翅膀被蛛丝困住了，已经很难扇动起来。我又愧疚又心疼，发誓无论如何也要将它从蛛网中救出。

蛛丝的韧性到底大不过人的任性，我们在亭子下的山坡上得到武器——小树枝，破坏掉蜘蛛的网罗，大飞蛾被我们轻轻放在凉亭的座位上。

可是它浑身缠满了蛛丝！

它已无力挣扎！

它再也飞不起来了……

看看我手机的惨状，就知道它无力去除身上的蛛丝。我心里五味杂陈，不知是救了它，还是害了它，加快了它的死亡。它逃离了山蜘蛛的肢解，又会成为谁的口福呢？

我抬头，看到一张破损的蛛网，蜘蛛还守在原位。面对飞来横祸，它是惊呆了，还是认命了？也许在检讨不该将网结在人来人往处，不然怎会遭此夺食之难？蜘蛛不用破损的旧网，它必须重新寻找地点与时机织一张新网。也许蜘蛛已饥肠辘辘，下一餐在哪里，还要等多久？那可是个未知数。

蜘蛛与飞蛾，谁的命更贵重，谁更该活下来，这大自然的官司只能由大自然来断决，而人为的善意和行为如果违背自然法则，不一定能结善果。面对因无知的良知与盲目的善意而造成的恶果，说一句"我已尽力了，不是我的错"无法宽慰自己的心；但如果没有行动过，无论飞蛾落得怎样的结果，我都会对自己有所谴责。真是难呢。这么说来，行动的结果倒居其次了，我们与其说在救飞蛾，不如说是在救赎自己心底里的良知。为了成就人所谓的良知，又有多少大自然中的其他生命付出了代价呢？

我们离开的时候，我没有回头，但一路上分明看见身后一张残网、一只濒死的飞蛾和一只饿呆的蜘蛛……

与马陆的缘分

吓到我时，还不知它的名字。

它肉滚滚的身，比我中指要再长出一个关节，比小指还细些，黑色打底，密匝匝的黄环均匀地缠了一身，像拉到很长很长的蜜蜂肚子，金属般的光泽低调发散着，让骤然撞见它的人或天敌误以为它长了又厚又硬的壳。按这描述，它理应漂亮，可惜过分的装扮毁了它形象。好恐怖！我"嗷"地大叫一声跳开，左右环顾，幸好不见一人。定定神，偏过头斜愣眼看，那家伙正往与我相反的方向蠕动。一阵寒气顺着后脊梁往脑勺蹿，似乎浑身爬满了虫子，我紧向前走两步，又着了魔似的停下。怪，小时候没少抓各种虫子，越长大倒越怕它们。细想来，不是给虫子咬怕，是被"虫子咬人"的故事吓怕了。

比虫子大那么多却怕它且怕了半生是件不光彩的事，我决定扭转乾坤，从现在起平和地对待虫子。而勇气表现欠佳，撑不起我突发的"雄心"，于是闭了眼碎碎念：欣赏它，欣赏它……它可爱，它可爱……

这喃喃自语如同符咒一样邪门，我竟然蹲下身子去看虫子了。我逼迫自己一直看到喜欢，真的发现了它的好。瞧它，数不清的没穿鞋子的小黑脚齐刷刷甩着步子，前——后——前——后……像两列训练有素的行进的兵（我甚至感觉它们还戴着炭黑的头盔），虫身被"士兵"高举，随行进的节奏向前平稳移动，庄严肃穆的样子，似乎在举行一项神圣的仪式，让看客恐怕轻慢了它。我入了迷，点开手机拍照。

这虫子是见过世面的，对于围追堵截的跟拍根本不在乎，脚步丝毫不乱，速度急缓得体。倒是我少见多怪，蹲在地上随它挪移。拍照不过瘾，又打开微信拍视频，离虫子越来越近，越来越近……我的手离它有七八厘米远的时候，一股肃杀的凉气渗入手背肌肤，不敢再追。

我将视频发到微信朋友圈炫耀，顺便请教高人虫子大名。圈里，怕虫的人一顿"拍砖"，说看着硌硬；明白人不吝指教：虫子叫马陆，也叫千足虫，不咬人，体内有毒液。

千足虫，这名字文艺，从前在小说里读到过，竟然有缘目睹，我高兴了一晚。

隔日爬酒店后的红螺山，游客与千足虫共享一条山路。人实在太高大了，景色又实在太美，千足虫实在太多。你不情我不愿的，可怜的千足虫在纷沓而至的大脚下一命呜呼。那一双双鞋子啊，对于千足虫无疑是压顶而至的大山。无辜的游人吓得乱了方寸，惊叫，跳着脚躲避。唉，小傻瓜，为什么一定要横穿台阶呢，泥土路上不好走吗？我又叹：上天给了千足虫那么多脚，可忘了给它速度以及思考的能力。它以为唬人的样子、致命的毒液足以吓退天敌护身周全，却不知要了命的反而是无意的伤害。谁会对无意的伤害有所戒备呢？山路上，我刚刚识得的小虫，一半慢吞吞地爬，一半横尸山野。烂泥样的尸体左一处右一处堆在通向山顶的石阶上。我心生哀怜，连那活着的也不忍看了。

再一日傍晚，我在山下遛弯，碰到看护山林的老哥，他用脚尖指着爬行的千足虫说："现在这东西越来越多了。"

"为什么？"我好奇。

老哥指着小铁皮屋后满山葱郁的树木说："枯枝烂叶子多了呗，马陆吃这个，繁殖也快。"

真好，也许上天有心弥补，给了行动迟缓的千足虫强大的繁殖力。真好。

"这玩意儿啃菜根，毁菜地。"老哥补充。

唉，好什么好？原来让我牵肠挂肚的马陆是害虫，我的担忧与叫好瞬间沦为笑话，仿佛自己是马陆的帮凶了。

但我总愿意相信这惹人嫌的虫子对于大自然有它的贡献。

上网查找马陆的价值，多讲其可入药，费了好大劲才查得它存在于自然界的正当理由：马陆是森林生态系统重要的分解者，如果没有分解者，森林里的腐烂枝叶将会堆积成灾（此时可以脑补一下垃圾山的恐怖），森林也将不复存在。

我不再自责同情了害虫，也不再为千足虫的命运担忧。总还有森林需要它、养护它，而我们人类总还需要森林的。至于是害虫还是益虫，怎好下定论？本来，这世间的好与坏、对与错都是相对的，要看评判者是谁，以及评判者的高度，或者，不如把评判的工作交给大自然，由它去裁决吧。

李文强

作者简介：

李文强，笔名海珺，1990 年生于河北河间，

现为北京市海淀区作协会员，

先后在《解放军报》《人民海军报》《沧州日报》

《沧州晚报》《晨曦》等杂志报刊发表文章百余篇，

著有诗词随笔《最难忘却古人诗》和散文集《风流河间地》。

红牌楼街

　　这是一条可称悠久的古街，至于有多"古"不得而知，我对她的印象始于20年前，也就是自从我记事以来。

　　红牌楼街上面有座光明戏院，那是在旧社会上至达官显贵，下到闲散游民蜂拥听戏，放纵精神的地方。里面的繁华种种皆存在于静默流深的岁月里，自我记事起，她便破败不堪了。而这条街像是伴随戏院一同破败，又据说她从前不是这样，在更久以前这里还属官道，河间府署的衙门就设在红牌楼街上。"河间府"作为京畿重镇，素有"京南第一府"的美誉。想象着鸣锣开道，府署老爷坐轿巡游的场景是何等风光气派，耳边猛泛起一阵鸣音，我心里却如开花似的热闹，仰头寻望着谁人如此威风。可我还未来得及凑入人群，再一回神，恍若几世纪前的梦幻就此轰然破灭，我仍如未及成年的孩子般，置身这条闹市的街上，天旋地转，像一只遭受外力鞭打疯狂旋转的陀螺，看不清周围的些许事，但我听得清，那如刺进身体高分贝的叫喊。不知是谁家壮实的青年，在酒足饭饱后扬起麦克风吵嚷着：亏本清仓，男装50元一件。而对面的小伙儿也不甘示弱：30元的纱巾，随便挑随便选。声音此起彼伏，真像隆冬过后争春的鸟叫，搅扰得整条红牌楼街日夜不歇，这也就是深藏于我记忆中她最原始与最真实的景象。

　　原来这是一条杂乱无章的商业街，因为市井气息浓厚，所以谁人都喜来此逛逛。这也就使我养成了想起红牌楼街，就想起那种放纵自由的心态。其实呀，那些在此成日丧失理智狂喊的商家，在他们接近噪声的表象背后，没有谁是真的痴傻。如果说这种嘈杂的叫卖是表演式的推销，那进店光顾的顾客就是被剧情吸引的观众了。想来花上点小钱，买一条不能改变任何生活秩序的纱巾回家，人们倒也乐意将这种消费当作一种消遣，仅图个小乐，哪怕买回去束之高阁，至少体验到了逛街的悠闲与略有收获的满足。

红牌楼街上每天吵嚷个不停，恰能说明她商品种类的丰富。这倒让我又感到紧张起来，实不知该怎么夸耀与描绘她的那种丰富如何有别于商场里的琳琅满目，我所能想到的词汇仍是"市井"。有些小物件总会给人惊喜之外的欣欢，像女孩儿钟爱的发卡，总挤满在柜台内一方小盒子里，越是别致的，越是羞答答地躲在深处，生怕沾染上任何一丁点俗气。想是再精致的女人，也无法抵御精巧外饰锦上添花的诱惑，况且它们还物美价廉呢！从北京远道而来的表姑，回乡后，总是迫不及待地带我奔赴红牌楼街，一口气把许多喜爱之物据为己有。抱我去时的步履轻盈，回来时连我都要助她一臂之力的举步维艰，我想表姑定还有买不尽的遗憾，不然怎会是年年周而复始地对此往来不厌？其实，红牌楼街并不宽敞、干净，仅似一条藏在城市里幽深的大巷子，街上时常出现垃圾污水和烂菜叶子挡住了去路，但不至于大煞风景，是为一幅幽巷的古画，绘添上了浓墨重彩的一笔。

垃圾、污水和烂菜叶子是街边的小吃店倾倒的。散落在红牌楼街上的各类排档、小吃，使得满街都飘逸着勾人馋虫的饭香。常有情侣挽手来到这里，逛街累了便寻觅美食小店。来到一家烧卖馆门前，男的会望着招牌问女孩："要吃什么？"女孩莞尔一笑，指着门帘说声："随便。"他们并肩齐笑着走进馆子，扑面而来的是即将上桌的蒸笼内鲜熟烧卖的一团热气。人在幸福时身子总是微弓着的，而男女一直佝偻着，直到选好位置坐定。待烧卖上来，他们先是轻咬上一口，里面露出来油滴滴的肉团，然后再耐心咀嚼起来，彼此深情地凝视对方，才使人发觉，其实爱情并不止于衣食的名贵与高档，于寻常滋味中悟得幸福，不至于难以下咽，那才能算为般配，也好柴米油盐地过一生吧！

屋外的麦克风还在叫喊着，红牌楼街上的店主像是不知疲惫，他们，也是不能不叫的，好使老街不必怅然怀古，在渐次遗忘的萧条与冷漠中，唤醒她今生今世的多彩与光辉。

在我记忆深处，闻声还依稀记得他怒吼般的说辞。那也是个叫卖人，只是嗓音格外洪亮，或许是货色尚佳让他扬起了莫大的自信，更是这种高亢的声音给顾客一种心灵上不可或缺的安抚，双方的热情才能达成交易时的情绪高涨，这是任何奢华的购物商场都不曾有过的消费体验。如若红牌楼街上那股声音沉默下来，逛街的游客也必感无措和慌张，想是整座小城都会失了声音的色彩，瞬间变得死寂，倒使我吓得满是惊恐与后怕。

狂喊叫嚷吧！此起彼伏，日复一日，每天永不停歇地喊着千万遍，似一股股饱含热情的风在水面激起阵阵淘浪。可人们早已波澜不惊，似沉醉其中的狂喜，在各类呼唤中完成了一桩又一桩交易，志同道合者一蹴而就，渐生分歧者讨价还价，一场买卖恰是一场消遣与讨好心情的良方，何乐而不为呢？这样红牌楼街便更显热闹了。

这条历史极为悠久的老街，虽沦于市井，又怎能没有文化呢？那么在沿红牌楼街的一条窄巷中的书市遂成了她精神的命脉。书市蔓延窄巷长长一串，闻惯了撩人肠胃的东西，看厌了爱慕虚荣的服饰，唯有这里的书香能使我一饱眼福了。当然，多数情况下我是只看不买的，毕竟那时还是孩子，对吃的概念远胜于精神的追求，便拿着父母给的有限零钱，买个驴肉火烧，然后来这里闷头看书。或蹲或坐任由着性子，地方并不宽敞，更远没有书店里的那般舒适感，但我并不觉局促，倒是备感自在呢。这里来往的游人如织，或许多少都有些文化，相比红牌楼街上的闹市，这里的人们更喜低头沉默，也没有四处张望或表情上面带个性的浮夸，能在凌乱中开辟静处，能在嘈杂中静心，自感都是极具修养的事。我从小便最爱在此游荡，时常放学后遗忘了回家，这使得我在长大以后习惯在热闹中寻觅安宁，喜欢在人群中默不作声，时常会记得当年席地而坐读书时的样子，争与吵无关我的方寸之地便是安然，物欲与精神所需其实就是两个本不相关的个体，该物质的时候物质，该陶冶时陶冶，红牌楼街恰教会我两者之间的辩证统一。只是，至今我仍有一事不明，那些奔着美味佳肴与光鲜衣着的人来到书市是在找寻什么，难道是在寻求一种与众不同的安然？我寻望着，他酒足饭饱后的油光满面，手镯、项链粗成拇指般的模样，明晃晃地耀眼。这是多有趣的一幕，酒气与书香格格不入地混淆在了一起，想必这也是一种市井特色，是在书店中绝无仅有的景象。记得我曾在书摊上，翻看过一本破烂不堪的老书，印象深刻地记下了上面有首唐诗：

> 先生已得道，市井亦容身。
>
> 救病自行药，得钱多与人。
>
> 问年长不定，传法又非真。
>
> 每见邻家说，时闻使鬼神。

张籍的这首《隐者》，读来倒是潇洒自在，想必他过惯了这种闲散自居的生活，也才有了在《采莲曲》中"秋江岸边莲子多，采莲女儿凭船歌"的欢脱乐趣。往书后翻，我又看到上面说冯贽《云仙散录》中记载，张籍一贯迷恋杜甫诗歌，遂将杜诗名作一页页烧掉，纸灰再伴着蜂蜜一日三匙地当作甜点小品吃下去。朋友问其何故，他还欣慰地说："吃了杜诗，我亦可下笔如有神。"这倒引来了旁人一阵哈哈大笑，随即我也跟着咯咯地乐了起来。此时书摊大叔会趁势问上一句："小孩儿，你买不买？"我抱着书连说："看看，看看。"他也便不再询问了，远没有红牌楼街上的吵闹与热情。书摊大叔等待着低头沉读的顾客询价，或索性他也低头读书，各安天涯，这像极了张爱玲《半生缘》中所说的："我们都是寂寞惯了的人。"现在想来也应感谢大叔，使我感到可以轻易获取的快乐，并不廉价还伴有对他人的尊重；也是我感到可以在纷扰中寻求到的宁静，只与张扬相差一个清浅的低头。

在书市的窄巷里游荡够了，我又随着人流回到了红牌楼街，毕竟在窄巷里没有阳光，连时间都显得格外漫长。当年的红牌楼街，是没有汽车驶入的地方，管他冬天还是夏天呢！人们都步行至此，像是一条天然而成的步行街。远离了嘀嘀作响的压迫感，街口处也没有深嵌地下的铁柱路障，心想以前的人们怎会如此自觉呢？但也有不自觉的时候，像街市门口下棋的老人，说好的在路边一旁，可杀来杀去竟偏向了马路中央，车马炮在棋盘上摔得噼里啪啦乱响，围观的游人哪有"观棋不语"的君子之风，分成了两派，叽叽喳喳地吵个不停。

还有不自觉的年轻人，开车不成，索性骑着自行车招摇过市。许是女孩累了，男的自告奋勇要载她休息，还不曾褪去学生气的青年男女，还在不可悉知青春为何物的年纪，还散发着自行车可以载动爱情的气息，倒为红牌楼街增添了几分标致。此时，随我记忆同红牌楼街终身相伴的胖婶，立在自家铺子门前趁机喝住小伙：别光带着姑娘瞎逛，进来喝碗羊汤吧，鲜香得不行，这样就更显水灵了。那言语坦诚得有些直露，玩笑间又带有挑逗。说着，胖婶用大铁勺舀起热气腾腾的汤汁，又垂直倒进沸腾滚烫的锅里。胖婶一举一动总是勾得人垂涎欲滴。只是男孩见此，脚下蹬得更起劲，像受到惊吓的一匹野马，载着女孩一溜烟儿地钻到了人群中，但看到背影又是得意的。

红牌楼街上还有着一所"第二中学"，这也是一座堪称悠久的老校，据说就是它取代了府衙的位置，在原址上兴建而来。这里也是爷爷所在师范进修学校教书的地方，那时他常带我进院子里玩耍，后来更是成了我中学时期的母校。

试想，有了学校的红牌楼街就更挤了，上下学时总有一阵骚动。我的记忆里朦朦胧胧的，总是闪过一张张熟悉而又稚气的面孔，活生生的，他们有青春洋溢打闹追逐的迅捷与生猛，也有闻声战栗尖叫的喜悦。学生时期的玩伴，才是他们最纯洁天真的倒影。那时的少年，也包括曾经的我，怎懂得利益与安危，上学下学的时光仅预示一天的开始和结束，简单到使我们从容。当然，这种从容也最快乐。所谓少年不识愁滋味，我不知现在的孩子还会有吗，毕竟我长大了。

夕阳西下的时候，也是红牌楼街最美的时候。巨大的落日像是从西边坠入深谷。人们一般意识不到他的存在，但是红牌楼街，会伴随太阳一起坠落在黑寂里，在历史的洪荒中沉沦迷失，待到养精蓄锐，便又恢复了第二日的喧嚣与生机。

我不知红牌楼街还能否记起她前生前世的模样，或许今生今世的歌舞升平、纸醉金迷，也当是知足了吧！毕竟在融入城市的发展中，她以特殊的贡献方式满足了几代人的和乐与需求，不可称其光辉，但也足够灿烂圆满了。

只是如今，当我时隔多年休假回家时，再特意前往红牌楼街体验那股自由与喧闹，而却突然寻之不在了。这使我的"恐慌感"陡然倍增，再寻找街市上的小吃、书摊、学校也已不见了。随之而来的是，当年炸臭豆腐的铺档摇身一变卖起了古玩字画；我的书摊窄巷似人间蒸发般空空如也，在满目荒凉中杳然无踪；而我的学校呢，灰飞烟灭后又拔地而起成了河间府衙，40元一张的观光门票，迎来送往倒也乐此不疲。似变戏法一样的把戏，如今的红牌楼街渐欲以"文化"自居，这当然只是一种人为的包装与宣传，因我并不知晓她的前生，而对于今世，我印象固定地使她难逃市井的习气。

可当我游走累了，主要是拖带着那种惶恐心情的沉重，准备席地而坐休息片刻的时候，忽才发觉景区广场的空地处，平白多出供人休憩的长凳来，这倒显得恭敬而又周到。我想，当有必要再竖立方醒目的牌子，打上"欢迎请坐"几字才更显殷勤客套吧！不然遭本地风情熏染于一身的人，怎会置它远去，或就算是坐也显得恪慎小心，只沾边一角呢？河间府衙的高大，恰印证出了我为市井之徒的谦卑，悲从中来，我心中的恐慌感也便思之更甚了。

听奶奶说，几年前红牌楼街还不是这样的。当时府衙竣工，初具规模，城乡自主耕种的老农会每日清晨将新鲜的蔬菜汇聚在此叫卖。现在虽不如当初的繁华，倒也觉得热闹。舅姥姥也来到这里，将自家长成的豆芽拉来换钱，好贴补家用。每遇到奶奶骑三轮车晨练归来，她总会送上一些，若是推托不要，就会悄扔至车上，回家后方得发觉，早已为时过晚。奶奶不贪图恩惠，却也不善驳人情面，为此总躲着舅姥姥的摊点绕行，但想要吃上新鲜蔬菜，红牌楼街又是必经之路，所以每回家，回身又多出惊喜之中的豆芽来，周而复始，倒使这份曾经渐疏的亲情变得浓厚，奶奶也常做些拿手的吃食给舅姥姥送去，往来不绝。

听至此，想我还是猜中了她的命运，看吧，红牌楼街是摆脱不了那股市井之气的，这样我的胸怀也遂多了一种恬然与轻松。可接着，奶奶又说，河间府衙的景区渐趋正规，为配合旅游开发的建设，增强红牌楼街文化内涵的打造，这里的菜市终究还是开不下去了。

　　在红牌楼街呢，我在她游人如织的闹市街头穿梭中长大，我在她商家疯狂的叫喊声中讨价还价，我在她偏安一隅的字里行间中感知世事，我更在她饭香四溢的饭馆中吃喝惯了！曾就是这样的相融与熟悉，我眼前的红牌楼街也蓦然变得陌生了。这里逢年过节汽车开始排开长队地来，他们欢歌，他们热舞，他们似在随时高喊着：来呀，来呀，四面八方的游客，欢迎来一睹"京南第一府"的真容，欢迎来到文化底蕴深厚的河间古城。是的，外地游客迅猛增加，而本地人对红牌楼街却变得渐次陌生了起来，难道这种文化或说人文，是脱离了乡亲，与四海之内兄弟的亲近吗？我深感不安，也不敢深究答案，毕竟回忆的美好是我今生快乐的源泉。眼前陌生的红牌楼街使我变得多疑而敏感，我想寻找蛛丝马迹印证她仍尚存一息市井之气，而我心灵的恐慌，又促使我赶快逃离。

医者佛心

讲真话，想要为你作文，是我长久以来的心愿，可又害怕写不好被人笑话。笑话我不要紧，若连累到你，那就有违了我的本意，所以此事算作秘密，一直未对外人提及过，除了我的父亲。

他支持我用文字来记述你，不管以怎样的体裁。我知道，这是我的父亲与你友谊的凝结，还有他的家人长期得到你的医护，所常怀的一份感激。为此，他陪我，或自行去了很多地方，想要将尽可能多的素材提供给我。正是这份感激，迎合上了你的善念，让我豁然明了"医者佛心"的真正含义。那么，就让我们隔空在文字的机缘之中，来诉说出"医者"与"佛心"的这场因果，还有"佛心"所化作的慈悲。

你常记起自己在西北地区生活过的一段时光。我想，那该称作冥冥之中的天意吧！景泰县是原属于武威地区的一座小城，地处黄土高原与腾格里沙漠过渡地带，是为河西走廊的东端门户。

历朝历代的征战，促进了它各民族文化的交融，所以这片土地历史悠久，就像它沉淀在岁月中的风沙一样厚重。当年，你的父亲从军在此，便又在此组建了家庭，后响应国家号召，投身西部建设。因此，景泰县是他人生的重要一站，而这里又刚好成为你人生之旅的起点。

过往的岁月，仿佛在很久以前就告诉过你了，那是说如何在旅途之初，走好利于成长的平凡之路。若换一种说法，就是你的这场路漫漫其修远的修行，很早前便得以被昭示与说明了。

还是在你顽劣的年纪，有一天，和小伙伴跑到城东的一片废墟之地游玩。这里有洞窟，有阁楼，有碑塔，距离不远之处，还有一块"落凤石"，石上依稀有抓痕，自然当有传说：曾有凤凰来栖。凤凰，是中华民族所创造而独有的图腾，也作为吉祥美好寓意的象征。凭借着这份神秘与好奇心，"落凤石"一下子吸引去了你的所有玩伴，无不攀爬、触摸，在爽朗的笑声中衬托稚气，欢闹且愉悦。可唯独你，转身去往了另一个方向，来看望那静默已久的阁楼与洞窟。这里的洞窟依山而造，在山的背面便是滔滔黄河。可奇怪的是，这片地域像是经过了神灵的庇佑，使得这里的河滩地势平坦，河道宽阔，流经此处的黄河水并不澎湃，更像是显露出母亲慈祥的笑容，在波光潋滟中，张开了它温柔的怀抱。

只是可惜，当年你成长在一段特殊的历史时期。眼前那座用来登高观河的阁楼，早已不复它"修建年代不可考"的痕迹。你还来不及对古代能工巧匠产生敬畏之心，还来不及一览祖国山河挺拔峻秀，它便在几年前的浩劫中被焚成了残迹。你那时候，还不知感慨与惋惜，索性便不再关注风景，而将目光，全部投入寻索洞窟的兴致中去。

当然你也还不知，这些大大小小的洞窟，能够与你逢面，该说也是缘分。洞窟的命运，本来也应在这场浩劫中毁于一旦，只是有幸的是，在即将遭遇破坏的那一刻，这里的人以窟内放有炸药为由而拒绝开门，才使得千年文明幸免于难，于几年之后出现在了你的面前。

当年，你虽不了解它的前世，但今生的相遇，还是足以令人怦然心动的。你走到洞窟的塔柱跟前，见它四面开龛，龛内各塑佛像一尊。那时你亦不知，眼前的释迦牟尼佛为康熙年间重修的，而其余三尊神情自若，腰细面圆，方颐突出，则属于宋代产物。在窟后南北二角，各塑有泥佛一尊，金面丰腴，坐于束腰莲座之上，均内着"僧祇支"，下着裙，外着袈裟，似为晚唐遗存。面对着前世源远流长的古物，有那么一刻，你猛然抬头，而后环顾四周，发现另有千尊小佛，形态各异，分列窟内两旁。在这惊奇与惊叹之中，你顺势再次仔细搜寻，本能地寻找有关文字的记载。

终于，在洞窟外沿，你找到了倾躺在那里的半块石碑。石碑上的文字模糊难辨，尤其还是在你认字不多，更不知识文断句的年纪里。但是好奇心，还是驱使你耐着性子将刻满文字的半块碑文看了一遍，最终不负苦心，竟有三个字你可认得，即"千佛寺"。随即你便自信满满地认为，这个古老而神秘的洞窟，就是碑上所说的千佛寺了，这是毫无疑问的。

收获了满意的答案，你跑去找伙伴玩耍，而并没有把此事告诉过任何人。只是"千佛寺"这个答案，不单单轻轻映在了你的眼前，随着时光的推移，也潜移默化地植刻到了心里去。尽管从这件事以后，在很长的一段时间里，你未再踏入过这片故地，也可以认为你把童年时的玩乐地早已经遗忘了。

但后来的你有怎样的经过呢？日子在朝朝暮暮地流淌，时间伴你翻越山林，走出荒漠，好学如你，将更多的精力都倾注在了伏案读书和做学问上。静候在景泰县城东以外的那场今生之缘，还是很有耐心地守候在那里，也在盼望着你的再次归来。

弹指流光，等你大学毕业，即将走出陕西中医学院大门的那一刻，按照当时自主分配意愿，你要求回归原籍河北省河间市参加工作。而就在你即将动身离开的日子里，那片石窟连同"千佛寺"这个名字又从心底浮动，显现在了眼前，于是你毅然决定要再去景泰一趟，要特意再去看看那片残破不堪的儿时故地，如同远行之前的一场道别。

记得沈从文曾在《历史是一条河》中说："但真的历史却是一条河。从那日夜长流千古不变的水里，石头和沙子、腐了的草木、破烂的船板，使我触着平时我们所疏忽了若干年代若干人类的哀乐！"当你再次回到景泰，是在学成以后，这时已不再如小时候，空落着，只带着三个字的记忆走。此时的情景，"文化大革命"早已远去了，改革开放也已到来了好多年，你仍保留着孩童时的稚气与单纯，毕竟学生时代你的梦想，就是在平凡的岗位上度过朝朝暮暮的时光。你似乎从未做过什么梦，但若能够实现这么一个愿望也便够了。

那日，你终于重新站在了记忆中的"千佛寺"面前，如同体会着"若干年代若干人类的哀乐"。可惜的是，眼前的景象，早已不再是你记忆中的样子了，那曾倾倒于一个角落的半块断碑也没了痕迹，自然那篇碑文除了那三字之外，其余再也无从解读。

好在你懂得顺应与坦然接受，即将原定到访于此的初衷，由一种解读、一种印证，顺其自然地改为了一种安排、一种欣赏、一种命运。唯独可笑的是，就在新镌刻的碑文中，你又发现了"千佛寺"这几个字。于是，你便若有所思地伫立起来，就是这片刻的停留，仿佛一种牵引的力量驱动心灵走向了开阔之地，就像山外的黄河，夜以继日地奔流向大海般执着与决绝。原来意念中的错觉，曾长时占据了你的本心，这里本名"五佛沿寺"，而所谓"千佛寺"不过是俗称罢了。你再次环顾窟内两旁壁上的千尊小佛，随后哂然一笑，当年的断章取义，竟错误地引导你重归于此，想必"五佛沿"你定会记不深刻，而窟中"千佛"仍是你记忆中的样子。这场佛缘与因果，原本是你不曾想到过的。

重新修缮的观河楼是五佛沿寺的一大景观，上层望台前伸，斗横顶托，附山而立，蔚为壮观。而最引起你注目的是门前的一副对联——

今古景观开胜局

内外联合写华章

横批：福泽万民

在这佛光普照之地，在这山水萦绕的西部小城，在这秋风瑟瑟的日子里，你略有恍悟地明白了佛法的奥义与伟大。于是顺便结合自身，即将走上工作岗位的你，将会以一名神圣医者的姿态去救苦救难，同样是为了福泽万民，这不就是一场关于道义和佛法的修炼吗？也是从那一刻起，你开始心怀菩提，将救死扶伤视为人生信条，助人于苦难中寻获痊愈，从此医人修心成为你生命中的全部佛法，也完全可以说是，这就是你追求平凡而福泽人间的全部生活。

一个人，在苦难的时候，无非会通过两种途径寻求解惑：一为医身，另为医心。医身者，依靠你的高超医术，可得健康；而医心者，则需要你真如智慧永恒不变的本性将人开化了。你聪明自知，明白这本非易事，为此需要求取一颗"开缘随性"的真心，已将单纯"医病为身"的假心打破。这些都是在以后的时间里，随着你医德与医术的提高而渐渐领悟到的。这即是如今你身为医者，最终要求取的那颗佛心，是心灵通过真相而认知本相的一个过程。可这过程的认知，需要你数十年如一日地去走近，从此你在追求医学之路上笃定前行，你如行走在朝圣之路的苦行僧般，满怀虔诚和勇往直前的信念，来度化别人，更为了度化自己。这便是你从景泰，走向西安，又回归河间，一路开辟，而渐渐清晰了的一条蹊径。

每当我想起你，在幼童时与"千佛寺"相遇的那场因缘，总是在预想它会带来的各种结果。这结果想必就是你青年时的那场重逢了，使得心中的"千佛寺"，成为现实中的"五佛沿寺"，而你在这次重逢中所得到的收获，是持续且永恒的。

考虑着该如何写好这篇散记，我曾有过几次想要只身前往景泰，实地感受五佛沿寺的冲动。但现实条件不能为我提供这千里之行的机会，可我还考虑着，这篇文章要写下去，一定要依附于某种有形载体，而非尽是我凭空臆想出来的东西。

在我为此焦虑，寝食难安的时候，单位派我去房山学习。正是借助这次机会，机缘巧合地来到了与我意念之中五佛沿寺十分相似的地方，名为"万佛堂"。

与万佛堂的相知相遇也可称之为缘分。当我在房山期间，第一次听到这个名字时，便不由得心头一震，更不由自主地使我联想到"千佛寺"来，也就是在你记忆中，幼时五佛沿寺的模样。所以浮于心头的预感告诉我，一定要到那里去看看，定会有所收获。

于是，在一个周末的傍晚，我特意乘车向西，曲折行进20公里，得见了迫切想要观瞻的万佛堂。它门前嵌有"大历万佛龙泉宝殿"几个繁体字样，殿内正中雕释迦牟尼佛坐像，两侧伴有乘狮文殊菩萨像和乘象普贤菩萨像，殿堂两壁镌刻着《万佛法会图》，或双手合十，或献花奉宝，形态不一。眼前所见，皆与我印象中的五佛沿寺相契合。而略有不同的是，这里不见可以凭栏远眺的观河楼，可万佛堂之下的孔水洞却深藏着隋代石雕佛像的真迹。更有所值的是，万佛堂左右各立一塔，左面元代砖塔不足为奇，右面辽代华塔却玲珑八面。这让我联想起了，是不是幼时你所见，洞窟塔柱所雕琢的模样。只见华塔八层相叠，各有龛室，龛内佛像叠错，龛下托依圆雕的狮、象等形式的龛座精美绝伦。

你童年的记忆，连同青年时的过往，我依此做出的大胆揣测，也不过是眼前的模样。或许，就算是我们同处一景，以你经过的人世沧桑，连带佛心慧眼，也定会看出与众不同的容貌。正如《金刚经》中所说的那样："凡所有相，皆是虚妄。若见诸相非相，即见如来。"哪怕当初被破坏严重的五佛沿寺，想必如今在你眼中废墟亦早已化作了泡影，所隐没的不过都是暂留人间的假象，这是佛法的不争所教会你的生活，从而令你以医者之身，相貌音容展现出安详亲切的气场，就像独具慧根的草木和灵水气息拂面而过的感觉，激起人心中清浅的涟漪，像一次洗涤，一次沐浴。

若说往事变迁，引渡你成长，又是不对的。你似乎是懂得成长之后，才领悟到变迁吧！只是想想，当年你留在五佛沿寺的经历，如今不复存焉，或许你过去的见证可以成为史料，而念念不忘，留于印象中有关"千佛寺"的半块碑文，则成了你口说无凭的牵挂，再也不见了，该是说缘分尚浅和那唯一的一次赐予，都是成为这场因果的开端。

佛家《楞严经》中有言："我本因地，以念佛心，入无生忍，今于此界，摄念佛人，归于净土。"就是在这个世界上，偏偏那次巧合，你因地而开悟明心，从此以一名医者的身份，净心接受佛法的教诲，没有了得失的计较和高低的争论，多是对患者的挂碍和一心救助他人的虔诚，这正是你所追寻的平凡，这正是你人到中年，进入了智慧的、无我的、圆满的状态。于是，一个念头便在你的心底萌生出来了，遂同几位好友商议，决定在城内兴建一座佛堂，以弥补河间市内无寺的空缺。

这不是妄念，你随邓乃忠、王素芳、程富霞、胡振芳等居士一起开始了奔波与筹建。旁人大抵认为你做不到的事，很快即成了真。在商议为新寺命名的时候，众人没有多少话说，而你神态安宁，心里却闪闪烁烁的。因为，在那一刻，你又想起了数十年前的场景，它反反复复地，消散又聚集，聚集又消散，于此飘忽不定。当众人询问你建议的时候，你就随着自己的心思说了出来——千佛寺。

其实，以你的稳重与智慧，凡事应是懂得沉淀的，而这次却说了出来。我特别理解那种感觉，就像我想要为你作文，而不知如何下笔时，当眼界制约灵感的时候，他人无意一语的"万佛堂"，足以令我为了心中的"千佛寺"而抖足精神地去寻找。更何况，它对于你，不仅是再寻找就可以找到的载体，而是这场几十年前为你种下的"因"寻求的一个"果"，这样你自然在这场因果与修行之中，明慧了虚与实之间的禅意。于是那高高匾额之上镶嵌着"千佛寺"三个崭新的黑底金字，也显露出慈悲的模样，从此这里成为河间广大佛教信徒的祈福地。

在工作之外，有你定时的打坐，有时在这里一坐就是一天的光景。你的体态轻灵，身心愉悦着，像是回到了景泰，在石窟跟前伫立，还有看看倾倒在窟沿外的那块断碑，一如那天的场景历历在目。

幸运的是，你的第一重身份首先是位医者，而后才是一名信徒，这是救人与救己前后顺序有别所体现出来的一种高尚。如《佛说八大人觉经》中所言："心是恶源，形为罪薮。"而反言之，如你，"心是良源，形为善薮"，才最为贴切。所以我一直焦急、迫切着，想写这篇文章送给你，即使不为满足父亲的心愿，这也是我长久以来的心结之一。因为在我所书写的文章里，包含着你今生今世的因果与行程，你也正是用一生的光阴在沉稳践行。几年前，我与父亲陪同祖父去中医院检查身体，祖孙三代人挤在你并不宽阔的诊室内，听你舒缓的言辞如流水一样，使我感到亲切，还有舒服。我在诊室墙壁上看到患者为你送来的一块匾额，上书：

药师琉璃　光普娑婆界

慈悲济世　除病利群生

这不正是临毕业之时，你重回五佛沿寺，所见那副对联横批"福泽万民"，而今映于己身的真实写照吗？是你心怀菩提，秉承执念，追求平凡而福泽人间的全部生活。希望你能在修医与修佛之路上走得更远。最后我以旁观者的姿态，在文字的机缘之中，用叙事的方式来记录下这场因果，来表达我和家人对河间市原中医院李继华医师的深深感激。

张秀娟 |

作者简介：

张秀娟，笔名熔岩，中国诗歌学会会员、房山区诗歌学会副会长。
散文及诗歌作品散见《北京文学》《京郊日报》《燕都》
《兴仁文苑》《范阳文丛》等文学报刊，
并多次在市级以上文学大奖赛中获奖。
2019 年，参加北京老舍文学院第三届中青年作家高研班学习。

戒 酒

"海上生明月，天涯共此时。"又到中秋，一家人饮着菊花白、品着大闸蟹，其乐融融。我虽已戒酒多年，此时也接过晚辈斟上的美酒，与家人举杯共祝佳节。此时此景，心中不禁五味杂陈：人在旅途，几度沉浮；人在江湖，身不由己；人在酒途，谈何容易？想起自己当年征战酒途和戒酒的种种，真是啼笑皆非，心中不免有几分惆怅。

酒文化，是中华民族传统文化宝库中一颗灿烂的明珠。中国人饮酒，不是为了饮酒而饮酒，更多的是为了精神生活。酒文化作为一种特殊的文化形式，在传统的中国文化中有其独特的地位。在几千年的文明史中，酒几乎渗透到社会生活中的各个领域。中国古人将酒的作用归纳为三类：酒以治病，酒以养老，酒以成礼。几千年来，酒的作用远不限于此三条，起码还包括：酒以成欢，酒以忘忧，酒以壮胆。酒，在人类文化历史的长河中，已不仅是一种客观的物质存在，而是一种文化象征，即酒神精神的象征。在中国，酒神精神以道家哲学为源头。庄周主张物我合一、天人合一、齐一生死。

因醉酒而获得艺术的自由状态，这是中国古代诗人解脱束缚获得艺术创造力的重要途径。"李白斗酒诗百篇，长安市上酒家眠。天子呼来不上船，自称臣是酒中仙。"（杜甫《饮中八仙歌》）"醉里从为客，诗成觉有神。"（杜甫《独酌成诗》）"俯仰各有态，得酒诗自成。"（苏轼《和陶饮酒二十首·其三》）"一杯未尽诗已成，诵诗向天天亦惊。"（杨万里《重九后二日同徐克章登万花川谷月下传觞》）。南宋政治诗人张元干说："雨后飞花知底数，醉来赢得自由身。"酒醉而成传世诗作，这样的例子在中国诗史中俯拾皆是。更有"曲水流觞"的佳话传为美谈。

我国四大名著中，都有与酒相关的精彩篇章。如《三国演义》中煮酒论英雄、温酒斩华雄；《红楼梦》中湘云醉酒；《水浒传》中武松打虎；《西游记》中因醉酒调戏嫦娥而被贬下界的天蓬元帅可算得上是最倒霉的角色了。

不知从何时起，厚重的酒文化被赋予了与"面子问题""功利心"紧密相关的新内涵。花样翻新的酒局把醇香的美酒喝变了味儿，颠覆了中国人崇尚礼仪、热情好客的传统美德，玷污了源远流长的酒文化。

酒，之于父亲，是一生的钟爱。一个历经70年风霜的老人，一生简朴度日，独爱这一口。我作为长女，耳濡目染地，也成了爱酒之人，但在岁月的旅途上，不知何时摒弃了家传的酒风，带着功利、俗气、义气饮酒，喝坏了酒风，也喝坏了身体。陪父亲喝酒，喝的是亲情，是安心。酒香情浓，在对酌中，慢慢体会父辈的心性和对后辈的希望，让父亲看到自己成熟的一面，放心地安享晚年。我认为这也是一种孝道。

我第一次尝到酒的味道，只有五六岁。那时候，父亲经常在吃晚饭时，拿出一瓶二锅头，斟满一只画着兰花的小瓷盅，就着母亲端来的一小碟花生米，慢慢地喝，有滋有味，一天的疲劳就消散在这一小盅"粮食精"里了。那时的酒珍贵不好买，加之经济上也拮据，父亲只能隔三岔五地喝一次。我经常坐在父亲的腿上，张开嘴，晃着父亲的胳膊，让他把花生米"抛"进我嘴里。那是只属于我和父亲的游戏，乐此不疲。一次，我又在吃饭时张开小嘴等着父亲喂花生米，父亲却把蘸了酒的筷子头放进我嘴里。我被呛得眼泪都出来了，只是一瞬间，我问父亲："这到底什么味儿呀？又辣又甜，再让我尝尝。"母亲听了瞪大了眼睛，脸上的表情很诧异。父亲欣喜地说："真是我的好闺女！"一边又蘸了点酒抹到我舌头上。我伸着舌头，咂摸着嘴说："甜丝丝的，以后我也要喝，爸爸不许偷馋。"母亲急了："丫头家家的，不学好。"父亲摸着我的头，很欣慰的样子说："她喜欢喝就让她喝吧，长大了好记得给我买酒喝。"说完，爽朗地笑了。

长大后，我真的遂了父亲的心意。不但喝酒，几经历练，酒量也越来越大，成了酒桌上不容小觑的女汉子。从工作后第一个月拿到工资开始，我就给父亲买酒喝。父亲钟爱的二锅头从来不断顿儿，逢年过节，我都要买两瓶好酒给父亲，让他也尝尝名酒的味道。菊花白、五粮液、茅台、国窖，我和父亲、弟弟主喝，其他人都不善饮，也要尝一点，每次两瓶酒都喝得底儿朝天。出嫁后，我更是整箱地买酒，我想通过这种方式，让父母知道这个闺女没白养，没忘本，而且有能力给他们买酒，日子过得很好，他们可以放心了。

我是真的喜欢酒，一家人在一起喝酒的和美气氛令我非常陶醉。但是这种美好的感觉我只和家人分享了15年，在年纪尚轻时就不得不和酒了断了情缘。

我真正放开喝酒，是在参加工作以后。我认为自己成年了，是真正的社会人，应该融入主流，不能让人感觉自己不合群。那时的酒风很盛，年轻人的成长进步似乎和酒局有着千丝万缕的联系。"看酒品识人品""全程领跑，未来领导""不会喝酒，前途没有""要想进步，三两起步"……这些"经典语录"我很快就领会到位并付诸行动。会喝酒，朋友也多，尽管其中不乏酒肉朋友，但酒桌上推杯换盏，互相吹捧，感觉还是很爽。"酒逢知己饮，诗向会人吟""东风吹，战鼓擂，今天喝酒谁怕谁""宁可胃上烂个洞，不叫感情裂条缝"……逐渐地，我练就了一身酒胆、酒量。关键时刻替领导挡酒，朋友相聚不醉不归，回到家里独饮发呆，我几乎嗜酒成瘾。别人夸我酒量好、酒品好、讲义气、重情义，但我隐约觉得越来越喝不动了。30岁那年，我常常在酒后感觉隐隐的胃疼，有时觉得浑身都疼，后来确诊为胆囊炎，医生警告我必须戒酒。我一下子蒙了，只好遵医嘱开始戒酒。

征战酒场多年，我自然知道戒酒的难度，经过斟酌筛选，我决定采取"躲猫猫"式戒酒战略。再有酒局，我能躲就躲，实在躲不了的，在副陪拿起酒瓶的一刹那，立刻声明医生让戒酒云云。别人听了，不以为然，说你这么年轻，哪有毛病？即使有，喝点白酒，消消炎就没事了。我刚欲辩解，一位老兄从兜里拿出一个小瓶，倒出一粒药片说，谁没点毛病，饭前吃片药照喝！我顿时无语。"酒桌上有三种人不能忽视：梳小辫儿的、红脸蛋儿的、揣药片儿的，看人家老兄都舍命陪君子，你就别磨叽了。"我好像理亏一样，只好领杯。如此种种，戒酒计划胎死腹中。又过了几年，我又患上了脂肪肝，胆囊炎也越发严重，我不得不揣着药片儿转战酒桌。酒桌上不能忽视的三种人，我自己独占两条，不喝简直天理难容。"万水千山总是情，少喝一杯行不行？"答案是：不行！

　　10年前，在经历一次车祸后，我的身体状况大不如前，后来又亮起了新的"红灯"，这下我是真的喝不动了。我看到酒，胃就痉挛，喝一次要难受好几天。这次我采取了更加高明的"渐进式"戒酒战术。在家里决不喝，参加亲戚家的喜宴决不喝，朋友、同学聚会尽量不喝，工作应酬尽量少喝。实施的效果是：一方面，惹得家人、亲戚不痛快，甚至认为我在外面混得好了，在家里拿架子、摆谱儿；另一方面，尽量不喝和尽量少喝根本无法掌控，一串串的劝酒词一如当年酒盛时我劝别人一样，令我张口结舌、心虚出汗，生怕别人误会自己不给面儿、不识趣，几番辩解挣扎之后，只好惶惶地举起杯，一如既往地左右逢源、谈笑风生。若是酒桌上有高级别的领导，只好看眼色行事；如席上人有以拿项目、签合同为目的的酒局，那就只能以工作为重。

　　我对酒萌生出恐惧，更加讨厌这种违背自己真实意愿的"双面人生"。"酒啊，想说爱你不容易。"我陪父亲喝酒的兴致也淡了。一次酒后，父亲说："闺女，喝不了别逞强，我看还是戒了吧。"我无言以对。旁边的母亲开始絮絮叨叨，埋怨父亲当年让我尝酒。父亲低下头不说话，额头的皱纹好像是用刻刀刻上去的，条条分明，生活的艰辛从这沟沟岭岭中自然地流露出来。看到父亲的样子，我心里很难过。

　　怎么就舍不下这杯酒呢？年近不惑，在为生计奋斗拼搏中，也曾面临抉择，不得不放弃一些东西，甚至自己的初衷。我舍不下的不是酒，是那些和酒相关的实用价值。所谓的前途、应酬、仗义，其实都是功利心、虚荣心在作祟；和健康比起来，和父母期待的天伦之乐比起来，有什么放不下呢？近些年，社会上因为喝酒引发的权钱交易、权色交易、贪污腐败、酒后无德、酒后误事、伤身猝死，甚至触犯党纪国法的案例不胜枚举，其实国人早就该深刻反思这个问题，尤其是公职人员。这次，我痛下决心采取了一杠子扎到底的"全裸式"戒酒战略。简言之，就是不管三七二十一，无论哪种酒局、何种目的、什么领导、什么交情，一律免喝，全不"给面儿"。人们从惊诧、气愤，到无趣，渐渐不带我玩了。我艰难地克服了"戒酒综合征"，生活回归正常，有了自己可以做主的业余生活。

如今，我戒酒10年了。当下酒场已是一片清明，该喝的喝，不该喝的不喝，酒量不再与业绩、晋升等实用价值密切相连，职场新人没有了喝酒、敬酒的压力，职场老人们也不必揣着药片儿"作战"。

远离了斗胆斗量的酒桌，我的心态变得平和，身体也渐渐好起来。我现在还给父亲买酒，买得最多的是补酒，也给母亲买红酒，每晚喝上一小杯，舒筋活血、养气安神。一家人相聚，我也可以喝点红酒了。看到父母欢喜的样子，我庆幸自己当初痛下决心做出的决定。其实，人在酒途，酒本无错，喝酒亦无错，错在喝酒之人不能自控，以各种理由放纵了自己。只有当我们放下私心杂念，遵循"酒礼""酒德"，讲究天、地、人的合一，注重饮酒的情趣，才能真正体会到喝酒的意境和快乐。我愿陪着父亲浅酌慢饮，远离尘世的喧嚣，放飞羁绊的心灵，细细品味甘醇绵长的酒文化，用心倾听那亲情在岁月的长河里，伴着花开花落，静静流淌……

雪乡，一幅浅淡的水墨

"千山鸟飞绝，万径人踪灭。孤舟蓑笠翁，独钓寒江雪。"这是唐朝诗人柳宗元在《江雪》中描绘的雪天景象。没有雪，似乎就不是冬天，如果要看雪，还是要来北方的，而最美的雪景藏在北方的山村。

在京西南的百花山脚下，有一个海拔在390~1991米之间的小山乡——史家营乡。营，有"军队驻扎的地方；军队的编制单位，是连的上一级"之意，可见这里在历史上必是有过战事的地方。较为久远的事，今人若不去查阅史料，恐怕说不清楚。上了年纪的人对于抗日战争时期的事件、战斗英雄的故事大都能讲述得绘声绘色。山乡境内山峦起伏，沟壑纵横。面积不大，境内有三个国家3A级（含以上）旅游景区：百花山、百瑞谷、圣莲山。这里海拔较高，每年的降雪都来得较早，带给勤劳的山里人特别的惊喜和"瑞雪兆丰年"的好彩头。大雪纷飞的史家营美到极致，山峦、田野、农家都极具韵味，任何语言都无法形容。

2018年的霜降节气前后，北京阴雨连绵，温度陡然下降。在进入霜降节气的第五天，很多市民还窝在屋里躲雨，史家营乡迎来了2018年冬天的第一场雪。雪像一位急脾气的老朋友，不待相约，便飘飘洒洒、悄然而至。百花山层峦叠嶂间的五彩斑斓被突然而至的飞雪所笼罩，那浓浓的、深邃而悠远的红叶俨然成了皑皑白雪的点缀。大地苍茫，一派"千里冰封，万里雪飘"的景象。雪荡涤了多日来的阴霾，润泽着人们对冬天的渴望，点燃了旅行者探秘雪乡的激情。

雪后放晴，百花山呈现出令人惊艳的美。天湛蓝湛蓝的，阳光暖暖的，红的黄的叶子在雪的映衬下显得格外透亮、艳丽。1991米的菩萨顶上，民航雷达站精神抖擞，迎着高山上的凉风岿然不动，像极了忠诚的哨兵。显光寺的红墙、灰瓦、古松、大钟沐浴在阳光下，与雪的洁白、天的蔚蓝、风的轻吟交相辉映，仿佛有禅乐飘向遥远的天际，心胸顿然开阔，且不染一丝微尘。

此刻的百瑞谷景致却大有不同。远远地望见矗立在苍茫中的瑞云宝塔，像一位饱经沧桑的巨人，在大雪纷飞中凝视着这个世界。千年古刹——瑞云寺，在松柏的掩映中，显得更加庄重肃穆。抗日战争时期，这里曾是八路军的兵工厂，为前线生产了大量子弹、地雷、手榴弹等武器装备，军民一心，谱写了一曲曲用热血染红的英雄赞歌。这些故事在著名作家凸凹的长篇小说《京西之南》中有精彩的演绎。

谷里有一处人工湖，被称为"天池"。大雪覆盖了往日的碧透澄澈，待到雪化时，一处光洁的溜冰场就呈现在山谷中。喜欢冰雪的人们，尤其是孩子们在这里上演着华丽的冰舞。清脆的笑声惊飞了枝头的山雀。玩得累了，可以在湖边买一串当地村民用山上的山楂制作的冰糖葫芦，酸酸甜甜，冰爽解渴。顺着湖边的山崖陡坡有一处瀑布，下雪后，气温骤降，形成晶莹剔透的冰瀑，长两百多米，悬挂在山崖上，显得灵动而奇妙。待到来年四五月间，漫山遍野开满了娇艳的红杜鹃，映衬着悬挂在山崖上的冰瀑，形成了令人无比惊艳的"冰河花海"，前来参观者络绎不绝。

圣莲山的雪要来得稍晚一些。那时节，在这佛道共存的高山峻岭之间，漫天飞雪拉近了天与地的距离，拉近了佛与道的距离，大雪把眼前的一切都连在了一起。冬季的圣莲山虽没有春天的桃红柳绿、夏天的山川如碧、秋天的层林尽染，但在冬日天空漫雪的映衬下，处处透露出古典的诗意和意境幽远的禅意，如一幅浅淡却充满深意的水墨。那深藏于山中的道观、神庙与松、石、云、雾一起演绎着天地间至美的灵秀风景。站在圣莲山看雪，心是静止的，仿佛什么都可以想，也什么都可以不想，时间好像过得很快，但又像过得很慢。只是希望这雪，不要停。

在华灯初上、人声鼎沸的大都市里，你很难见到真正的雪。你所能见到的只有被车轮碾过的泥泞，有的时候甚至还没来得及看到一场雪的"真容"就被清扫车除走了。而在史家营广阔的原野上，正上演着属于这个季节特有的精彩。放眼望去，雪中的山乡天地茫茫，混沌初开。雪将这广阔的天地绘成了一幅幅静放在山边的写意风景画。田边的小路被白雪渐渐覆盖，往日的色彩与生机随着雪花降临而慢慢地甜睡。此情此景只有在山间才可以领略得到。

"你在南方的艳阳里大雪纷飞，我在北方的寒夜里四季如春。"飞雪中的史家营是寒冷的，但此时父老乡亲的心里是温暖的。傍晚时分，老少爷们儿结束了一天的劳碌正踏着雪赶着往家走呢。家里的大姑娘小媳妇已张罗好一桌子可口的饭菜，虽然没有鲍鱼海鲜，但这何尝不是每个人心中所期盼的美味佳肴呢？山里特有的猪头压肉、山蘑炖柴鸡、凉拌豇豆芽、炸豆泡儿、灌血肠、炖全羊、麻粑馅儿水饺、榆叶小米饭、炸油香儿，再喝杯地道的二锅头或是用山里挖来的野参泡的保健酒，令人味蕾大开，心里那叫一个熨帖。升腾的热气与弥散的茶香、酒香混合着，氤氲着，浓浓的亲情融合着，山里人的小日子怎一个"美"字了得？

院子里，柿子树在雪中站成一道独特的风景，平日红彤彤的小灯笼，此刻被雪遮住了半边脸，真想咬一口，慢慢咀嚼儿时甜蜜冰爽的记忆。窗下那株大红的月季，披着一层薄纱，好似待嫁的新娘，平添了几分娇羞温柔。一只小麻雀一边在电线杆上舞蹈，一边东张西望，突然张开翅膀飞向远处的一个干草垛……

大沟口小学

　　大沟口小学，是我人生的第一所学校。我喜欢这个听上去土土的名字，那里有我珍贵的童年记忆。

一

　　在我小时候，我们那个公社每个大队都有小学，大沟口小学可能是规模最小的小学了。我们村叫作青林台，在一条6公里长的山沟里。两边山形十分陡峭，一条石子路依山势弯弯曲曲，路旁有一层层的梯田。全村只有300多口人，在三队设有一所全日制小学。为照顾孩子入学方便又在一队设立了大沟口小学。因为生源太少，采取隔年招生的方式。8岁时，我终于上学了。那一天，我非常兴奋，父母也在上学这件事上对我寄予了厚望。

　　大沟口小学位于村民居住较集中的位置，总共四间石木结构的房子，三间是教室，一间是老师的办公室，陈设十分简单。学校里只有一位老师，于广琴老师，教所有的科目。那时，于老师大概30岁的样子，高高的个子，皮肤很白。于老师是"文革"时的"对派"教师，在这个岗位上小有名气。她刚参加工作时，每天步行到4公里以外的三队小学去上班，不管刮风下雪，从不迟到，被称为"铁脚板儿"。

于老师是我的第一位老师。我们这个班总共就十几个学生，是一、二年级的复式班。于老师经常会安排一个年级的学生预习或是写作业，给另一个年级的学生讲新课。有时课上提问，有同学答错了，于老师批评他，全班同学的目光齐刷刷聚焦到他身上。这个同学就羞红了脸不敢抬头，这样的事在大多数同学身上都发生过。谁都当过那个倒霉孩子，谁都当过幸灾乐祸的看客。

学生都是本地农民的孩子。我印象里那时的家长对孩子的学习是不大管的，有"树大自然直"的想法。在这一点上，我的父母和他们是不一样的。我很小的时候就开始跟着父亲学认字、算术，很早就学会使用字典。那时没有什么课外书，我除了写作业就是翻几本小人书，后来就迷上了看字典。信息量之大鼓动着我求知的心气儿，到后来，我几乎能把一本新华字典背下来。对于每篇课文里的生字，我会准确无误地在字典里找到它，并且说出它的全部解释。

于老师虽然没有师范学历，但教学很卖力，尤其是数学、语文，摸索出了一套行之有效的方法。我喜欢听于老师上课。那些崭新的课本对我十分有吸引力，就像藏在母亲衣兜里花花绿绿的水果糖。跟着于老师读那些方块字是种奇妙的感觉，朗诵课文时发出的音韵美就像听"小喇叭广播"一样令我着迷。我的学习成绩在班里一直处于无人撼动的学霸地位。同时还是整个学区那一届学生的第一名，也就是只有十几个学生的大沟口小学出了个全公社的状元，起码也是千里挑一。这个消息对整个学区都是个震动，连于老师都不敢相信。在我就读这个学校的四年中，我一直为学校保持着这个荣誉。于老师当然很为我高兴，甚至可以说是以我为豪。

二

那时的课间比现在的长。学校没有什么玩具，我们就从家里带来沙包、皮筋，还就地取材，在地上"跳房子""玩石子"，玩"憋死猫"。课间玩得满头大汗，还嫌不痛快，中午回家吃完饭就跑回学校又一通疯玩儿。教室前面的土院子，也不很平，就是我们的操场，院子里没有绿化，在靠近庄稼地的一侧有几棵花椒树，应该有些年头了，树干较粗，枝枝杈杈的，可以爬上去玩儿。每年秋天，树上结了红润饱满的花椒，什么人什么时候把花椒摘走了，我们一点儿也不关心，我们只把花椒树当成大玩具。

有一阵子，我们把抢占花椒树看作是抢占阵地般的英雄壮举。谁要是能第一个爬上那棵最高的花椒树，谁就可以俯视群雄，发号施令。我的个子长得快，腿长，又是班长，在同学中有威信，理所当然比较有竞争优势。尤其是那些文弱的女同学，力推我去和男生挑战。对于这个光荣的任务我很少失手。有一天，我又抢占了"树王"，坐在三杈股上，美美地晃着两条腿，向男生炫耀。上课铃响了，我跳下树，跑进教室，喘着粗气喊了一声："起立！"同学们都站起来说："老师好！"于老师用明亮的眸子扫视全班："请坐！"就在我坐在椅子上的一瞬间，我用眼睛的余光敏锐地捕捉到一双不友好的眼睛发射过来的信号。那是一节语文课，我听着听着就把后面的椅子腿翘起来，身体的重心都放在了前面的两条椅子腿上，思绪不禁自由地转移到了花椒树上，稳坐在三杈股上那真叫个美。突然椅子向后倒去，后边的两条腿儿落地时发出很重的响声。"妈呀！"我失声大叫。大家的目光一下子都集中到了我身上。于老师惊愕地问："你怎么了？"我惊魂未定，脱口而出："我从花椒树上掉下来了。"教室里的空气似乎一下子凝固了，但不到五秒，就暴发出哄堂大笑。我如梦初醒，脸一下子热到了耳朵根，这次真是出了洋相。

又过了几天，在课间抢占树王的竞争中，一个叫小会的男生先我一步爬上花椒树，扬眉吐气地站在树杈上大声招呼着其他几个男生。我不去理会，组织几个女生打沙包。我在树下跑来跑去，突然一根树杈从天而降，飞速地扫过我的脖子和脸。我疼得大叫，用手一摸，血流出来。我吓哭了，抬头望见小会站在树杈上一动不动，一副与己无关的样子，别的男生都跳下树跑了。我心想一定是他报复我。于老师跑过来，看了我的伤，怜爱地说："别怕，我先把扎进去的花椒刺拔出来。"这真是一件糟糕的事，我脖子上直到现在还能看到两条浅浅的白色痕迹。

少年时的争强好胜给我留下了终身的印记。

三

大沟口小学只有一至四年级，当我读到四年级时，就成了即将毕业的高年级学生。那一年，于老师带着我们开展学雷锋活动。从开始的抢着擦黑板到后来的给附近村民抬水、扫院子，同学们都非常积极、踊跃。于老师有个专门为同学记好人好事的小本子，挂在教室前面的墙上。每周都会公布一次全班情况，我每次都名列前茅。我每天都会悄悄地翻那个小本子，只要看到有同学做好事的件数跟我持平或是要追上我了，我都会想方设法地多做一两件，保持领先地位。

我觉得"抬水"是件很有技术含量又好玩的事。当地几十户人家的饮用水都要到一座大蓄水池去取。大人都挑着两只大水桶，小孩子们用篓子背着塑料桶或葫芦，这可是一项基本的生活技能呢。学校离大水池约一里地。我们力气小，挑不动两只水桶，就两个一组用一根扁担抬着一只水桶去取。我们每次都聚集在水池盖上，看于老师打水。于老师把一根大绳拴在一只水桶上，像变戏法儿似的把水桶扔进水池里。只听咕咚咕咚一阵响声，于老师用力把绳子拽上来，每次都能打上满满一桶水。分给同学后，她又把那只拴着大绳子的水桶扔进水池里，反复几次，同学们的水桶里都分到了水。我们抬着水走在前面，于老师拎着那只拴着绳子的水桶走在队伍后面。

抬水也是技术活儿。首先两个同学身高要差不多，如果一高一矮，水桶就会往矮个儿那边滑。另外，水桶离谁近，谁承担的分量就会重些。大家整天在一起，谁有多大力气都心知肚明，还有于老师监督，所以没人可以偷懒耍滑。到了学校附近，于老师就指挥大家把水抬到各户去。一次，张大妈抓给我和搭档每人一把炒南瓜子，焦黄香脆，特别好吃。

这期间发生了另外一件事，从中我体会到于老师给予学生的爱是真诚的，超出了她的职责所在，这一点我一辈子都不会忘记。那年，父亲不知什么原因，经常流鼻血，流得很多，后来整个人都没精神，蔫头耷脑的像三伏天太阳底下炙烤的玉米秧。找村里的大夫看了，吃了药也不管用。后来从一位中医世家那里得到一个偏方，用栀子和指甲粉末熬水喝，连服几天包好。对这个偏方父母有点半信半疑，但还是像抓住了救命稻草一样赶快行动起来。中医那儿有栀子，难的是从哪儿找那么多指甲。母亲把全家人的指甲收集在一起也就够熬一天的药。后来父亲想了个办法，他写信给于老师请她帮忙收集学生的指甲。于老师看了我带给她的信，摸着我的头说："别着急，你爸可能是干活累得上火了，休息一段时间就好了。"这一天，于老师利用课间时间，给同学们一个一个地剪指甲。她极耐心，把每个人的指头都剪得很秃。放学后，于老师交给我一小包指甲，我像拿着宝贝一样跑回家。过了几天，父亲的病果然好了，我也不清楚是不是这偏方起了作用。父亲反复叮嘱我，替他谢谢于老师。

那年夏天，我带着对大沟口小学的怀念和对于老师的眷恋考进了外村的一所小学。

四

分开以后，我常常会想起大沟口小学，想起我的启蒙老师于老师……有一次，我梦到于老师带着我们在操场上玩老鹰捉小鸡的游戏，眼看着，我就要被"老鹰"捉去了，扮演"母鸡"的于老师张开"翅膀"赶走"老鹰"，把我揽在了怀里。那一刻，我知道我安全了，我感受到了来自妈妈的温暖。

40年后，一个秋日的黄昏，我在公园里散步。一轮夕阳从银杏树上跃下，跳进小桥下面的河水中。两个太阳隔着一湾碧波交相辉映，我看得有些入神。

"小宝，慢点跑。"随着喊声，一个小男孩跑上小桥，指着桥下说："奶奶，快来看，水里有个太阳。"一个老奶奶走上桥头。夕阳照亮了她的白发和面庞，她微驼着背，手里拿着几片金黄色的落叶。

"于老师！"我在心里惊喜地喊道。于老师站在小男孩身边，用手指着桥下，轻声说着什么。眼前的景象激活了我的记忆：年轻的于老师，高高的个子，挺直的腰板，在课堂上认真地给我们讲课，讲做人的道理，开启人生的蒙昧。

孟丽君 |

作者简介：

孟丽君，1982 年生，中央戏剧学院毕业。

爱好文学，擅长散文和小说创作。

北京作家协会会员，出版了散文集《空梦情深》，

小说《紫风》《天涯》《微光》等作品。

经常在《燕都》等杂志上发表文学作品。

时光荏苒

老杆儿

成长的岁月里，恐怕有过很多梦想。梦想充斥每天的生活。是孤单时的伙伴，难过时的希望。可梦想大多像狗熊掰棒子边走边丢掉，只是不如意时候的慰藉。

有的人在自己生活的世界里，没有"生命的奢侈品"——梦想。他们维持着最简单的生活。老杆儿说话似乎有些个颠三倒四，却是个实实在在的人，有时说一些见风使舵的话，摇摆不定。老杆儿平时是沉默的，只是喝过酒后才侃侃而谈，平时他说话似乎都有些口吃呢。老杆儿有一个长杆烟袋锅儿，有时候他会蹲在自家的街台上默默无语地抽一口，呛人的烟雾笼罩中，他好像隐身在空气里一样。

农人们喜好诘责，大多是被辛苦的生活折磨的，他们开化的程度和自足的愿望通常与环境的恶劣与否有关系。生活的压力导致了他们心情的黯淡，受教育的机会与智力的开发有着不解的渊源，简单的思考问题的方式、为人处世的不精明是他们怯懦忍受的缘由。封闭的空间导致他们与外界沟通困难，然而人都是有自尊的，他们仅有的自尊和简单的善良捆绑在一起，让不了解他们的人认为他们耿介、冥顽不灵，很难沟通。

要他们真正敞开心扉诉说自己的所求是不大可能的，他们有着简单的自我保护方式：与身边的一切保持距离，对信任的人又和盘托出。有时，他们要么是没人理会，要么就是把关系搞僵。这种性格上的特点是普遍现象，当然也包括老杆儿自己。他吞吞吐吐地对村干部说道，自己有心思种植药材。当村干部仔细询问的时候，他的回答却词不达意。最终从他组织无序的语言中说到了自己最大的困难是没有本钱。听到这里，大家都面面相觑。村里也不富裕，并不能给他种药材提供任何的资金帮助。他听到这里，也觉得种药材可能属于突发奇想。

又有一次，他说道，山上的荆棘根能够挖出来成为工艺品。这又得到了很多人的鼓励，支持他的声音连续不断。于是他上山挖掘老荆棘根，不到两个月，那些奇形怪状的树根经过简单的处理，能看出形状了。虽说离工艺品还远，但是看起来的确与人造物不同，富有一种奇异的力量。这种力量与老杆儿自身的气质是相符合的，这也是来自土壤。

挖不到荆棘根的时候他便到山中去打野兔，这些野兔大概是15元一只卖给了农家餐馆。有些个他自己也会吃掉。在山中寻找独特出路的老杆儿，这一年挖掘了十多个荆棘根，这些荆棘根在夏季雨水的冲刷下显出了艺术品的特质。

在他家住处对面的山上有一个废弃了的山洞，那是农业学大寨的时候村里的人们挖掘的山洞，这个洞空气潮湿，温度恒定，老杆儿想在洞里养殖可食用菌类，杏鲍菇、香菇、金针菇之类的。但是这个想法被大家否定了，钱不钱的放在一边（虽然肯定是需要），那得有养殖技术，还要请人帮忙，还得雇人员看管。那洞里别说冬天，就是夏天也凉风飕飕的，谁会愿意去洞里干活，把好好的腿弄成风湿病？最后，一切都能扛过去，你有销路吗？你真的种植成功后，得有外联帮你销出去。老杆儿，你有钱吗？没有。你有技术员吗？没有。你销售得出去吗？不可能的。刘老头给他泼着冷水，自己扇着扇子。老杆儿低下头，紧张地转磨磨。不过他习惯了别人的冷言冷语。他从来不会发怒，甚至黑瘦的脸上不露出任何表情来。只是浅浅地叹了口气，拿出烟袋锅悄悄地蹲在街台上，烟雾把他环绕了。

老杆儿种植药材、养殖菌类、养殖野猪等突发奇想都成了过眼烟云，没人提。他自己也不再说了。两年过去了，在他家院子里的荆棘树根，被夏天的雨冲刷去了残余的泥土，被冬天的雪考验韧劲，老杆儿知道，自己一年年老去，他能够抓在手里的时间不多了，他不再去山上打兔子，圈野猪，也不再琢磨种植药材和养殖菌菇。他粗糙的劳动一生的双手开始颤抖，他的能量好似挥发殆尽。他没有笑容也没有苦态，深陷的眼窝就像黑洞洞的煤井，不见一点亮光。

谁能够将他的希望唤回？他的孙女用稚嫩的童音说道：爷爷，我想吃栗子，我最喜欢吃栗子。老杆儿二话不说，拿起个麻布袋，上山去了。老杆儿用从山上砍下来的花椒木和六道木做了两根拐杖，送给邻居家85岁的老人家，从山上打回的栗子分给大家，挂在他家院门口的佛手瓜邻居们都可以摘。

有人收购了他的荆棘根去进行深加工做成工艺品，他心里有数，这个钱供孙女上学。他没有笑容，只是点燃烟袋锅儿，许久没有言语，看着对面郁郁葱葱的树林。他离开过这里，又回来。他向往着的大事业都随着流年流逝，老杆儿没有财富，但也算个勇士。

生如烛

路边的老人枯坐着，静静地。旁边的大黑狗在阳光下慵懒地打着哈欠。筱琳见到老人，走近她，唤她一声太太。她高兴极了："待会儿啊，丫头。"筱琳敷衍她一句："回头，有空再待着。"

筱琳对这条路太熟悉了，沿途有几个路口通向别的村，隔几里路会有人家聚集，哪里有近路可以走，筱琳都很清楚。小的时候走这条路回姥姥家大概是筱琳最快乐的事情。现在成年了，觉得路近多了，景物缩小了，视野宽阔了。想法多了，办法也多了，也更加自信坦然。

年少时由于胆怯而依赖的长辈们都一一老去，回想起那时长辈们对她的好，筱琳心里总是酸酸的。

四姥爷，筱琳亲姥爷最末的兄弟，他家的孩子和筱琳同龄，他们一起长大。小时候每到过春节筱琳就有个小小的心愿能够实现。说起来像个笑话，在筱琳心里，那段记忆永远温暖。

　　快到大年三十，筱琳和这些孩子都兴高采烈的，不仅是因为压岁钱，还因为这段时间长辈们都乐呵呵的，无论孩子们淘气，还是喧闹，他们不会责备孩子们。筱琳到姥姥家过年，总是惦记着一点东西。四姥爷家的玻璃门柜橱里放着的两瓶西红柿，筱琳一边看着西红柿一边咬手指头愣神。不一会儿四姥爷和四姥姥就会说，筱琳，晚上到这边来吃饭啊，给你们几个炒西红柿吃。（他们老两口说的"你们几个"是他们的三个儿女和筱琳。这些西红柿不用冷藏就能保存到冬天，是秋天的西红柿去掉皮，放到蒸锅里蒸熟了，然后放到瓶子里保存的。）

　　四姥爷个子矮小，身形瘦弱。听老人们说他生下来就有哮喘病，在那样的年月，家里人没有什么办法，就只好用席子把他包好搁在屋里的仓盖上，就等他一咽气把他埋了。命运怜悯他，他闯过了这一关，没有死，可是身体一直不好。哮喘病一到冬天就严重，憋得喘不过气来。他成年后有了自己的家庭和孩子，他也需要工作，赚钱养家。他也和其他人一同去了煤矿干活。按他的身体状况到煤矿干活痛苦是不言而喻的。一个奇迹又在他身上出现了，他工作了30年，到了退休的年龄有了一份来之不易的退休金，抚养了三个孩子成人。

　　四姥爷脾气温和，几乎不大声说话，从来不与人争执，乐于助人，心地善良。他是那样随和，在家中，在外边。有时候会有一种错觉，觉得他不属于任何地方，又属于任何地方。他的病痛增添了他的愁容，但是他的眼光坚定充满希望，也带有一种与命运抗争的顽强。他竭尽全力改变生活，别人看起来他很痛苦，于他自身来说，他对生活充满了感恩，从来不怨天尤人，他认为他的人生是幸运的。

　　筱琳每次见到他都会觉得他又衰老了一些，可是他不在意。在他十几平方米的家中，他背着手在地上踱步，给筱琳和孩子们或是讲故事，或是讲道理。说话声音不大，但是筱琳都会仔细地听。筱琳看着他单薄的身影，就像是风中的烛火，在力争向上，抵抗摇曳。风好似都温柔了许多，不会轻易让他熄灭。

　　筱琳总是觉得，四姥爷不是为自己而活，也说不清楚，他的内心中的某种愿望支撑着他对未来的信心。筱琳明白，他是为了他的三个儿女活着。

　　年龄大一些后，筱琳开始明白，父母年岁大了，对生活和未来已经没有太多的憧憬，他们将生命的希望都寄托在儿女身上。当筱琳得到一份工作赚来第一个月的工资给父母买些东西或是给他们一些钱的时候，他们非常高兴、非常欣慰，筱琳考上大学的时候他们也会很开心，有了工作后，他们的状态好似一下子就放松了，是种平静和踏实的心情。而当孩子们用自己赚来的钱孝敬他们的时候，也能看出他们的心酸和亏欠。或许他们为自己没有给孩子们更好更多的帮助而愧疚吧。

到了四姥爷家，他没在家。他肯定是到自留地耪地去了。筱琳在门口等他。他回来后，就立即开门然后赶快把电扇打开，给沏茶，然后忙着准备午饭。

吃饭的时候，他讲了个小故事。筱琳觉得这个故事很好。四姥爷说，老辈子的时候这个院子的东院住着个老头儿，有一天他去山上砍柴，发现了两只小狼，他可能觉得这小狼很可爱，或者是别的原因吧，他把两只小狼放在背篓里带回了家。还给两只小狼取了名字，叫"三儿""四儿"。因为老头儿有两个儿女，现在多了两只小狼，就叫了个三儿、四儿。筱琳听到这里笑出了声音，就问四姥爷，那老头儿知道小东西是狼崽吗？四姥爷说，老头儿可能不知道。然后笑了起来。筱琳继续听这个故事，很想知道后来怎样了。四姥爷说，那老头儿把小狼喂养了一年多，有一天他睡午觉，小狼的爪子长结实了，就抓他的胸口，抓出了血。老头就想，它们是不是想回山上去了，这要是以后伤了人可就不好了。于是他又把小狼放到了背篓里，放回了大山。讲到这里，筱琳以为故事讲完了。四姥爷接着说，又过了许多年，老头儿岁数大了，但还是到山上砍柴。可能是冬天天短，老头儿还没有下山天就黑透了，他赶紧抓紧时间下山往家赶，这时，一群狼围了过来，可把老头儿吓坏了。他想，今天就要一命呜呼喽，要是我那三儿和四儿在就好了。他绝望地大声嗥叫，我的三儿、四儿，你们在哪儿啊！没想到就在这个时候，有只狼在远处叫，不一会儿围着老头的狼群就离开了。老头赶快下山，回到家中，把在山上遇到狼群但没有被吃掉的事讲给大家听。所有的人都感到很惊讶，心想老头儿这是捡回来一条命啊。老头儿惊魂未定地说，我觉得，就是我养的那三儿、四儿把我给救了。

老头认为狼通人性，报答了他的喂养之恩。四姥爷对这个故事肯定是没有怀疑的，不然不会讲出来。

从四姥爷家回来的时候，老太太没有在路边了。

有些人说，人的一生是有使命的，做完了该做的事情就会离开。每次筱琳想起这句话，几乎都要潜然落泪。

咫尺天涯

我念书的时候，离家里不是很远，但是当时也没有直达的车能够天天回家，只得住宿。想家的时候就感觉很烦躁，书也念不下去，心里也不踏实。大学的时候是我第一次离开家，离开爸妈。每次一天的课程结束，都会很疲惫，回到寝室要打热水，打饭，洗衣服，就回想起在家的时候，每次放学回家都会看到妈妈在厨房忙碌的身影，我扔下书包往沙发里一躺，就等着妈妈说，吃饭啦。爸爸和弟弟也陆续回来，我们四人在饭桌上，你一言我一语地边吃饭边聊天。虽然平淡却幸福，多少年都是这样过来。

大一的时候，下午下课一般就到了吃晚饭的时候，许多同学从教室出来就直接去饭堂吃完饭再回寝室。而我总是先回到寝室，在自己的位子上呆坐一会儿，觉得饿得受不了才到饭堂吃饭，很沮丧。晚上无论如何是要给妈妈打电话的，哪怕没有说的，也要找几句话聊一聊。有一次我生病，妈妈到学校来看我，我们两人在小店里吃了酸辣粉，妈妈没有吃。看她担心我的样子，我的心好酸，眼泪快掉下来了。那一刻我发誓，我再也不想离开妈妈了。小时候的倔强，青春时敏感的自尊，自以为是的脾气，在那一刻就好似泄了气的车胎。想念爸妈的时候很难过。寝室的同学偶尔告诉我，丽君，你昨天说梦话了。我便问她我说了什么。她说，你在叫妈妈。大学还没有毕业的时候，妈妈生了场重病，做了手术。我记得当时她的脸部都是浮肿的。我当时真想让妈妈能成为襁褓中的婴儿，把她抱在我的怀里。我想我以前的日子里，没有过这种感觉。妈妈在我心里是刚强的，没有脆弱过。我没离开过她，却长久地把她忽视。

其实我的独立和适应能力不强，也会很脆弱。我和妈妈提起这些，妈妈笑着说，我的父亲也就是你姥爷，不到10岁就去了他的姥姥家帮工干活一直到20岁才回家，你得有姥爷的精神和毅力。你姥爷在他的姥姥家干活，姥姥对他很好，那老太太是个寡妇，但为人很刚毅又严肃。据说她在家里能做主。姥爷在她家帮工时，遇到过泥石流，因为干活不伶俐还挨过打，但姥爷是那样坚强，没有放弃一直坚持。那次泥石流把他从山上冲到河水里，他虽然会水但是天下着暴雨，河沟的泥沙多，水势凶猛，他被冲到河中央，紧紧地抱着一块大石头几个小时，直到水势渐渐平缓，石头能够露出水面，他才脱离了危险。他因为贪玩，打鸟去，被发现偷懒不干活，他的舅舅狠狠地打了他一顿，这些恐怕家里人都不知道。只是姥爷年岁大了，偶尔会提起。姥爷的舅舅家家境不错，在当时是富农，有些房子和土地，比起姥爷家是好多了，这也是姥爷去舅舅家帮工的原因。姥爷有哥哥有弟弟，家里很穷，为了吃饱饭，也为了锻炼自己，他做帮工做了10年，到了娶妻生子的时候才回来。在舅舅家的时候他一直和他的姥姥住在一起，给他的姥姥就伴儿。他跟他姥姥的感情很好。又过了些年姥爷自己成了家，凭借辛勤的劳动自立了，也就没有再回过他姥姥家。他的姥姥去世时也没有人通知他们。很久以后姥爷才随着他娘回去祭奠过。那里的老乡亲，见到他们就说道，韩老太太临死前就想见见大女儿和大外孙，让家里人给你们捎信儿，但是没有人听她的。唉，就是因为老太太手里有些钱。因为这，才没让你们来吧。

听完这件事我很心酸。妈妈不以为然地说这都是老一辈的事情了，我一会儿去理发店烫个头发，你在家看书吧。我假装嗔怪地说，妈妈，我跟您一起去吧，我不放心。妈妈乐呵呵地说，我还没有老，不用这么小心的，我自己去没事。

我现在才理解老辈人牵挂我们的时候是什么样的感觉。小时候我第一次自己去供销社买泡泡糖，妈妈为了锻炼我在院墙边看着我，我转过马路的拐弯处就看不到妈妈了，那种感觉很害怕。我提心吊胆地自己买完泡泡糖飞快地往家里跑，过了马路的拐弯处，我看到妈妈还站在墙边，看我回来她对我微笑，还鼓掌。那年我5岁，这事我记得。后来我走了更远的路，让我能够"知止方止"的仍旧是对父母的牵挂和爱他们的信心。我不想失去他们，哪怕是短短的一分钟。

人言落日是天涯，望极天涯不见家。

已恨碧山相阻隔，碧山还被暮云遮。

人们说，那太阳落山的地方就是天涯，我竭力朝天涯眺望，也没法看到我的家。

正在恼恨眼前的青山遮断了我的视线，重重暮云，又把青山密遮。

月 夜

今夜又失眠。意外的是心情却出奇地平静，由此断定年老的状态已偷偷来袭。也许，最近听说悲凉的事情很多，却似乎没有惊讶的感觉，倒是觉得平常不过，由此肯定，我已接近麻木不仁。

网络上不断闪现花边新闻，手机响着叮当叮当的视频。饭桌上的咸了淡了，生活里的离家或外遇。

电视发出荧亮的团团蓝光，广播抖搂着旋律古怪的呕哑嘲哳，手机在播放着不幸的事件，无处可逃。

眼睛看书觉得模糊，时间久了还会头痛。想了好久，觉得是眼镜的问题。换了一副还是如此。莫非我已经到了看不动书的阶段啦？可悲啊，我的似水年华，居然就这样被闪着五彩斑斓的光影给占据了。时常会觉得眼前都是星光，脑里都是黑洞。

最重要的是，已经开始没有心情的起伏，只有情绪的沮丧。别说我已经很久没有听到开心的事情，就算是有我也只有无奈地皱眉头。

太多的想法放射成一条条攻击的光线，太多的理由构成了不能表态的支吾。我的语言越来越少，表情却越来越丰富。表情可以让人猜，而少许的语言听起来就好似冲动的表白。

沙漠啊，沙沙的风。草原啊，蔓延的绿。大脑啊，木木地疼。

我在找不眠的缘故，以便对症下药。

新娘的笑容那样美好，可惜是假的。新郎爱语简单却是被辜负的。烧烤吃得那样热闹，每个人都喝得尽兴，不料却是散伙的征兆。

想得太多，脑里的血管会不会崩掉，不敢说得太多，也许下一秒人生的故事就会反转。更不敢微笑，在长辈的脸上我看到了情绪的层次，远不是察言观色善巧方便能够应付得了的。

不敢不回微信，也不敢畅所欲言。朋友的圈里我看到了战壕火药和刀枪棍棒。不敢讨价还价，咖啡杯上的标签已经有明确的注释，讨价还价是一种难看的姿势。物价已经高得离谱，奶茶哦，都只能一周只喝一次。

繁忙的人没有时间抱怨。疲劳的人没有精力失眠，还任大脑天马行空。有失眠的特权和时间，我的确是幸福的。

眼镜连累的头痛，配一副防蓝光的眼镜能否解决？如果可以，失眠不是因为咖啡，头痛不是因为伤风，一切悲哀就是莫须有，自己就懂得何去何从。

落　叶

秋天树木都落叶的时候，一切都蒙上了一层灰色，让人惶恐。

今年的秋天来到的脚步迟缓，秋天的景象半遮半掩。最明显的是各种树木的叶子，尽管会有稍许的秋风吹拂，也没有撼动紧紧抓住树干的叶子。秋意姗姗来迟，冬天或许也不会太冷。能够结出果实的树木在这个季节最风光，核桃树、柿子树、梨树、枣树、山楂树、海棠树、石榴树……甚至平时默默无闻的银杏树都有白果结出。我却关注着梧桐和槐树。

梧桐树成活很容易，并不会因为土质或缺水降低成活率。它的叶子很繁茂，在夏天能够长成非常唬人的树冠，让人们感觉这已经是成材了的大树，其实一棵看起来很茂盛的梧桐树只不过才有三五年的树龄。它的树枝很脆弱，冬天一场大雪覆盖在梧桐树上，就很有可能将它的枝杈和树干压折了。正由于这个原因，脆弱的梧桐树到了深秋就会被锯掉全部的树杈，只留下一根主干。怕的是下雪后折掉的枝杈将一些昂贵的车子压坏。梧桐树并不会因为这样的遭遇而放弃重新发芽生长枝杈。尽管它只是一岁一枯荣。来年的春天，它的主干顶部又会欢乐地冒出新芽。

槐树对于我来说是"甜"的。年少时品尝过槐花的味道，果真是甜的。淘气包还会摘一把槐树叶尝一尝味道是否也香甜。大概槐树的树皮也是这个甜香的味道吧。槐树树形高大，向阳性植物、根深，生长迅速。槐树木质坚硬，有弹性，以前是制造畜拉大车的主要木材，也可用来造船架屋。有一年一个拆迁地有几棵已经成材的槐树被移除，我弟找人将刨出的两棵槐树用皮卡拉回来，说是要用槐树主干的木头做一套桌椅。家里的老人说，这树还能够成活，可以栽到院门口。又过了几天槐树才被重新种好。前后隔了一周左右，这两棵槐树居然成活了。我惊讶于槐树的生命力之强悍。

我想与你对话，与最真实的你对话。你得到了人生的豁达是否曾经付出了代价？你得到了众人的尊敬是否曾经付出年复一年的忍耐？你回答了我的问题，无论遭遇什么样的打击，都要活下去。要想做有用之材定要忍耐变迁并蔑视一切的坎坷，哪怕是关乎生死。那么秋的叶落算什么？只是一生中短暂的一瞥。

｜牛建梅

作者简介：

牛建梅，北京市门头沟区人。北京教师作协会员，门头沟区作协会员。

任中学语文教师二十余载，始终怀揣梦想奋勇前行。

业余时间喜欢与书中人物对话，找寻独属于自己的精神家园。

敬畏文字，偶有作品发表，

曾获首届北京市教师原创文学征文大赛特等奖。

老师，好

　　她家里养了一只大黑猫，没事就跟同事说说黑猫的趣事，言语间都是满满的慈爱，仿佛那才是她亲生的孩子。什么"老胖子""大黑子"都是她对猫的昵称，光是老胖子晚上睡觉专门爱贴着她的脸，她就说了不下十遍，我都是听到过的。

　　她还爱和同事说她老公挑车的事，每次都以问询的口吻请教男同事："小王，我们家老黄这些日子疯了，不是看奔驰就是看宝马，眼光上去就下不来，你说说可怎么办？"

　　男同事以及办公室的众同事听了，必定抢着夸她有钱，她嫁了个好老公，等等。最后都以她假装愠怒实则喜滋滋地笑着说"你们行了啊"而告终，之后就笑盈盈、心满意足地转向了下一个话题。

　　在楼道与她相遇时，一般女同事总觉得不舒服。因为有时，她会摆出一副深切关心你的模样，瞪着镜片下的双眼皮大眼睛问："你不冷啊，穿这么薄？"有时，她会撇着嘴斜着眼，一副你犯了大错的样子说："穿这么薄，你早上出来不冷？我都穿冲锋衣了。"实际上她说这话的时候刚过白露，秋老虎还很厉害。而对方只是穿了条漂亮的裙子而已。

　　在办公室听一些在各方面有些权势地位、财力雄厚的同事聊天时，她会专挑大家都懂的话题发问，问出一个让人觉得不是问题的问题来，还摆出一副虚心求教的认真样子，当然还是瞪着那双好看的双眼皮大眼睛。令人想举个例子都没法从记忆里捞出来，那些问题实在太轻了。听一些没有上述资本的人聊天时，她则一边抹着护手霜搓着两只小手，一边甩甩一头短发，云淡风轻地笑着问："学那么长时间车了，也不开来让我们看看？"如果那人说"我家那位开走了"，她则马上接上话："还不再买一辆去，多不方便啊。"仿佛汽车都是白菜价，而对方舍不得那买白菜的钱很抠门似的。

有时聊天聊高兴聊贴心了，她也会说说自己的小烦恼。比如妹妹又生二胎了，一胎就是她父母帮着带，妹妹又没有固定收入，钱上父母也帮了不少，而父母的钱又有很大一部分是她给的，等等。如果有人说她挺辛苦，她会继续唠叨几句妹妹的不管不顾；如果有人不明就里，说几句羡慕妹妹二胎的事，她则话题一转也高兴地说是啊，那孩子有多可爱，让同事也生一个；如果有人从姐妹情深的角度恭维，她则又一转话题说，以后孩子的奶粉都是她的事呢。总之用我们这儿的话，她说话的特点叫"不落地儿"。

接触多了就知道了。

其实她家的黑猫农村人都说不吉利，不爱养的。她家的是几年前一位气势比她旺的女同事送给她的，因为她总跟人找话题问人家猫如何如何的，对方便把家里这只没人收的大黑猫给抱来了，而她这么"爱猫"当然不能拒绝。

其实，她老公比她大近十岁，长相与她相比可差远了，她属于娇小玲珑型，小圆脸，大眼睛双眼皮，鼻子、嘴都属于耐看型，总之算是个美人。她老公的优势不在长相，而在身份。据说工资是她好几倍，还有楼房。于是她嫁了，从后来的日子看，她的确是个好女人，继承了老一辈人艰苦朴素的生活传统，衣服拣最低廉的给自己买，老公、孩子的都是高档货。她不光这么要求自己，也是如此要求同事的。同事吃饭吃得多点，她会让自己吃得更少些，如猫一样，之后撇着嘴说"你这饭量可以，吃这么多不撑吗"。这也就不难理解，看到穿衣服漂亮的女同事，她的反应为何那般了。

听到哪位同事家里财力势力了得，她会和颜悦色；了解到哪位同事过得还不如她，则会笑盈盈地极尽挖苦讽刺之能事。

可是：

当她了解到某个学生家里生活困难，她会格外关注，说话格外和颜悦色，恐怕伤了那孩子。

了解到某个孩子刚上初一就开始谈恋爱并且举动过分，她会气得脸色发白，一夜一夜地睡不成觉。

了解到某个孩子因为遗传因素心脏出了问题，她就不断给家长打电话，督促因离婚而离家的孩子父亲尽到家长的责任。

每天早上不到七点，她会在学生走进教室前先坐在里面，等着批作业，也防止孩子抄作业。

每天，她会在其他教师午休的时候，独自坐在教室里给孩子讲题，一遍又一遍，一个又一个。

当孩子、家长因为误解对其苛责，甚至告状到校长那里时，她抹干了眼泪照旧做着每天都做的工作，对那个孩子更加耐心、温和。

在失去圣人的时代，圣人会以凡人甚至庸人的形象出现，那时时闪现的微弱圣光——也同样令人动容。

她是我的同事，一个普通的人民教师，一边用自己的方式应对俗世的人情冷暖，一边尽心尽力陪伴教育自己所面对的未成年人；一边是俗世的油盐酱醋战战兢兢，一边是交付给学生的一片苦心与真心。

回头想想出现在自己生命里的那些披着圣光的师者，也曾在俗世如履薄冰吧？

果老师是我第一个班主任，在我眼中是个美丽的女老师。每天教我们读完"ɑ、o、e"，学完"1+1等于几"，她就会用那架带踏板的旧风琴，带着我们唱《牧童之歌》，唱《红河谷》，唱《小小的船儿》。那是一架掉漆的红色风琴，果老师每踩一下踏板，那架老旧的木风琴就会像老牛一样呼呼喘气，同时发出悠长悠长的琴声。那时我们都爱大声唱歌，四十几个七八岁的孩子扯开嗓子唱："红太阳从天山慢慢地爬上——风吹绿草草儿把头扬……"记忆中的果老师总是一边弹琴一边微笑……

初中时的音乐老师姓贾，铅灰色的脸，鹰钩鼻子，一头披肩卷发——男老师哦。记得我第一次紧张地站到讲台上唱歌时，贾老师曾一边用吉他弹着和弦一边念着拍子鼓励我："一二三，开始……""轻轻敲醒沉睡的心灵，慢慢张开你的眼睛……"吉他声和我的声音融合在一起那一刻的美妙，让我终生难忘。后来我撇开平日玩得很好的女伴们，和很多平时爱打架、爱追小姑娘的淘气男生一起，参加了贾老师办的课后吉他班，每次听到吉他响起，我都觉得自己的心在随着节拍律动。

贾老师与我们的告别，是一场夏季音乐会，那可是20世纪80年代啊，在我们这些山里娃刚刚懂得用录音机听磁带的时候，他带来了自己的乐队同伴，一个个全都是长发飘飘的年轻人。吉他、贝斯、鼓、电子琴，加上伴随着长发、黑衣、汗水、欢笑、嘶吼着的贾老师他们，让坐在台下乖乖听歌的我们这些山里娃，第一次感受到了音乐对人心灵的震撼可以这么美好……

我初中的语文老师姓尹，是位五官棱角分明的男老师，每次上课他似乎都很发愁，皱着眉头，舌头在嘴里转来转去，说话并不太流畅，班里淘气的男孩总是在他说话的间隙冒出一句什么，逗得全班哈哈大笑。后来渐渐地，他讲得越来越好了，我也该毕业了。印象最深的一件事就是被尹老师罚站，为什么淘气被罚我记不清了，但过程终生难忘。当时是夏天，我站在办公室门外的树荫下，老师走过来了，我以为他要批评我，谁知他问："你每天刷几遍牙？"我当时很不好意思，以为老师在笑话我这山里娃不刷牙，大概见我有些发窘，便又补充道："小女孩至少要早晚各一遍，电视里有宣传片。"我仰头看去，他眼神清澈真诚，毫无讥讽之意。回家之后，我开始跟着电视学刷牙，按照老师说的，每天早晚各一次……后来我干干净净长大了，也做了一名语文老师，也真诚地面对着自己的学生……

大学时的班主任姓项，名字叫未来，很积极向上的名字，实际上是个白面老者，写得一手好字，我跟着他主要学习欧体字。我最喜欢听他早自习跟我们唠叨各种事，没什么重要的，但每次都能有所得。平时他倒是不多言不多语，但我们每个大孩子的性格特点他都清楚。

最令我难忘的是毕业旅行的事，当时家里很穷，姥爷又因为鼻子出血不止住院了，我没好意思跟家里要钱，就没有报名。同学们高高兴兴去西安看碑林，回来项老师把我叫到书法教室里，拿给我一个塑料包，原来里面是一幅碑帖，书写的是张继的《枫桥夜泊》："月落乌啼霜满天，江枫渔火对愁眠……"我很感动，但是忍住了泪水，把老师牢牢记在心里就毕业离校了。之后的很多年，每当心中郁闷愁苦辗转难眠时，我都是看着项老师送的这幅字入睡的。上面的每一个点画、每一个折笔，都舒舒服服地熨帖在我的心上……

长大后我才知道：

果老师是嫁到我们村才开始做老师的，那时的校长为了给自己一个关系户挤名额，要求果老师在一年之内把我们班教出成绩，否则就回家去种地。在那一年里，果老师每天顶着压力风里来雨里去，上课、家访、个别辅导，终于在统考中，我们班的成绩在全乡名列前茅，可也正是因为婚后的她把大部分时间精力都放在我们身上，遭受了来自婆家的指责和丈夫的拳脚。至今我还记得，果老师偶尔会请假离开我们几天，回来的时候眼角或是嘴角就会有点紫药水或红药水的痕迹……可只要看到我们，她脸上就会一直带着笑，即使最淘气的疙瘩哥，在她眼里大概也是可爱的，只要过六一，她就会给疙瘩哥抹上红脸蛋，让他在全校师生面前高声唱歌。

实际上，贾老师只是个代课教师，临时被学校请来补缺的。他高中毕业后，因为喜欢音乐一直在自己做乐队，写词作曲，四处游走着四处唱着歌，在当时以种地为主业的大人口中，这是一个游手好闲不务正业的社会青年，他那一头披肩卷发和勒得紧紧的牛仔裤、黑皮衣，在当时的人们眼中，可并不符合好人的标准。而我们这小小的课堂，对他来说，只是一个暂时栖身的场所，学校随时会告诉他不必来了，可在与我们这些山里娃的短暂交会中，他用动听的吉他和真诚的歌声告诉我们，人生的 N 种可能中，有他这一种。以后的人生中，我可能忘记了歌名，可只要听到"春天的花开秋天的风，以及冬天的落阳……"就会想起自己人生中有过这样一位特别的"师者"。

实际上，尹老师让我罚站时，刚刚被免掉班主任职务，我一个女生班长出现了淘气行为，在同事看来就是尹老师连女生都镇不住，谁都可以蹬鼻子上脸地欺负他。那是他刚刚毕业第一年，刚做了几个月的班主任，就被撤了。对一个老师来说，这会直接影响同事和领导对他的评价，假如再上纲上线一点他就会被评价为"能力不够"，学期末的考核表上就会被领导写上"不合格"三个字。这就如同厨子被人质疑做饭不好吃，司机被人质疑开不好车，运动员被人质疑跑不过别人。这是对一个老师最大的侮辱。何况他一个堂堂七尺男儿？所以，按照某些老师的行事作风，一个胆敢挑战老师权威，又不用担心会"造反"的女孩子，绝对会成为一个合格的出气筒，用来树立自己作为教师的威严，维护自己所谓的师道尊严。可尹老师没有，他始终温润如玉，只是象征性地让我站在夏日的树荫之下，见我一个山里女孩天天野跑惯了，牙也不懂得好好刷，不仅不嫌弃，还俯下身来说女孩要好好刷牙。

实际上，项老师在接我们班以前从未做过班主任，始终一心扑在书法上潜心练字教学生写字。学校把我们这个乱班交到他手上，他也很头疼，身体又不是很好，常常为了我们夜不能寐。当时我们班的同学都是各个区县保送的精英，可真是成也萧何败也萧何，大家一人一个心眼儿，活动不好搞，学习成绩也平平，最让老师头疼的是，有个女生连续一个月，找各种借口不在学校住宿，结果是与人同居了。这些都是后来听些经常与他联系的同学说的，就是在这种乱糟糟的情形下，项老师还记得我这样一个默默无闻的穷苦人家的孩子，记得我没钱去看碑林……

毕业二十年了，我从没回学校看过他，起初是忙得想不起，后来是觉得自己辜负了老师的期望，没做出什么成绩，惭愧得不敢去。去年听说在男生聚会的时候，项老师也去了，他身体还算硬朗，依旧话语不多，但他居然提到了我，说我是个优秀的孩子，拜托一位已经做了教委官员的同学，让他想办法把我从山里调出去……后来听那同学说我开始写童话了，他才放下心来……

人生路漫漫，这些老师都曾经在某一段路上让我感受过真心、真爱、真美，让我仰望过之后与我挥手告别。成年后很多年我才明白，这世间哪有什么超凡脱俗的圣人，在与我同行的时候，他们可能正在汗与泪的洗礼中负重前行，只是朝向我的时候，只有真挚的笑……

如今我与我的那位同事也走在了这条负重前行的路上，可能平凡，甚至平庸；可能能力不强，甚至并不如人，但我们也选择了擦干汗与泪，把真挚的笑留给学生。

平凡的老师，也好。

渺沧海之一粟

野菊花乐队唱起那声"嗨……"的时候，我正坐在昏暗的公交车里要睡未睡。

天刚亮，太阳还没出来，司机已经把车灯关上。前方侧座上的女孩把之前被我电话铃声惊扰而皱起的眉头放平，戴上了耳机。我刚坐下就注意到她了，也就十四五岁，缀满金属色棘刺的书包抱在胸前，一脸木然，头发有些油腻，软塌塌地贴着头皮梳个马尾。她身边坐着的是个微胖的小伙子，头微仰躺靠在椅背上，一脸漠然；一个中年女子在他俩面前站着，紧抿嘴唇看着他们背后的玻璃窗，一直看出很远……

电话是妈打来的，她说想要只金镯子。

每次坐在公交车上，脑子里都会冒出"凌万顷之茫然"这句话。环顾四周，前后左右的人大都如那三人般木然、漠然、默然着，和我一样坐在黎明时的暗影里，就如各自乘坐在自己苇叶一样的小船之上，望着满天满地的水。自顾不暇、战战兢兢也有之吧？一只金镯子，有用吗？看那女孩才十四五岁，花样的年纪，那别致的书包也没能督促她好好洗洗头发；看她旁边的小伙子，名牌运动夹克、运动手环，不也得一大早挤在这公交车里上班去？那站着的中年女子，手里扶着一个简易购物车，她倒是戴着金耳环、金项链，不也得亲自去买菜做饭，在人群里独自来往？

再看看自己，熬夜失眠闹铃不响，起床晚了，忘了擦那几层遮瑕霜，斑点尽显，口红也忘了抹。上车时我还尽量快速刷卡找座位坐下，尽量让别人少看我几眼，还左右摸了好几次裙子、看好几次鞋子。恐怕像梦里似的，不是穿着拖鞋出门就是忘了拉裙子拉链，甚至跟疯了的妞子姑似的，裸奔去上班。可我每次都平安无事，随着车门开启又关上，新上车的我引起的小骚动，也如同抛进苍茫大湖的一颗砂砾，很快归于沉寂。每个人都怀揣各自的心事，奔忙在自己的思绪里，别人怎样根本无人注意。我满脸是斑都能上班去，出门尽是如我般灰头土脸的人，一个金镯子又能指望它改变什么呢？

可我没说这些。

三十年前的那一幕让我无法拒绝母亲。那是一个春天，我大学还没有毕业，家里很穷，大学的校服是我最正式的衣服。一天家里拉回一个三合板做的三角形立柜，是姑姑家淘汰的。屋里一片破败，妈选择把它摆在了屋外房檐下，这样外人一进院门就能看到我家的"新"家具。妈特意把它擦拭干净，找了一块漂亮的碎花布挡在缺了一个门的位置；碗筷特意重新洗了一遍，整整齐齐地码放在里面。中午妈和我正在房檐下忙着做饭，邻人没盼来，风来了。春天的风有股邪劲儿，呼的一下就把单薄的柜子刮倒了。它刚刚带给这个家的那一点点小虚荣、小期盼、小快乐，随着让人揪心的倒地声和碗碟子的哗啦声碎了一地。那时已到中年的母亲坐在地上哭了，不过很快她又起身抹干眼泪跟我说："去拿几个钉子……"柜子被固定在了它背后的院墙上，剩下的那些完好的碗筷再次被洗刷干净码放得整整齐齐，碎碗被扫干净丢进了垃圾桶……

此时坐在车里，已是三十年后，可当时的情形依然历历在目，当时的感觉依然真切得如同昨天。之后在小说里、电影里，我又无数次体会过这种真切的绝望，每次到这种时候，我都选择逃避，不忍再看下去。是的，我是一个软弱的人。

现在，母亲把金镯子摆在了我的面前。

想起刚离婚那一周，一个平日总说最喜欢和我逛街的朋友说有约了（之后再也没有一起逛过），儿子上学住宿，唯一能听我说话的朋友在做售票员，让我坐车去找她。我从这个城市西南一路北上，天色渐渐暗下来，街灯一盏盏亮了起来，车厢内的人和此时一样，都像戴着相同的冷脸面具，不是愣愣地望向窗外，就是盯着手机屏幕上下翻页。我这刚刚离婚的女人，觉得自己这一粒粟更是微不足道，眼泪不受控制地往下落，我猜窗外的灯光在我脸上的闪光，应该会有人看到，起初还有些顾忌，后来发现根本没人注意，便肆意哭了起来……哭到终点，没见到朋友，又坐车回来了。人生的低谷，就是那样度过的。是不是像湖面的微波？人就是如此渺小的个体，前路漫漫，岂是一只金镯子能照亮的？

说到低谷，又想起昨晚儿子提到他一个学妹的事，说她总在朋友圈征男朋友，还扬言要杀了自己的妈妈。当时我听了，回忆起自己的1988年，韩剧《请回答1988》定格了一群人的亲情友情，有欢笑有无奈，而那一年的我和母亲，矛盾也升级到了顶点。从她口中发出来的叫骂声，不堪入耳到让人想失忆，我便也像儿子的学妹似的开始找出口，在一本红色塑料皮的小本子里，记录下了青春朦胧的爱恋和对母亲的不满。最后当然被母亲翻到，我受到当众的痛骂……

同样还是那一年，母亲和王家爹爹的婚姻也遇到了危机。妈来征求我的意见，刚刚十四岁的我，想到的只是自己生活的安稳和弟弟的幼小，唯独没有想，刚刚被王家爹爹逼着去给他买雨鞋的母亲，在大雨中怎样边哭边走过的那十几里山路。我说："不能让弟弟像我一样，不管是没有爹还是妈，都可怜。"于是三十四岁的妈留下了，直到现在。

《请回答1988》里有句台词是："父亲也是第一次做父亲啊！"在我的1988年，第一次做母亲的她和第一次做女儿的我，也都选择了伤害。而狭隘年少的我既软弱又残忍。

母亲电话里絮絮叨叨的声音拉回了我的思绪。我问她这么早干吗去，还有时间给我打电话。她说昨天镇长表扬她了，夸她以近六十六岁的高龄把村里卫生工作整治得很出色，为创城做出了贡献，还非要和她合影，结果她还拒绝人家……这一大早她就得坐车去镇里开表彰会了。

说实话，自我长大成人之后，母亲在我的意识里就成了一个过去式，从未觉得她的人生还会发生什么大变化，甚至认为她也会像我已经去世的王家爷爷奶奶那样，从四十几岁一直老到八十几岁，人生几十年始终会一成不变，无波无澜、不喜不悲。

在她说要入党，让我帮她打印入党申请书的时候，我以为她在开玩笑，以为在乡村做个党员很容易；当她问我汉语拼音那些字母怎么读怎么写的时候，我还嫌她多事，觉得她学这些都用不着。

后来她不光学会用电脑和手机打字、写报告，还能用微信聊天加群给人点赞。这是村里很多年纪比她小的干部都不会的。

再后来，听说她在安排村里扫街任务的时候，一个没什么文化，自己不合适就骂人的婶子居然乖乖地去了我妈给她分配的区域。我问母亲，她怎么破天荒地没捣乱啊？母亲说："该给的给她，该照顾的照顾她，她还有什么说的呢？每个人都有了合适的位置就踏实了。"是啊，合适的位置。

前几天她告诉我说，在门头沟的创城工作中，桑峪村名列前茅，书记说她功劳最大，她还让我关注门头沟的公众号和门头沟电视台，里面会有她的镜头的。后来她成了优秀共产党员，一脸兴奋地指着一大盒床上用品说："这个你拿走吧。"

记得跟朋友说起我这位老妈妈时，对方曾惊奇地说："哎，你妈比你活得带劲儿啊！"

我才猛地意识到，在自己被几十年前的伤感、后悔牵绊的时候，母亲已经从那时开始走出了很远，再细细回想这些年来听她和亲戚们聊过的点点滴滴，才明白，其实，从出生到现在，不管遇到什么，她都没有停下过前行的脚步。

她三岁丧母，二十几岁的姥爷完全不懂家务，在太姥姥和邻居们的帮衬下，她磕磕绊绊长大，八九岁开始做鞋做衣服做饭收拾家务，二十几岁有了我和弟弟。这其间还经历了婚姻的背叛、撕扯，离婚、再婚，之后是四十几年漫长的不被理解、冷暴力和难以入耳的谩骂。可只要擦干泪水，她又成了她自己。

在我记忆中，全是她忙碌的身影。每天她都要屋里屋外擦桌子擦地收拾一顿，把自己和家里大人孩子的衣服洗好熨平叠整齐，让我们干干净净出门去。春天她在熏粪的烟雾中，抢着锄头播种；春末夏初，山杏红了，她做完饭带着一身汗站

123

在房顶晒杏干；夏天满天满地的绿叶子，满天满地的热气蒸腾，她戴着草帽扛着锄头又去地里锄草了；秋天的核桃、梨、酸枣、大枣、山里红、山楂，再加上谷子、玉米、白薯，初冬时的柿子，全都是她一花篓一花篓地背回来，该晒的晒，该磨的磨，该收藏的收藏。庄稼都收完了，她又要在带孩子做饭之余，晾晒冬装、被子、褥子，同时把吃不了的豆角、萝卜之类的洗净，用大粗盐腌制只有她能腌出那个味道来的酸菜。冬日闲下来，围着炉子又开始找些零碎毛线布头拼接色彩斑斓的椅子垫或是织毛袜子。

成年之后每次回家，我都会发现屋里多了些小物件，有时是被分在五六个小花盆里的小小的仙人掌，盆里是黑湿的土，嫩绿挺拔的小身板在里面杵着。有时，是放在客厅桌子上被人淘汰准备扔掉的船形水泥盆，她托人在早市买了几条红色大尾巴的小金鱼养在里面。有时也会吓人一跳，比如院子里突然就盖起几间房，而她正里里外外张罗监督人家干活。

这几年村里一直嚷嚷说要拆迁，按面积给房给钱，于是家里由姥爷家到王爷爷家，新家旧家加起来的四个院子，全都被我这位老母亲张罗着盖满了房子、封起了院子。发现没地方晒太阳晒被子了，她又找人焊了铁栏杆，围在房顶一圈，还刷上了翠绿色的立邦漆。另外，她还托人买了一排二手的折叠椅子和六七个大黑瓷花盆，里面种满了红彤彤的朝天椒、嫩绿的小黄瓜、酸甜的小西红柿。我一回家她就招呼我去房顶，坐在房顶上的院子里，低头看看红红火火的朝天椒们，仰头看看北大岭上云雾缭绕的定都阁。这俯仰之间，满是她对自己生活的知足与惬意。

她到村委会也已经二十多年，从满头青丝到现在鬓发苍苍，我从未见她在工作上懈怠过，每次回家，看到她坐在桌前奋笔疾书，字迹都清晰工整；每天五点多就起床到村中各处查看，看到影响村容村貌的情况，立刻安排合适的人选迅速处理。六十多岁满头白发还在为门头沟的创城做贡献，为原本与她有些矛盾的村里的新书记出谋划策。上次回家她高兴地说，村里成立了"红色议事厅"，是她给新书记出的主意，把原本与新书记政见不和的村中历届书记、元老都请回来了，共同商讨如何为村里的百姓谋福利做好事，工作越来越顺利……

就是这样，母亲这一程人生路走过来，像是被扔在悬崖边上的一颗草籽，风来牢牢扎根缝隙，雨来拼命贮存养料，即使料峭春寒也阻挡不住她拥抱阳光。当世界背离她的时候，她努力把自己变成了太阳。

站在不惑的今天回望岁月的长河，我才突然意识到，一辈子困在乡村的母亲，尽管经历了一个女人所能遇到的几乎所有的悲哀，却在自己的生活中不断地期待着、盼望着、争取着、改变着……未有一天活得没有声响。

低头沉思的时间太长，脖子有点酸，抬头望向右侧窗外，水闸大坝拦截的一大汪水域呈现在眼前，泼泼洒洒的水真的有种幽蓝的色泽，春天来了。远处的东山还背负着大半个太阳，一脸深黑的凝重，几缕阳光穿透山坳的云霞洒向水面，跳跃在那抹幽蓝之上。

同样是微波，同样小如沧海一粟，是在须臾之间快速寂灭，还是留下耀眼的一瞥，抑或是如太阳般在山的重重阻隔之下依然每日奔腾而出呢？

我拿出口红，在车行稳定的时候，用手机照着，涂在了嘴唇之上，然后上京东，买了两个看起来沉甸甸的金镯子。

我也该活出点声响了。

▎杨春勇

作者简介:

杨春勇，湖北大冶人，曾在空军服役多年，后转业至政府机关工作。
北京市顺义区作协会员，北京老舍文学院第三届中青年作家高研班学员，
在《青年文学》《文学院》《顺义文艺》等刊物发表散文诗歌多篇，
多次荣获区级大奖。

海棠树下

　　顺义公园的东北角，长着几株海棠树，我时常去看望它们。

　　说时常，自然不区分时节的。春天海棠开花，朵朵容光艳艳，去看的次数不免多些，其他夏、秋、冬三个季节，海棠绿荫成枝，果实累累，乃至叶落子枯，树上覆满白雪，驻足树下，观看繁花盛景兴起，转眼消逝成空，欣也罢，悲也罢，我在海棠树下，与树对话，彼此相望，过了一年又一年。

　　起初不识海棠。乡梓之地在荆楚，楚地多泡桐。常记一夜春雨打落不少泡桐树的花瓣，孩子们拾捡起来吮花柄，味清甜。将淡紫的花裙束起，还能当喇叭吹，觉泡桐花美；及少年，见一树梨花烂漫洁白，摇曳于山风，触动年少心思，觉梨花美；再至年长，求学他乡，不时于书籍典故中见海棠字样，云西府海棠为海棠中之极品，容颜最艳，冠绝天下，周遭又何尝见过海棠的身影？心里埋下了海棠的种子，隐隐期盼着，直到有一天在顺义的公园里和它们重逢。

　　已经忘记初见的情形了，久远以前的海棠，那是记忆深处浮动的一团灿烂云霞吧。春四月，公园里所有的植物都在萌动生长，空气中弥漫着丝丝凉雨的气息，人的心思也给春天撩拨得格外活泛。信步闲走，在一段坡路的拐角处，陡然地撞见了这样的一树花开。通体粉雪笼罩，如一袭轻扬衣裙。花瓣朵朵娇羞，细看品相，白里透红，红里又匀白，可不是十五六岁少女脸颊上才有的明媚胭脂色吗？青春又鲜嫩，朝气又明媚，娇美又大方。花朵漫天铺展，微风轻轻吹过，花儿一朵一朵，悠然从云间飘落……树荫处别着名牌，上面注明：西府海棠。

海棠，就这样走进了我的生命、我的记忆。

每逢周末，只要得闲，我都会去公园转转。一来天性喜欢花草树木，在自然地里行走心情分外舒适。二则可以顺路去看看给自己惊艳感觉的那株海棠。后来工作单位意外换至公园边，左右要路过，进去赏玩的次数就更多了。时光悠悠，公园愈转愈小，湖水亭台楼阁看遍，一抬首，发现自己不自觉又站在了那株熟悉的海棠树下，不禁哑然失笑。相识几年，也算老朋友了，下意识地要过来打声招呼。

见识了海棠惊人的美后，每到春天，我都会数着日子期待海棠花开，等待的过程似乎比花开更让人沉醉入迷。春分前后，柳枝半黄泛青，迎春花开了，桃花也开了，一汪湖水逐渐丰盈，海棠终于初结嫩绿苞芽，待到吐红萼、含馨芬、绽娇花，得谷雨前后，日子还有的等呢。及至花开，在树下流连观赏，摇心炫目，心愿得偿的那种满满的喜悦，不足与外人道。

海棠花期是极短的，只有十来天。古人云：只恐夜深花睡去，故烧高烛照红妆。花睡过去，恐怕就醒不来了，还是珍惜当下的良辰美景，秉烛欣赏一回海棠花的夜里红妆吧。花开固然喜悦，也多少带点莫名惆怅：如若不开，是否就没有凋零呢？

海棠结果在6月，正是盛夏阳光浓烈的日子。一树的小青果子在绿叶底下躲藏着，嬉笑着，像群没长成的小顽童，傻愣愣的。平素有密集恐惧症的我，见着这样拥挤的果子却一点也不排斥，反心生欢喜。芳树缤纷，绿叶成荫，果实满枝，树叶间隙的光影里，能感受到时光轮转的流痕。海棠一天天成长着，一天天丰盈着，多好的日子。

进入秋季，果子天然脱落，掉在地上的玉簪花丛中、草地上、泥土里，也没有人拾捡。我有时路过，心疼捡几枚，擦洗干净放嘴里，沙沙小苹果的味道。

冬季里，人们都将自己裹进厚实的衣服里，等到冬雪降临，堆雪人，在湖面上溜冰，再没人关注公园一角那几株曾经盛极一时的海棠了。我在黯淡的阳光下走来，来到树下，驻足，久久仰望着眼前的这棵树。它的枝叶已经全部掉光了，树丫细细的，黢黑枯瘦，在寂静寒冷的空气中发抖，一脸愁容。落尽繁华的你，原来是这个丑样子。我的眼角现起几道鱼纹笑意，似看到一位老朋友落寞，忍不住嘲讽几句，心里还是暗暗好笑的。趁这空儿好好休息吧，明年春天，你还要催动精气神开出一树烂漫繁花的。你的老朋友我，也会一直在这儿陪你。

在海棠树下盘旋的日子久了，也能撞见一些经常来看花的人。不过多为上了年纪的长者，在树下观望、叹惜一回，径自就走了。也会注意到以前一些不曾留神的细节。海棠花开轻盈洁白，它的树干却是青黑色的，多结疤瘤。平常甚至丑陋的树身，却结出如此丰美的花朵和香甜果实，何尝不让人联想到身处逆境却坚持灿放美好的人呢？记得哪位哲人说过：伟人都有两颗心，一颗心流血，一颗心包容。美好的人生谁不会经历一些阴暗和挫折呢？世人只见他人面上的光鲜，背地里的辛酸苦累郁结，也会形成疤瘤吧。海棠树上的疤瘤尚能目睹，人身心上只有上天和自己知道了。但这又何损海棠容光艳艳的美，何妨人们对美境界的向往和追求呢？

据说有灵性的地方久了，会诞出神灵。顺义公园的东北角，会有海棠花神的一缕神念滋生吧？她会是什么样子的呢，和海棠花一样娇羞？只会更惊艳吧？

我徜徉树下，守护海棠，期待着哪天，终能与海棠花神相遇。

美如哀愁

"美在遥远的地方哭泣。美在地平线的背后。美如仙鹤一般唳声长鸣，倏忽竟至消失不闻。"三岛由纪夫在他的名作《天人五衰》中叙述了一种天人衰亡、人间支离破碎的美感。去年11月，我去日本旅行，心头氤氲着日本一些轻雾哀愁般的关于美的词句，一路漫行，感受到这个国度完全不同于东土华夏的另一种美。

因是头次出行日本，言语相隔，交通也不便利，于是报了国内的旅行团，在奈良、大阪、京都、东京等地转了一个来回。日本有些地名和我们有重叠，如中国地区、九州地区，多少还残留一些华夏文化影响的影迹。

即将起程，在首都机场乘摆渡车，国内游客嘈杂不休，车内的几个日本男子却手抓扶手，面容冷峻，如木头般沉默。飞临名古屋上空的时候，夜已深了。从舷窗望见地面灯火璀璨，大片大片的，一直铺展到海边。连灯火似乎也是沉默的。

名古屋中部国际机场的过道铺设了柔软的深色地毯，上面点缀着简洁图案。两边摆着竹石盆景。引导员和通关检查员对每一位游客都微笑点头、致意。不论笑容职业与否，每天面对如此庞大的陌生人流，做到这点并不容易。

下榻的酒店旁边有家便利店，后发现日本各地都有，有名的连锁店吧。店里标配一个老店员、一个年轻店员。日本据说人口老龄化严重，不少老年人迫于生计都要出来工作。我们光临的这家老店员看年纪六十开外了，身手仍然十分敏捷麻利，收完钱，还不忘点头哈腰客气道一声"阿里嘎多"（谢谢）。

　　隔日一大早，从名古屋出发，去奈良。

　　头个游览点是闻名已久的春日神社，它与伊势神宫、石清水八幡宫一起被称为日本的三大神社，国人对它的印象更多源于那些可爱的神鹿。从公园大门进，往西是条宽阔的沙石路面，两旁矗立着神道翁仲似的长排石灯笼，一人来高，年代久了，石上长出青苔，增添了不少斑驳古意。石灯笼数量众多，延伸向神道深处。出没其间的是一只只带有远古神话色彩的梅花鹿。大梅花鹿、小梅花鹿在过道、树林间出没，四处游晃，一点都不怕人。饿了的还主动摇头晃脑往游人身上蹭，闻气味，看是否带有它们爱吃的鹿饼。外来游客喜爱这些自然界的灵物，路过时多会善意地抚摸一下鹿的头部，近距离感受神鹿的温良。梅花鹿们也处之若素，安之怡然。神道的尽头，石灯笼密集处，坐落着巍峨的春日神社，为奈良时期藤原氏所建，供奉氏神。建筑整体漆成艳丽的朱红色，在满山苍翠中，多少显得有点凄厉。

　　也是在春日神社，坐落着全日本最大的鸟居。穿过鸟居，意味着进入神的领域。

　　出神鹿公园途中，望见一片草地，芳草如茵，几只小梅花鹿徜徉其中。一处临水的藤花架下，着华美和服的女子和男子相对而坐，喁喁私语。刹那间，光阴流转，我恍惚产生了一种错觉，觉得自己回到了中国古代某个王朝，又疑心眼前的唯美景致是波光潋滟的浮世幻境，并非真实存在。我环顾四周，确认自己真真切切地站在草地边缘，微风吹拂，有些许凉意，不由得轻轻叹了口气。

　　乘大巴转景点途中，望见群山起伏。日本山多。当地导游说日本环保做得好，几乎没有秃山头。山上密林遍布，野猪、熊、鹿日益增长。这些不速之客偶尔下山，为祸一方。当地政府鼓励居民考取猎人证，以便进山捕猎。21世纪了，进行原始狩猎，听着和当下发达社会相隔遥远的乡野奇谈，我多少明白了村上春树作品中，何以有羊、熊、大象等那么多动物形象出现。

　　日本也是地形狭窄的岛国，地上没有大河，有的只是发源于群山间的一条条川流。川，河床浅，水流缓也。河水漫漫卷过鹅卵石，往海里流去。

　　山川之间，平铺着一座座充满现代气息的整洁城镇。

天守阁位于大阪。大阪是仅次于东京的日本第二大城市，位于本州岛中西部，相传名称始于净土真宗祖先莲如所写的一篇御文，里面提到"摄州东成郡生玉乃庄内大坂"，后由此定名。从奈良时代的春日神社到江户时代的天守阁，时间穿越了近千年，空间车程不过几个小时。樱花掩映下的天守阁几成日本旅游的象征。我们到的时候，天空阴沉，也不是樱花盛开时节，没好的景致可拍，于是绕这座歇山式房顶的高峻城楼随意走了走。旁边环绕着清澈的护城河，明黄的木船从城墙拐角处驶出，停在河心，一动不动，倏忽间像条受惊的大鱼又游走了。天守阁边一些闲人坐树下静静歇息。名藩争斗的时代早就远去了，现在只有精致的阁楼还守立在这里，守着一方天地悠闲。

夜宿和歌山，地名雅致，却是日本的僻壤。

下一站金阁寺名头响亮。我不清楚是因为它本身的名气，三岛由纪夫才去写它，还是写了那篇小说《金阁寺》后，它的声名才传扬开。我是先读了小说，才知道现实中还有这么一座真实寺院的。说它真实，其实也不尽然。1950年，一个寺里的和尚痴迷于金阁寺的梦幻和美丽，癫狂之下，纵火烧掉了这座珍贵的金色寺阁。他本人也葬身火海，永久地拥抱和占有了金阁寺那种炽烈的美。现在的金阁寺为后来重建，重新贴上了金箔，周边也围上了一圈木栅栏。周围游人极多，不时见到西方洋人的面孔。从湖岸这边远远望去，金阁寺形式精巧，通体金黄，在阳光下散发出耀眼夺目的金色光芒。临水之上，形状极轻，有如蝉翼，仿若随时都要破空而去。它是真实的，它又不是真实的。真实精美由古而来的金阁寺，已在70年前的那场大火中永久消逝了。现在辉煌的金阁寺，是原来古寺在湖中倒影的转世吧。毕竟，金阁古寺在湖边静立了那么多年。

岚山和金阁寺相隔不远，也是京都的一处名胜。原以为会进入山中赏秋景，不承想到达的却是一条河——桂川。桂川里的鹅卵石铺满了河滩，浅水潺潺，映照出天空的蓝，蓝色的河水流玉般向前哗啦哗啦而去。河堤上遍植红枫，几个着和服的女子在河滩上拿手机自拍，拍完凑一起欣赏，嬉笑打趣着；孩童在石头上蹦跃；一些恋爱中的情侣坐在河岸上相互依偎，静静地望着河景一动不动。举目四顾,环境如此安宁。再过些时日,山上的、堤岸上的枫叶就会泛红了吧,川上秋风起,红叶婉转飘零,隔河相望,该有多迷人!

河上架有长长的石桥,桥边一溜古建似的商铺。售卖扇子、灯笼、西阵织、药妆、抹茶、点心、酒器、和果子、木偶、手帕等,琳琅满目,炫人眼神。

晚上下榻的酒店提供温泉。有同行旅客好奇发问,是否男女混浴?我们胖胖的地陪导游笑着说,年轻姑娘脱光了让你瞧,天底下哪有这么便宜的事呢?大家也笑将起来。温泉分男汤、女汤,分别对应男宾、女宾。没事了,泡一泡,能解一天的累乏。

这是以古式美著称的京都。

从京都折返东京,去看富士山。山梨高速上,惊鸿一瞥地瞧见一个地名:笛吹八代。名字听起来很美。

高速旁边的山地上,栽种小片小片的山橘,金灿灿的,周围并不设篱笆。路过的静冈为日本产茶名地,山上也辟有零星茶田,规模比国内苏浙一带的茶田小上不少。也不时能见到山上种有川端康成十分迷恋的北山杉,和国内杉树相似,不过粗壮、高大些。树干笔直,直插云霄。《古都》中记:"这些杉木是用来建造茶室的,所以杉树的形态看上去也有茶室的情调。"

去富士山游玩,旅游大巴一般停在五道目。从山脚至山顶分十目,五道目大致位于半山腰吧。山上空气清冷,白云聚合无常,转眼即逝。山下树叶尚绿,山上的全泛出一种苦寒的枯黄。山间天气变化快,本想在观景台就近一堵富士山顶的皑皑白雪,不想却给一片不讨喜的乌云遮挡。车开至山脚下,围绕山头的云层又都散开了,白雪山顶显得那么遥远。和富士山的缘分还是不够吧。

终于抵达东京。这儿的楼房比前面见过的名古屋、大阪、京都等地密集多了,城市却一如既往地保持着整洁。街道清爽,不见一点垃圾的痕迹,城市上空也不见雾霾。成群的乌鸦栖息在电线杆上,或在高楼大厦间盘旋。这凄迷的情形和北京有点相似,北京的景山、地坛等地,乌鸦也极多。

东京市里的代代木公园占地极大,让人惊诧。这儿位于市中心,土地必然寸土寸金的，却能大方地让位于休闲公园，委实难得。公园里古木参天，路面以沙石为主，走上去沙沙作响。从高大的树荫下走过，多少让人想起《挪威的森林》中，主人公渡边和直子在东京街头健步而行的光景。两人久未谋面，乍然异地相逢，结伴同行，这种暧昧游离的状态位于友情之上，恋情之下，青涩又朦胧，那该是他们一生中最幸福的一段时光吧。公园深处的菖蒲苑、清正井看名字就知道，多少也残留有以前的古意。日本旧传统保存得都比较完好。

从东京回南方的名古屋机场，途经三保松原海边。这儿的沙滩是黑色的，上面落满了枯枝。暗青色的大礁石上，一些当地老头儿在海钓。海浪一波波地拍打着礁石，溅起白色水花，又悄然隐去了。沿海岸眺望，一边是远处白雪皑皑的富士山，一边是苍茫无际的蓝色大海。思绪起伏。在中国海边，容易想起三仙岛的传说，仙境缥缈无踪。在美国海边，想起《安娜贝尔·李》，葬在海边的女子听着海浪阵阵，永久长眠。而在日本的海边呢，想起演歌《佐渡海峡》，想起《海边的卡夫卡》，想起《挪威的森林》，主人公渡边在恋人直子死后，伤心憔悴，一个人在海边自我放逐流浪。最后想起惊涛骇浪中，冒极大的生命危险，前往大唐学习文化制度的一批批遣唐使。

日本之行结束了。最想看到的红叶没看到，京都的一些古街也没去成，不过并不觉得遗憾。回到中国土地，再次回顾这个毗邻而居的岛国的种种情形，心头泛起一股轻若薄雾的哀愁：如此之美。我们对时序、节令、风物、礼俗的关注自宋朝以后逐渐南移，现在的南洋和我国的港澳台地区多少还有遗存，内地却是少见了。这是传说中的古风吧，日本却保留得比较完整。日本的美源自对古风的传承。川端康成1968年获得诺贝尔文学奖，他发表获奖感言的演讲题目就是《我在美丽的日本》。文中援引了不少日本从前的和歌，还道出了时节转换中，鲜花、秋月、雪景展现的雅致物语，以及对禅宗、粗朴陶器、茶道的解说，那一切都是很美很美的。

他讲得很美，因为他生活的日本本身就是那么美。

当然，这美里，多少带点淡淡的哀愁。

山中真意

久居都市，若能得闲去山中静居一段日子，自然是难得的福气。若能山居之暇，又得几师友指点一下文章得失，涵养一下散澹之气，与神仙之居何异？2019年9月，我参加老舍文学院组织的第三届中青年作家高级研讨班，在京北怀柔山中，就度过了这么一段神仙般自在逍遥的日子。

研讨班开在青龙山脚下，"京北巨刹"红螺寺畔。名唤钟磬山庄，其实听不见古寺传来的钟磬声，山鸟的啁啾声倒不绝于耳。偶和两三同学晨起散步，沿舒缓的沥青铺就的坡道向下，蓦一回首，望见后山山势巍峨，缥缈若幻的白雾氤氲于山谷，是古诗中常提及的山岚之气。空气饱满清凉，空山深谷蕴含真氧，深吸一口，百脉俱张，冥冥中觉生命长度一下向前延伸了不少。

散步归来，泡上一杯梨汤，去听名师讲散文。

的的确确是名师。孙郁先生早年在《收获》杂志上开设专栏，介绍民国人物和文字，是我每期必读的文章。这次现实中见到真身，个头比想象中的高大，"身高八尺"必有的。面容温慈带笑意，话语平和缓慢，隔座听课，总泛起面对一条流淌大河的幻觉。先生随口吐出的话语就是那一朵朵回旋的小水花吧，绵绵密密，柔柔软软，反反复复溅起，又回归于大河本体。先生喜欢提作家的"暗功夫"，其实就是作家的个人素养，用"暗功夫"代替，隐隐指向了作家暗地里付出的巨大努力，挑灯夜熬，熬出自己的精血真知，才能成就自己内在鼓荡的暗劲真功。鲁迅先生是"暗功夫"的代表人物。文章写得极多，译文比文章还要丰富，除文学以外，金石、考古、文字、科学、哲学、美学、民俗学、心理学、历史学领域都有所涉猎。他们写出的文集只是其博大知识谱系中的一个片段、一份体悟罢了。孙郁先生絮絮叙说着这些民国旧事，相关人物过往和文史资料信手拈来，也是"暗功夫"练到家的一个范例吧。

我久闻孙郁先生的大名，这次学习特从网上淘了本《民国文学十五讲》，找他签名、合影，他一点也没文坛巨匠的架子，亲切温和地问："你是哪里人？"颇让人感动。

如果说孙郁先生是一位宽和长者，一位高大师长，那周晓枫老师就是一位地地道道的邻家长姐了。初进课堂，见周老师一袭绿裙，像魔法世界里的女巫一样脚不沾地，在课堂里飘来飘去。讲课之前，和班里的学员互动交流，有说有笑；讲课之中还说"不要嫌我事多呀"。几次调节讲座旁空调的冷气走向，"让冷气从上面飘下来，这样就好多了"。又不顾个人形象，在台上双手比画模仿家养的两只土拨鼠"左左"和"右右"的拟人动作，样子十分可爱。同学们在台下抿嘴笑，觉得周老师亲和，没一点名家的架子。

说来惭愧，我之前没读过周老师的文章。这次学习之前，按文学院推荐书目匆匆翻了遍《你的身体是个仙境》，里面有不少女性隐秘的生命体验描写，多少让人想起以前卫慧、棉棉用身体写作的影子，有点不以为然。及至见面亲切，再听周老师极平等姿态的讲课，讲每个人要写出自己独特的新鲜的人生体验，做这个世界上"唯一的报信人"，仿若给我们每个写作者打开了一扇天窗：每个人都是这个世界上独一无二的存在，将自我独特的生命体验写出，无不是世界宏大交响乐中的一段华美篇章。我理解了"仙境"的写法，也理解了周老师。听完课，晚上回屋细读《离歌》，周老师毫不避嫌地回顾了和屠苏的交往历程，再由屠苏的死剖析个人、社会深层次的原因，层层剥落，终剥见这个社会最深处的隐痛暗疤。周老师说，写作要集全力于一枚钉子，将钉子砸向最深的大地，要有"切肤之痛"。我想，她已经做到了。

周老师夜宿海洋馆，观看暗夜里鱼群游弋于幽蓝海水中的样子，是她写作童话《星鱼》的缘由。我觉得周老师夜观游鱼这个场景就十分迷人。周老师是活得多姿多彩的女作家。

北师大的张莉老师头顶博导、茅奖评委等多项光环，平素却不善言辞，这从侧面反映出她专业上的精深。我以前只知道文章是好文章，在更高层面，但不知道如何区分等级。张莉老师以极高的历史站位给我们揭开了里面的道道：将文章放在历史时空中打量，看它体现出的内在独特价值和人性光泽。巴金的《怀念萧珊》，杨绛的《下放记别》，余秋雨的文化散文系列，史铁生的《我与地坛》何以成为各时期的杰作？因为体现了当时大的时代背景，有自己独特的生命感悟，开拓了新的散文领域。长久以来，我对文学前途信心不足，不时感到焦灼，在课后的交流座谈中问及张莉老师这个问题。张莉老师说，文学写作不是最终目的，它只是自我完善的途径之一。通过写作，能让自己生命逐渐趋于丰盛和完整——成不成功倒是其次。解开了长久以来的心结，我长长透了一口气。

其他几位给我们上课的老师，马小淘和她自取的名字一样精灵古怪，说话连绵不绝，偏偏逻辑又十分清晰；白烨老师讲课玄妙深远，抽烟很凶；给我们布置课堂"作业"的王升山老师说话幽默，接地气，一直殷切期盼着我们这批学员能通过这次学习，突破原来的写作囹圄，迈向新天地，不过可能担心打击到学员的写作积极性吧，没好意思直接评判"作业"好坏，每次都是微仰着脖子听完，点点头，夸句"很好"带过；孔庆东老师其貌不扬，胖墩墩的，没想肚子里装有那么多学问，是真正的杂学家；《青年文学》张菁主编提到新作家的语言像瓷器，华丽，光滑；老作家的语言则往往像木头，回归于朴实无华，他们对自己写作是非常有触动的。

半个月的课程，除个别的实地教学，都在山中完成。

不远的红螺寺我们也进去过，不见和尚，松径寂寥，捡拾了几枚掉落地上的无花果种子，带回家。山下的芦庄村以葫芦闻名，葫芦半接地气，半接仙气，多少也是灵物。而钟磬山庄有的是什么呢？几颗金黄的柿子在一场秋雨后，掉落到地上；韩同学看见一只松鼠在山庄客楼后面的松树上嬉游；"乡村火车"似的百足虫黄黑相间，藤叶间经常撞见等等，不一而足。回想这段学习生涯，隐去上面几位师长形象，我时常想起的还有远处山巅孤立的小亭，山间萦绕的山岚雾气，通往后山紧闭的生锈大铁门……几句久远以前的古诗自然在心中浮现：

山气日夕佳，飞鸟相与还。此中有真意，欲辨已忘言。

山中有的是真意。

而真意，是优秀散文的本质，是我们所有散文写作者毕生需要学习和追求的目标。

马进思 |

作者简介：

马进思，回族，籍贯宁夏，中学高级教师，现居北京。

中国少数民族作家协会会员，北京市昌平区作家协会副主席。

著有散文集《那一片远方那一片思念》，

在国家、市区级各类报纸杂志及平台发表近百万字的散文、诗歌，

并在多次征文中获奖。

平 安

平安姓赵，新招的保安员，49岁。论年龄，在几个保安里，算是年轻的。

他来单位，是腊月二十七。

一见面，那张消瘦的脸，就给我留下了很深的印象。他的眉毛很浓，眼睛却很小，给人的感觉是搭配有些不大协调。说话时，他嘴角略有些上翘。宽大的保安服着在他的身上，看不出精干，而是有些邋遢。

平安不苟言笑，基本上是问一句答一句。你若不问，他就静静地站着，力求使自己的站姿保持得笔直一点儿。

身份证上显示，平安是江城人。可从他身上看不出一点儿江城人的精干和机敏，反而有点呆板和木讷。

聊天中，方知平安是今天才当的保安，之前在一家装修公司干活儿。因为只有小学文化水平，加上也没有什么拿手的技术，他所干的活儿，主要是给公司的大工打下手，比如搬运个墙砖地砖，掺拌下水泥沙子，或是一些简单重复的活儿。如果所干的活儿程序太复杂、太烦琐了，他记不住，也做不好。

临近春节，平安本来是要回家的，可买不到火车票。后来找老乡帮忙，好不容易在网上买到了腊月二十七的车票，这其实按他老家的风俗，回家都已经有些晚了。闲待的两天，平安正想着给家里人带点啥东西呢。思来想去，觉得应该买两只烤鸭，听说它是这个城市的名吃。可到超市里一看，发现烤鸭的牌子很多，之间的价格差别也很大。他想买价低的，怕回去媳妇说糊弄她；想买价高的，说心里话，还真有些舍不得钱。到底买哪一种，还在犹豫。

可腊月二十五那天，平安一大早就接到媳妇的电话，说你近期最好别回来，老家县城那儿最近有一种肺上的疫病传得很厉害，听说都死人了。这种疫病很怪，说你两人说话时，都会被传染，所以大家都很害怕。不过乡下还好点儿，上高中的女儿也不补课了，和自己在家也不怎么出门。如果你回来了，还得从县城下车，若被传染上了怎么办？村里很多人说，县城的公交车都不让跑了。等疫病过去了，你再回来。况且女儿在家，还能帮着自己做饭啥的，你现在回来了，除了串亲戚，也没个啥事可干；大学已放假了的儿子也来电话说，他在学校附近找了个家教的活儿，好给自己挣点儿学费，春节也不打算回家。

平安一想，媳妇说得也对。自己的父母和老岳丈前两年都已去世了，老岳母也让城里的小姨子接走了，对自己来说，回家确实没有那么迫切了。这样，自己挣的钱除了留点生活费外，就全寄给了媳妇，同时，退票不回家了。

平安暂借住在一工友家，一想不回家了，就转悠着想在附近再找个活儿，挣钱不挣钱，先把自己的生活费挣出来，总比闲待着强。平安现在一年挣的钱，除去自己的饭钱和补贴家里外，勉强够两个孩子上学的花销。

平安虽说家在农村，有点儿地，但不多，只有一亩多点儿。前年还被乡里统一要求栽上了柑橘，长势不错，估计明年才能挂果。媳妇照看着，在园子里让人指导着干点儿锄草施肥、剪枝打杈的零活儿。

其实乡里统一栽柑橘，平安挺同意的。那一亩多地，还是坡地，自己每年除去种点油菜外，只能种点玉米。虽然活儿不是太累，可毕竟地太少了，这样一年耗着，也不合算。

之前，村子还有百来亩水浇地，自己还种着两亩水稻。这样一年下来，自家的口粮没问题，加上坡地种的油菜和自己抽空儿在附近打点零工，虽然紧巴点儿，但一年花销基本还够。可谁知五年前，村里把水浇地整租给一外地老板，说是建一化肥厂。村民可以出钱入股，年终分红。若没现钱，可以把自家的地折成股份加入。当时说得挺好，厂里一年给每家的分红钱，绝对比种水稻合适。平安自己也偷偷算了笔账，觉得确实是这样。当时米价不高，可一年的种子、肥料、农药、浇水和人工的费用并不低。一年辛苦下来，发现种地还没有打工合适。挣钱直接买米买面，既省事，又方便，还省去了每天把东山的日头背到西山的辛劳。所以每年村里一到开春，平安就发现很多年轻人也都跑到外地或城市打工去了，很多地也撂荒了。他本来想着承包几亩荒地，可两个孩子都在上学，家里就自己和媳妇，也忙不过来，只好作罢。

折地入股的事，村里人一看，村主任家都入了，那还等什么？这样，村里除去几位上了年纪的老头儿死活都不肯外，其他人家都同意了。刚开始的第一年，大家分到的股钱确实比种地强，拿到钱的人都很高兴。有个别人还专门去没入股的老头儿家串门，炫耀一下，怂恿着老头儿也入股。惹得这几家的家里人也一个劲儿地埋怨自家的老头儿，说他们一个个都是死脑筋。可那几个老头儿好像跟没听见似的，你说你的，自己做自己的，甚至还表现出不以为然的样子。平安私下里也听一老头儿说，农民就得手里有地，如果没地了，叫啥农民？如果都不种地了，吃啥？当你认为是一件好事时，不知道早有多少人已盘算过了，做生意的，哪有吃亏的？他是挨过饿的人，一辈子了，他就懂得，家里有粮，心里不慌。平安也觉得老人说得有道理，如果都不种地了，都去买着吃了，那粮价还能不涨吗？也许挣的钱，还不够买粮呢。但以现在的情况来看，也许自己的这种担心是多余的。虽说种地的人是少了，但乡里好像又多了两家粮油店，生意做得挺红火的。

很大的化肥厂，生意也很火，等着拉肥料的汽车有时排着队。

可谁知到了第三年，拉肥料的车很少了，村民入股的钱也迟迟不发。一再追问，才知肥料厂建在河边，排出的污水把河水污染了，厂里让市环保局罚了好几十万，厂里也没钱了。厂里还欠着工人的工资没发呢。工人们天天堵着老板要工资，老板见实在推辞不过了，说回老家给工人筹钱去了。可他这一走，竟杳无音信。就连老板带来的几个人，也在一个月朗星稀的晚上偷偷跑了。县银行的人已来过多次，原因是厂长拿地和厂房在银行做了抵押，贷了上千万的款。

引进化肥厂的乡长已调到别的镇去了，新来的乡长说自己刚到任，具体是什么情况，也不太清楚，等调查清楚了再说。况且签字的是原来的乡长和村主任。这时的村主任每天也跟受气的媳妇似的，谁见了他都得催着要钱并损他几句。村主任也很委屈，老板跑了他有什么办法？前两年你们拿到分红时，一个比一个高兴。可现在都盯着他，他家的几亩地不也入股了，也没拿到一分钱吗？

可村里的人始终认为，村主任应该跟老板是一起的，肯定拿了老板的黑钱，要不，村主任怎么没有其他人那么着急呢？直到有一天把村主任挤对急了，村主任媳妇在门前跳着脚，一把鼻涕一把眼泪地又哭又骂，除去骂村里人一个个没良心外，就是骂自己的男人是个窝囊废，直到口吐白沫晕了过去。村里人开始觉得也可能真正冤枉了村主任，毕竟村主任媳妇在村里一直是个比较贤惠而又热心助人的女人，没有冤枉到这一地步，她不会这么不要面子的。

结果是，偌大的厂房闲了，荒了。时时还能看到来厂里追着要钱的人，他们绕着厂子转上一圈，又无奈地咒骂着走了。因为除去一个什么都不管的看门老头儿，再也找不见别人。据说这事县里都出面了，公安局派人去了两趟老板的老家，也是无功而返。传回的消息说，那边的公安也在找老板，说他提供的地址和身份证都是假的。看样子，这案子要有些不了了之的样子。后来听说乡里开会，传达县里要求拆卖厂房设备，恢复耕地的指示。可这也需要一笔钱啊！况且有的地，根本就不可能复耕，现在还扔在那里，这事现在不知道什么时间才能解决。恐怕最不希望解决的，就是厂院里疯长的蒿草、栖息的鸟和时常光顾的几条野狗了。

到了这时，村里的人再也不嘲笑那几个老头儿了，都暗暗佩服，还是这些老头儿有主意。这几个老头儿反过来安慰其他人，说他们都是挨过饿的人，钱多了多花，钱少了少花，可粮食少一粒儿都不行。土地，就是咱们农民的命根子啊！

平安知道，这些老人最生气的是家里人对粮食的浪费。他曾亲眼看到村里有一位沉默寡言的老头儿，平时特别疼爱自己的小孙子，但有一次，见自己的小孙子把没吃完的米饭倒进了狗食盆，老头儿什么话都没说，过去就给孙子屁股上几巴掌。一家人都还没明白过来怎么回事，都说谁都没招惹老头儿，好好的发什么疯啊！孙子也不明白，自己也没做什么啊！平时特别疼爱自己的爷爷怎么怒不可遏地打自己呢？还是奶奶告诉孙子，你爷爷嫌你把粮食浪费了。孙子振振有词地说，我吃不完了，给狗吃了，怎么是浪费？狗也得吃饭啊！

他奶奶也没法回答。一个自小没有挨过饿的孩子，你要给他说挨饿的滋味，他是很难体会到的。

平安在儿子的书里曾看到一个故事。说国家最困难的时期，最高领导人连肉都吃不上，也饿得全身浮肿。可见当时国家是多么困难，那么大的领导都在挨饿，何况是普通人呢！

种水稻的地没了，入股的钱也没了，两个孩子还在上学。家里的经济如同老太太拧麻绳，越拧越紧。平安就动了出来打工的心思。也凑巧有一远房亲戚说他在北京搞装修，缺人手，平安可以跟着他干。平安就跟着那位远房亲戚来了。到了北京，平安才发现这个远房亲戚根本不是搞装修的，而是给几个装修公司招揽工人的。他招揽一个人，就从工人和公司两边都要点钱。说白了，就是个私人中介，所有的信誉全凭他的一张嘴。平安没有啥技术，来了，就只能干点挣钱少的小工活儿。好在这几年小工的工钱也不差，再加上平安肯卖力气，怎么着一天也得挣200元。这样，一个月下来，挣了五六千元钱。再加上平安也没有什么抽烟喝酒的嗜好，除去吃饭，能省则省。应该说，收入还算可以。

已到春节，很多保安也都回家了。其实这个时间段，很多单位也是最需要保安的。平安在超市门口有意问一执勤的保安，现在还需不需要人。谁知这保安正好是公司的一个小队长，他手下的好几个保安都回家了，实在没人了，他过来顶岗，毕竟公司是跟商场签了合同的。平安没想到自己真问对人了，小队长当时就答应，让他明天拿着身份证就来报到上班。对于平安有没有培训的上岗证，这时在小队长眼里，已经是次要的了，主要的是得先有人。至于培训，等上班了，让保安班长带着实践几次就行。

我们单位离商场不远，用的几名保安也是这家公司的。前几天有一保安说老母亲住院了，就回家了。现在值班正缺着人呢，这几天一直打电话催着向保安公司要人。其实，平安是救急来的。

对于保安的职责，每次上级开会时都反复强调：保安，保安，职责就是保一方平安，而不能只是个看大门的。最好是年轻力壮的，若真发生了妨害安全的事，就能顶得上去。可现在单位的保安，一般都是以中老年人为主。年轻人，嫌钱太少，还不够他们自己生活，怎么养家糊口呢？虽说现在给每个保安的工资，好多单位也不一样，可一般真正到了保安的手里，也就是两千五六，若是保安班长啥的，每月能多给个几百元，剩下的，也就全归保安公司了。至于说每个单位真正拨付给保安的工资是多少，只有单位的领导和保安公司的领导知道了。

我们单位的这几名保安，都50多岁了，都是本地人。这样的好处是不用考虑他们的住宿问题。吃饭，也是同单位的职工一样，只管中午一顿饭。早饭和晚饭，就各自回家吃了。单位只提供热饭的微波炉。如果是招外地的保安，就得给他们准备住宿和炊具。保安大多来自不同的地方，各自饮食习惯也不一样，有的喜欢吃米饭，有的喜欢吃面食，有的喜欢吃辣的，有的还喜欢喝两口。时间一长，保安之间也会出现这样那样的矛盾，有相互告状的，他说你懒散的，你说他脾气不好，甚至有的因芝麻粒大的事，就会争吵起来，有的甚至还动起手来，解决起来也是挺麻烦。如果是本地的保安，离得都不远，有的甚至原本就认识，再加上"一个锅里搅马勺"的机会比较少，也就避免了之间的摩擦。况且，熟人熟地，单位管理起来也方便多了。

单位原本是不想要平安的，但公司说，现在本地保安难找，就只好同意留下来。其实还有一点，看重的是平安没有烟酒上的嗜好。单位原来招了个保安，老爱喝两口。虽说忠于职守，工作也尽责，但只要喝点儿酒，他就分不清东西南北了，说话时气也粗了，话也大了。平时单位主管说他几句，勉强还能答应；若是喝点儿酒，就敢跟主管对骂起来，有一次两人还差点动起了手。最主要的是，单位领导见他年龄大，又是本地人，给他安排了一个班长的活儿。就这一安排，可了不得了，他真把班长当成了个官儿。今儿说这个，明儿批评那个，时不时还威胁要开除人家。结果几个保安一商量，集体到单位领导那儿告状。领导一看，众怒难平，就趁着正好前一天来检查工作的上级领导说了句："今天要求我们登记的保安，好像是喝了酒，这怎么能成？"就把他给辞了。

单位给平安安排了住宿，并给置办了一套简单的炊具，让平安自己做饭，这让他很高兴，觉得自己做饭，方便，还省钱。

节日的气氛越来越浓。时时在白天响起的爆竹声、晚上绽放的烟花、大街小巷挂起的红灯笼和挂在树上的彩灯、商店门口堆放的色彩艳丽的年货、大门小门上张贴的春联，这无一不在告诉平安，马上要过年了。

平安每天要做的，除去值勤，就是用微信聊天。出来打工后，平安在一些年轻人的引导下，慢慢发现微信真是个好东西，现在跟媳妇聊天时，不仅能听到声，还能看到人，更主要的是省去了电话费。况且单位的 Wi-Fi 是免费的。

现在空闲时间多了，除去聊天，平安还多了一个爱好，就是在手机上看电视剧。特别是农村题材的电视喜剧，成了他的最爱。他觉得很多剧情，如同是在自己身边发生的一样。虽然有的内容有些夸张或跟实际的生活出入很大，甚至有的演员的神态动作和说话一眼就看出来不像农村人，但这并不妨碍他看得乐此不疲。况且，他不看，能干什么去呢？单位除去带班的领导和值班的职工外，就剩他们几个保安一天大眼瞪小眼。

大年三十晚上，单位除去我值班以外，就剩下保安班长和平安了。单位提前给保安准备了些速冻饺子和一些零食。我去送给平安时，他刚巡视回来，脸上有些麻点的保安班长正入神地在手机上玩着游戏。

平安的巡视，其实就是绕着单位的院子转一圈，怕的是周围的烟花或鞭炮掉在院子里，点燃树叶垃圾什么的。在这之前，单位针对安全隐患检查了两三次，可还是不能有一点放松。什么事情，都是不怕一万，就怕万一。若真着了火，这大年夜的，不仅给单位添堵，更重要的是，大会小会强调安全，还经常性地排除安全隐患，如果在最不该着火的时间却着火了，那不成了天大的笑话？

平安看到还有酱牛肉和花生米，连声道谢。保安班长回过头看了眼笑着说："要是再能给点小酒，就更好了！"平安说："有饺子有肉就够好的了，酒有什么好喝的，又苦又辣。"保安班长嘲弄似的丢了句："不喝酒的人，哪能知道喝酒的好处？"是啊！每个人的情趣爱好都不一样，有的人就喜欢喝两口，有时看着同事拼几个简单的小菜，举着酒杯，呲溜呲溜地喝着、聊着，觉得很是惬意。可对于不爱喝酒的人来说，那是一种痛苦。自己刚参加工作那年，有同事叫着去喝酒，倒了杯啤酒，自己一抿，觉得像一股马尿味，很难喝。可看着同事喝得那叫一个享受，方知，酒也分人，也分心情。要不怎么有的人爱得如痴如醉，有的人唯恐避之不及？"何以解愁，唯有杜康"和"抽刀断水水更流，举杯消愁愁更愁"不正是喝酒人完全不同的两种心态吗？这时保安班长又追问了一句平安："你真没喝过酒？"平安愣了一下，有点不好意思地说："我喝过一回。有一次装修，主人夸我们给他家铺的地板砖又平缝隙又小，就请我们吃饭，到了饭馆，非得喝酒，给一人倒了一杯。那次我刚喝了两口，嘴里的辛辣味还没有过去，脸就红得像关公似的，就没敢再喝。等吃完饭，自己全身痒痒，再一看胸前，吓了我一跳，整个胸前红成一片，还起了一个一个的小包，如同肿了似的。越挠，越觉得奇痒无比。后来送到医院，大夫说是酒精过敏，开了些药，吃了两三天才好了，从那以后，就再也没喝过酒。"看来，那两口酒，让平安这一辈子远离了酒。

送完饺子，我回到办公室，独守着一盘速冻饺子，不免有点"万家笑语欢，孤守团圆饺"的感慨。窗外，除去远处辉煌的灯光外，就是时密时疏的鞭炮声，或时断时续一朵或一片的烟花，在绚丽的绽放中，空气中流动着一股浓浓的硫黄味。不知平安吃着饺子时，想的是什么，可能更多的是家人吧！

天亮了，空气中欢乐的火药味还没有散去，可关于新冠肺炎疫情的信息如潮水般涌来。一条紧急会议通知，意味着事情的紧迫。从会议传达的信息来看，我们知道了这次疫情事态的严重。各种口罩和消毒用品，每个单位和个人都在用自己不同的渠道相互打听着，订购着，抢购着。这时接到的电话和信息，几乎全是关于疫情的，给我的感觉，所有的人都处于一种恐慌和不知所措的状态。而一小部分人，则又表现得好像无所谓。

我开完会，在回单位的路上，接到了一个陌生的电话，试着一接，竟是平安。

我问他在哪里，他说正在值勤。我问他有什么事吗？他略迟疑了一下说，看我能不能给他买几个口罩，等我回去给钱。我答应了，可到了药店门口一看，吓了一跳，那里已排起了长长的队伍，一问，大家都在等着买口罩。看这样子，自己一时半会儿也买不到。我就开车去了稍远的一家药店，还没停车，发现那里已排起了更长的队伍。无奈，自己只好返回单位。见门关着，鸣了声喇叭，平安很快出现，见是我的车，按了遥控器，电动门缓缓打开。我停下车，平安见我手里空空的，有些欲言又止。我明白他的意思，我说药店前全是人，估计轮到我，口罩也没了。好在年前时，因有雾霾，自己买了两包口罩，没戴几只，就搁在了柜子里。我让平安跟我去拿，他却一个劲儿地说，一个多少钱，我给你钱。我从柜子里拿出口罩，给了他五只。平安急忙从兜里掏钱。我说，如果你给钱，我就不卖你了，没几块钱，你至于吗？平安只是嘿嘿地笑着，只得把钱装回去。看见我端起了杯子，他急忙拿起边上的暖壶倒水。他一摇，感觉壶里没水，急忙说，我去打水。我还没来得及劝阻，他已出了门，走得很快。

根据会议要求，单位开始登记所有人员的信息。不过还好，除去新招的几名大学生外，单位职工基本上都是本地人。而几名大学生，老家也没有在疫情区的，而且这一年也没有去过疫情区。再跟单位几名有外出旅游打算的职工联系，发现，除一人已出国外，剩下的人也可能已从不同的渠道得到了有关疫情的信息，都退票取消了外出，待在家里。

开会对于单位疫情的预防，核心就是看好自己的门，看好自己的人，做好预防的事。看好自己的门，相对好看，单位放假，只要严防外边的人进入单位就行。对于看好自己的人，除去值班的，都放假了，只能通过微信群和电话反复联系确认，要求每名职工每天按时向单位专人上报自己的信息。若有低烧、咳嗽、全身无力等症状的，要及时上报和就诊，同时要做好家人的疫情预防。做好预防的事，就是单位订购口罩、洗手液、消毒液等预防物资，这是保障。前两者都好办，现在最难的是做好预防的事，这一下子显现出了这些物资的奇缺和国人的购买力之强。只要是传出一点儿能预防疫病的货物，马上一扫而光，那速度，让人瞠目结舌。

　　平安每天值班，最重要的任务就是按照发放的表格，认真登记来单位相关人员的信息，并进行体温测试和记录。然后，提着喷壶，用兑水的消毒液，每天对门卫室和办公楼进行定期的消毒。对于单位职工网上订的快递物品，一律放在门外，进行消毒后，再集中堆放在门卫室后边棚子里。平安他们跟外边人员接触时，一律要戴口罩、手套，更要勤洗手。

　　在当天的信息登记中，发现平安正好来自疫情的重灾区，属于被关注的人。可平安离开家已经快一年了，从这个意义上来说，他其实属于安全人员。所谓专家提出的14天隔离期，对平安来说，意义不大。

　　可惜平安在单位门口只值勤了两天时间，就被保安公司抽调到单位边上的社区值勤，原因是那里更缺人手。经过协商，平安还住在我们单位，还是自己做饭，只是每天上班的地点改在了社区。

　　这样，在我进社区时，也常能看见平安，他胳膊上套着一条写着"综合治理员"的红箍，在那里忙碌地登记着出出进进的车、进进出出的人。只是谁都没想到，没过两天，保安班长给我说，平安让人给挠了。我问是怎么回事。保安班长说，有一中年女人，既没社区通行证，也没戴口罩，就要进社区。社区工作人员给拦住了不让进，没几句话，就吵了起来。平安上前去劝，谁知那女的好坏不分，就撇开那社区工作人员，竟骂上他了。平安对那女人说，你这老大不小了，怎么还骂人呢！你拿出通行证，戴上口罩不就行了吗！这是小孩子都明白的事，你还不明白？那女人却骂平安，意思是你只是一个看门的保安，你算老几，轮得上你管？边说，就要向里边闯，平安和一个志愿者去拦。那女人竟跟疯了似的，又哭又喊，说保安打人了。并伸手挠向平安，幸亏他躲得及时。就那样，脸上还是被挠了道印，都有些破了。平安一生气，也踹了那女人一脚。正在纠缠时，来了巡逻的警察，把那女人直接带走了。听社区的工作人员说，这个中年女人，确实是小区的住户，是小区有名的泼妇。前一个月，还因为自家的狗在楼道里拉了屎不擦，跟邻居吵架，邻居还拨打了110。

　　第二天碰见平安，因他戴着口罩，也看不出什么。我劝了他几句，叫他不要跟这种人计较，如果实在不想在社区门口干，我可以给保安经理说声，还是来单位门口值勤！可平安说，这不算事，现在公司缺人，每天进出小区的，除了极个别的人，大多对他们挺理解的。时常有居民给他们送牛奶、水果什么的。昨天晚上，他们几个正说天气有些冷，竟有一家人给他们一人送了一暖水袋，说捧在手里能取暖，让他很是感动。

　　过了也就两天时间，晚上我正在看新闻，平安打来电话，很急切地说，他要回去了，给我打声招呼。我问原因，他在电话里迟疑了好一会儿，才说，接到儿子学校老师电话，说他儿子被确诊为新冠肺炎，是他带家教的孩子家长传的，那家长是做海鲜生意的，孩子也被传染上了。平安的话里带着些哭音。他说这事儿他媳妇还不知道，儿子也不让告诉他妈。我不知道该说什么好，灾难突然降临至每个人跟前时，无论是谁，都会显得不知所措。我只是安慰，说现在发现得早，能很快治好的，让他千万不要着急，有什么需要我帮忙的，一定要说。平安只说了声"好的"，就挂了。我微信给平安转去了500元，想表达一点儿心意。谁知，平安只回复了一句：您的心意我领了。可钱，他始终没接收。

　　平安回家的那个晚上，北京下起了雨。可天亮时，却变成了雪，下得很大，纷纷扬扬的。

我与黑板

40年来，从学生到老师，每天陪伴自己"传道、授业、解惑"的，除去讲台，就是黑板。在那一块块或长或方的黑板上，以拼音、符号、数字、图案、文字、线条等纷繁复杂的呈现形式，我给学生解读着奇妙而未知的世界。

很久以来，黑板通常被挂着，或是镶在墙上，呆头呆脑的，显得有些呆板，给人一种"你写和不写，它都在那里"的感觉。

其实黑板是不断变化的。

上小学时，留给自己最深印象的，除去一座破庙改建的村小学，就是两块"黑板"。一块是挂在墙上的木板，但很少用。因为只有在木板上涂上墨汁，才能用。要不，写上的拼音或字也看不见。而一瓶墨汁，老师也没钱去买。直到有一天撅着补丁的村主任来学校，实在看不下去了，就跟村里的会计嚷嚷了一通。为人有些吝啬的村会计才极不情愿地买了几瓶墨汁，还一再叮嘱着老师要省着用。那时，村里也没有钱啊！

经常用的另一块"黑板"，就是庙前两棵大榆树下一块儿平整的空地。无论是哪个学科，这块"黑板"的利用率是最高的。那时经常看到的情景是：学生一个个蹲在地上，用形形色色的笔在这块"大黑板"上画出一块属于自己的"小黑板"，在上边写字母，写拼音，写数字，做计算，甚至是画画。孩子所用的笔，要么是小棍，要么是笔杆，有的甚至是手指头。最让人羡慕的是有的同学把废电池拆了，用里边的墨棒书写。有一个男孩儿，时常会拿出一根不知从什么上面拆

151

下来的足有三四个手指头粗的墨棒，写字既耐用，又乌黑明亮。在很长的一段时间里，谁能拥有这么一支墨棒，就是和他关系最好的见证。

那时老师背着的手里，总握着一根教鞭，来回巡视。看到谁写得不认真了，就会把教鞭高高抡起，却又轻轻地落在学生的屁股上。唯有对他的儿子，那是真打。总是在教鞭落下时，他儿子就会妈呀一声叫着跑起来，但在老师声色俱厉的呵斥中，又胆战心惊地挪回来蹲在那里，一边抽泣，一边很认真地书写，还不时偷偷瞄一下站在不远处的老师，又迅速地低下头。

在这块黑板上写字最好的时间，是在夏秋季节天晴时。特别是在阳光下的树荫里写字，那是很惬意的一种享受。只是蹲的时间一长，腿就疼了。这时，老师也允许你坐下来，盘着腿写，写几个字，向后挪一下，再写再挪。有时写着写着还会同另一个方向写来的同学背对背靠在一起。如果是两个男孩儿，都会自觉地站起来，再找一块地方；如果是一男生跟一女生背靠在一起，往往会引来同学窃窃的笑声，女生总会狠狠地瞪着男生，直到男生慌乱地离开。

这一块最廉价、最贴近土地的"黑板"，现在很少有人用了，即使偶尔给孩子说起，他们都以为说的是笑话。

上了村中心小学，最高兴的就是看到，每间教室虽然简陋，但在正前方的墙上，都镶着一块用水泥做成的长方形的黑板。只是这黑板没用上几天时间，就会泛白，老师写上的字或讲的题，坐在边上或后边的同学根本就看不见。在学生一次一次抱怨说看不见后，班主任就会让班长去找学校的总务处，领回两瓶墨汁。班主任很是小心地把墨汁倒进一小铁盆里，掺进一点儿热水，搅匀了，用刷子顺着黑板刷。一会儿，一块乌亮漆黑的黑板就会呈现在眼前。第一节上课的老师总会啧啧地称赞几句，而这时写上的字，也是最漂亮、最清晰的。有时刚刷完黑板，班长和学习委员轮流看着同学，舍不得让同学去写。

那时的课堂上，我们最熟悉的场景是：老师嘴上"语言和唾沫齐飞"，手上"文字和粉末共舞"。每节课下来，教室里都飘着一股淡淡的粉笔末味。

上了中学，是在乡里，发现教室里所有的黑板都镶着边了。在黑板的下边沿，还有突出的一个浅槽。这种黑板，老师说是用塑料制成的，可我一直在怀疑，什么塑料能那么光滑乌黑呢？后来发现，这块黑板的乌黑能保持很长时间，虽然后来有点儿泛白，中间也有些凹陷或凸出，但基本上是平整的。粉笔字写在上边很清晰，特别是有彩色粉笔的搭配，给了我们一个五彩缤纷的世界。

上了大学，发现黑板不是传统的一大块，而是由三个小方块组成的，光滑平整。颜色也不是那种单一的黑，而是泛着淡淡的墨绿，不刺眼，也不单调，显得很有韵味。跟它相配的粉笔，似乎也没了粉末。据说是无尘粉笔。这时的一节课，老师也渐渐远离了"一身粉末满面尘"的形象。同时，陪伴黑板的，还多了一块幕布，幻灯机也开始承担起了黑板的部分功能，使得黑板显得更玲珑剔透、柔和圆润。

几年后，我从坐着听课的学生变为站着讲课的老师。而这时的黑板也是"换了人间"，成了升降黑板，质地也成了水磨玻璃的。黑板不仅能够上下移动，还能左右移动。老师可以按照自己讲课的需要，灵活使用黑板，使人觉得始终呆滞的黑板，增添了灵秀，显得生动、可爱起来。特别是自动投影仪的使用，也使黑板清闲了很多。

没有几年，黑板都换成了白板，多媒体开始占据了主位，这时的粉笔换成了荧光笔和炭素书写笔。传统的粉笔则静静地待在盒子里，能被使用，已经成了它的一种期盼。它只能眼睁睁地看着荧光笔的指指点点、勾勾画画和炭素书写笔的龙飞凤舞，显得有些失落。

很快，白板因老师远离粉末，风靡一时。但因为它的反光，也被渐渐疏远。

现在走进教室时，黑板已成了触摸屏的，我轻轻一点，轻轻一划，那条优美的线条，那幅精美的图案，那个直观的视频，会把我和学生带进知识的海洋。只是少了粉笔的黑板，也总觉得少了点韵味。

我与黑板都在变，这种变化，也无不印证着祖国改革开放以来日新月异的发展；但始终不变的，是粉笔在心中刻下的那不可磨灭的痕迹，引导着一代代人去认识未知的世界，创造美好的生活！

这种变化，我热爱，我更赞美！

| 韩瑞莲

作者简介:

韩瑞莲,北京作家协会会员,现任昌平区文联副主席。

1994 年开始发表散文作品。

2009 年至 2019 年先后出版散文集《女人,没理由不爱》《野花也有梦》《我与海棠花一样幸福》。

陷落从童年开始

一

我爱陷落。陷落在一段段美好的情节与事物中去。我的脚印就是最好的证明。每一次陷落，脚印都密密麻麻地写满陷落的细枝末节。那些细枝末节每次从发生到结束就像日本抹茶般细腻，浓缩成一团团绿色的粉末，而当我要回味的时候，把它放到生活滚烫的水里，瞬间就会融化成一条温暖带着茶香的河流，在我的眼前声色香郁起来。

一出生，我就陷落在一座村庄里。我的脐带与母亲刚刚断开，一阵山风的清凉就把我从娘胎中惊醒，我哭了，哭得不知所以然。仿佛我用哭赞誉了母亲十月怀胎的辛苦，用哭告诉母亲我很健康，用哭向已经出世的五个哥哥、姐姐宣告：那个在娘胎里就已经开始与你们争夺香美食物的小家伙出生了，我们面对面的较量现在正式开始。事实上也的确如此。我的大姐听到哭声，就怂恿我3岁的小哥，去向母亲提出：把这丫头送人算了。1966年，全国人民都处在水深火热之中，我们家再加上我，就是八口子人，日子的艰难程度可想而知。父母才舍不得我呢，而当时真正的事实是，小哥也没有说，大姐也是不愿意哄我，才出此狂言。小时候，我尿炕，母亲打我，我就跑到父亲的被窝，一个漂亮的肉蛋蛋，把父亲美得恨不得我天天尿炕，不再长大，一直能在他被窝里滚来滚去。我与哥姐们的战争也从来没有发生过。二姐为了看护我，10岁才上学，而且还经常眼睁睁地看着父亲做好吃的给我。二姐的口水一定流了不少。小哥则是我心中的领袖。上小学后，村里的男孩子经常招惹我，我从不示弱，而且还会趾高气扬地带着脏字痛骂他们。不是我的底气足，而是我身后总是站着威风八面的小哥。他当时是村里男孩子队伍的领军人物，经常带着男孩子们"挖战壕、排兵布阵、进行实战演习"。无论遇到什么事，他们都得给小哥面子。为了表示我对小哥的敬意，我总是帮助小哥做晚饭，替他抱柴火、烧灶，一切听他指挥。有一次，小哥竟然放开手脚，让我做"蝌蝌馏饸"，其实就是像蝌蚪一样的凉粉。我学着母亲的样子，放几瓢凉水在铁锅里，边往锅里撒面边进行搅拌，还要往灶膛里添柴。看着一锅面糊糊熟了，就往早已准备好的水桶上的"蝌蝌馏饸"盆里，一勺一勺地盛，放得差不多了，再把那些面糊糊用铁勺沿着盆边不断地转着圈压下去，一个个小蝌蚪就噼里啪啦掉在了水桶里。很成功，半水桶的"蝌蝌馏饸"游在水里，白白胖胖的。看着晚饭时父母、哥姐们吃得香甜，我的心里美滋滋的。其实，那天吃的"蝌蝌馏饸"里，还有些没有充分在水里展开的小面坷垃，但父母、哥姐们也没有表现出吃不下去的样子。他们的默许给了我很大的鼓励。我的童年就是这样陷落在父母、哥姐们的无限疼爱里，以至于我没有记住他们爱我的更多故事，而总是记住自己曾经犯过的错误或者是不足。比如这次没有母亲做得好吃的"蝌蝌馏饸"。

我的父母不怎么会表扬人，但他们的神情也从来没有对我严厉、狰狞过。即使有时他们会发火，但似有火光的眼神背后总能让我瞬间捕捉到他们不舍得发火的隐忍之情。爱有时候呈现出来的不是霸道、不是直接表扬，而是胆怯与放手。爱是一道墙，它会让一切不合理的冲动、谩骂、发泄止步不前。爱，在那儿时，它会说：好了，我是爱你的。

陷落在大家庭的爱里，这种爱成为我坚硬的保护壳，让我在村庄里自由自在地生长着。我的小学是在本村读的。学校离我家只有5分钟的路。读书是快乐的，至于怎么快乐，我也不记得，只记得自己学习成绩还不错。最不喜欢上的是音乐课，但是不知道为什么不喜欢。一般音乐课会安排在上午最后一节。有一次我假装肚子疼，向老师请假，但又不敢回家，怕母亲知道了我会挨骂，就跑到后山上的灌木丛里躲了起来，直至听到学校放学的下课铃声才回去。好在这样的秘密没有被发现。对音乐的恐惧还延伸到我读师范的时候，那时候的音乐老师，总是坐在钢琴边一边弹琴，一边让我们听音。do、re、mi、fa、sol、la、si，就这几个音，非得强迫我们听出此时的"do"是哪个调的"do"，此时的"re"是哪个调的"re"。这样难度的听音，老师应该给有音乐天赋的同学听。而对我这样没有音乐天赋的学生，简直就是折磨。音乐的功能本来是带给学生美感和享受，而老师多少给我的心理造成了障碍。真应该提议当老师的首先要学一学学生心理学。多亏我有爱的保护壳，这样的"折磨"每次才会让我像被蚊子叮了一下，自己挠挠就过去了。

村庄里的家，坐落在山脚下，就我们韩姓四户人家，形成一个很小的自然村，地图上的名字叫北营。黄土洼村就是由"北营""高家台""上沈家"等十几个这样的小自然村组成的。到村里没人知道我大名，只要说北营殿武家的老丫头，人们都知道是我。由于没人看管，我6岁就上学了。在学校有人管，放学后，就是我自己的天地。一个小丫头片子，能做些什么呢？父亲给我准备了一把小镐，一个小布包。我在做着上山刨药材的准备。春天来了，一个小女孩每天放学回家，把小布包套在前胸，扛起小镐头，转眼就上山了。上山没有路，药材也不会长在路上。东一棵，西一棵，迂回折返着一路上山。我刨得最多的是柴胡，我的力气也只能够刨柴胡，像苍术、知母什么的，不是根系庞大，就是根系太深，我刨不出来。今天刨点，明天刨点，我的一双小脚丫满山跑着，刨得既认真又仔细。每次我并不急着从山底走到山顶，而是根据自己的能力和山上药材情况而定。其实，我要在自己家后山上刨药材，是不容易的。哥姐们或者邻居的哥姐们，早就把后山的领地，进行了较为全面的扫荡，那些大个漂亮的柴胡早就收入了他们的囊中。然后，他们的目标就往更远的山上转移了。而我这么幼小，只能在家门口的后山刨他们看不上眼或者是漏掉的弱小柴胡了。不过，我从不气馁，而是一再认真而又耐心地刨着。一镐一镐地，一片山场一片山场地刨着。在把柴胡秧拧掉留下柴胡根的同时，就在思考着下一步迈向哪里。整个春夏，我的小身影一直在后山上移动着，没有从山上滚下来，顶多会栽个屁墩，或者是在山坡出溜一段。在山上只有我和那些没有我高的植物及药材，还有一种可怕的"骚蚂蚁窝"。我不知道孤独、害怕为何物，我只知道，不能靠近那个"骚蚂蚁窝"，不然一脚踏进去，它们会群起而攻之，要了我的小命。印象中那个春夏，我只为刨药材而忙碌，我用自己挣的钱买了一双白球鞋。山，就是一座宝藏。它不说话，等待着，我去爬去登、去刨去踩，举着我到山顶，去吹上面清爽的风，去俯视松林翠绿的呼啸，去看坡上粉粉的山樱桃花由眼前瞬间就变到了自己的脚下。山是最好的智慧启蒙者，它鼓励我自己登上去，自己一小步一小步地解决下一步的去向。父母不在身边，哥姐不在身边，只有山在身边，只有小小的信念在身边。我登上去了，我看见了全村的面貌，还有山脚下自己家灰白色的炊烟。我天天登上去，我不时地登上去，我想登上去就登上去。喜欢读书，我就攀登在阅读的路上；喜欢文学，我就攀登在写作的路上；喜欢真情实感，我就攀登在真诚的给予与付出上。以后的岁月中，攀登带来的感悟一直像风一样不离我的左右。

2019年的一个秋日，大姐、二姐与我回去看望92岁的老父亲，午饭后我们决定，去南沟的几棵山楂树下拾山楂。秋天的山楂已经熟透，面面的、酸酸甜甜的，比药店的山楂丸还好吃。我们在南沟穿灌木、走荆棘，寻找着几棵山楂树的身影。许多金黄的落叶松针扑簌簌不断地抖落在微风中，黄黄的薄雾飘荡在山谷。随走随赏。二姐说："真漂亮！"大姐则在另一片灌木丛中，继续寻找着山楂树。结果我们在一个地点会合。山楂树没有找到，回去，还是往哪里走？我们决定继续前行，到黄洋沟那条路再回去。走到南沟的尽头，抬眼看从沟底到黄洋上面并没有路，我们有些犯难。但我们决定走直线。硬生生地，我们仨穿越荆棘爬到了黄洋的那条路上。有什么路可走的呢？又脏，坡度又陡，手随时会被抓着的那些灌木拉得粗糙，荆棘的刺随时会刺入肉里，二姐穿的牛皮鞋随时会被扎坏。非得要走这一遭？是的，非得走！就是要告诉这些山、这些树、这些鸟，这三个丫头片子又回来了！我们仨每一次回来看望父亲，也是看望我们童年的山山水水。如果只是在炕头上坐坐，陪父亲吃顿饭，那是多么不够意思。踩踩泥土，登登群山，与每一缕山风亲吻,仰望每一朵白云。只有这样,童年的记忆才会从不断陷落中心的最底层瞬间腾起,悠然心会地跳到枝头像喜鹊一样喳喳地叫着:童年时的家乡就是天堂的样子呦!

童年时,天堂是做什么的,与自己无关。与自己有关的就是今天我要做什么、玩什么。吃饭的事不用我着急,穿衣的事也与我扯不上关系。秋天的清晨,晨露打湿了成熟的红小豆。父母与哥姐们早早起床,潦草地吃上几口饭,就急忙地下地收割了。露水让本该炸裂的豆子壳还能够维持到今天的清晨,继续合拢在一起。如果等到白天太阳出来,成熟的豆子就再也不能听豆壳的话,争着抢着要出来滚向早已向往的土地,伸腰、站立或者是做上午的课间广播体操了。每当清晨,父母、哥姐们走时,指不定谁会叮嘱我不要做什么,但一般不会告诉我做什么。我虽然小,但我非常想与他们一起行动。但我自知我还是不要给大人添乱了。他们好像总是从离我们家近的地方收割,然后再往他处割去。那个时候,我会慢慢地攥着小拳头,一步一步地奔向那片田野。看有没有大人收割时,遗落在地里的红小豆的豆角,或者是露水也没起作用就炸裂开来落在地上的红小豆。如果有,我会一粒一粒地拾起来,放在自己的小袄兜里。如果是成熟的豆角,就用小手把那些红豆豆剥离出来,再放进小袄兜里。红色的小豆豆,就像一个个小玩伴,与我做着发现、捏住、提取、装入的游戏。那些散落在田野各处的红小豆都到我的小袄兜里集合了。当我的小袄兜快要装满的时候,我会悄悄地走回家,把它们翻倒在里屋的炕上。然后也许我会拿起瓢喝口凉水,再去那片田野里继续寻找;也许我又会去一片还未收割的玉米地里掰几个能够烤着吃的嫩玉米棒子;再也许,我会爬上门前的大海棠树,去摘点红红的冷海棠,再出溜出溜慢慢地下得树来,把二十几颗红红的冷海棠运回家。一个秋天,我就这样出去、回来,再出去、再回来。我的小袄兜里总是盛满秋天的果实。这些果实都如实地放到了家里。大人做他们的事,我做着我能够做的事。我的小袄兜没有属于我自己的东西,所有的东西都与这个家相连。我的小袄兜就像父亲的药材布袋、母亲手里的荆条篮子、大哥的背包、三哥的挎包,无论我们走多远回来时,布袋、篮子、背包、挎包、小袄兜都不会是空着的，它们都会把我们发现的爱放进去再带回来。

童年的陷落，是每一年每一天每一刻的。14年里，在粪堆上跑，在野地里跑。看鸡、喂猪、割草、打柴，用镰刀欺负一个倭瓜，用小手掐着趴窝母鸡的翅膀，把它抱在怀里，再用小手伸进母鸡的屁股，看它的产道开了几指。当得知蛋在鸡屁股里硬硬的热热的时候，再把母鸡妥妥地放回窝里，然后就美滋滋地等待着母鸡咯咯嗒咯咯嗒下蛋时的叫唤声。我就这样一直在自己的村庄和邻村转悠，我记得与人在一起的事情不是很多，我的记忆大部分都是我在哪里，我怎样玩的，怎样想的，我见到了什么。14年里，我出过一次山，是随母亲到北京人民医院看望重病住院的小哥。怎么去的，母亲与小哥说了些什么我也不记得。我只记得，回来时，坐公共汽车到高崖口，阴雨天，汽车不上山。巧遇在山里教书的一位老师。我们结伴而行，翻越溜石港那道梁，我们走了四个多小时才到。我没有要母亲背我。那年，我6岁。母亲把我这个小袄兜紧紧地用脚印缝在了她的身上，小袄兜没有破损之处，严严实实的，一点也不透风。她温暖着我，我温暖着她，一直未曾离开，也永远不会离开。

二

陷落无处不在。过了知天命的年龄，陷落可圈可点的事情多如牛毛。那么多美好而又幸福的陷落，没有让自己在任何时候沉沦到万劫不复的地步。并且还在世界的多变与人性的多变交织中，继续努力地修身养性，以应对和迎接更多的陷落扑面而来。

2019年11月24日，预报大风，阵风可达7级。我与爱人决定去昌平与河北交界处长峪城方向的黄花坡长城。海拔1427米的烽火台边上，狂风如刀，刮得手和脸生疼。我匍匐着靠近烽火台下，依靠着烽火台的城墙，站在那里。一条大红围巾随着狂风左右飘荡，人与长城却稳如磐石。眼睛往右看是塞外碧青色的官厅水库，往左看是莽莽苍苍塞内的褐色连绵群山。塞外的风真的太猛烈，太强劲，太够意思了。大风只允许我这样左右各看一眼，时间再长一点，谁都不能够保证人还能不能够完整地站在这里。风有风的重要任务要完成。爱人手里的相机盖不停地翻飞，咯棱咯棱不停地拍打着机身。然而，就这两眼我已经绝对地满足了，就这样的几张照片我也非常满意了。人生真正惊艳的景色何尝不是在险象环生处的一两个瞬间、一两个片段中呢？比如考试，比如结婚，比如生子。在去往长城的途中，迎面遇到一支登山队伍，我问他们，长城还有多远？他们说，不远，就快到了。风太大，他们没有上去。再往前走，又遇到三位男同志。问他们，长城还有多远？他们说，不远了，能爬上去。这支十几个人的队伍，只有三人登了上去，其余的全部被塞外的狂风挡了回来。而我是登上去了，我必须登上去。这样的信念，不是盲目，而是儿时生活经验的陷落告诉我：这样的天气是可以登上去的。这次登长城是我今年早有的预谋。在休息日里，春夏秋人们都忙着出游，而我却在村庄忙碌，春天种花种草，夏天收拾聚园的边边角角，秋天采野韭菜花、捡拾山楂果。初冬来临，树叶落尽、群山肃穆，关于山里的一切都显露出来，石头、树木、野草、青苔、松林再也不想让任何东西遮蔽隐藏，它们纷纷甩掉身上的沉重，各个像刚出笼的鸟儿般突突地真实地飞了出来，裸露了出来。潇洒疏林长出了一口气，端庄大树威武神勇显露无遗，高山杜鹃幽绿的眼神明亮无比，诗意白桦树的脸上涨满了红晕。成片成群的荆棘像灰褐色的绒线，把山峦中的一切疏密有致地交织起来。风不来，静静的山谷静谧得深不可测，仿佛在策划着一场冬日的阴谋；风来了，它们从塞外一路风尘排山倒海般涌向昌平与河北交界的山谷，在这里与原始次生林强烈交锋。呼呼的风声一阵一阵地辗转盘旋在树梢嗷嗷地狂嚎，就像是单纯而又激荡的口哨声，声声震耳又悦耳，一波一波地奏响。一群白腰朱顶雀则在树林里翻飞着、鸣叫着，仿佛狂风在宣泄自己的欢笑声中还用嗥叫与白腰朱顶雀做着调情的游戏。昌平西部最高处的冬日风光，我的心与白腰朱顶雀一样共同陷落在这恣意狂烈的冬日图画之中。一位识别北方鸟类的老师告诉我，白腰朱顶雀很少见。在《北京地区常见野鸟图鉴》上的标注则是罕见，发现的地点也不是昌平地区。

　　14岁那年，我被昌平师范录取。由此我的身份由农民转为居民。入学前，当教师的大姐给我剪了"运动头"，就是像男孩子一样的短发。在昌平师范读了三年书后，根据由哪里来还要回到哪里去的分配原则，我回到家乡曾经就读的唯一一所中学任教，教初一数学并带班主任。我的年龄只比学生大七岁，但我已经是他们的老师了。每次从办公室走向教室，我都扬扬得意，为我的聪明、我的智慧、我的见识。同学们上课时，也总是会传递给我认真听讲和羡慕的眼神。他们一定会想，自己也一定要好好学习，要像韩老师一样考出去，走出大山。除了羡慕我的职业，同学们一定也会喜欢我的穿着：紧身衬衫、牛仔裤、高跟鞋。那时，农村根本没有电视，孩子们的见识，也就只能从身边的人、身边的事上获取。本来，我带的班到初二结束，应该继续让我跟班走，可校长以我没有教毕业班的经验而取消了我跟班走的资格。本来想显示一下自己的本事却遇到阻力。我不想与校长争，想想自己读初三时，常常看不起自己的数学老师。好多数学题我都会做，他却经常眨着大眼睛故作镇静但毫无办法。他还扬言：韩瑞莲肯定考不出去。而我毫无悬念地考上了。当然，这是后来有人说与我听的故事。就是后来同学们聚会，我把当时的事当作玩笑说给那位老师听，那位老师听了后，又重新泛着微笑了。在微笑声中，他仿佛又回到他的年轻时代。每当遇到问题的时候，我都不会在问题上纠缠，就像小时候刨药材，这片山场没有，就去另一片山场找一样自然。于是，我继续教书育人，但我明显地感受到自己心里有新的萌芽在蠢蠢欲动。在那个人人鄙视农民生活的时代，我也不能逃脱世俗的侵扰，明显地与家乡的土地，与脏兮兮的农活产生了距离。23岁，我结婚并把家安在了昌平县城。每周从山里回县城过周末。每周休息一天。周六中午，学校有一辆"130"卡车下山，办事或者是送需要回昌平或者山下的老师回家。我经常是坐在卡车外面的露天车厢里。遇到冬天，穿着军大衣，席地而坐。车子开起来，呼呼的山风从脸边吹过，真是冷啊！那时真的会抱怨，我为什么要出生在这深山里呢？遭受这样的境遇和折磨。三年昌平师范生活的最大感受，是自己渐渐地强烈地感受到城乡的差别。县城有电影院，有商场，有女孩子喜欢的连衣裙和帅气的男青年。县城文明对我的强烈冲击，不亚于塞外吹来的7级寒风。塞外的大风到春天会自动变得和煦而温暖，而城乡的差异对自己的冷酷冲击却一刻也不停歇。身体的冷暖是有许多办法可以解决的，何况自己小时候经历的寒冷与现实的冷比起来根本不可同日而语。可人心里的寒凉什么时候才是个头呢？要说自己当时已经相当不错了。教师收入不低，工作也非常体面。与我同龄山里的同学们大多没有读到高中就回家务农了。可能是小时候，自己总在山上玩的原因，总想往更高处的山去看看，至于高处是个什么样子，又有谁知道呢？边工作边读书的萌芽渐渐破土而出。三年自学高考专科财会专业毕业。有文凭在手，就日日想着变换工作。变换工作还有女孩子内心一个简单的原因。那时，老师们都定期或不定期地到昌平进修学校进修学习，经常看见年长的女老师们各个穿着黑色呢子面料的半长大衣，手里还都拎着个黑色的皮包。如果我还继续做教师工作，难道我这一辈子就要像她们那样穿着？千篇一律，毫无个性。

无论什么样的陷落，往往都与身边的环境有关。参照物什么德行，而我要的德行又该是怎样的？每一次陷落都是一场既痛苦又幸福的思考，也是一次又一次地与参照物的抗争与较量。

1991年1月，我如愿以偿，到昌平电视台工作，做了一名女记者。记者的好处就是天天与新闻打交道，天天都有新鲜的东西在闪烁。做新闻，拍专题。10年的时间里，我跑遍了昌平县城的山村和乡镇。10年里，我陷落在比黄土洼村更大的村庄里。虽然我偶尔也会有一些外出旅游与学习的机会，比如第一次单独坐飞机去云南，与同事一起去成都和九寨沟。但我大部分活动的区域都是在昌平县城，还有昌平县域范围内。10年里，我得到过我们广播电视局局长的一次深刻表扬。他在一次全体会议上强调工作该怎样做时，不经意地说：你们要像电视台小韩那样，学习着写点东西，你看看人家能在《北京晚报》上发表文章。那时，我在《北京晚报》上发表过《粗后跟与女人风》《由三十岁说开去》两篇散文，内容与电视无关。前些天，我还在老局长居住的小区看到他，他已87岁高龄，与他聊起电视台的事，他还记忆清晰。他说：你现在发展得不错，我那个时候没有重用你。

他用歉意的幽默表达了对我的鼓励。其实，他哪里知道他的那次表扬对我来讲就是一次比重用还要重要的事了。那天下午，我与老局长在小区的椅子上晒着太阳聊了有半个小时。10年里，我曾做过一个栏目《昌平百姓故事》。养羊、养猪、养牛的专业户，废品回收能人，人残志坚的励志典型，优秀教师等，100位昌平百姓连同那些牛、羊的叫声，人行走的动静、讲课的声音都活灵活现在荧屏上。在昌平县这个大村庄里，各行各业的能人、优秀的人太多了。那个阶段，我天天会见到不认识的人、不懂的事情，天天都在实践中学习，天天都陷落在工作的忙碌与欣喜之中。当我林林总总把这些具有代表性的人物拍完，我大脑里的词汇储备也近乎枯竭。10年里，我东奔西走、走街串巷，无论春夏秋冬、严寒酷暑，我就像只蜜蜂一样，不断地采蜜酿蜜，而后那些蜂蜜都被放在电视的窗口上甜甜地诱惑着电视观众。像蜜蜂般劳作可以，但我绝不想做一只短命的蜜蜂。我想我又该进行能量的新转换，或者说，我该从电视台的陷落中拔身而出，去另一场陷落中栉风沐雨了。我的陷落好像是以10年计的，没有一定时间长度的共情，都不可以称之为陷落。有些时候只能说是曾经搭在喜悦的边缘上蹭蹭，或者说只是千百次擦肩而过动物性的一瞥。

时间的成长一直是那么稳定持续。时间不会因为任何的骚扰而动心，日日夜夜、来来回回地在不断增加着长度。

2008年，奥运会在北京召开。11月底，昌平文联成立。我到文联任职。领导说：你确定要到文联工作吗？那可是被边缘化的单位。我当然确定，在我心中文化文艺一直都是自己灵魂中最深刻的一部分。对写作的热爱，就像我儿时在粪堆上跑上跑下充满着童年的快乐。不要嫌弃粪堆，那些可爱的粪可是土地最好的营养。文化文艺也是人类最好的营养。

1994年，我儿子出生。在这之前我还生过一个女儿。女儿只活了99天就走了，是因为患有先天性心脏病。就在女儿出生后，我还不愿意喂她母乳。我那时年轻又任性！女儿走后，感觉自己做母亲是多么不合格、不称职！当儿子来到自己身边时，感觉自己才真正长大了。千言万语只能对着写作说。1994年，我的第一篇散文《母亲》发表，那张报纸被单位同事带给在家休产假的我。之后，发表《做母亲》。儿子在五年级写的一篇作文《坚强的母亲》里，曾经提到我失去女儿这事。当老师让儿子读他的作文读到这事时，儿子泣不成声不能再继续读下去。我的写作以每年发表两三篇散文的量而逐年递增。到2009年，文章数量已经积攒到50多篇。到文联，我可以出书了。要是在其他单位，自己也没有勇气这样做。文联领导需要懂艺术，文联是艺术家之家。当年，由作家出版社以丛书的形式出版了我的第一本散文集《女人，没理由不爱》。女人，就是要爱生活、爱家庭、爱自己。在文联工作后，自己对各个艺术门类都渐渐有了新的认识。如何欣赏一幅画、一幅书法作品？如何聆听一曲优美的音乐？我的写作陷落在艺术的海洋里成了一叶小舟，愉悦地荡漾着。

涉猎的宽泛，会带来视野的广阔。虽然我还一直在昌平区这个更大的村庄里乐此不疲地陷落着。如果说，14岁的我走出黄土洼，非常明确地推开了一道用山做的大门，那么，当我想再次推开一扇门的时候，那门在哪里呢？生活的困苦、工作中的矛盾、人与人之间的猜忌与险恶。这些隐藏在人生暗处的礁石与陷阱，随着时间的脚步都在纷至沓来，无影无踪、无门无派、防不胜防。这是比一座封闭的村庄更让人胆寒之所在。儿时，那些艰险都由父母扛着。离开父母，这些都得由自己来扛。鲁迅先生说：他从乡下跑到京城六年，大事小情都不留什么痕迹。"便只是增长了我的坏脾气——老实说，便是教会我一天比一天的看不起人。"在昌平区的城里有一扇这样的门吗？通向自己灵魂中理想与梦想的世界？经过千百次的问询，有一束光终于在我的生活中不断地照射进来。随着一篇篇文章的落地，我内心土壤里的营养越米越丰富，我内心世界越来越干净。年轻时，我执着黑色。我想用黑色告诉这个世界：我不认为身体的纯洁是真正的纯洁，人内心的丑恶怎么够解释人身体上穿着衣物的白色？人到中年，自己内心渐渐平和而又干净，而后对白色青睐而又钟情。我为我的第二本散文集《野花也有梦》写了序《淡眼红尘之白色》。我终于找到了那扇门。那扇门照射进来的光束，引诱着我、诱导着我、指引着我。那扇门的名字叫文学。我用文学来阐述爱，用文学来传播爱。只有爱才能够让一切的丑恶止步不前。我用力推开那扇门，我进入一个新天地。那个天地既开朗广阔而又水量丰沛，植被葱翠茂密而又健壮淡然，我想在那里搭窝建巢，像那些鸟巢一样，在寒冷萧索的冬日，给予人最温暖、最坚定的希望，每个人都可以找到一条回家的路。

2019年大雪节气那天，我爬上了黄土洼村最高的山峰黑梁尖，海拔1127米。通往黑梁尖只有一条窄窄的山路，阴坡处路上的积雪还没有融化。上山的路，我走了两个小时。站在山梁上，我看见了黄土洼村的村貌，还有山那边河北省怀来县横岭村的长城。童年时我曾与三哥刨药材到达过这里一次。那时，只顾着跟随三哥的脚步，我什么也没看到也没在意。这次，我终于让儿时的模糊记忆变得清晰。儿时，我只能在黄土洼村里撒欢狂野。成年了，我在昌平城区的大村子里，则经常是从南走到北去上班，或者是从东走到西，还是去上班。有时繁忙、有时清闲，有时焦虑、有时欢喜。有时会忘形地爽朗大笑，有时也会痛哭流涕不顾形象。我越活越自然，我发现我已经是一个在自己爱的方向里能够深深陷落进去的人，那种陷落会时常绷紧一根弦让自己不知道在什么时候，就可以弹跳出一堆一堆的"字儿话"，大呼小叫着有节奏地在我的文章里上演。

陷落真美！我必将继续往更深处的爱陷落进去。等待脱去春夏秋的外衣，也许那样的陷落更值得期待，就像冬日的山谷，既深不可测地吞噬一切，又一览无余地如一棵裸露的粗壮大树，充满着对生活欲望的渴念，透露着忍耐储藏的窨香。

郝春霞 |

作者简介：

自幼酷爱阅读，在阅读中不断充盈自我，辨识自我，超越自我。

散文作品见诸《北京文学》《辽宁日报》《北京群众文学》《我爱北京——建国七十周年》《星星杂志》等报纸、杂志和作品集。

文章自知其拙，却要在勤能补拙的写作中不断鞭策、激励自己。

故乡，他乡

一

正午的阳光白花花地从空中倾倒下来，地上的水汽被蒸干了，田地里的庄稼、蔬菜也被蒸得蔫蔫的，耷拉着叶子，人身体里的水分都被赶到衣襟上，湿答答、黏腻腻地缠绕在人身上，让人透不过气来，空气中到处充斥着土腥味、汗渍味。

我和弟弟站在路边，望见年已七旬的老父亲，戴一顶编织草帽，正弓背弯腰收拾他的菜地。这是块三分见方的自留地，村大队四小队的农户，每家均摊，与村庄隔一条围村路。今年的雨水少，又没有直通的渠沟来灌溉，父亲就翻出多年的扁担挑水浇菜，父亲年轻时身材魁梧，个高力不亏，是出了名的庄稼把式，上了年纪筋骨回缩，背也就驼了，可干起活来，还带着一股不服输的劲儿，挑满两桶水，右手扶着扁担，左手有节奏地前后摆动，一点也不弱于年轻的后生。我们远远地招呼父亲，他直起身子，悻悻地搓着两只泥手，笑起来脸上的皱纹像是一片梯田，一圈一圈从嘴角向外延伸。头顶秃了，被太阳炙烤得红润油亮，嗞嗞地拱出许多小水珠，四周的头发灰白相间，仿佛深秋的杂草一样在风中兀自凌乱。他热情地看着我们，哧哧地笑着，把笑容堆积成一朵风干了的蜡梅花。"吃得消吗？这大热的天！""一大把年纪"的字眼到了嘴边又吞了回去。"没事，这点地不搂干了，更费事，前院你二大娘不还下地种棉花吗，谁说人老了就得吃闲食？""接您城里住几天吧，连个招呼都不打，就偷着跑回来伺候菜地，我这工作一天忙得脚手不沾地，还得两头跑。"弟弟说着说着就带气了。"我住不惯你那'鸽子窝'，哪比得上老宅的宽敞大院？非得闷傻了不可。"父亲依旧坚持着，父亲的倔强里带着天然的泥土气质。

二

弟弟估摸着约好修葺老房子的建筑班快到了，一行三人急着往回赶，迎面碰上村里的卫生员富贵，领着一帮留守妇女去给庄稼打除草剂。他和我是同龄人，记忆中他爷爷、父亲都是我们村上的卫生员，儿时记忆中他爷爷坐诊时，站着的、坐着的、蹲在边角的人摩肩接踵。他说话和蔼可亲，誊写药方的本子旁总放一个用过的玻璃输液瓶，里面灌满了热水，给人号脉时总先在瓶子上虚虚地焐一焐，再搭在你的手腕上，瞬间就感觉暖暖的，让惊恐的神经慢慢松弛下来。他会微笑着问你，哪里不舒服呀？吃坏肚子没？你看着他的笑容，心生欢喜敬爱，如同施了魔力，顿感身轻如燕，一个筋斗能翻个十万八千里。他给孩子们开的打蛔虫的宝塔糖，绯红、嫩绿、乳白，颜色各异，形若宝塔，咬一口沙甜响脆。我们把它当作难得的糖果，不舍得一口咬碎吞下，含着、舔着、丝丝缕缕回味着。如今富贵继承了祖辈的医术，福泽家乡父老。他热情地和我打招呼，得知现在村里人随着生活水平的提高，也开始爱惜自己的身体了，一有点风吹草动就往大医院跑，他这里平时也就帮着输输液，拿点感冒药，没多少人来。他想了很多办法，想把诊所办得有自己的特色，开展了中医推拿按摩，利用中西医结合，甚至买了替患者煎汤药的机器，夏天诊室里备有消暑的绿豆水，入冬挂上御寒的棉帘子，椅子铺上保暖垫，但诊所还是没有多少起色，说是农保、医保都不能报销，人还是往大医院跑。他又舍不得扔下祖业外出打工，就在闲暇之余承包了村上的几十亩地。中青年都外出打工了，照顾不了家里的活计，他呢就兼顾着，达到双赢与共。他用略带调侃的语气和我拉着家常，后面的一帮妇女不断地催促，她们是富贵雇来打短工的，报酬一天八十，打趣说再唠会儿老板就会吃大亏，到晌午可不出活了，并报以羞涩的一笑，拥挤成一团，如枝头的喜鹊叽叽喳喳吵个不停，仿佛看到花花绿绿的票子被哗哗抖搂一地，这般兴奋，这般喜庆，这般花枝摇曳。临了，他又自信地说，再等些时日能申请到医保定点就好了，医药费给报销，村里人得到实惠，还就近，又有中西医结合的特色，估计大伙就不会往大医院挤了。当然，宁可架上药生尘，但愿世上无疾苦，他把话又拉了回来。看来，"医者仁心，医德为先"的这根弦，在他心里一直紧紧地绷着。

三

老远就看到家门口站着几个上了年纪的村民，他们不停地伸着脖子向这边张望。"建筑班的老哥们儿都到了。"弟弟紧走几步迎了上去。父亲固执地要住老宅，院墙因年久失修坍塌了一截儿，这不，请人给翻修翻修，住着也踏实。他们是本村或邻村的中老年劳力临时组建的建筑队，细算起来也都是五十开外的老人了，长年的风吹日晒，古铜色的皮肤在日头下泛着光亮，须眉浸染霜雪，短打的上衣敞露着健硕的胸肌，手摇遮阳的草帽，见有人搭话，异常兴奋，古铜色的脸庞涨成猪肝色，绛紫绛紫的。几颗门牙早已光荣地下岗了，说话咻咻地漏着风。手上厚厚的老茧能窥探到他们旧年的影子，白色的线装手套磨烂露出手指肚，和泥土混为一色。砌墙，搅拌水泥沙子，运送，几个老哥儿通力合作，一气呵成。拉到墙角的砖垛垛，一人往上送，一人向下接，递的人两手合拢，掐住一摞四块方砖，双腿曲弓，腰身微微下沉，两臂用力上扬、脱手，砖如小燕般嗖地飞了出去，站在脚手架上的人，身子微倾，向外探了出去，伸出双手，把飞驰上来的烧砖顺势卡住，一颠一沉稳稳接住，配合得如行云流水般默契。为了提高核心竞争力，他们学习用电脑绘制建筑效果图，总事先让雇主看一看，满意了再施工，不再像过去那样全凭感觉，全凭对自己手艺的信任，更为了有活计时想着他们，还有人拜师学风水学，免费给人指点。还别说，他们真招揽了不少建筑活。细想也是，一辈子谁能盖几回房子，谁不图个吉利安稳？抬头看看日上三竿，家里一点饭菜都没准备，私下问问弟弟今天是不是大集，多少得备点酒菜。"你还以为像过去干活主家管饭，现在谁还差口饭钱？全承包出去了，都这个。"弟弟做了个点钞的手势。现在农村人的生活节奏一改过去的老牛拉慢车，全是油车快跑，经济市场化。

一时间觉得有些恍惚，父亲坚守着的故乡，却已非我记忆中的故乡了。那时的故乡家家户户都有人，孩子吵大人嚷；一家炝锅四邻都能闻到葱花香，端一碗出去能吃到一条胡同的饭菜；那时的日子很慢，慢得我们在野地里、小溪旁光着小脚板，走呀，转呀，长长的路，悠悠的岁月，回首相看，还是那追风少年；我们坐在磨盘上目送夕阳下山，喜迎星星布满天，不贪恋升起的袅袅炊烟，却惦记着牛郎织女的故事是否就发生在这市井人间；我们想在有月光的夜晚玩到更阑夜残，我们手拉着手想把童谣唱到海枯石烂；那时候村东西两头的人我们都熟知，大人从上往下验明那是谁家的孩子，孩子们从下往上佐证那是谁家的父母，能吃百家的饭，穿百家的衣。

四

西屋地上摆着几样新鲜的蔬菜，是父亲从他种的菜地里收割来的，外层的老叶已被扒掉，根须连带的浮土也被清理干净，绿叶充盈翠生，肥润饱满，用废旧的报纸包裹成一小撮一小撮，整齐地码放在地板上。我说吃不完就送邻居们吧，搁时间长了也是烂掉。父亲叹口气说："你以为我没送，你数数村子里还住着几户人家？就你二大娘一夏天净吃我种的菜了，哪还像个村子的样！过去老少爷们儿在一起，那个亲近，现在可倒好，南里北里的，论年的见不上面。"

父亲一阵沉默，我也有些伤感，望望左邻右舍，房子还在却静悄悄的，有的举家在外谋生活，村子里留守的大多是像父亲这样的老人，在外怎么待都不习惯，非要回故乡守着老屋过活，说外面过日子就像脚踩到棉花上，软绵绵的踏不到实处，没有根。胡同偶尔也有几个留守少年穿过，脏兮兮的皮球在脚上滚来滚去，有时一脚踢到墙上，又猛地弹了回来，嘭嘭的响声夹杂着孩子们的嬉笑声，在寂静的村子里盘旋萦绕，像极了年少的我们。我追出门外，孩子们回头望一下，陌生地打量我一番，羞涩地笑了笑，一转脸哄闹着捡地上的皮球去了。

"少小离家老大回，乡音无改鬓毛衰。儿童相见不相识，笑问客从何处来。"——没想到我也应了这回乡的景儿。这个村庄已是他们的村庄了，对他们来讲，我只是一位不知名的来客，故乡还是那个故乡，乡里人却已非旧时相识人。属于我的故乡，它只停留在我日益褶皱的皮肤里，风霜浸染的华发里，骤然模糊的记忆里，趋于衰微的心动里，于这些留守的孩子是剥离和不相干的。他们天天背着书包去上学，也是为早一天走出村庄而挣扎努力吗？他们会和故土日渐疏离，从此，故乡和他乡无法取舍吗？会在黄昏某个城市的街头茫然踟蹰出"日暮乡关何处是，烟波江上使人愁"的击节叹息吗？我陷入了沉思。

桌上的手机响个不停，弟弟忙着接电话，跟我招呼示意了一下，意思是晚上没空就住城里不回来了，驾车疾驰而去。父亲手里捧着两把绿叶菜紧追了出来："捎上回城里炒着吃，省得再花钱买了。"声音袅袅独自在上空回响，在高时效性的今天，谁还把省几个菜钱的事放在心上？父亲讪讪地又托了回来，用手不停地摩挲着外层的报纸："多新鲜的蔬菜！"用衣袖轻轻掸去浮土，弯腰一把一把放回原处。

五

乡村的夜晚真静，沉下人声的嘈杂，飞鸟家禽各自回巢，连大地都在黑暗中酣睡，静得你能听见自己的喘息声。安顿好住宿的床铺，父亲招呼我到围村路上去乘凉，那里有过堂的林风，凉快，人多热闹。我有点狐疑，人多？大白天我都没看见几个壮年人。"就是跟前的你大爷、大妈们，也是住不惯城里，闹着回来的。"父亲边说边让我搬出两把椅子。农村的基础设施配套齐全，一排齐整的路灯把脚下的柏油路照得亮如白昼，早有人在树下摇着蒲扇扎堆唠着家常，走近一瞧，几位都是我曾经再熟悉不过的老人，只不过那时候他们正值壮年，风华正茂，说起话来畅叫扬疾，走起道来脚下蹚风，干起活来是虎虎有生气，岁月真是不经熬，你推我赶中就走到了耄耋之年。他们真老了，牙也松了，稀稀拉拉地挂在牙槽上，说话哧哧地兜不住风，呜里哇啦咬不清字眼。拉着我的手，薄薄的一层皮松松地覆盖在手臂上，没了脂肪青筋毕露，骨头直接触摸你的手，硬邦邦的瘆得人发慌。他们热情地问这问那，感叹着这瞬息万变的社会，聊到父辈们的乡愁还能触摸到对故土的坚守，中年人的乡愁则散落在两地的奔波劳碌中，青年人的乡愁呢，是否会缩减为记忆中一种无处安放的音符？故乡，他乡，一时间在我眼前穿插交错。未来如何定位，走出后的故乡也许就成为日后的异乡，他乡久居则为故乡。在日益进取的新时代，肉体和灵魂都要以更妥帖、更真挚、更兼容并包的方式来铺排，要找到这个答案，也许对我们和下一代的人来讲，还有很长的路要走。乐观地细想，不是还有一些中坚力量在坚持吗？也许在不久的将来，村子里私人门诊渐渐会纳入社区医保统一管理，统一规范化服务；留守妇女则被乡镇企业所吸纳，过起朝九晚五的上班族生活，一改往日的散漫拖沓，精致了生活，精致了人生；建筑队的老板们，希望挂靠上实力雄厚的集团公司，这样就不愁没活干，起更多的高楼，更多的房舍。说不定，那些出去闯荡的人，看到了家乡巨变的前景和发展，又回来反哺家乡创业。还是那句话，在故土安得下身，谁愿像棵浮萍似的在外漂泊呢？

忽然，几间衰败的砖瓦房映入眼帘，路灯照得真切得很，砌的砖墙倒塌了一截，从豁口里能看到院子里半人高的荒草，房顶也杂草丛生，风吹着起起伏伏摇曳生姿，更给人一种萧索寥落之感。"那是谁家的老屋，怎么破败成这样了？"我迟疑地问道。"你们打小在一起玩耍，后来又一起念书的张海顺家。"我惊呼着要站起来，前年春节过后我们在北京聚会，还谈起他家老房子的事呢。他说正准备拆了重新起一栋别墅，这样也能常回家看看，慰藉一下长年在外漂泊的灵魂。看样子他最终没动工，更没有常回来看看，可能忙，也可能……总之就这么任性地任老屋荒草横生蔓延下去，且长势一年比一年"喜人"，大有"芳草无情，更在斜阳外"的葱郁。也许就是那把醒目的葱绿，在星垂平野阔的大地上，正指引游子风尘仆仆地归来。

光影麦田

隔着半个多甲子的行程，如若要忆起40年的麦田光影，阳光仿佛依旧炽热而低迷，在干热的暖风包裹中，明艳地斜挂在麦田上空，万道金光就这么直白而热烈地普照着大地，衬托热浪挟裹着麦田里的黝黑孱弱的劳作者。那时的土地一定是干渴的，以至于细细密密划开了一道道的裂纹，如同一张张饥渴的小嘴，咻咻地四下嗅着水的味道。队里唯一的一口水井，也因干旱打不上水来，河道里的水细得像根麻绳，人们只能肩挑手扛四处寻找水源。

5月，是收获麦子的季节，出了庄上的围村路，就是大片大片刚刚从队承包到户的麦田，一垄一垄的，像一条条金褐色夹杂的绸带，土地干旱贫瘠了，软糯细小的麦秆，险伶伶地支着干瘪瘦小的麦穗，已经成熟的麦粒粉浆并不饱满，瘦瘦的弱不禁风的架势，风不时地吹过，以至于羞涩地露出了褐色的底子，我在家中排行老二，上面是个姐，下面有两个弟弟，屈指算来，就父亲一个壮劳力，他还兼顾着大队的工作，因此无论我怎样不情愿，放了麦假都是要下地收麦的。生产责任制包产到户后，我家总共分了六亩好田，外加河堤上一块半亩多的沙土地。置身于广袤的大地间，作为还是一名二年级小学生的我，觉得那块麦田，是那么无边无际，一条麦垄望也望不到头。父母一人一垄，猫腰领在前面割麦，姐姐也腰缠一根捆麦的草绳，一弯一弯地向前挥动着手里的镰刀，渐渐地也和我拉开了距离，左右看看，追撵无望，我就索性消极怠工，摘下湿答答的草帽，刘海儿凌乱杂沓地粘贴着前额，腰间捆麦的草绳，束缚得热湿难耐，麦地凸凹不平，因人矮小，土坷垃和镰刀就显得特别硕大，土坷垃被百无聊赖地用脚踢来踢去，镰刀示威似的晃着太阳的光芒。望了望垄背上的暖水壶，我借口渴的由头，早已喝了个水饱，不时地直起身子，手下意识地扶着酸儿溜的腰背。"你能不能俯下身子，紧着撵上来？看你姐落你多远了。"母亲在麦地的另一端大声地催促着。"我累得腰疼。""小孩哪有腰呀？别借着事由拖沓了。""没有腰，那我捆麦子的草绳挂哪儿了？"我叽叽歪歪地反唇相讥着。左右相邻的割麦人，跟着哄然大笑，弄得我脸红红的，赶紧弯腰紧割几镰，遮掩一下尴尬窘迫的气氛。

家乡种植小麦历史久远。"田家少闲月，五月人倍忙。夜来南风起，小麦覆陇黄。"这是唐代大家白居易描写收麦的诗句。是的，5月是收麦的季节，人、地、麦都被这炽热的骄阳伸出的火舌舔舐着，无力挣扎，也挣脱不了。按小队成员分组，靠近村子留出一块大的场地，作为我们四队的麦场，在割麦的头几天就用石碌碡磨平轧好，光溜、硬实，不起浮土。壮劳力多的人家，苗薄垄稀这点活还真不够搂着干的，这不，场院里有几家麦垛已经垒起来了。我家就父亲一个正当年的壮劳力，据说，父亲在乡里乡亲面前，也属于识文断字的人，高小出身，一毕业就入了教师行列，后来入党提干到大队里当了支书，还真不像别人有把子力气，耕锄犁铧扬场轧麦的活，还真有点不赶趟。这不，拉麦的牛车怎么也套不好，牛轭子串来串去的，车辕左右摆动，本来扎得就不瓷实的麦垛，零零散散地滑落下来，绳子也就松动了，使不上劲，整车麦子顺势轰然塌下来。这是头齐口芳龄的黄牛，因没有好的饲料喂养，瘦骨嶙峋，杂沓凌乱金黄色的牛毛，濡湿了一大片，呼哧呼哧地喘着粗气，舌尖透过罩在嘴上的牛笼头，尽力扫卷着带麦穗的秸秆，我左手用力拽着牛笼头，右手费力地扯下叼在它嘴里的麦穗，拿抢下的麦秆赌气抽打它的脊背："吃，吃，没干活呢，就知道吃，人都喂不饱，哪有你吃的份？"牛车套不上，母亲嘟囔着父亲这位车把式的外行，一脸嫌弃。父亲也失去了耐性，索性自己架起车子，倒是稳妥地拉到场院，人也热得水洗似的。

场院里是另一番热闹忙碌的景象，那头卖力气的老黄牛，慢吞吞地拉着石碌磥，湿答答地粘黏着飞扬的麦秆碎屑，一圈一圈，就这么地老天荒地转下去。俗话说，马瘦毛长，牛瘦毛也长，挡住牛轭子的肩胛骨，就那么险伶突兀地支撑着，扎眼醒目，不禁心生爱怜，这个年月生而为牛也不易呀。脱离出来的麦粒，用木杈挑去麦秆，用木锨推聚成堆。俗话说"三年能中文武举，十年难考田秀才"，扬场也妥妥是考验农活技能的一项手艺准绳，端起木锨，嗖的一声扬下去，右手推，左手送，前腿弯如弓，后腿站如松，移步换招，缓舒有致，撵着风向，麦糠卷刮而去，麦粒唰唰从天而降，欢喜地聚拢在一起，不偏不倚，刚刚好。码口袋装车，满打满算亩产200多斤，除去公粮，余剩掺杂着红薯粉和玉米面，勉勉强强撑到来年青黄相接，好在不会饿肚子，靠天赏饭吃的时日，过个麦季人和那头老黄牛都累得脱层皮，时光就这么款款地艰难向前而行。

"布谷布谷，麦黄麦熟"，当布谷鸟唱着那溢满喜悦的叫声，悠悠地从遥远的苍穹声声响彻，鼓噪宣告着新一年麦收的帷幕即将拉开，"不知今年的麦子长势和收成怎样。"念叨一番还是惦记不已，决定开车去探望今夏麦季的抢收实况，弟弟们务农在家，农活不忙时各自跑着货运的活，这几天因要麦收，也都停工了。家人们说说笑笑谈论着今年麦收，议论着明年是否把土地承包出去。听说，二大娘家今年花钱雇人收麦，她家的柱子嫌回家耽误工夫就花钱雇人，再说麦子也卖不了几个钱，多赶几个工期，啥钱都有了。

磨石、镰刀、耙子、木杈、木锨，这些收麦的主要武器，通通不见了踪影，大道上人嚷马鸣的喧闹场面，仿佛早已定格成历史的画面，忽然有种麦收的疏离和落寞感，弟弟看出我的困惑："二姐，你得跟上发展的步调哈，眼光不能光盯着你们城市，楼越建越高，路越拓越宽，灯越点越亮，当然薪水也越涨越高，咱农村也是一天一个样，发展快着呢。走，跟我上地里转转，看看收割机收过来没有。"欣喜中碎步跑颠着出了家门。

村子外，金黄的麦田席卷天下，密集齐整的麦子，像用裁刀刚刚削过，浅棕色的田埂经纬交织，把一方一方的田地隔离开来，如画者笔端缓缓盛开的艳阳花，耀眼、夺目。齐腰深的麦秆敦实着灌满粉浆的麦穗，麦粒圆润肥硕，一字排开，铺向遥远的天际，初夏的暖风轻拂，麦子仿若不停地颔首作揖，唰唰地浅吟低唱，欢快着要颗粒归仓，隐喻盛世的丰收。

轰隆隆的收割机，从田间地头高唱着赞歌，欢快地驶来，在炎炎烈日和金黄色缎面的背景里，勾勒出一幅写实的收获画卷。几辆机动三轮车，一字排开，收割机脱出来的麦粒，接满装袋，或者直接倒进车兜里，灌满开车走人。"闪开，闪开点，小心碰着你们！"开车的小伙向地头上扎堆闲聊的妇女和欢闹嬉戏的小孩高声嚷道。"你这是给你家饭碗找主呢，招惹我一下，立马躺地上赖上你。"地边上一腰身肥硕、脸色黝黑的妇女，挑逗着向开三轮车的男人俏骂，还不时挥舞着手中的枝条，装出要抽打他的架势。看到这样一出西洋景，引得身边几个妇女前仰后合笑个不停。几个不懂事的孩子，则是追着突突开过的车子，呱唧呱唧地跑个不停，惹得看孩子的妇女也跟着小跑起来："别撵了，小心车碰着。"大声叫嚷，边弯腰去拽孩子。车子一拐弯驶向各自的庭院里，水泥磨的地面早已打扫干净，朝南向阳的房檐下，哗啦啦一股脑儿地倒下又驶了出去。更有省事的，直接就卖给了在田间等待收购的粮贩子，每斤便宜个一两分钱，也不在意这些了，早收成利落一天，早一天出去做工，这钱不就挤出来了？男人疾步向刚刚收割过的麦地走去，弯腰抓起一把土，大声向路边人群说道："这地墒情不错，打下麦子，就可直接播种玉米了，不用浇地，省时省钱了嘿！"又转向他家女人嚷道："赶明儿你约播种机吧，咱也抢个头彩，赶快弄利落好出门挣钱，别窝工了。""哎，知道了，我这就约车去。"女人妥妥地向村里走去，脚下仿佛安上了弹簧，内心的喜悦难掩想要跳跃的冲动，向前迎头赶上出来收麦的人，女人立刻摆正了脸色，步子又步步生莲、娉婷起来，"他婶子，今年的收成咋样？""也就900多斤，我家那块地挂浆时有点倒，浆没挂实，你家的没倒伏，得千多斤吧？""没打下了收仓呢，不敢打包票，反正这年月，谁家也不挨饿了。"一递一接话茬，两人各自岔开走过。

一切繁杂劳苦的麦收过程，瞬间都沉睡在过往的岁月里，终会演绎成纸上的故事传奇。农村大规模机械化的介入，卸下了缠绕在农民身上繁重的劳作，成功地将"三夏"变为"两夏",夏收和夏种一次性完成,一切都有着划时代的意义。放眼望去,这如画的影像,绚丽的时空,机器的喧嚣,吵嚷的麦收人,不停在心间游走,慢慢地奏响成雄浑深沉的麦收交响乐,声势浩大,此起彼伏。终究明了,乡村亘古就有季节的音乐,只不过原来被劳苦蒙蔽了,历史前进的滚滚车轮,徐徐撩起了它的面纱,原来它是这样声动梁尘,宛若天籁!

时光机一路向前,带领我们穿越一个又一个光影麦田的节点,它没有倒挡,也没人喊开始,更没人能按下暂停的节奏,它还会继续演绎着属于它的传奇故事。无论欢歌与否,我们都无比热爱和珍惜,因它承载着每个麦田守望者的昨天、今天与明天,且不可复制,也无法预知,更不能重来。

女人如花

深冬的霞光是慵懒、苍白的，日头稍稍偏西，就急急地收起余热，下山躲起清闲。坐落在帝都京南一隅的鲜花大棚，随即感到寒冷的侵袭。赶在日落西山之前，大棚的女主人和丈夫忙着给大棚盖棉帘子，防止气温过低冻伤正盛开的蝴蝶兰。"明天一大早雇好拉花的车能准时到吗？"如花大声地对丈夫嚷着。"准时，说好了的事儿能跑了？"丈夫小声嘀咕着。"就你那能能叽叽的劲儿我就信不着。""不信自己联系。"丈夫犟脾气上来，扭头就进了花棚，还不理了呢。如花气得指天指地不停唾骂，也无济于事。看看棚里一盆盆含苞欲放的蝴蝶兰，如花还是忍不住翻找到运货司机的电话打了过去，一遍又一遍核实了明早运货的时间、地点，运送到市里的哪一个花卉市场，以及运输的车马费。一圈下来精准无误，她才安下心来，不禁暗自琢磨，和谁置气也不能和花置气，眼下大棚里辛苦伺候的蝴蝶兰，在春节前马上就能换成钱了，和人较劲就是和花较劲，进一步说就是和钱过不去，这年月，有谁和钱置气的吗？如花理了理额前的碎发，在水龙头上接了一桶水，烧火做饭去了。

女人名如花，是我老家邻村的同乡，因和她小姑子同学，打小我就熟知她的泼辣能干，她生得全没花的柔美与娇艳，是庄稼地里的一把能手，粗壮瓷实，嗓门大音量足，做起事来雷厉风行，跟个爷们儿似的。也许月老就是按照阴阳调和的准绳来搭配每个人的姻缘，她婚姻围城里的另一半可称得上"如花"的娇柔腼腆，和生人一照面，没开口呢，脸就涨成一块红布，羞得两只眼不知该撂哪儿好。如花每次看到气就不打一处来，一个大老爷们儿有啥臊得慌？往往急得自己亲自上前说个痛快明了。都是庄稼人，伺候着那一亩三分地，差不到哪儿，可眼看着乡里人纷纷外出打工，小日子过得风生水起，渐渐地就拉开了距离。当别人一溜小跑着向前过日子，再懒的人也会躺不住，就像一阵风袭来裹挟着跟着折腾。如花看着眼红心热，也和丈夫商量着出去干点啥，可他生性软面，遇事扛不起来，歪歪叽叽的不想出门，说出门在外那钱就不是这么好挣的，你以为出门就是去地上捡钱哪，都是瞎吹嘘。如花不服，说人家回来一个个都起红砖大瓦房，不是用真金白银盖的，难道说是气吹起来的？如花四处向邻居取经，打听自己能干的活。我在春节回家探亲时，如花还托我留意着她能干的活计，看得出，她很向往外面的世界，但又自知文化不高，就奔着出力的活去问，我四处帮着打听，也没找到适合她的。后来，在外出务工的村民那里找到这份在大棚养花的活，如花一听这不难，种花和种地差不多，都是和泥土打交道，就是花娇贵些，自己上点心不就有了？她把两个上学的孩子安顿在寄宿学校，星期天去姥姥家洗洗涮涮。要动真格的了，丈夫一下子慌了神，软磨硬泡地提着行李卷跟着上了车。

如花不怕吃苦，可种花真不比种庄稼，尤其是大规模的大棚种植，不但体力透支，而且还要精心，蝴蝶兰幼苗一定要在药液中浸泡，再一株株清洗干净放入盆中，种植基质要松软透气，一些水苔、树皮最佳，也可以直接将幼苗固定在木炭上，让其自由生长，土壤 pH 值、湿度、温度都要严格地把控。夏天棚里热得如蒸笼，透不过气来，衣服湿得像从水里刚捞出来，还要及时调节室内温差，大棚上厚厚的棉帘子，都要一块块地用手卷到棚顶，撩开塑料膜给花通风透气。日久天长，如花拉绳索的手被勒出一道道沟痕，白葱似的小手变成赭红色，布满老茧。冬日里，整天在泥水中摸爬滚打，被寒风一吹，肉皮也仿佛变得酥脆了，皲裂出一张张"小嘴"，刺痒得很。室内要保持花需要的恒温，只能不断地烧火维持，雇主一般都在棚里堆上成山的苞米心，支一大锅炉，使蒸汽通向四周安装的暖气片。如花不停地添火烧呀烧，一宿睡不了几个小时，困得睁不开眼。一次火都跑出了灶膛，差点引着苞米心堆，把她前额的刘海儿都燎着了，可把她吓坏了。如花就想招往火里放几个红薯或土豆，有香气勾着，有美食诱着，还别说，夜确实不怎么难熬了。

活干着既辛苦又累心，同村介绍她来的老乡们纷纷打了退堂鼓，或跳槽去干别的了，丈夫也揶揄着敲起要回乡的边鼓，如花气得牙根痒痒："要回自己回，自己出来怎么也得给孩子挣出两座大瓦房的钱来，你以为我就看眼前这点工钱吗？咱家将来也是要养大棚的。"如花的霸气回应，使得丈夫得以继续留工。

几年后如花自己果真当起了老板，培植的蝴蝶兰大棚今儿已发展到两个。两口子起早贪黑地在大棚里忙活，老家的房子早已矗立在村上了，而且是两座两层楼房。如花比起以前，瘦了白了，在棚里没日没夜地守着，操心得很，莳花弄草不说，买花、卖花里里外外地打点耗费不少精力，人自然就胖不起来。常听老人说吃肥了，跑瘦了，就是这个理。有中间商慕名上门来收购，如花做一桌好菜，让丈夫温上一壶酒，陪着客人边喝边聊，自己则端起一碗白煮面条，放一小撮切成丝的腌芥菜疙瘩，横搁一截子大葱，吸溜吸溜蹲在大棚外大口吃着。饭桌上摆的炒菜，如花连眼皮也不翻一下，说这样吃着贼香，胃打小就是这样喂养大的，习惯了这一口。如花边吃边和里屋的客人聊起家常，说起现在承包大棚比起以前少吃不少苦，单就每日通风卷棉帘子这事，有能人给设计成电动的了，按一下按钮，就会自动升降，你说神奇不神奇，不用人每天拽绳子，手也不勒了。科技改变生活，真的不是一句口号，它能卸掉套在劳苦大众身上繁重的枷锁，解放了劳动者的双手，如花这个乐呀。她伸出满是老茧划痕的手，幻想着能生产一种高科技的护肤品，一抹，让这双老手又嫩到像葱白似的，人摸上去如怀揣小鹿的心跳慌张。如花扑哧一下笑出声来，被自己的痴心妄想症给逗乐了。终日在大棚里捂着，风不吹，雨不打，每日还蒸着免费桑拿，见到如花的人都说她漂亮了、白净了，成了城里人。如花总是报以羞涩的一笑，说她不看重这些，看人不能只看皮囊，劳作者要比就和人比力气，说是干起活来，女人当男人使，男人当牲口使，如花说自己就能越过男人和牲口比，要耐得住岁月的磨，比谁能把一穷二白的苦日子过好，就像她手中绚烂多姿的蝴蝶兰一样，她就服气。

日子真是不禁晃，十多年的时光就在这棚里晃丢了，如花由30岁时的正值花样年华，到40岁的成熟从容，如一首经典的老歌，唱出岁月真挚的味道。因离如花的大棚不远，还是家乡故土人，一有空闲时间，我就开车去她的大棚转转，天然的氧吧和新鲜的食材，往往让我朝思暮想，我和她也更加熟络起来，问起她是否就在大城市里扎根了，如花咧着嘴笑了："可不能扎根，城里楼房多贵啊，买不起，再过几年，孩子大学都毕业了，我们就回家养老，力气都用完了，大城市留给孩子们打拼吧。"如花期待地望着丈夫，憨厚老实的他更是急赤白脸地抢着插过话来："我早就不想干了，谁见过这么老的北漂族，孩子、老婆、热炕头，本来就是我想要的，被迫跟你出来混这么些年。""不养大棚，你回村子哪来热炕头，还两层带暖气楼房，我看你土炕头都睡不上。"如花的伶牙俐齿打得丈夫脸红脖子粗，只有招架之势，没有还手之力。

说闹归说闹，眼下雇车这事得弄准成了，花市租柜台的场地也得占个好的地界，要大一点、宽敞些、突出显眼的位置，贵一点不要紧，还能多卖货呢。如花盘算着，两个眼皮实在撑不住了，渐渐要打架，索性睡吧，明天还要早起到现场掂对好这事。她随手扯过一条毯子盖在身上，熄了灯，想想又用脚踢了踢床头的丈夫："去把闹钟拨到三点，俗话说早起三光，晚起三慌，干什么事富余出时间来总是没亏吃。"他折身起来摸摸索索拿过闹表，黑暗中用力拧了几圈，嘀嗒、嘀嗒……时间的脚步声清脆悠扬。一切收拾停当，滤过了梦，如花醉卧在蝴蝶兰的花海里沉沉地睡去。

贾玉虎

作者简介：

贾玉虎，笔名贾甲儿，毕业于北京大学应用文理学院。

北京老舍文学院第三届中青年作家高研班学员。

出版小品文集《清晨励志小札·睡前养心小语》，

散文作品获网络文学奖和手机文学奖，

文章散见于《读者》《意林》《青年文摘》等杂志。

苹果树之歌

苹果树是我的别名。我三四岁的时候结巴："为……为……为什么……你……你们……叫……叫我……苹……苹果树……家……家里……却看……看不到一……一棵苹果树？""为什么叫我苹果树"不是我的困惑，我的困惑是：为什么除了过年我平日里几乎吃不到一个苹果？

我父亲说，他小的时候连苹果树它娘长啥样还没见过哩。可是，可是肚皮内正装着我的母亲偏偏惦记上了苹果。

听说奶奶的妹妹的小姑子的婆家种了一棵苹果树。那年秋天，奶奶便挎了一筐鸡蛋去了这位远房亲戚家。奶奶不在家的日子，母亲干完农活就用白石头画苹果吃。一个又一个大大小小的苹果挤了一土墙，远远看去，好像吃不上草的一群羔羊。母亲拉着父亲的手，到村头翘望了不下20次。奶奶回来了，筐里塞得满满的，母亲几乎是一溜小跑地赶到奶奶身边的。奶奶一边躲闪着不让母亲看筐子，一边流下了几行清泪。母亲明白了奶奶的意思，强咽口水对奶奶说："娘，咱们回家吧，我现在不想吃苹果了。"其实，奶奶是心疼她挎去的那筐白白净净的鸡蛋。远房亲戚家的苹果树死了，奶奶挎回了一筐黑不溜秋的土豆。

就这样，母亲连一个苹果也没吃上，我就出生了。在我出生那天，父亲对着母亲发誓说，一定想办法栽一棵苹果树。父亲嘴巴里那棵不值钱的苹果树栽了若干次，生气的母亲绝望地说："您可别再说栽了，全世界的苹果树已经绝种了！"

叉着腰立在院子里的母亲，说完这句绝情的话，看看快要下雨的天，然后抱起地上蹒跚学步的我。

在我6岁那年，父亲嘴巴里的苹果树终于横空出世了。"你看！"我看到了父亲的手指，以及窗前树园子里插着的一根棍子——一根离墙根很近的棍子。

我本来以为那是一根施了魔法的棍子，在不久的将来，一定会从棍子里面钻出许许多多红脸的苹果精灵。结果，我被这根据说"明年就能结果"的棍子忽悠了三年，口水都要流干了。

我9岁那年春天，窗前的苹果树终于开花了。花是开了，不争气的是——一朵、两朵，只有三朵。三朵花开完，苹果树一年的故事也就讲完了，白白让我高兴一场。

"爸爸，我们小孩可不是好骗的！"冬天的一个早晨，我咬着指甲，仰起头，看着站在苹果树旁的父亲。"大人从来不骗小孩！"父亲正给苹果树穿一身厚厚的棉衣。"不对，大人每天都要跟小孩撒一个谎！"说完这句话，我把对襟旧棉袄抱得紧紧的。

树园子里飞舞着大片的雪花，有的雪花紧紧贴在了苹果树的枝丫上。"大人每天都给小孩一个希望！"父亲用草绳把穿在苹果树身上的棉衣绑起来。"爸爸你看，爸爸你看！"我分明看见苹果树开了很多的花，白白的，茸茸的，密密的。转眼之间，这些白花就变成了贴在苹果树皮肤上薄薄的一层积雪。父亲说："开花这件事急不得，苹果树每天都在想着如何让自己长得更结实！"听完父亲的话，我总算放心了：只要苹果树不偷懒，大人就不会骗小孩。

来年春天，蜜蜂来的时候，一场怒放的盛宴正悄悄降临。到鸡架上捡鸡蛋时，我发现了几簇忽然冒出来的粉花。那个夜晚，我抚摸着苹果树的胳膊，生怕害羞的小花被蜜蜂啃破。哥哥说："别看它小小的个子，倒是挺能开的。"哥哥说这话时，我仿佛看见，以后的若干年，我们一家人都幸福地坐在苹果树下：边剥油豆边讲孙悟空三打白骨精的老太太是奶奶；往鞋垫上绣嫦娥奔月的是母亲；拉二胡的是父亲，他正唱评剧《白蛇传》中"渡情"那一段；哥哥边听戏边做作业；我爬到树上边摘果子边听故事。

这样的白日梦，在一个大风天，遭遇了不测。苹果花落了一院子。我流着眼泪，心疼地把花孩子们一个个捡起来。我把它们夹到课本里，放进铅笔盒，装进书包，带到了艾苏卜村中心小学三年级的课堂上。戴前进帽的董老师，把语文课本卷成一个纸筒。他在教室里踱着方步，悠闲地听我们朗诵王维在九月九日忆山东兄弟的孤独和忧伤。只拿一根粉笔上数学课的石老师，在同学们都抄板书的时候，悄悄来到我身旁，将趴在我衣领上的蚂蚱轻轻捏起。王老师拉着二胡，带领我们高声歌唱："只要妈妈露笑脸，露呀露笑脸，云中太阳放光芒，放呀放光芒……"那些镲状的苹果花，跟我一起学会了中国古诗、祖冲之发明的圆周率以及唱给母亲和祖国的赞歌。

一天早上，饮牛回来的父亲指着苹果树树梢说："你看！"我一下子高兴起来，蹲在地上，把头埋进双臂里笑个不停。原来，在枝头上还伫立着一些高傲的花蕾，它们像是正在与风魔示威。

苹果树不负我望，后来竟大大小小结了20多个拇指肚大的果子。我家有两棵杏树，果子都是又长又扁的，我一点都不喜欢。这些苹果精灵一个比一个圆，好像是苹果树妈妈画好了才长上去似的。

我一天天缠着母亲问："什么时候能熟啊，什么时候能吃到大苹果啊？"今天问完了明天还问。煤油灯下，母亲为全家六口人纳了一双又一双千层底布鞋。"立秋吧？"母亲用牙齿吃力地将线绳从鞋底抽出来，然后看着趴在炕头做作业的我，不紧不慢地说，"到了立秋，青苹果都会变成黄苹果呢！"

"春雨惊春清谷天，夏满芒夏暑相连，秋处露秋寒霜降，冬雪雪冬小大寒……"我记住了《二十四节气歌》，竟然是因为一棵开了花的苹果树。掐着指头算来算去，我每天都在想着什么时候才能立秋。一想到苹果汁贴着牙缝涌进喉咙，我就不住地咽口水。

天气渐渐凉了起来，苹果树上不见了我用向日葵秆戏弄过的知了。奶奶开始把成捆的艾蒿挂上了房顶——每年冬天，奶奶都要用它做成满院飘香的火绳，把泛黄的烟叶碾进烟袋，一袋又一袋吮个不停。母亲已经纳完了九双鞋的鞋垫。"爸爸一个人要穿三双，"她说，"爸爸脚上长了专吃鞋垫的小怪物。"余下的外婆一双，大姨一双，家里人每人一双。父亲不再唱《白蛇传》了，农活拴住了他。哥哥正准备参加县上的数学竞赛，听说一等奖是富贵牡丹铁皮暖水瓶。

我已经托着下巴在苹果树下守望大半年了。树上的果子，也从21颗莫名其妙地减少到了19颗。有好几次，我都想趁父母不在时，偷偷摘一颗尝尝鲜。每次来到树下，看着日渐泛黄的果子，我都会想起奶奶教我编柳条筐时说过的话："只有熟透的果子，才是最甜的！"想碰苹果的右手，只好一次又一次缩了回来。

一天夜里，朦朦胧胧的，我仿佛听见了苹果落地的声音。提起灯笼，我赶紧来到树下。那些熟透了的苹果，掉了一地。我沮丧地把它们一个个捡起来。正捡的时候，母亲把睡梦中的我唤醒了。

从被窝里爬出来，我赶紧推开窗子，苹果树下一点动静也没有。苹果还是19颗，比20少一颗，比18多一颗，比17多两颗，这是我数了又数得出的结论。发亮的夜空，星星眨着眼睛，苹果树上也长满了眨眼睛的绿星星。都是亮晶晶的，都是一闪一闪的，可是，可是苹果怎么还没熟啊……就这样，我等啊，等啊，等得心都痒了。

一天放学回来，我突然发现树上的苹果全都不见了。我的心，一下子从树梢凉到了树根。奶奶生病了。家里没钱买药，父亲就背着这些苹果，心急如焚，赶到了十里以外的县城。

父亲说，他把那些苹果都卖给了同一个人。父亲又说，那人是个开拖拉机的大胖子。我坐在地上，倚靠在涂着红漆的榆木柜前，哭了一个晚上。榆木柜里散发出微弱的果香，父亲特意在柜子里给我留了一颗最大的苹果。母亲捧起它说："孩子，快起来，这么大的苹果，肯定甜！"哥哥说："起来，吃了吧弟弟，哥哥不跟你争，哥哥从没见过这么大的苹果。"可我并不稀罕，到底是没有亲手摘到熟透的苹果呀，一颗也没有。

从那以后，每天放学，我都坐到苹果树下发呆。我一发呆，就提着水桶去给苹果树浇水。在寒冬坚冰的柔光里，我看见了许多硕果累累的秋天，我爬到高高的苹果树上摘果子，摘满一筐摘两筐，摘完一棵树再摘另外几棵树。果园里，微风习习，鸟雀成群，蝶舞花香。

万万没想到，到了来年春天，苹果树一朵花也没开。再后来，枝干溃疡，根系腐烂，苹果树死了。奶奶也是在那年春天去世的。为奶奶送行的人，用一把锋利的柴斧，三下五除二砍除了不再喘息的苹果树。一个瞎了右眼的扎匠，花了一下午时间，用它的躯体和花花绿绿的彩纸，扎成了一匹可以把奶奶送到天堂的白马。那个扎匠，边用皱皱巴巴的粗糙大手摩挲着它，边告诉我：可能是浇水浇得太勤了，苹果树被活活浇死了。

从此以后，我的世界没有种过一棵苹果树。

白蝴蝶之恋

养活一只兔子不亚于抚养一个孩子，绝对不是一件容易的事。

儿子4岁生日那天，我俩在花鸟市场看见了几只兔子。其中一只全身天鹅白，石榴红色的眼池里装着一弯傻傻的心事。儿子一会儿把小手伸进笼子给兔子挠痒痒，一会儿用食指细细敲击让笼子发出雨滴坠落的声音。那静静躺着的兔子，突然来了精神，小爪搭在笼门上噼噼啪啪拍动起来，乐得儿子在兔笼前手舞足蹈。既然过生日，除了蛋糕，总得有一样合小寿星心意的礼物。这只兔子，成了生日礼物的首选。

毕竟从来没养过兔子。交钱的时候，特意请教了老板许多养兔专业知识。兔子吃什么呀？兔子老板拿出一袋15块钱的兔子粮递给我们。兔子住在哪里呀？兔子老板拿出一个30块钱的笼子递给我们。兔子这样睡着舒服吗？兔子老板倒了半袋子木屑给我们，边倒边说："铺上这个睡舒服，一觉睡到大天亮！"原来兔子这么好养活。妥了，儿子和我拎着兔笼蹦蹦跳跳赶回家。

此后那十多个小时，我们享受了从未有过的欢乐。

特别是儿子，这回可是过足了小主人的瘾。他轻轻抚摸兔子的衣服，一片又一片喂兔子吃玉米饼，给兔子读绘本故事，慢悠悠拎起兔子的耳朵，悄悄揪兔子尾巴，往兔子耳朵里吹气，打兔子的屁股，追兔子在客厅里放肆地跑，把兔子赶进纸箱不让它出来，把一本书放在兔子头上让它表演杂技，给兔子画彩色胡子，揪起兔子耳朵让它在自己手里荡秋千，把兔子扔向高空再准确无误地接到手上。

儿子还拉着我，背着书包到小树林公园割草。为了躲避那些园艺工人喷洒的农药，我们特意到犄角旮旯，专挑工人不愿意光顾的地方割。不仅如此，我们还往兔笼里放了一张小小的桌子和一架小小的玩具钢琴。儿子还为这只兔子量身定制了"每日三餐食谱"。很快，第一份营养配餐出炉：一小杯凉得既不烫嘴也不冰牙的凉白开，用弹簧秤精确称过的一两兔粮，13根鲜嫩的刚刚割回来的带着雨后寂静森林味道的草叶。儿子跟我说："爸爸你相不相信，我们这样精心照料它，不出三个月，小兔子一定会长得白白胖胖，到那时，它妈妈见到它，都会认不出它来。"天底下也许有儿子认不出妈妈来，焉有妈妈认不出儿子的傻事？可是，鉴于这是儿子说的，傻傻的我竟然也傻傻地相信了。

那个夜晚是我们父子超常兴奋的夜晚。儿子刚刚躺到床上，就想他的小兔子了。光着脚下床，看看小兔子去！我赤着身子，陪着他，活蹦乱跳的。看完了，该回到床上安心睡觉了吧？没到10分钟，又想小兔子了。父子俩再次赤身光脚下床去看兔子。如此下床、上床，折腾了五六次。后来，干脆连笼带兔放在床头，儿子才肯罢休，在甜甜的微笑中睡去。

第二天早起，我这当爹的，第一件事就是帮儿子去看小兔子食谱。贴在墙上的儿子画的小手指向周二，早餐处写着：一小杯妈妈用豆浆机鲜榨的豆浆，用弹簧秤精确称过的一两玉米饼，两朵有些凋零的牵牛花。我一边伸着懒腰一边想象着小兔子享受幸福早餐的开心模样，却听见了妻子在洗手间拍打兔笼的喊叫声："你俩干的好事！以前不让你俩养，你俩偏养，这回倒好，兔子被你俩活活养死了！"

妻子的话，让我和儿子难过了好些日子。那些天，我们都避讳"蝴蝶"这个词。"白蝴蝶"是儿子给兔子起的乳名，只可惜这个名字陪伴白兔飞舞了不到一天。

我记得，那是个黄昏，儿子和我蹲在小树林里，为白蝴蝶举行了一场简陋的葬礼。几对年轻人坐在公园的长椅上，低头轻诉爱语。一位银发飘逸的小提琴艺术家，正向樱桃林密送《梁祝》。我从书包中掏出绿色的小铁锹。儿子接过它，先用尖尖的那头在地上钻了几个坑，再顺着那些坑往下挖。每挖一下，儿子都非常愧疚地看着我。挖到最后的时候，他竟然拍着我的肩膀说："爸爸别难过，许多可以代替唯一，妈妈、你和我，我们三个会永远在一起，替白蝴蝶享受幸福的生活！"

我记得，当最后一锹土从土坑撤出的时候，小树林的尽头响起绵柔的萨克斯曲。是谁在送白蝴蝶回家？"音乐会就要开始了！"儿子眨着忽闪忽闪的大眼睛。"来，现在我们为白蝴蝶开个追悼会吧。"我望着儿子，声音低得不能再低。

白蝴蝶僵硬的尸体，被我从书包里捧出来，缓缓放到土坑里。"你想不想摸摸白蝴蝶的尸体？"我双手扶住儿子的肩膀，"这可是我们与白蝴蝶的最后一面了。"儿子一边触碰白蝴蝶僵硬的尸体，一边从书包中抓起一把在公园收集的杏花瓣，撒落在白蝴蝶身旁。当所有花瓣都撒完后，儿子慢吞吞地对着土坑中躺着的尸体说："对不起，白蝴蝶，我以后会好好对你的！"

那一天，我们在白蝴蝶的尸体上，覆盖了一层又一层松软的黄土。为了今后能准确地找到这里，儿子还寻了一条尖尖的石头，插在了白蝴蝶的坟头。当我们做完这一切，萨克斯名曲《回家》刚好演奏结束。

白蝴蝶死去，距离现在将近七年了。

我记得，白蝴蝶死去后的某一天，我正坐在沙发上看一期不疼不痒的访谈节目，儿子举着相机走了过来："爸爸，你先坐好别动，我要照一照你的尸体！"

我记得，白蝴蝶死去的那天早上，因为担心儿子承受不了宠物死去的痛苦，我找遍了家中所有书架，才翻到那本叫作《他为什么会离我而去：40招帮孩子应对亲人离世》的书。随后，我用一刻钟匆匆忙忙找到几句拿来就用的话安慰儿子："万物皆有寿命，它去世不是你的错，许多可以代替唯一。"

我还记得，白蝴蝶死去后，我希望拍下它在我家的最后一张照片作为留念。儿子直直地立在白蝴蝶的尸体旁，依旧眨着忽闪忽闪的大眼睛："照吧，爸爸，多照几张，我就是那个弄死小兔子的嫌疑犯。"儿子什么时候接触"嫌疑犯"这个词的？我也是醉了。我只记得，那天我在他的书架上发现了三本我们一起读过的书：《破案故事》《皮皮鲁送你100条命》和《中华人民共和国刑法》。

汗滴禾下土

　　远远地，走过来一个拾荒老人，他让我想起父亲。我特别纳闷，看见他我怎么就想起了父亲呢？他穿的是青灰的旧马褂，父亲穿的是挂着补丁的中山装，他们的着装不像；他背的是一袋子废品，父亲背的是一尼龙袋送我上学的小米，他们背的东西不一样；他被压得低下了头，父亲被压得驼了背，他们肩上的重量也不一样；他走得很慢，因为他得侦察周遭有无战利品，父亲走得很快，因为他不能等到麦子掉了脑袋再去收割，他们的步伐明显不一样。我当然知道，那个拾荒老人不是父亲，也不像父亲，但他在我的视线里走得越远，我就越把他和父亲联系起来了。

　　父亲财迷，为刨五分钱一斤的柴胡差点把腿搭上；父亲很傻，生产队收秋时人家扛50斤他扛100斤；父亲老土，看我时一路拿着鞋子到校门口才肯穿上。挽起被汗渍蜡染的裤管，脱下挂满拼图的袜子，我找到了小腿下方这处有名的高地。沿着铺满砂纸的平原和青筋纵横的缓坡，我看到了被鸡眼沙尘暴侵蚀60多年的五指山。

　　父亲从小就把财迷本色发挥得淋漓尽致。夏日里，繁花似锦的山坡上长满了柴胡、黄芩和远志。看到年纪大一点的小伙伴用铁锹挖甘草，他也趁人家歇息打闹时，借用铁锹挖两棵。有一回，父亲用木棍和双手掏到了一根奇粗无比的草，同行的小伙伴眼红了，谁也不肯把铁锹借给父亲用。父亲竟然把头钻进半米多深的土坑里，用流着血的牙齿一点一点地将甘草蚕食掉，用皮鞭一般长短的战利品击败了伙伴的羡慕嫉妒恨。

记忆里，一进腊月，父母亲就找个清闲日子计划怎么过年。母亲在炕头纳千层底，父亲在炕梢儿拿着小本子算账。有时候，为了确定要买的东西写没写，两个人要从头到尾一项一项数上好几遍；有时候，为了确定要买的东西是一斤还是一斤二两，两个人竟然要商量好几分钟。有一年，父亲从村头的小卖部拎回六瓶啤酒，正上中专的大哥年三十中午一口气喝光了四瓶，咬牙切齿地说等他毕业一定要搬上一箱喝个痛快。这时候，老实巴交的父亲说话了："那不叫过年，那叫过瘾！"

新婚之后过年回家，父亲到镇上接我。集市就在车站旁，我准备买些蔬菜水果带回去。父亲把我拽住："家里什么都有。"他边卷烟边拉我上路。回家一看才知道，父亲所说的"什么都有"，无非是秋天储藏的土豆、白菜和胡萝卜，还有半袋蔫了的苹果。父亲怕我生气，忙解释："这么多猪肉还不够吃吗？现在蔬菜那么贵！"离家时，父亲给我拿这拿那，我和父亲调侃："家里什么都有。"父亲一撇嘴，边装30多斤的猪后丘边说："必须拿着。你们刚结婚，家里什么都没有。"

我心中有一座高山，父亲就坐在那高耸入云的山间。我仿佛看见，他正扛着锄头，扶着犁杖，向我一步步走下来。不，我看错了，父亲分明扛着一把可以撼动悬崖的劈镐，挎着一个装满远志、柴胡的筐子。我紧紧地跟在他身后，顶着肆虐的烈日，随他而来。父亲停下了，我也停下了。父亲坐在山坡的这边，我坐在父亲的旁边。父亲拧了一支纸烟，我也学着拧了一支。父亲用打火机点着，我也凑到父亲跟前。父亲深吸一大口叹了口气，我也深吸一大口叹了口气。父亲说话了："这庄稼人真不好当啊！还好，你和你哥快要熬出头了！"我沉重地答应着，不知所措地侍弄着筐子里的药材，那可是大山赏赐给我的大学学费。

高三复读那年，我试图放弃学业回村种田。父亲坐在门槛卷着烟，用打火机的微光把房间照亮，叹了口气："庄稼人这碗饭不好吃啊！春天，你得把眼睛瞪得圆圆的。谁的种子是假的，化肥是假的，谁一年就白忙活。夏天，你得把工具准备得足足的。锄头、镰刀、犁杖、磨刀石，用什么，你手里就得有什么。秋天，你得把脑瓜子磨得尖尖的。低价时卖了粮食，涨价时两眼乌黑，从拐棒沟跳下去的心思都有。冬天，你得把账本掐得死死的。白条子换不回大米、白面和猪肉，一家老小拿什么过年？"我很快打消了回家务农的念头。庄稼人的饭碗，倒扣在黄土地上，各个是坟头。

说这话的时候，年已花甲的父亲正套车去加工粮食。"去，帮我把'坐裘'取来。""坐裘"是马车上的一个配件。我翻遍了堪比农具展览馆的草棚，也不能确信手里抱着的一堆一块是否对号入座。把"坐裘"递过去，我差点闯了祸，父亲的假牙几乎被笑掉。"怎么样？傻眼了吧？谁叫你那时候不教他了！"母亲在一旁奚落父亲。父亲一边笑一边嘟囔："现在把这一课给他补上也不晚！"在城市里，哪能用得上这个？尽管这样，我还是在一旁耐心听着，直到父亲把马车所有部件都教我认全。父亲赶着马车走了。他熟练地挥舞着皮鞭，潇洒不减当年，只是那瘦弱的样子让我辛酸。父亲背驼了，别看驼背，骨子里却有一根坚不可摧的钢筋在牢固地支撑着。

生命里有头牛，一牵出来心就痛。半山腰，父亲在前，我在后。父亲拎着空缰绳，我空举着一根枯树枝。山腰下，仿佛整个县城都弥漫着大尖牛哞哞叫的声音。父亲不住地回头，我也不住地回头。大尖牛终于尖不起来了。它整整趴了三天三宿。眼看着就要倒下去，父亲赶紧为它打了三针强心剂。就这样，我们上路了。路上，父亲给大尖牛算了一笔账：10年的光景，它为家里耕了1000亩地，种了1000亩地，耥了1000亩地，翻了1000亩地。"大尖牛可能上辈子欠我们的吧。"父亲说，"从来没见过这么通人性，这么能干活，这么听话的牛。"买牛的人说，这么好的牛啊，要是摊个地少的人家，说不定还能多活几年。想起父亲，我就会想起这头低头不语永不停蹄的大尖牛——我父如牛。

上中学那阵儿，家离学校远。几十里的山路，父亲便是那拉车的牛。每次放假返校，父亲都扛着小米走在前面，我拎一兜咸菜、干粮紧跟其后。这样的画面，布满了我的中学时代。有一年农忙，下地干完活，父亲才把我送到学校。下了晚自习，发现米袋竟然是湿的，难道哪位同学洒了水？我吓了一跳，赶紧解开扎得紧紧的尼龙绳，把手摸进潮湿的袋口。随后，我的手停了好久才拿出来。这哪里是水，分明是父亲的汗。

"你呀，一定要让父亲的汗水一滴一滴渗入你的文学作品和你的生命。"这些年淘米做饭时，凝望饭锅冒出的腾腾热气，有一句话常常来到我的嘴边，"如果你能留住父亲汗滴禾下土的体温，也就永远留住了一生扎根土地、活得热气腾腾的父亲。"

席一文 |

作者简介：

席一文，甘肃镇原人，北京市怀柔区作协会员，
北京老舍文学院第三届中青年作家高研班学员，
散文作品分别于 2011 年和 2013 年获得"首都五一文学奖"。

把天聊亮

汉语里有一些很接地气的词语，字面普通，细品却极有深意，比如聊天。

聊天，就是闲谈，谈天说地，可是为什么不说聊地呢？也许地太实，而天大，广阔，天马行空，聊到哪里，跟得上就一句顶一万句，跟不上，又不用挖地三尺，去寻根源，一聊而过罢了。

我嘴拙，聊不出子丑寅卯，更聊不出天女散花，不过这不妨碍我成为一个聊天的好搭档，只管做个好听众，关键的时候叫个好，或者一句"后来呢"，为主聊者推波助兴，让聊天在关注和友好的气氛中进行下去。当然，前提也要对方见多识广，或者是口吐莲花的段子手，如果遇到一个拥有有趣灵魂的聊天高手，是我三生有幸。但更多的时候聊天就像聊天气，心平气和地礼尚往来几个回合，便各奔自己的生活。毕竟，现代人的生活节奏那么快，人与人的社交聊天不用面对面，借助现代化的网络平台，表情图也许就可以了，清茶几杯，在朗月星空下，推心置腹好好聊天竟有几分奢侈了。

相熟的朋友无话不说，也可以一个眼神就传达心意。聊天的乐趣和境界到底是什么，也许每个人的见地不同吧。

回首我平平淡淡、碌碌无为的半生，居然有过些许深刻的聊天记忆，让我至今印象深刻，或者回味无穷。关于聊天的趣事说一二，和朋友们把玩。

咬文嚼字

我的老家在天圆地厚的陇东黄土高原，至今还是国家重点项目——脱贫的对象，贫穷落后的帽子戴了很多年，但是挡不住民间文化的传播，比如说"花儿""信天游"，西北的民间小调，开唱都是赋比兴，《诗经》的底子啊。

黄土高原，天高地阔，民风淳朴，言语敦厚，语速迟缓，后音略绵长，但不飘，去声者多，叠词多。陇东庆阳，相比曾经路过的其他县，我最熟悉的莫过于镇原。从小至今林林总总算起来在镇原的时间也有一年，可以作为一名生活在异地的镇原籍人来看镇原，角度和土生土长的镇原人以及镇原的外地人会有不同吧。

我小时候在三线工厂生活，厂里的职工来自全国各地，讲着不同的方言，不过甘肃人居多，我经常会被一些甘肃的老职工摸着头说，小镇原鬼。感觉这是骂人的话，可是这些大人一副宠溺的样子又不像骂我，长大后接触的文字多了才慢慢释怀。

"镇原鬼"里的"鬼"同"诡"的读音，意思也似乎有点相近，褒贬参半吧，可以当狡猾，也可以当机灵。而更多的是指在语言沟通上的铺垫，但又不同于绕弯子。后来我发现我在谈话上也有这个习惯。

我有一个表哥，是我大舅家的小儿子，我们年龄相差一轮，因为生活在不同的地方，算不上小时候的玩伴，但是每年差不多都能在假期见面，后来他也曾在我家住过一两年，成家后也落在我们厂里，年轻人语言学习很快，很快适应了我们杂七杂八底子的"厂普"（厂里的普通话）。后来随着厂子的衰落他又回到了镇原。17年前的"非典"把我留在了镇原，在那期间的两三个月，我开始留意镇原的方言土语，发现和镇原人聊天，如果不是陇东人，即使你听懂了字音，也未必知其意。

回到镇原开起美发厅的表哥说话已经很入乡随俗了，老家屯子塬的土话经过在我家时候改造过的"厂普"，回到这里已经找不到一点点味道，全然一副镇原县城关镇官话。去表哥家吃罢了饭，表嫂洗好了水果，大家就坐一起开始聊天，镇原话谓之曰"谝闲传"。

我说表哥的口音俨然一副镇原城里人的味道了。

表哥说的原话是这样：天天天推头地，谝传地，闲浪地，乖地、蛮地、端端地一溜溜，你嗋，曹不跟哈走？

表嫂笑了，看你个假镇原人听得懂吗？

要是从前，我还真是和许多外省的人一样听不懂，不过好在我也有零零碎碎将近一年的镇原的生活，加之"非典"时期也在镇原图书馆消磨过一段时光，这些话还是难不倒我的。

一边和表哥表嫂聊天，我也就顺便把这段话解读一下，和大家探讨一下方言里的趣味。

陇东地方语言里最明显的特征是叠词的运用。我们通常说的"天天"本身已经是个叠词，但是在镇原方言里，还可以继续叠，就成了"天天天"，读音可是你绝对意想不到的，三个天字连起来读三个声调，三声、二声、四声。要不然叠词的后面读成轻声你试试，气也不够使。"端端"和"溜溜"也是个叠词，"端"在镇原方言里是"直"的意思，"一溜溜"比较容易理解，就是一排排。

"推头地"就是理发的，"谝传地"是聊天的。"浪"同"逛"。"乖"和"蛮"是两个形容词，意思一个是好看，一个是丑。

对了，形容漂亮好看还有一个词，单字一个"嫽"，嫽（音 liáo）。嫽是古字，最早甲骨文就有嫽，后引用为美好、畅快，《诗经·国风·陈风·月出》中有"月出皎兮，佼人僚兮"，西汉时扬雄写的《方言》说嫽，就是好。镇原方言里"嫽"既可以当好看讲，也有好的意思，说什么东西好就可以用"嫽"。这件衣服嫽得很。

嗋，也是古字，音 xiè。《说文·口部》："嗋，高气多言也……《春秋传》曰'嗋言'。"朋友们，这个字是一个镇原符号，全国各地，当你听到有人让你说话——你嗋，那么不用说，这个人说的是镇原话。

再解最后一个"曹"字。《楚辞·招魂》中"分曹并进"的曹字为"偶也"，《史记·黥布传》中"率其曹偶"的曹字为"辈也"，《诗·大雅·公刘》中"乃造其曹"的曹字为"群也"。镇原方言里的"曹"和它们有相近的意思，意指"我""我们"。这也是识别镇原方言独有的符号。

正如我前面提到陇东民歌中的赋比兴都是《诗经》的底子，镇原方言中的古文化的沿袭和镇原的文化历史渊源有着密切的关系。有人研究说，镇原方言和民俗是古文化的活化石，我觉得从镇原方言便可观其一二。如果从历史渊源来看，镇原文化要从周文化说起，从周文化发源地陕西关中说起。

自西周开始，关中方言被称为"雅言"。《诗谱》载："商王不风不雅，而雅者放自周。"由于陕西曾经是周、秦、汉、唐四大朝代的国都，关中方言曾经是当时的官方语言，镇原距关中较近，镇原境内发现的三岔镇大塬、周家庄遗址、开边镇解放等多处周代遗址及出土的绿松石管饰、贝币、玉戈等文物不仅说明了镇原与关中在地理位置上较近的关系，而且在经济、文化交流上也是关系密切。在西周、秦汉时期的经济、文化的影响下，民风淳朴、崇文重礼的镇原的方言受陕西关中语言的影响，和镇原本地农耕文化结合形成了自有的独特方言，而黄土高原农耕生活的单调导致的循古和保守又让这种文化在千百年的历史变迁中不断趋于一体化，镇原方言才沉淀出自己的个性。它既保留有陇东语的底层因素，又兼备了关中官话的特点，因而形成了独具一格的语言风貌。

在今天，不管时代怎么变化，崇尚"礼"的镇原人在婚丧嫁娶中仍然推行周礼，我在祖父的葬礼上第一次看到父亲和叔叔的孝服背后居然贴有出自先秦《诗经》中的作品："蓼蓼者莪，匪莪伊蒿，哀哀父母，生我劬劳。欲报之德，昊天罔极。"悲痛之情不由更甚，还有礼官的方步和礼词，都让我有一种穿越时空的感觉。

翻了翻镇原方言的前尘往事，再回到和我表哥的聊天上。如果把我表哥的话翻译成普通话，意思是这样的：我天天理发，来聊天的，闲逛的，好看的，难看的，都直直地坐了一排排，你说，我能不跟着他们学（说话）吗？

表哥的理发馆生意好，人多，排队等着没事就聊天，天南地北地聊，学会了方言，交流了信息，闲着也是闲着，闲聊天呗。您说呢？

小油灯下的往事

去过镇原的人都知道镇原的穷。20世纪70年代末的镇原县城，窄，小，城东两个人挑着西瓜过马路，扁担碰在一起，西瓜滚到地上，还没滚到城西，打嘴仗的声音城西就听到了。这是我在一个西瓜滚到底的基础上现编的一个笑话，城在川上，塬在山上，川里的还是塬上的镇原都是我一直向往的地方，每逢假期都会期待着回去的地方。

到现在我也不明白那些吸引我的东西为什么会吸引我。镇原是我的祖籍，我停留在那里的时间屈指可数，难道这就是血脉里的吸引，还是她特有的文化气息和脉搏与我的生命的基因重合？我曾经无数次问过别人故乡的感觉，没有相同的答案，却在他们的文字里看到的故乡都是那么相似。也许故乡就是一条脐带，来自母体，却供养出了各样的人。

言归正传，镇原很穷，20世纪80年代的时候，偏远的农家还在用煤油灯，我姥爷家、我爷爷家都用过。

我姥爷家在塬边上，庄子修得非常敞亮，前面是沟，对面的塬和更远的塬消失在天际。天刚暗下来，姥爷窑里的灯就亮了。姥爷是个读书人，也种地。不过他不像村里的其他农人，即便是下地干活，姥爷的衣衫都是干干净净的。姥爷的门口挂着一把细致的布条缝制的拂尘，外出回来，先拿了拂尘掸去身上的尘土再进屋。窑里整洁，有时是熏香的气味，有时是香皂的气味，都是檀香。姥爷的油灯亮了，半圆的火苗在玻璃罩子里端庄得像个大家闺秀，姥爷在铺了油布的炕上吃了晚饭，女人们撤了碟碟碗碗的红漆木盘，姥爷便盘了腿，把油灯挪到窗台，抽一袋烟，就靠在窗前的油灯下看书。

我们在院里院外地跑着玩，跑进窑里，姥爷就放下书看我们，让我们姐妹唱歌跳舞，有时候把我们拉到边上陪他看书，也给我们读，只是听不懂。长大了就懂了，姥爷说。

偏窑里住着上学的表哥，晚上我们听他拉琴，吹笛子。表哥是个文艺青年，吹拉弹唱样样会，在他的小油灯下，每次回老家都能围坐在炕上听他的个人音乐会。或者把他的语文课本拿出来，当成故事书读。

爷爷家其实和姥爷家算是一个塬，不过在塬的另一头的沟里，从塬上下来走在山峁峁上，就能听到对面山坡上有人唱歌，不用看都知道是我七叔在放羊。七叔聪明，好读书，喜文艺，也是吹拉弹唱都拿得起，多年以后他拥有了自己的钢琴、提琴，当上了音乐老师，可能得益于他少年时的羊倌歌唱家。长大后的七叔性格鲜明，特立独行，却屡屡遭遇坎坷，也许他的环境换了更有一番作为。

爷爷家人口多，尤其过年，而我们最常回去的时间也是在过年。爷爷家正窑里有个马灯，不知道用了多少年，等到了我手里却遭了殃。我提了马灯到窑壁上看连环画，提着马灯去看爷爷喂牛，晃着马灯追狗，啪一下摔倒，马灯的玻璃罩子也被我摔碎。爷爷家还有许多小药瓶子做成的小油灯，豆大的灯照在黑洞洞的窑里。后来我还发现窑后面还有一口大棺材，吓得我再也不敢到后面去玩了。不过那口棺材放了20多年，爷爷奶奶都活了80多岁。

晚上不敢乱跑了，就在炕上听爷爷讲故事，爷爷的故事多，除夕夜的时候，一家人吃完年夜饭要熬夜守岁，从大人的掀花花的纸牌游戏，到最后都要回到讲故事上来，故事都是从哪个哪个塬上或者山里开始，人与人，人和动物，以及鬼怪，最后都会有个种瓜得瓜种豆得豆、好人好报坏人遭天谴的结局。油灯闪烁了，就有人去剪了灯捻，油灯跳个花，屋子里光影跟着一闪。故事讲累了，爷爷也会拿过来纸笔画个花鸟鱼虫。

年夜的灯要亮着不能熄，每个窑里都亮起灯来。站在院子里，昏暗的油灯从贴着窗花的窗棂里透出来的光，暖暖的都是亮。

十多年过去后，再回镇原，电灯代替了油灯，不过油灯依然在停电的时候应急。我和兄弟姐妹在镇原团聚，还是喜欢点上油灯，围坐在暖暖的炕上。聊天，聊着小时候的丑事、美事，聊够了就唱歌。姐姐里有学过戏的唱戏，学生娃们就唱流行歌曲。唱累了再接着聊天，聊到七歪八扭都睡着了。

今天我也会和朋友们去 KTV 唱歌，音响好，灯光也霓虹般闪烁，但总是比不上在温暖的窑洞里，就着豆大的灯光，唱着《渴望》，唱着《甜蜜蜜》，唱着《冬天里的一把火》，聊着，唱着，天，就亮了。

黄 坎

黄 坎

栗花要到6月了才开，那个时候叶子刚长出来一个月，油亮油亮的，崭新崭新的。

栗花开的时候，栗乡人的兴奋就掩饰不住，仿佛春天刚刚来临。

那些提前报到的山桃花、山杏花已经捧出指头蛋大的甚至鸽子蛋大的青果子，但是栗乡没有人拿正眼瞧过一眼。他们沉浸在浓郁的栗蕊特有的气氛里，不能自拔，直到所有的栗花失去了新鲜的颜色落在地上，栗乡才恢复平静，生活又开始照旧。

黄坎地界不算大，但也不小，前有怀九河从村前缓缓流过，后有北山和歪山像聚拢的巴掌护着，楔子一样的小独山插在西北角，让穿过黄坎的风有了迂回。十字交叉的道路把村子分成了东村、西村、北街、南街，村子的里面住人，村子的外围栽树。老人说，黄坎的风水好，祖祖辈辈没有大富大贵，但靠着山栽植栗子树就够了。

我觉得自己就像找对了土壤的一棵栗子树。

一个人在某个地方生活久了，不管你喜欢还是不喜欢，你都会被时光植入那片土地里，长成一棵树，最后依赖着那里的土地、阳光，还有穿梭过树叶的风。

我对黄坎的感觉大约就是这种依赖，一颗种子找到适合它生长的地方，就是找到了好风水。二十几年了，在黄坎，我就这样摇摇曳曳地扎根了。

黄坎曾经的名字叫黄土坎，黄坎的地貌特征可以说出不少来，而单单以最常见的黄土坎为村子命名是黄坎最早的村民对土地的珍爱。黄坎的四面都是山，层层叠叠地将黄坎围了起来。黄坎的谷地不大，而山上又多山石，繁衍生息的粮食就见缝插针地种植，黄土也就稀罕了。谷地西北有黄土梁，村子位于黄土梁的东南向坎上，黄土坎也就有了来由。在山区，有这样一块黄土地，是山里人的骄傲。至今，土生土长的黄坎人说起"黄坎（儿）"两个字，儿化音拖得就比较长，那里面大约多少渗透了祖辈遗留下来的自豪感吧。因为土地肥沃，在农耕时代也算可以预示着生活的富足。在今天，黄坎其实还是一个村庄，和北方山区里的村庄没有太大的区别，留守在家的农人还是日出而作、日落而息，土里刨食，种植栗子是黄坎一带当家物产，小麦早已退场，玉米和豆子在栗树林的空隙还有一席之地。好年景有了好收成，栗子再能卖个好价钱，这一年就没白忙活。老百姓对生活的要求就是这样，只要付出了，哪怕微薄的回报，心里都是满足的、幸福的。

有很多次，黄坎在我的文字里进进出出，但总是不敢碰触太深，就像我对故乡，宁肯在梦里徘徊。感觉自己的文字太轻，承载不起我对故乡的深情。就这样，黄坎似乎在不知不觉中也被排在了故乡的行列。黄坎村牵绊我的想来就是这黄坎的一方水土，只怕是真的已经融入我的血液了。

曲水九渡

我居乡间，除了乡情乡趣，便是山水与草木，总能让我情有所钟。

从歪山顶上看过去，怀九河自北向南而来，到黄坎开始转向东流，一路断断续续淌出来这么个宽阔的谷地，四面的山不再逼仄，都向后退了一样，小独山宽宽绰绰地就坐落其间了。同样由西向东的一条公路穿过黄坎，加上从北沟出来的老河套，模糊地划分成四片，几百户人家就这么胡同街道地成了街坊邻居。

出于对家乡的眷恋，我愿意把黄坎称作福地，这个群山环抱的村庄，风能进，也能出，在宽阔的上空，云的姿势舒展，示意着风的来回。如果春天的雨水再及时一些，庄稼都有福了。即使年景少雨，旱枣涝栗子，总有可以收获的。再不济，靠不了天上的水，还有地面的水。

临水而居的最初目的并不是一个诗意的选择，而是生活的需求，黄坎成村几百年，最早的居民一定是因了黄坎的几处旺水。现在，黄坎可数的泉眼越来越少，不过一条怀九河依然静静地在村边流淌。

有了这条河，黄坎这福地，便更鲜活了。

这水还是要从下往上追溯，不得不说怀柔水库。

怀柔水库一半依着小城，一半傍着青山，清晨笼着薄雾，黄昏一片碎金。温婉自不必说，几分灵秀给小城添色不少。而这些灵秀是携着四面八方的天资禀赋，带着各路的仙风道骨。

有一路就曲曲弯弯款款而来。

在地名中，数字里带着的是重复，是排列，是类比。当一条河极尽曲折奔流，或者潆绕、迂回，这样的一条河，没有什么比一渡到九渡更贴切。北魏郦道元《水经注卷十四·沽河》记载："沽水又西南流出山，径渔阳县故城西，而南合七度水，水出北山黄颁谷，故亦谓之黄颁水。"七度水，这是地理水文中对这条河较早的记录，历史上曾用名七度水、七渡河、七渡流、黄花川、水谷河、九渡河，到今天的怀九河，从这一串的名字可以看出，数字在这条河里的意义：河的曲度，人与河的交集。

一条蜿蜒的怀九河像一条舞动的绸带，一渡河到四渡河，是这条带子上弯度最多的地方，像一个圆角的大写 W，绕山而走。

想起翟永明的一首诗《在古代》，那么，我可否这样改写：

在古代，我把对你的思念放进一条河里，在每个河湾，思念就会停留，在那里长出青草，这样一路下来，青草覆盖的河岸，曲曲弯弯，全都是我说也说不完的情话。

栗 子

黄坎西南有一山，名曰大羊山，也称大杨山，传说北宋名将杨六郎杨延昭曾在此御敌，军中缺粮，恰逢板栗成熟，军士食之顿时不觉腹饥，大胜辽军。

传说毕竟是传说，不过栗子能饱腹当粮却不假。《本草纲目》记载"栗，厚肠胃，补肾气，令人耐饥"。据文献记载，怀柔板栗在唐代以前就开始种植，唐代以后历朝多将其列为贡品。怀柔境内树龄较大的栗树是明代所植，四五百岁，依然年年挂果。

黄坎是名副其实的栗乡，栗园以燕山红栗中有名的怀黄栗、怀九栗原生树为主，果粒中等大小，外皮有极细绒毛，栗子与栗蓬相连的底座偏小，栗仁味甘甜，是板栗中的上品，也是怀柔人引以为豪的油栗。

"樱桃好吃树难栽"，栗子好吃，树难管，果难收。栗树要挂果好，树就要剪得好。天寒地冻时枝条在冷风里易折，黄坎的好把式们就约好了一样，舍了热炕带了工具在园子里一剪就是一天，一剪就是一冬。开春耧树（整理树下土地），栗树5月发芽，6月开花。果跟着花一起出头。花落了药就跟上，打了树上的药，栗蓬一天天大了，树下的草还要再锄一遍。白露过后，栗树枝头沉甸甸的栗蓬终于拉出一道白线要开口了。

我老家陇东对下地干农活有一种说法叫"吃苦"。在黄坎，栗子熟了的时候叫栗秋，栗秋是栗乡人丰收的好日子，也是栗农的苦日子。过去到了栗秋，毛驴车、独轮车是运输工具。现在，电动农用车是主力，小轿车也在乡村的道路上跑得欢。不过打栗子的竹竿没有变，跟着天亮出发没有变。竹竿打在树梢噼噼啪啪的声音在黄坎的山间回荡，栗蓬跟着栗子吧嗒吧嗒滚落在地，滚落一坡。

每次送朋友栗子的时候，我都会附上一句"我亲手捡的"，这里有为每一颗栗子弯下腰的辛苦，也有我收获了的自豪。也许是我娇气的腰太不争气累成了腰突，我已有两年不能去捡栗子，不过一到栗秋我的心依然是忙忙的，做一顿好饭送到地头、山坡，也算是经历了一场栗秋。

　　捡了20年的栗子，爱着栗花花海和油亮香甜的栗子，尝尽了辛苦和甘甜，我也可以称自己是一个真正的栗农了。有时候想想，一步一弯腰，弯腰伸手之间，拾起的是一份踏实，是一份虔诚，是生命里最简单的一份因果。

犹有花枝俏

——成都观花手记

黄四娘家的花

古代文人墨客爱花的多，见花就吟诗作对的有之，以花之品格明志的有之，太喜欢了就干脆偷闲做个花农，像陶渊明一样，自己种的花随便就可以采一把，和南山相对，能天天喝菊花酒，吟菊花诗。年少时不懂陶渊明，倒是羡慕杜甫，羡慕他有一个不远不近的邻居黄四娘。

黄四娘不会作诗，但她可以把生活过成诗。她爱花，房前屋后地种花，花种子自己也骄傲，四处张扬，四处开花，路过黄四娘家，就是走上了开满鲜花的小路。

公元760年，即唐肃宗上元元年，饱经离乱之苦的杜甫携全家来到了成都，在浣花溪畔建成草堂，至代宗永泰元年（765年）五月，除了代宗宝应元年（762年）七月避乱至梓州（今三台）、阆州（今阆中）共一年零八个月之外，其余时间都在成都度过。

在草堂他度过了他一生中心情最安逸、最闲适的时光。杜甫一生中约有1400首诗作保留了下来，其中有430首诗（作于梓州、阆州的170首）创作于这个时期，差不多占杜诗总数的三分之一，这是杜甫创作过程中的又一个丰收时期。

杜甫来成都的第二年春天，笔耕不辍的他除了忧国忧民，还是被草堂周围的一草一木所吸引，他把自己的日常生活和草堂的美好风光，以及邻里间的和睦相处都写进了他的作品。春天万物复苏，景色如画，杜甫听着黄鹂鸟的鸣叫，走出草堂，感受春天。《江畔独步寻花》一组，便是在走走停停的赏花路上触景成诗的。

成都的春天如明丽的画卷，出门去寻花，实则是被花一路引领走向春天的深处。走在成都，何须去寻花，成都属亚热带季风气候，这让来自秦地的杜甫感受到了从未感受过的春天。从草堂出来小路上花儿越来越多，花团锦簇，压枝低，应该是桃花、梨花、海棠花，抑或是玉兰花？再低一点的就是迎春花、杜鹃花、山茶花？此刻他已经顾不上花的名字，早已醉在其中，所以，一个满字就足够了。在花间，蝶舞莺歌，这幅春天的图画已经浓得不能再浓。

我来到杜甫草堂，见到的是当代人为诗圣植的树、栽的花，已经入冬，草堂的竹子和樟树、桉树还有黄葛树，都是郁郁葱葱，有入云的架势，似乎要为茅草屋遮蔽风雨。毕竟没有几天就是冬月，花倒是有，不多见，像黄四娘家那种千朵万朵的是看不到了。幸而杜甫留有诗作，也不枉我来草堂一游。

走马观芙蓉

到成都，从机场接了老舍文学院异地学习的我们，导游小杜一直兢兢业业地履行一个导游的职责，时时刻刻都在为我们介绍四川，介绍成都，直到我们都不忍心让她再说下去，实在是觉得她太累了。

从北京到四川，从满目萧瑟的北国进入温润如春的南国，就像跨越了季节。下车后，我们贪婪地呼吸着成都平原温润的空气，享受着成都难得的花花太阳，感觉做一棵成都的植物都很幸福。

每天的学习行程都很紧凑，我一路都在感叹成都的绿色。成都的绿绿得浓郁，绿得深厚，像一泓深潭，如一块碧玉，总之是润润的，润到心田的。陶醉于绿的世界，我忽然发现，杜导讲的成都市花芙蓉花，我们似乎一路没有看到。

成都是个很接地气的城市，我想老百姓喜欢芙蓉花的俏丽、悦目，还有一层意思应该是"芙蓉"即"富荣"的谐音吧。有诗云，"二十四城芙蓉花，锦官自昔称繁花"就是很好的例证了。如此，到了成都不看芙蓉花岂不是有点遗憾？

杜导告诉我们，成都有许多可以观赏到芙蓉花的地方，不过此时花期已到尾声，我们的学习时间安排得又紧，所以只能期待与芙蓉花偶遇了。我心中有点小小的失落一闪而过，不再刻意去寻找芙蓉花，也许我更应该相信缘分的安排吧。

从成都出发去阆中，路途有些时间，随行的周院长让杜导休息，她提议每人讲一段初恋的故事，虽然有一半同学都在推托，但是写作者都不愿意失去这样一个听故事的机会，这个提议马上得到大家响应。不管是故作淡定，还是深情回想，话筒从前传到最后，所有人都讲完后，车厢里安静下来。初恋的美好和懵懂让每个人的心理都发生了变化，似乎都沉浸在久远的回忆中。

我把目光投向窗外，远处的丘陵缓缓向后，偶尔有村庄，零散的白墙黑瓦的房子一晃渐远，那些房子里住着什么样的人，他们会有什么故事呢？我正在胡思乱想，突然看到一棵开花的树，树上叶子不多，零星挂着十来朵红色的小孩拳头大的花朵。

快看，那是芙蓉花吗？

是，芙蓉花！杜导起身刚好看到。

等大家都反应过来的时候，那树芙蓉花已经被甩在车后了。

一晃而过的芙蓉花，也算有缘遇到了。多像我们的初恋，还没开始，就匆匆结束，即使像昙花一现，也是我们人生的浅浅的缘。

我们行程结束的最后一天，在杜甫草堂，一个不起眼的角落，一株不大的芙蓉树上高高地挂着一朵芙蓉花，不远处就是浣花祠，也许是浣花女遗落在此的吧。只可惜我出门忘记戴眼镜了，只能抬头看到一朵粉红。一朵粉红，我在成都偶遇的粉红，心愿已了。

回京后时常想起我们的导游，也许是弯弯的笑眼让我难忘，也许是成都平原滋养了她的白里透红的好气色让我羡慕。她也曾讲起过一双乖巧的儿女，顾家的爱人，计划着一家去北京，去故宫、长城游玩。

杜导，我只知她姓杜，没有问过芳名。

冬月桂花香

我爱养花，家里的花儿十几种，几十盆。心情好的时候，花便好，该开花的开花。心情不好，花儿也没精神，能开花的都成了观叶绿植。这样倒也罢了，只要花儿好好活着，也不枉我养花一场，当个养花人。唯有一种花儿是我的心头痛——桂花，我是怎么也养不好。

我二姐家，还有我们邻居家的桂花一年四季花开旺，成串的花穗，满屋花香。再看我的桂花，养了三四年还是那几片叶子，不死不活。去年还算不错，安慰我开花了，桂花人家一串就十几朵，我的数米粒一样数了，只有五六朵，一棵小树上就这么多。

在成都，桂花树太常见了，随处可见。我挺自豪地向同行的同学们介绍，这是桂花树，看，那还是桂花树，好像这树是我家的一样。我太羡慕成都了，有这么多的桂花树。

走进建川博物馆，在抗战纪念广场的一侧有一排树形整齐的桂花树，身姿挺拔，器宇轩昂，我很惊异。李清照在她的《鹧鸪天·桂花》中写道："暗淡轻黄体性柔，情疏迹远只香留。何须浅碧轻红色，自是花中第一流。梅定妒，菊应羞，画阑开处冠中秋。骚人可煞无情思，何事当年不见收。"也许是我太稀罕桂花，因了李清照的词，桂花在我心中是暗香浮动，没想到，如此旖旎的桂花竟然有另外一种风骨。

在这排树的另一端是让人震撼的抗战老兵的手模！顿时让人肃然起敬，我也就明白了那些身形划一的桂花树，它们明明就是站成了卫兵的形象，在向老兵致敬。

博物馆里的空气是肃穆的，这里每一棵树，每一棵草，每一片叶子，都在向昨天致敬。

桂花树，也让我对它有了新的认识。

仪陇，是朱总司令的老家，在他的故居也有很多桂花树，大树树冠大伞一样撑开，小树被修剪成方方正正灌木丛的样子，走过后闻到淡淡的馨香，低头看，果然是桂花，小黄米粒藏在绿叶间。

听风的花

在三苏祠，眼里到处是浓得化不开的绿。从遮天蔽日的高大乔木，到道边的伏地的小草，如果是雨后的天气，怕是道路上都是青苔了。池中的水更是不必说了，幽幽的绿，像是在沉睡，任你人来人往不动丝毫。又不似死水，你明明能感到水的灵动。

其实进了三苏祠，想着每片叶子都是有灵气的。人杰地灵不是空口而来，但不知这是人沾了地的灵气还是地沾了人气。走走停停，一路看过来，觉得要是在这里住一年半载，不写点好文章都对不住这里的花花草草。

苏轼当年19岁，和父亲、兄弟离开成都，用他们的满腹诗书敲开仕途大门，中间有过回成都的经历，都很短暂，料想他一生怕都难忘在家读书的时光吧。少年读书郎，满窗碧绿润眼润心，成都的风很柔、很轻，微风轻拂，风铃铮铮，和着少年琅琅读书声最是美妙。

没有看到风铃，风铃是我臆想出来的。不过在一湾小池旁，斜斜伸出一枝，枝头有两三朵花蕾，倒挂，形似铃铛，是鲜艳的红，满园最惊艳的红。我询问了好几个人，没人能说出花儿的名字，于是用手机查很快就有了结果。

悬铃花，真是名如其花。悬铃花的花语是才华横溢，不过它还有一个名字：墨西哥朱槿，原产于南美洲的墨西哥，是我国引进栽培的花卉。我心中多多少少有点遗憾，如果是原居民，也许当年还能在园中听风，陪伴读书的苏氏兄弟。

想想我也是多虑了，园中多少树木花草，皆是后人所栽，苏家人未曾见识的又何其多呢，何必在乎有没有风铃，有没有悬铃花？对于苏轼来说，这样的小情调只是短短的一瞬，他的人生，必将走向可以实现他理想抱负的广阔天地。

也许只有在故园，才有这样的宁静、平和。而人生哪里能是一马平川呢？风雨相伴，道路坎坷，经历了人生的大风雨，才能修炼出豁达超脱的胸襟吧，从而会有《定风波·莫听穿林打叶声》"一蓑烟雨任平生""也无风雨也无晴"。

再超脱，也难忘少年时，难忘成都，想起成都，这个伟大的诗人也不禁潸然泪下。在《临江仙·送王缄》词中说："忘却成都来十载，因君未免思量。凭将清泪洒江阳。故山知好在，孤客自悲凉。"

幸有苏公石像坐卧园中，聊以慰藉后人思乡之苦。

海棠依旧

较之蔷薇科的桃花、杏花，海棠花和梅花的花瓣更有质感，我曾经在村子里的集市上买过一盆梅花，回来才知道是买了一株贴梗海棠，虽然被忽悠了，但是却让我一下爱上了海棠花，每天都要在花前驻足欣赏，总是看不够。海棠花美，美到诗里，就成了一种情怀。

"幽梦锦城西，海棠如旧时。"

南宋诗人陆游极爱海棠花，有"海棠癫"之称。他任成都府安抚使参议官时写下了《驿舍见故屏风画海棠有感》一诗，中有"成都二月海棠开，锦绣裹城迷巷陌。燕宫最盛号花海，霸国雄豪有遗迹"句，见到了成都最繁茂的海棠，让他终生难忘，海棠花几次入诗，最后他回乡了还念及成都海棠，梦回锦城，直至84岁还作了《海棠歌》。

在蜀州期间陆游曾多次游览州中山川名胜，深入考察风土民情，写下100多首寄怀蜀州的诗词，可见他爱上了这块天府之地，并萌发出"终焉于斯"的念头。

蜀地也没有辜负他的好意，蜀地的人们一直记着他。

陆游祠位于四川省崇州市崇阳镇大东街南罨画池内，始建于明初（1368年）。罨画池，川西园林代表作之一，始建于唐朝，陆游曾两次出任蜀州通判，多次来这里题诗。明初，官方就在这里重新修葺建成了陆游祠，以纪念这位伟大的诗人。不过遗憾的是我们此次时间安排紧，没有去陆游祠，只能读读诗词纪念感怀。

　　了解陆游生平或者读过他的诗词，就能懂得陆游的铮铮铁骨和拳拳赤子之心，他把一生都倾注到了恢复中原统一国土的爱国情怀当中。在蜀地，他曾度过他短暂的军旅生涯，为退敌兵摇旗呐喊。我想，陆游忆蜀地，忆海棠，忆的是那段激情的热血岁月吧。

　　在成都，海棠花和芙蓉花都是名声在外，芙蓉花开如锦绣，海棠花开灿若云霞，可惜我来时，芙蓉花刚落，要看海棠只等来年开春，那种花开的盛况也都只能想象。

　　不知下次再来成都，能否赶上海棠花期，海棠花是否还如旧时？

麦子 |

作者简介：

麦子，本名孙素娟，祖籍中原，现居京郊，
作品散见于《婚姻与家庭》《博爱》《做人与处事》等刊物，
多次被《人民日报》《洞见》《十点读书》等公众号转载，
所著《所谓绝境，不过是逼你走正确的路》由天津人民出版社出版。

终有一别

终有一天，父母会在死神的威逼下，与我们一一作别，但只要我们没有遗忘，他们便不会真的离去。

一

那是旧年八月，离开空调，仍是汗涔涔的热。

偏巧夏天的夜晚是个慢性子，它不似冬夜那么雷厉风行，时间一到，咣当一声就闯进来，吹起寒风，调低温度，将哆哆嗦嗦的人群轰进房子，攻陷城市和农村，侵占每一个没有灯光的角落。

夏夜总是磨磨蹭蹭地踱进来，似乎不太情愿来此一遭，然后潦草打个卯，几个小时后，便逃也似的撤退，把大好河山拱手相让，让那烈日大摇大摆重又晃了进来。

那时的我，正为半个月的作家培训班收拾行李，满头大汗，却一脸兴奋，直到接到母亲电话。

母亲说，父亲确诊了，鳞状细胞癌。发病的位置在咽部，不好手术，即使做，也怕在手术过程中引发父亲心衰的老毛病。再加上，无论放化疗，最后结果都很难说。父亲从刚住院就内心狐疑，经多方打探得知真相后，坚决要求出院回家。

我慢慢跌坐进沙发里，像是下楼时一脚踩空，又像是迎头被人打了一闷棍，许久才缓过神来。

只听得母亲在电话里带着哭腔絮絮叨叨：你说他，老了老了，咋会得这样的坏病……

母亲真是健忘啊，她居然忘记了过去曾拿恶言咒他："你就喝吧，迟早喝死你！"忘记了两人之间长年交战，忘记了他对自己的不好，忘记了对他的种种怨怼，她甚至不想听到"癌症"这两个字，几次纠正我，让我跟她一起说"坏病"。

我想挤出一丝悲伤，却怎么也找不着合适的表达方式，怎样的情绪都显得不那么真诚，只能从记忆库里，胡乱拽了几个貌似妥当的词出来，排列齐整，胡乱安抚着母亲：没事，妈您别着急，来北京，咱们去肿瘤医院看看，万一是误诊呢……

母亲仿佛在悲伤的湖水里沉溺已久，我的话成了她唯一的救命稻草：对，你不能不给他治，不能让别人说你不孝顺……

有人抢过电话，是父亲！

他说得温和而干脆：别听你妈的！你先好好去上课，等你上完课，我就过去……

那是父亲从未有过的顺从姿态，他早就知道我去培训的事。可我怀疑这是个圈套，听说一些癌症患者越是晚期越是惜命，嘴上说着"不想看病"，内心却想考验家人是否在乎他。

我最好朋友的姐夫，与我父亲得的是同一种癌症，天天逼着儿女带他治疗，听说哪个医院好就要去哪里，听说什么偏方有效就要什么偏方，儿女稍有怠慢，就横眉冷对地问：你们是不是不舍得花钱？是不是想眼睁睁看我死！

想到这里，我语气便有些强硬，必须证明我重视他：那怎么行！

没想到，父亲比我还强硬，声音一下提高了八度：咋不行！放心吧，你爹死不了……

还没等我回话，他就不容分说地先自挂了电话。

他一向是个暴君，家就是他"率土之滨，莫非王臣"的王国，我们，还有母亲，从来就是他的臣子，一切都得听他的，否则就会咆哮三日，暴躁一周。

父亲不相信自己得的是"坏病"，我却早就猜到。嗜酒如命，烟不离手，阴晴不定，动辄发怒，几乎所有养生的禁忌他都一概不理，时时处处给"坏病"制造机会，"坏病"不找他找谁！

我说带他去检查，不过是骗人骗己。两家大医院，先做病理，再由临床经验丰富的专家会诊，怎么可能是误判！

可是不这样，我似乎又觉得良心不安，毕竟，他还不到七十岁。

尼采借"查拉图斯特拉"的嘴说出："有的人死得太晚了，有的人又死得太早，还有一些人则坚守着一个信条，要在最合适的时候死亡。"

可是，如果人终有一死，那么什么时间才算是最合适的时间？

二

培训的地方，在北京的郊区，怀柔芦庄。

来的那天晚饭后，我坐在窗前，胡思乱想着与父亲有关的事情。

我虽是女儿，却一向"仇父"恋母。

母亲太难了，打我记事起，她每日便脚不沾地，风风火火，洗衣做饭的是她，扛起生活重担的是她，保护我们不被欺负的是她，激励我们好好读书的是她，缺钱时觍着脸去借钱的还是她。

父爱无疑是缺席的，他刻印在我记忆里的镜头有很多，但大致分几类：他发怒的样子，他嫌弃母亲的样子，他喝醉酒后吹牛的样子，他在酒后冲着我们嚷叫"你们好自为之吧"的样子……

年少时的一个深夜，我和两个妹妹被乒乒乓乓的打骂声惊醒，惊恐万状地从里屋冲到了外屋，空气里弥漫着酒和血的味道，家里的自行车就像个不治的病人，放弃挣扎地躺在地上，父亲瞪着发红的眼睛，骑在母亲身上，拽着她的头发使劲儿往自行车上撞。

他手上有明显的血迹，母亲虽处于劣势，却丝毫不示弱，嘴里激烈地骂着他，双手拼命地抓挠他的脸，他的脸上也因此有了几道明显的血痕，场面混乱。

我和两个妹妹吓蒙了，待反应过来哭着想上前劝架，却被父亲大声唬住：一边儿站着去！

那句话就好像是杀无赦的禁令，吓得我们三个双腿直哆嗦，进不能，退不能，只能齐刷刷地被钉在原处，齐刷刷地哭得惊天动地，为母亲的疼痛，也为我们的懦弱。

短暂的夏夜第一次那么漫长，长到我以为等不到天亮母亲就会被打死。邻居们还是被吵醒了，很快，像被九级大风裹挟着一样，从院子的各处奔过来，踹开我家的门，有人拉开父亲，有人扶起母亲，有人揽住我们三个，有人扶起那辆无意中充当了凶器的自行车……在如集市般此起彼伏的劝架声中，那场战争暂时告一段落。

后来，战争丝毫没有减少，两天一小吵，三天一大吵，随时爆发。原因有很多，因为母亲饭做咸了，孩子们犯错了，钱不够用了，酒永远是助燃器。在战争的废墟之上，叛逆的我犹如棘手的苍耳般旺盛生长。

一次，他盛怒之下，甩了我一个耳光，我离家出走到三公里之外的爷爷家；他越是让我"好自为之"，我越是吊儿郎当不正经学习；他越是让我学做家务，我偏偏什么都不干；他越是让我考本地的师范，我就越是要考得远远的……见管不了我，他便把火气撒到了我母亲身上："你看你都养的什么闺女！"我冷笑，难道，我不是你的孩子！

成年后，我自然与父亲关系疏离。而父亲似乎也明白，便常用一副不会打搅我太久的样子不断预言：在五十岁之前，他伤感地表示，他肯定活不过五十岁；过了五十，他又说，他肯定活不过五十五；过了五十五，他再说，他肯定活不过六十；等轻松过了六十、六十五后，他再也没有说过类似的话。

我对此从不以为然，想当然地以为他会有惊无险地走过七十、八十，没想到，"坏病"却在一夜之间杀到。

天瞬间变黑，就好像谁扔下来一块硕大的黑布，蓦地遮住了整个村庄。

那晚，我与黑得密不透风的芦庄沉默对峙，虽然身在其中，却又仿佛隔着千山万水。

实际上，每一座村庄都对我关闭门窗，因为我并无打开村庄的任何密码。

是的，我与村庄从无深情。

年少时，我曾无比羡慕那些从小在村庄中长大的同学。他们认识每一朵花，每一棵草，每一座山峦，每一条河流……村庄万物给他们滋养，他们报之以热爱，两者之间彼此担待。

父亲，就像是其中一座村庄。我曾久居其间，见过黑雾弥漫，虎豹横行，花不是花，草不是草，太阳不温暖，月光不皎洁，或许曲径通幽处，他有他的山川河流，他有他的日月星辰，我却毫不好奇，也无意探访，怎么会有深情与之交付？

父亲一直像个长不大的孩子，从来没与生活正面交锋过。

他是长子长孙，从小被他的奶奶、姥姥宠着，跟奶奶一个被窝睡到十八岁；恋爱结婚，由他的父母张罗完成；结婚后，不会挑家过日子，倚仗母亲，带着一家人跟跄地行走人间；女儿们接连出嫁，他就乐得缩回自己的小世界里，做母亲唯一的王。

他总说自己命硬，被死神一路追杀，却都能侥幸逃脱：半夜犯心脏病倒在外面，母亲及时发现救了他；酒精中毒送进医院，医生紧急出手救了他；半夜被车从桥上撞到河里摔到石头上，昏迷一夜，晨练的路人发现后打120救了他……直到一年前，因心衰被下病危通知书，他被迫戒烟戒酒，和一辈子的至交好友彻底断了交往。

这次，死神又一脸狰狞着前来，要讨之前的欠账，父亲摆出一副要杀要剐随便你的无赖态度，吓坏了从旁就座的母亲，却并未吓倒我。

王朔曾说过，"血缘关系不代表一切，你从来不付出，照样什么也得不到"。

我觉得他说得很有道理。年少时，他不那么爱我；他年老时，我也不用掏心掏肺地爱他。

当晚，我做了一个梦，所有认识我的人，都一脸鄙夷地对我指指点点，父亲愤怒地扒开自己血淋淋的胸膛说：看，我这里有病，她却不管我。

惊醒后，再无睡意。

一大早，我再次拨通了家里的电话，想问问父亲的病情。

电话通了，是母亲慈爱的声音：喂？

我刚一开口问：妈，我爸咋样了？

母亲还未来得及回话，父亲便不耐烦地发飙了：打什么电话！不是说我没事吗，好好上你的课……

电话又挂了，我也赌气地扔下手机。

既然他不叫我担心他，那我就不担心，反正他总是那么凶，那么自以为是。

好吧，我上我的课，你生你的病。

三

十五天的课程很快结束，我去接已抵京的父母。

见了面，还没等我的"爸、妈"两个字落地，母亲便熟络地一把揽过我，极尽夸张地连连叫着：哎哟，妈妈的好闺女啊……

父亲在旁边，也从未有过的温情，笑得温柔可亲，想凑近我，又觉得不妥，再退回两步，依旧笑眯眯地看着我。

父亲越发瘦了，跟母亲站在一起，更显得渺小可怜。母亲一身深红色的裙子，胖得一团欢喜；父亲是军绿色的衣裤，敷衍潦草地瘦。

上了车，我回头假装轻松地问他：爸，现在感觉咋样？

父亲呵呵一笑：好着呢。

我用连自己都不相信的夸张语气说：没事，咱们去北京最好的医院看看。

没等我说完，他一摆手，打断了我的话，眉头一皱，温柔但态度坚决：不用，我自己的病我知道！再烦我，我立刻买票回家！

这曾是我最讨厌的态度，刚愎自用，权威十足，仿佛他早洞察一切，能决定生死。

但这次，不知为何，我却暗暗松了一口气，不知道是为他对病的态度，还是一种隐蔽的担心被他轻松卸掉。

回过头去，我一直在问自己：你到底在担心什么？是怕他对生的执念太重，还是怕他对生的执念连累到你？

父亲许是怕我生气，又缓和了语气说：专家都说了，这样的病，一动手术人走得更快，心态要好，人能带癌生存好多年呢。

我还想问什么，但从后视镜看到父亲转头望向窗外，五光十色的北京城，也便悄悄吞下了想说话的欲望。

到家后吃完饭，父亲说累了，半躺在小客厅的沙发上看电视，我便陪母亲在大客厅喝茶。

刚坐定，母亲就低声说：你爸说了，这病啊，治不好了……

我连忙嘘了一声，起身关上两个客厅之间相连的走廊门，父亲那边正响起电视剧《亮剑》里李云龙爽朗的笑声。

母亲接着说：你爸说，身边太多人财两空的例子了，钱花了，人也留不住……你别怪他说话不好听，不早来，是想让你去上课；你上课时，他不让你打电话，是怕影响你，不想让你分心……

我愣在那里，不知该如何回答，就好像我曾经以小人的心度了君子的腹。

刺破生活的真相，我和他原是一对不相爱的父女。对我，他年轻时很少付出，却似乎清醒自知，并不指望在这次与死亡的较量中得到我的帮助。

父亲生活在一座孤岛里，一直端着长辈的架子，从不跟我解释什么。母亲是唯一一座通往父亲的桥梁。年轻时，她不懂得克制，曾将对父亲的怨气毫无保留地倾泻给了我，让我一步步远离了父亲；他生病后，年迈的她又充当我俩的和事佬，试图一米一米把我拽回来。

不是都说爱惜生命吗？难道，父亲真的对自己的命一点都不在乎？

我不敢问，以父亲的脾气秉性，我知道，问了也没有答案。

父亲在度他的劫，他知道所有癌症到最后都痛苦难忍；我也在度劫，要慢慢学会从那条叫作"仇父"的河里走出来。

接下来的那些日夜，是我有生以来与父亲相处最长最和谐的日子。

白天上班，晚上我们一起在家喝茶，去电影院看电影，到饭店吃烤串，逛街购物……望着他俩笑成菊花的脸，我常常觉得自己在做一个悠长的美梦。

我以为，父亲真的不怕死。

四

一天下班回家，母亲偷偷告诉我，她白天无意提起同样患癌去世的邻居，父亲竟大怒：提这个干什么？你是不是也盼着我死？

母亲立刻止住，不敢再说话。

一辈子单身的大舅住进医院，原本指望着母亲能去照料，却不想她来了北京，跟母亲怄气不肯接电话。母亲犯愁，跟父亲唠叨：大哥生气呢，他以前常说死了还指着咱们给送终呢。

父亲听完，眼睛也不抬，一边玩着手机上的斗地主，一边冷笑着说：怎么指？我都不知道自己能活几天呢。

听完我鼻子一酸，小声交代母亲：以后尽量避免当他的面说"死"。

母亲诺诺答应。

没几日，父亲又开始张罗回家，他不跟我说，却去磨母亲。

一个周末，我正在吃早餐，母亲走过来神秘地跟我说：你爸着急走，是因为那病扩散了，他的后背和腿上开始起包，不疼不痒，他怕死在外头。

父亲表面说没事，却感知癌细胞正在他体内酝酿着一场全面战争。作为一个回族人，早就认定了他的最终归宿，一定是那片埋葬了无数先人的穆斯林墓地。他怕客死异乡，所以无论如何，也要回家。

母亲还说，每晚父亲都用酒精使劲儿抹那些起包的部位，想用酒精杀死那些坏细胞。

我苦笑，那些细胞是他一日日喝酒抽烟好不容易培养起来的，怎么可能会被酒精杀死！再说了，癌细胞在你体内攻城略地时，怎么可能打招呼让你察觉！

父亲就像一个表面无碍的苹果，里面正在不动声色地烂掉。

可怜母亲，大半生受制于他，却也似乎习以为常，吵过，闹过，打过，骂过，如今还要学水做山，低眉顺眼取悦他，肝胆相照保护他。

幼年丧父的她，看中的或许就是一份家庭的完整团圆。那是她想要的完整团圆，即使饱含委屈，即使早就支离破碎。

母亲由寡母带大，上面三个哥哥，下面两个妹妹。大哥因为照顾家里，终身未娶。几兄妹相继成家后，就剩下寡母和大哥守着一亩三分地，相依为命。

作为长女，嫁到了城里，日子再不好过，也比留在农村的娘家好，母亲便时不时省下钱财贴补娘家。甚至姥姥病重期间，也是父母承担了主要费用。父亲倒也随和，睁一只眼闭一只眼，从不计较，有烟有酒便天下太平，便万事皆可原谅。

姥姥临终时，将大舅托付给了父母。除了平时常探望，大舅生病，父亲也觉责无旁贷，陪着母亲忙前跑后，送饭陪护。

仔细探究，母亲对父亲的感情，又岂止是祈求一份完整的团圆那么简单，里面还有一份沉重的感情，便是恩情。

恩爱恩爱，没有恩，何来爱！

过去的那么多委屈，如今母亲也一笔带过。小学没毕业的她，对我说了句经典的话：跟死比起来，啥都是小事。

想来，世间所有打不散的婚姻都是彼此相欠，你欠我，我欠你，在一生漫长岁月中一一等价偿还。

临别的那几天，内心总会莫名地泛起酸酸的感觉，任何一个镜头、一句伤感的话，都能瞬间击中我。

我不想跟母亲谈论死亡的话题，可她似乎总想当着我的面说些什么，或者痛哭一场，好证明我不是铁石心肠。我肯定不是铁石心肠，只是不想让母亲看到我的眼泪。她的泪窝浅，我任何一个暗示，她的眼泪就会完美配合。

我实在不愿当着父亲的面上演离别大戏。在我的前半生，在命运里的很多关键时刻，母亲劝我时总说"你是男子汉"，所以，我得有点"男子汉"的样子，我得有担当，我得有泪不轻弹，有泪也要使劲儿忍回去。

一道叫作绝症的门，为我与过往之间竖起了一道屏障，明知终有一别，我却当这又是一世，他重新为人，重为我父，我们重又父女一场，重新相爱，重新离别。

我每天都会笑着叮嘱父亲一次：爸，回去写回忆录吧，以前不是爱写作吗？好好去找一下家族里的老人，了解一下咱家历史，编一下咱家家谱……

从祖上到我父亲再到我，并没有什么可歌可泣的故事。但若有个支撑自己的念想儿，他一定能好好地活着。

父亲嘴上答应，依旧在荒废着最后的时间，每天看电视，玩游戏，睡觉，似乎在躲避一些话题。

我也不想深谈，怕他伤心，也怕我伤心。

母亲几次想拉话题进入深渊，都被我和父亲及时拉回来。她往往还来不及挤出眼泪，就扑哧一声笑出声来。

只有这时，我才感觉到我的克制，我也不知道这种克制是理性还是冷漠。

五

临别那晚，一家四口其乐融融，难得清闲地凑在一起聊天。

母亲的伤感突如其来：你爸说，这可能是最后一次来北京了。

我和父亲同时打断她的话。

父亲轻斥：没事找事……

我也笑着说：怎么可能？

那一瞬间，我和父亲是心照不宣的知己。死亡，就像是我和他之间隔着的那层窗户纸，他不愿捅破，我不敢捅破。

父亲笑着说：年轻时，街上有"用鸡叼小米"算命的，你妈回来说，她给我俩算了，她能活八十八，我活不过五十。能活到今天，已是奇迹……

四人大笑，我恍然大悟：原来之前父亲说的"活不过五十"从这里来，原来他早就习惯与死神同行，所以才烟酒不忌，我行我素，五十岁以后更是三顿饭都无酒不欢。

母亲接了话茬儿：你四十多岁那次，差点没死在外面，不是我及时发现，及时救了你，你不早死了吗？

父亲讪讪地：那不是犯了心脏病吗？

母亲只说了她救父亲的事情，却没提过当年父亲半夜因为她休克叫醒整条街的故事。

我望向他俩，莞尔一笑，他俩也不过是人世间一对相爱相杀的小儿女，哪有什么深仇大恨？

母亲埋怨父亲脾气暴躁，不仅对妻女，对两个弟弟也有过之而无不及。谁不听话，随手抢起什么就用什么打，什么雨伞啊，扫帚啊，劈头盖脸，每次都打得两个弟弟鬼哭狼嚎，鼻青脸肿。

父亲赶紧解释：从小，我爹告诉我，两个弟弟谁不听话就揍谁……

等我有了两个妹妹，父亲也跟我说了同样的话：她们两个，谁不听话就打……

什么是爱，怎么去爱，原本就是一个轮回，父母传递给我们，我们接过火炬，再传承改良，然后传递下去。他们没有给我爱的教育，我也没有所谓爱的天赋，所以，十八岁之前的世界，遍地荒芜。

年少的我就像父亲的翻版，两个妹妹没少挨打。过去我曾多有抱怨，责怪父亲给我的原生家庭不好，所以导致彼时的我过于残暴。

如今再看，他何尝不是原生家庭的受害者！他的暴脾气也源自他的父亲，不过从未察觉，自然也无从反省。那时家家如此，都活得懵懂粗糙，忙于柴米油盐，又怎会想到还有另外一种温和的家庭相处模式可以调频换台！

我比他，不过是多读了一些书，多走了一些地方，有了开阔的眼界和心胸；

加上为人母后，培养女儿的过程，就仿若经历自我重生，渐渐修复了曾不成熟的心智，这才有今日如此这般的温和心性。

但无论怎样，他们都是滋养我的土地，我是从他们的田地里长出的庄稼。

越去换个角度看父亲，越觉得我并不了解他，心里那块坚冰开始一点点融化。

虽说父亲在我的记忆里有那么多不好，却也得到了岁月的惩罚，三个女儿纷纷逃离故乡，让他无法享受常人的天伦之乐，生活万事亦不能借儿女之力，晚景不免显得凄凉。

父亲一转话题，有些拘谨：过去爸很多事做得不对，让你们跟着我吃苦了，对不住啦。

他平生第一次用这样的语气，惊得我手里端着的水差点洒了，我却又赶紧佯装平静地微笑摇头：那时谁的日子不苦？再说了，若万事都好，我怎能有动力跑到北京看这么精彩的世界？

父亲仿佛松了一口气，继续说：那就好。眼下有这病了，你们也别难过。爸知足，活过五十了，也活过你爷了，哪天"无常"，爸都不遗憾。

他说得坦荡豁达，我心里无比酸楚。

那晚我失眠，半夜起来接水，路过他们的房间，正听父亲低声说话：别管咋样，我的任务都完成啦。老大这儿是最后一站，看到她家里都好，我也圆满啦。以后啊，你少跟孩子说我的病，这辈子没留下啥家产，还让孩子们为这治不好的病再白白搭钱，我还算什么爹！

耳边传来母亲嘤嘤的哭泣声和父亲的低斥声，我想推门进去，又不想三人半夜齐奏这悲伤的曲子，便轻轻退回房间。

其实，父亲不是没有过火热的青春和向往，高中毕业，赶上"文革"，想去参军，被家里阻拦；谈恋爱了，父母反对，未能迎娶喜欢的姑娘；结婚了，遇到了泼辣霸道的乡下母亲；出门做生意，又因种种原因屡次被骗；如果子女像是父母此生必要种下的一片庄稼，在重男轻女的年代，我们姊妹三个，应该是三株令父亲抬不起头的稗子……这些就像他一张张亲手抓来的纸牌，一次次嘲讽着将他扔进败局。或许就是在这种迷茫和挫败中，他成了一只不愿面对生活的鸵鸟，烟酒就是他埋头的沙堆。

好在，命运给了他意外的惊喜，那三株曾让他羞愧的稗子，逃过了天灾，躲过了人祸，竟然也蓬勃生长，结出了粒粒硕果，成了他这一生唯一的骄傲。

如今，他得了绝症，并不一味贪生，反而到三个女儿处都小住几天，一一解开我们的心结。

作为人父，他不是最好的那个，但也绝不是最糟的那个。我又何必跟着王朔瞎起哄，为自己的冷漠求心安？

六

次日，早早地去了候车室，却被告知车因爆胎晚点了。

母亲知道我还要接孩子去看病，便催我走。

我笑说：没事，不急。

父亲也似乎有所眷恋：让他们等着吧。

母亲何尝不想让我留下，这些年，我与父母聚少离多，能见一面就是一面，能多留一时便是一时。

一向不爱照相的我，卖萌装傻跟他们一起自拍。固执的父亲，也做欢喜样，每次都顺从我，正襟危坐配合每一次招呼，恰如其分地露出笑容。

三张被岁月侵蚀的脸，被美颜善意搭救。相片中的我们，一副岁月静好的模样，好像父亲没得病，母亲不害怕，而我一点也不焦虑。

母亲兴致很高，不知怎么就聊起来当年和父亲相亲的事儿。

她不无懊恼地说：谁知道那就是相亲啊，我嫂子就说是到城里磨面。我袜子也没穿，就背着麦子来了。再说了，在我们农村，谁穿袜子啊？

父亲开着玩笑：就因为不穿袜子，院子里的哑巴妗奶总比画着说你是个乡下人。

母亲神色一下黯然：是啊，我就是乡下人，一直都是。

我心里一惊，母亲生活在城里五十年，可骨子里，她从来没有把自己当城里人。

我赶紧打着圆场，安慰母亲：乡下人怎么了？乡下人实在、纯朴。

母亲飞速瞥了父亲一眼，低声说：你爸，看不起乡下人。

父亲在旁边急赤白脸地解释：谁说的？我没有。

我也赶紧安慰她：是啊，让人看不起的只有德行和人品。

母亲这才又欢笑：那时，家里穷，鞋都露着脚趾，上衣烂得露后背。我俩好后，你爸给我买的确良，买皮鞋……

一听到这里，父亲挺了挺身子，来神了：那时农村谁见过那些款式啊。

母亲继续回忆：我们一般大的姐妹这个眼红啊，都说找个城里对象真好。结婚后，跟着你爸也吃苦，但比起农村的苦，都不叫啥。记得到他们家，家里做面条，第一碗出来，你爸亲手端给我，说你吃。那是你爸第一次给我端面，也是最后一次，以后就全是我伺候他了……

他们忆苦思甜，我笑着听完。

从前，我只认父亲欺负母亲多，但实际上，母亲的脾气也并不温良，从小是个疯丫头的她，又怎么会轻易向人低头？于是，一个不服软，一个不认输，打打闹闹了一辈子，外人谁也无法全然理解中间深藏的那一份深情。

此刻，他们说什么，都不重要，重要的是，他们此刻在说，在我身边说。

如今看来，母亲也并非完全不幸，她也有过幸福甜蜜的时刻。

父亲坐累了，起身活动，望见他踽踽前行的消瘦背影，我突然想起了那些曾遗落在岁月缝隙里的镜头。

有一年春节，漫天的风雪中，一家人去农村的姥姥家拜年，母亲骑车带着妹妹跑在前面，我坐在父亲的自行车后座，几乎冻成了一个小冰人。

他迎着风大声问我：冷吗？

我哆嗦着声音说：冷。

他说：把手放我棉袄里吧。

冻红了双手的我，毫不犹豫，掀起他的棉袄，一直伺机而动的风乘机钻了进去。我感觉到了父亲的身子一紧，但哪里顾得了那么多，两只小手就一下贴到他温暖的后背，父亲嘴里发出哎呀一声，紧接着说一句：好凉啊。

我哈哈大笑，直到把他的后背都给焐凉了，手还不舍得出来。

还傻兮兮地问他：爸，你冷吗？

他瞬间挺直腰身说：爸不冷。

又一次，父亲领着我，母亲领着两个妹妹，衣着洁净，五个人容光焕发，朝着小城的电影院走去，遇到有街坊问：哟！一家人穿得跟过年一样，干吗去啊？

父亲笑着回：看电影，立体的……

街坊夸张地说：哎哟，那票多贵啊……

父亲笑：孩子们爱看……

那时的我，内心那个美啊。

还有一次，高中晚自习下课，突如其来下起了瓢泼大雨，同学们都被滞留在教室里或者门口，焦躁的情绪开始弥漫。

这时，只听得有人在外面大声喊我的名字，临窗的同学叫我：好像是叫你。

我冲了出去，看到了手里拿着雨伞的父亲，正在朝我招手。那雨伞，早就被风雨吹得像散了架，而父亲也已成了雨人，怀里却稳稳地抱着一件雨衣。

等我穿好雨衣背着书包冲出教室时，听到有同学羡慕地说：你爸真好。

……

只是那些仇视的眼光太多了，才遮挡起黑暗中透出来的光和热。

年少时我曾在无数瞬间想学哪吒剔骨还父，割袍断义，如今，看他被死神拳打脚踢，却依旧如山样挡在我们前面，不愿惊动我们，我突然想拼上所有从死神手里救下他。

我蓦地使劲儿拽住父亲的胳膊，说：爸，咱们再去医院看看，万一……

他眉头一蹙，转而一笑：你爹没别的，就是心态好。我看得开，你们也要看得开。

我还想说些什么，广播响了，车来了，父亲轻松挣脱我的手，一弯腰，不顾反对，拎起了最重的两个行李，径直往前走去，他的背影像是被万丈光芒笼罩，慢慢变大再变大。

看我怔在那里，母亲碰碰我，赔着笑脸说：一辈子了，你爸就这个脾气，你别生气。

我笑着摇摇头，对母亲低语：回去好好关照他，啥事也别怕，有我。

然后，我亦步亦趋跟在父亲身后。临上车，父亲却回头笑着伸手掸了一下我的肩膀，边掸还边笑说："哪来的土……"

我也满脸笑意，身体却僵直着一动也不动，这突如其来的亲昵父爱让我有些措手不及，只是任他轻拍我的肩膀，仿佛我的肩上积了一世的尘土。

他不知道，他这一掸，不仅掸去了我肩上的尘土，掸去了我心里如经年的尘土，也将他之前不曾有过的温柔父爱如春风化雨般轻轻洒在我心间。

掸完土，父亲上车，再微笑着扭头看我：走吧，回去好好过日子，别犯脾气。

我仍旧不舍得走，像是要把他刻在心里一样，目光一直追着他花白的头发，他消瘦的身影，他慈爱的目光，点头回答：好，等我有空回家看您。

他往车里走，刚走一步，又扭头看我，一挥手，冲着我笑：回吧，再送，也终有一别。

我的喉头蓦地哽住，就好像，我要眼睁睁看他与病魔厮杀，眼睁睁看他上奈何桥，眼睁睁看他喝孟婆汤，他却笑着挥手：回吧，终有一别。

文暄

作者简介：

文暄，原名冯晓文。1971 年生于北京密云。

作品散见《北京文学》《散文选刊》《诗选刊》等，

曾获第四届冰心散文奖。

2010 年个人诗歌朗诵会在北京召开，

著有诗集《一个人的狂欢》。

北京作家协会会员。

几度乘风问起居

按：纵使一百个人从我面前走过，我也会分出哪一个是你，因为别人的脚步都踩在地上，而你，踩在我的心里。

还有俩月，母亲将迎来她生命长河中第91个寿辰。

像去年一样，我早早拿出紫色的信封，将一沓崭新崭新的连号"长寿奖"装了进去。转身跨进书房，开始筹措第二个礼物——准备挑选出一部分照片翻拍制作成精美影集送给母亲。

尽管已是午夜，尽管灯光不够明亮，但当一张张或泛黄或露白的照片与眼底交会的刹那，尘封的记忆还是被瞬间引燃并熊熊燃烧了起来！

齐耳短发的母亲

母亲42岁生下我，打有记忆起，她就是位瘪嘴的老人。因为家境贫寒，母亲在拉扯我们兄弟姐妹八人中过度操劳、无暇惜身，早早便掉光了牙齿。

3岁那年，我伴着高烧昏睡。母亲见我持续不醒便将我背到二大妈家，跑去河道将正在河中筛沙子的村医叫了来，在被什么东西划痛脚心后我闯入半梦半醒间，恍惚中，看见母亲双手比画着，语无伦次地向村医诉说我的病情。

235

"赶紧走吧，去乡卫生院，这病在咱村，没治！像是大脑炎！"常常，我惊异于自己卓越的那一小截记忆，因为那天村医说的话竟摩崖般深入骨髓。

我被放到了农村用来推土推粪的小推车车斗里，身上包裹着厚厚的棉被。二大爷推着我急促地走着，母亲则扶着车帮一路小跑呼唤我的名字。那天，母亲的齐耳短发在她大口的喘息声中上下颤动。

村医说得没错，我确实得了大脑炎。因为家穷，此前，自我出生起，便因我浪费口粮軥俩眼儿不待见我的父亲（说我哭起来急不撩撩地叫人烦），曾三番五次将我送给人家。在屡屡失败后，这次，终于又寻到了机会：他为我量身定做了一个木盒子准备把我给埋了。又是母亲遮拦小鸡般地出手护持，最终，她以"已是民办教师的大姐5块钱的工资"换回了我的醒来！

病好后的我年糕般黏着母亲。

"老实在家待着，别到处疯跑，我去你姥姥家一趟，后晌就回来。"次年初春的一个早上，母亲在嘱我"老实在家等她"后去等公交——"敞篷大解放"。我哎哎地答应着却暗怀鬼胎，见母亲出门，便不远不近地坠在身后跟着去了车站。母亲登着北侧的铁梯上了车，而我从南面的铁梯也爬了上去。淹没在拥挤的人流中，我使劲伸脖欠脚搜寻着母亲并与她维系着恰到好处的距离。在一波又一波颠簸摆荡后，车终于到站。尾随母亲下车，我依然不远不近地坠在她身后。在一个长陡的坡道尽头，母亲意外发现了我！惊愕让她瞬间返到我面前，狠狠地杵着我脑门、咬紧牙关挤出几个字：咋不他妈的丢了你吧！接下来的一段路，母亲一直在用"杵脑门和揪着我脖领子前后摇晃"纵容我的鼻涕眼泪！从她骂我的话里，我能想象当时的狼狈：头没梳、脸没洗、脑袋跟鸡窝似的！下车后的五里地实在漫长，好不容易到了姥姥家村口，母亲一把拽过我，将我摁到河边石头上，撩起冰凉的河水，一边用力地抹我的脸，一边压低下巴说：擤！随着母亲的手搅向水面，我看见刚刚还属于我的大黄鼻涕忽而被水打了个旋，漂走了……

因为我是家中最小的一个，因为母亲总是不动声色地与父亲对抗——当父亲把我送出去，母亲便将我抱回来，再送出再抱回：从准备埋我的木盒里；从三十里外的涝洼村；从村头河套的树行里……没有硝烟的迂回战让我持续躲在母亲的战旗下，胆怯，也悖然。胆怯来自爸爸这颗杀伤力极强的定时炸弹，悖然则抛给了年龄距我较近的哥姐。

因为我，二姐、六哥、七哥没少挨母亲打。尤其二姐，因了她是六哥、七哥的头儿，总是率队合伙闷我，所以，因我挨打最多的，自然是她。

"突然间瘆人的尖叫"和"干打雷不下雨"是我飞扬跋扈的撒手锏，常常，只要我鬼哭狼嚎，母亲便会从猪圈里、堂屋外，噌噌跑进来，不问青红皂白，对着他们就是一顿烧火棍。我因此也成了他们的眼中钉、肉中刺。因为最大的蒸土豆总是落到我碗里；因为板柜里的馃子总是填了我的小肚；因为母亲从不舍得支使我干这干那；所以奸懒馋猾的"小哑巴""文毛子""抛洼滴"便成了他们嚷我时解恨的外号。显然，势不两立已成常态。每次母亲给我出完气，我都会摇着脑袋晃到他们面前，吐着舌头、瞪着眼珠子、小手做抓挠状再配一个超级静音的口型：该！

报复是在母亲去村医务室那天晚上突然间降临的。母亲的背影刚隐没在院门口，他们仨便迅速将我绑在木椅上，她一拳、他一脚、他一耳光子，一泻千里的宣泄在他们的拳脚下密集地表达。我刚嗷出半声，他们就用母亲的头巾从前往后勒住了我的嘴。这回，再也不是我拿唾沫抹眼睛那种假泪了，真泪水一堆一堆地流入头巾、渗进嘴里。哭累后，我在椅子上睡着了。

"挨刀的玩意儿，都给我滚出来！"救星，终于来了！母亲掋开绑我的绳扣，拿起笤帚疙瘩大步流星奔向西屋。那一刻，我像追着看大戏的猎奇分子跟在后边。当母亲撵着他们从炕上蹿到炕下，我竟忘了疼，跟在母亲左右，兴奋地指认着："她踢的我腿，他打的我背，他扇的我脸……"二姐蹦着高儿地和母亲巴巴："一人不待见、两人不待见，三人不待见就说明问题！"

第二天一早，二姐忙着上班，我忙着上课，为了争抢那把唯一的梳子，我故技重演："嗷"一嗓子，母亲撩帘的瞬间烧火棍已落在了二姐身上，于是，那轮回了N遍的对白再次登场——

"四六不懂的玩意儿，你就不知道让着她？！"

"她才四六不懂呢！您多会儿都护着这个蛮蛋！"

"她小呢！"

"她小她没吃屎去……"

对我的那份深恶痛绝让二姐时时咬着牙根冲我凶。那时，家中被子少，二姐和我共抻一条。冬天，每晚钻进被窝，她都会将拔凉拔凉的脚踹向我的大腿和腹部，冰一样的凉会瞬间招惹我的尖叫，接下来自然是母亲的笤帚疙瘩伺候。然而，羊毛出在羊身上——无限悲惨的是，饱受皮肤之痛后的二姐会变本加厉地回击我：暗暗用大脚趾拧我，还每每压低声音恐吓："警告你！今儿个你再告状小心把你的肉拧转个！"那时，被冻醒是常有的事，每次醒来，总见那条花纹被子严严实实地裹在二姐身上。

奇怪，长大后，兄弟姐妹八人中，竟是我们这几个打得欢的尤其亲近。七哥当兵探亲时，我曾悄悄将省下来的助学金塞进他的军包；母亲挂念着没有楼房的六哥，我竭尽所能帮其圆了梦想；二姐因孩子多，水深火热时，我拳打脚踢帮她走出困境。很多年以后，常常我会愧疚，因为我的争贪搅扰、因为我的没德行让哥姐们挨了很多冤枉棍棒。人说"四十不惑，五十知天命"，我不知道，有多少人真正知了天命。说来，还要感恩中华民族优秀的传统文化，让我跳出了名闻利养，让"温良恭俭让"覆盖了"怒恨怨恼烦"，让"仁义礼智信"替换了"贪嗔痴慢疑"，让我最终明白："德者，本也"以及"无我为德"的道理。德不孤，必有邻。当我获悉"爱"是宇宙中最高频率的能量，我开始靠近并成为"爱"本身，而不再索取爱。因为爱出者爱返，福往者福来。

事实上，母亲对我的护持并没有换来她的省心。

那年，父亲同时患上了肝炎、肺炎和肾炎。听说大叶菠菜能治肺炎，为了省钱，父亲拖着肿得透亮的脚从三十里地远的小镇上扛回一大捆菠菜。那段时间，母亲的眼眶始终充盈着泪水，因为苦难的炸弹正一拨又一拨呼啸而来——六哥、七哥和我竟同一时间患上了黄疸型肝炎！除了一天三次的各色药片外，屋里屋外都被中药汤味覆盖！红色或黄色的糖衣药片还好说，甜的，最要命的是那梆梆硬的小白片，一到嘴里迅速裂变成豆腐渣样，苦到脏腑！记得那些天，我对烧火的活计情有独钟，总是一日三餐前霸恋着烧火棍，因为灶膛里的火燃旺时，我会趁机将手上的药片焚身以火。这种行为没有持续多久便东窗事发了——母亲在用炕头煲那刚出生的小猪崽时，发现了炕席下面那一小溜五颜六色的药片，母亲遂将六哥、七哥和我叫到一起，原以为会经历一场暴风雨，没想到，是大滴大滴的泪水跟着母亲的话砸在了地上："哪有钱呀，给你们买药的钱借了三家才凑齐……"此去经年，惭愧的我始终没能披露，除了灶膛里、炕席下，我还曾将药片塞进柜缝中、帽镜后。

印象里，母亲从来没有闲暇的时候，即便这样，我也持续在为她添乱。

6岁时，我学着七哥的样子折了根小木棍耍逗网兜里的甲鱼，一边用小木棍试探它始终缩着的头，一边叨唠着："王八叼棍儿，王八叼棍儿……"起初，甲鱼镇定自若，对我置若罔闻。我开始放大招——一遍又一遍引诱：时而杆杆它脊背，时而碰碰它小脚，时时频触它聚光的小眼。突然！甲鱼怒了，嗖的一下伸出了长长的脖子，瞬间将我手里的小木棍吞了进去，同时吞进去的还有我小小的手指！十指连心！我哎哟一声，正在身旁切咸菜的母亲抄起一把剪子跨过来，随着母亲的咔嚓一下，红色的血滴溅落在地上：有我手指被甲鱼咬破流出的，还有差点被母亲剪断脖子的甲鱼的……

头发稀疏的母亲

每次踏进回家的胡同，远远望见青瓦屋顶舞动的炊烟，心底的温暖便肆意奔走。我知道，炊烟是"母亲在家"的暗号，见了它，便知母亲一定在灶台前忙碌。记不得多少次了，每次回家，总是口里喊着妈踏进大门。习惯了母亲的答应，偶遇无人应答，立觉冷清，像缺了什么，必跑遍每个角落寻找。在我看来，房子和家的区别就在于母亲是否在家，显然，母亲是这个家的灵魂。

每天早上，母亲总是第一个拉开吱呀作响的木门迎接天光地气，然后把清晨交给青砖和黄土垒就的灶台。嚓，嚓，划亮火柴后，第一拨被燃旺的总是母亲手里攥着的那把"火引子"。当黝黑的灶膛被火光炫亮，不再沉寂的还有四季流转中永不抱怨的硕大的铁锅——冬天，一笼子一笼子的白薯和印着母亲大手印的棒面馎馎被码进捡出；夏天，一大锅一大锅的棒茬子粥和稀了咣当的高粱粥被盛入大盆；蒸腾的雾气总是让母亲变得虚幻起来，她晃动的身影一如在云雾里穿行。像熟稔地里的每一株庄稼，瓢勺铲碗在她的手里沉默着，也奔放着。在我的眼里，灶台犹如母亲的阵地，偶有失手便要付出沦陷的代价。

那天放学，我刚到家，年迈的奶奶便告诉我："你妈做完粥到河边洗衣裳去了。""哦！"我应着却看到了罕见的一幕：奶奶正用她没剩几根白发的秃头顶着大锅盖，攥了一根长把儿铁勺搅向锅里，那一刻，两条清清的、长长的鼻涕从她的鼻孔里垂直降落，一下、两下……皮筋般地在粥波里匀速闪断，极富弹性。妈呀！这可是天大的奇观！我狂奔向河道，远远看见母亲便嚷："妈！妈！不好啦！您猜我看见了啥……"

"一会儿吃饭时你要是不说，我就给你两块馃子（蛋糕）。"母亲用湿淋淋的手捋了捋稀疏的头发，出奇地镇定。母亲说到做到。那顿晚饭，哥哥、姐姐一堆人围着炕桌大碗地喝粥，唯独我，幸灾乐祸地在一旁喜滋滋地享用"封口费"。后来，当我把这个秘密抖搂给大家，二哥竟拧着鼻子唱：长鞭啊，那个咿呀甩……

都说童言无忌，而大姐认为童言有忌——曾经揪着我的小辫子没完没散。那是晚饭前。起初，堂屋还有说有笑：我烧火，母亲在大锅上忙活，大姐在旁边择韭菜。忘记了因为啥话题，也不知道哪根神经左右了我，突然间冒出的一句话——"咱家指标都让你给吃了！"让大姐立刻将手里的韭菜扬到地上，嚷："谁教你的！今儿你得给我说清楚！"极尽委屈的大姐一把鼻涕一把泪地控诉，"我当民办教师这几年，从不舍得花一分钱，全交家里，到头来还说我把指标都吃了？！你有点良心没有？！"大姐暴风雨似的哭着喊着，把我的脑门一下下杵向灶膛墙角。显然，她误以为是母亲或其他大人这样说过或是教过我。而事实上，真的是我有口无心的一句不着边际的胡言乱语，无关任何人。当我被大姐逼到没地儿可闪时，堂屋哭声一片：我、大姐和母亲的。有一刻我在想，之于家之于母亲，我才是真正多余的人，不仅没啥贡献，还总给母亲添乱添堵。那天起，大姐跑回了她教书的学校再不回家了。母亲深谙大姐爱吃菜饽饽，便烙了几个。在嘱我见了大姐咋道歉后母亲把刚出锅的饽饽装入铝盔，外面用毛巾裹好，派我去村东的学校找大姐。结果是我用玉米面饽饽换回了两个雪白的馒头，猛吃了一顿。

都说不养儿不知父母恩。当我也成为母亲后，我开始理解母亲当年的心境。那年夏天，我总是去村南"22亩地"捡拾人家割完麦子后散落在地里的麦穗。捡得多了，家里就上顿面片汤下顿面条汤。夏天热，白面爱生虫，好多次，我都大惊小怪地嚷着："妈！面里有黑盖虫！"每次，母亲都唯恐我不吃，立刻放下手里的活儿，把那稀疏的发梢卡于耳后，眯着眼睛使劲用筷子往外扒拉，试图清除我碗里的小虫。数十年过去，当有一天，我的儿子也端着面条跟我说："妈！这面条不能吃了，我发现里面有小虫……"我恨不得像当年的母亲一样：眯起眼睛，使劲用筷子往外扒拉。

有人说：如果这个世界上有一百个人爱你，那么爱你最深的一定是你的母亲；如果这个世界上只有一个人爱你，那么这个人，也一定是你的母亲。我固执地认为：爱我的母亲和她的灶台在，家的温暖便永远不会消失。多少次，母亲变戏法儿似的从灶膛里掏出一根棒子抑或土豆，拍拍表层的火灰，鼓起腮帮子使劲吹吹，塞给我；多少次，看到她的双臂在锅里不停地挥舞，然后端上来那些贼拉拉喷香的饭菜。母亲忙碌在灶台的身影，永远定格在我的心室，绽放成我生命中最美的风景。

母亲没上过学，更不曾听说"儿乃天赐，当以德养"，但她对我的"个体尊严"始终坚韧地捍卫，从不绑架，从不独断。

三哥结婚那天，院子里聚满了亲戚，号称前来喝那被称为"二八席"的喜酒。因为我是小孩子，属遭人忽略的那种。都午后两点了，也没人试图关照我吃饭。嘈杂中，在人群中搜寻母亲，结果母亲吩咐我自己去浅筐中取碗盛饭，我蹦跳着拿起碗朝临时搭建的厨棚走去，谁料，由于碗边油腻，砰的一声，碗坠地——碎了！听到打碗声的母亲立刻跨过来将碎碗碴抄进了泔水桶，嘴里还念念絮语："碎碎平安！"

本以为收拾好残局便相安无事了呢！没想到，碗碎的声音灌进了父亲的耳中！从他大踏步向我奔来的气流中，我预感到自己完了！

还未来得及思想拐弯，父亲便将我拎起来，紧接着，厚重的老鞋头便零距离与我那可怜的小屁股相遇！一下、两下……起初还能感觉到火辣辣的痛，后来就光剩"麻"了！

"快——跑！"母亲吃力地将我从父亲的手里夺下，大声嚷着。

"就不！有本事就让他打死我！"死拧充斥着我每一个细胞。

"该宰的东西！找他妈搂的玩意儿！"被激怒的父亲再次冲上来。母亲拼命护着我。撕扯中，父亲的脚飞向母亲。那一刻，我看见母亲稀疏的头发在肃杀的气浪中飞舞。

上初三时，我整日埋在题海中，书本成了我的命根子。那天晚上，一炕人一边看电视一边七嘴八舌地聊天。当时我就趴在电视旁边的柜橱上写作业，其间，去了趟厕所，不想回来时差点儿背过气去——二哥家的小伟竟将我的书给撕了！我拿着撕成一条一条的书气呼呼地嚷："这么多人竟看不住一个孩子！明天起，我不上学了！"话未说完，父亲老虎般从炕上蹿下来，抡圆了胳膊冲我扇来。当即，在外屋烧炕的母亲冲进来，三步并作两步挡在了我面前，一记清脆的耳光重重地打在了她的脸上！

对家里人来说，父亲的坏脾气逮谁跟谁发早已司空见惯。

还记得在卫校上学期间的一个星期天，我乘车回家碰了门，邻居告诉我："你爸妈去北园子耪地去了。"我当即借了辆自行车，环山寻去。

"你瞎啦！往他妈哪儿走！"还没等我走到地头，父亲冲母亲的吼叫声便灌入耳内。望着母亲低矮的身影在残酷的小脚下失衡地摇摆并吃力地拉着"扛耠子"，我满腔的愤怒往上涌："妈！别干了！现在就跟我回家！不是有本事骂人吗？让他骂好了！"

"滚！以后你少他妈给我回来！"父亲瞪着滚圆的眼珠子气急败坏道。

"以为我爱回来呢？！要不是冲我妈，我才不回来呢！"我拉着母亲满是化肥氨味的手离开了地头儿。回家的路上，母亲和我的泪一直在风中淌。那一刻我在想：赶紧上班挣钱，快点儿，再快一点儿，让我那受了大半辈子苦难的母亲脱离苦海！

都说"上善若水，水善利万物而不争"，而母亲始终如水：随圆就方，择低而流，从来都将自己放得低低矮矮——日复一日中，她用那双风湿变形的手和被旧社会迫害致畸的脚承载着生活的艰辛。父亲不喜欢看花，便将母亲辛苦侍弄的芍药连根拔起并拧断花朵；父亲迁怒于母亲因伺候三嫂月子回来晚了，便用炉通条将母亲拖打至门口。类似种种，坚忍宽容的母亲从无忌恨。那年冬夜，父亲扎鱼回来坐在炕沿上，伸着腿，母亲吃力地将他脚上穿的高筒水靴拽了下来，并把手伸进靴内，将代替鞋垫的羊胡子草一把一把抓出来。脱下水靴后，父亲开始坐在火盆旁处理那些被灌进靴子里的水泡得发白的脚上的大口子。由于口子裂得深，一着热，便溢出血水来。为了止疼并让口子早点儿愈合，母亲将蓖麻仁烧成油滴在那些裂得瘆人的口子上。很多年的冬天，母亲都弓着背重复着这个动作。

这个世界如果真有后悔药之说，我想我会蹈锋饮血抢下一颗。初中时，因在八里外的地方上学，我需每天早早出发并带上中午吃的饭。那天清晨，家里一片闹腾——好多人在院里过秤交钱买母亲拉扯起来的猪崽，眼看到上学的点儿了，锅灶还一片冷清。我冲着手拿绑绳的母亲说了声"走了"！便没好气地将书包压在了自行车的后捎衣架上。见状，母亲忙不迭地说："这是最后一个了！给你烙饼的面都和好了，你等会儿，能拿上，我麻利儿弄……"不懂事的我根本没等她说完，便蹬上自行车扬长而去。课间休息时，收废品的邻居将一个灰色铝饭盒交给了我，说是我母亲让他捎给我的发面饼。

头发渐白的母亲

小时候,"年"除了在母亲仰面扫房的目光里穿行,还在她糊窗、漏粉、发面、洗衣、贴对联的忙碌里游荡。至今不能忘却的,是她每年唯一的一次底气十足:吃饭喽,今儿个,可是大米干饭焖猪肉!

从年夜饭到跪拜祭祖,每年,母亲都在重复着同样的动作。我知道,她的每一次双掌合十都不是为了自己,她总是托缭绕的香火带上祈福穿越千山万水抵达每一个她的不能回家过年的孙男嫡女。

10年前,作为她的第八个也是最小的孩子,我决定自此每年陪母亲过年。那天手捧归乡的心,我却并未因故土将至而感到欣悦。当我的视线融化在如母亲一样苍老的大山间,我看见这无雪的冬日竟有潮湿的空气在山谷里升腾。

作为她的孩子,很多年了,我们这些所谓的文化人都在城里喧嚣着、游弋着,而母亲始终在乡下孤寂着、守望着。

"楼房,住不惯,憋得慌。出门,谁还都不认识,等你们上班走了,连个说话儿的都找不着。过年哪儿都不去,就在老家!"一次次,母亲的坚定和执拗让我读懂——乡下,才是她的家!那里,才是她认为安稳和随意的地方!

母亲越来越多的白发和日渐弯曲的脊背让我焦虑,就像眼前,寒风猎猎中,灰白的树干痉挛着摇摆,我却给不了它们任何一丝温暖。

从回家过年那年开始,只要不出差,我每周三下班后会铁定赶回乡下看母亲。每次,我会做三件事:第一件,给她一张崭新的百元钞票。让她领略哪怕是片刻的欣喜,让她永远摆脱没钱受瘪的境地。第二件,陪她聊天,向她一件件悔过此去经年我不懂事的过往,并为她开辟倾诉陈年往事的窗口,让虎视眈眈的孤单因为有我不敢近前。最后一件是为她洗脚、按摩全身。孔子有云:为人父母者不知医(中医),谓不慈;为人子女者不知医(中医),谓不孝。从这个意义上讲我根本没资格谈孝。然身居红尘,早都说"小孝孝于庭帏,大孝孝于天下"。故只能在小孝中的最基本"孝身"层面做些点滴。我曾对儿子说过,这个世上最不能等待的是孝亲。常常，我很后悔没能在挣钱后带父亲到大山外走一走，哪怕是天安门广场、八达岭长城！好在，母亲还能给我这个机会：15年前，我抓紧开启了带母亲穿行大江南北的计划。

那一年，81岁的老母忽而腿疼，忽而眼涩。我拿出数年前撰写的文字眉飞色舞地讲给母亲听：什么玉龙雪山、什么西双版纳、什么小桥流水，等等。末了，母亲慢吞吞地放下手中的活计，用缝衣针划了一下头皮，撇着嘴：那不是白来的！要好几千块呢，不可惜了的！我赶紧趁热打铁：妈，钱是什么？花它叫钱，不花，纸片子一张！您不是说过钱是水吗？水就得流动，流动起来才清，要是不流动水不就臭了吗？！反正"名"我已经给报上了，您不去，人家旅行社也不退……在我软磨硬泡的攻势下，母亲终于在继五年前的海南行和广西行之后牵着我的手踏上了东航 MU5710 的班机。

飞机穿越云层渐入平稳后，我从母亲座位的频道内调出了老戏并将连好的耳机戴于她的耳侧。母亲在抬眼仔细辨听一会儿后双手压住耳机说：嘿，买一个这个，在家听，不也行？说这话时，母亲的下颌是上扬的，眼睛是亮的，而我却低下了头，假借调台，使劲咽下呼啦一下涌升的酸楚：苍天啊，如果再让母亲年轻10岁该有多好？我会接二连三地带她走国内，飞国外，让她尽享人间繁华。想着，我不禁在心底草拟起"来年带母亲去国外观光"的策划案来。

飞机抵达昆明巫家坝机场已是灯火阑珊，当接机者将一束鲜花置于母亲的掌心，母亲一边闻着一边拽了拽衣角喊：文，就这样，照张相，你说这么丁点儿小骨朵就能开出喷香喷香的花来！当我把一脸的幸福定格在相机的瞬间，我知道，母亲的心还青春着。

"老不歇心，少不歇力"在母亲的身上彰显得淋漓尽致，你看她都81岁的人了，却总也忘不了惦记那个照顾这个，一会儿站起来隔山隔海地给别人夹菜，一会儿又停下她的小脚回头喊那个叫这个，唯恐谁掉队。她的"一不怕苦，二不怕累"的精神着实令人咋舌：车沿昆楚大高速赴大理途中因时长乏累，我们一车人都相继靠座睡去，而母亲始终保持昂扬的观光斗志，前倾着上身不停地左看右看，追随着窗外油菜花闪断的青黄。

有一刻，我看见母亲用舌尖舔着下唇在自言自语，便问：妈，我二姐说她累得脚都不知道放哪儿好了，难道您就不累？母亲毫不含糊：累啥呀累？花那么多钱，干啥来了？不看，钱不白瞎了吗？母亲的话让全车人跟着汗颜。

都说丽江的时光是柔软的，对母亲来讲，本次丽江之行是第一次也很可能是最后一次了。为了不让后悔在我的身上企寻安放的支点，我要让她尽情领略世界文化遗产——纳西东巴文化，让她走每一条街、串每一条巷，品味丽江"家家溪水绕户转、户户垂柳赛江南"的独特魅力，于是我叫来马夫，想让母亲骑马漫步街市。当马夫开出80元的环城价格后，母亲连连啧啧着迈开她本已肿得邪乎的小脚快步朝着城中方向走去。我连忙追上去骗她说："人家说了，谁让您岁数大呢，照顾一下，只收10块。"如此，母亲才不情愿地停下脚步。当三位马夫连托带抱地将母亲送上马背，母亲的紧张是显而易见的：她的手死死攥着半圆的铁环，目光几近笔直，除了正前方就是马头了。我一路小跑尾随在马的左右，一边给她照相一边劝她放松。终于，马在绕了半条街后，母亲开始尝试着把目光交给路旁两侧的五彩斑斓。

当马跨上一座木桥时，马夫用囫囵吞枣的语言示意我给母亲拍照留影。光灿的夕阳下，母亲的拘谨已彻底蒸发，面对我喊来的"乐着点儿"！母亲竟兀自腾出一只手，一边指向玉龙雪山一边说：还当啥的乐呢？！

这一瞬，我自豪极了：我把高高坐于马背上的雄赳赳、气昂昂的81岁老母融进了丽江，融进了柔软而缓慢的时光……

踏上了雪山，看过了大海，逛过了古城，当我带她从塞罕坝草原归来后，母亲说什么也不再去旅游了，她说八十好几的人了，万一在哪地有个好歹的，多麻烦！打那，带她走出国门的计划戛然而止。

水静极则形象明，心净极则智慧生。

与世无争的母亲尽管已是91岁，却依然心明眼亮、头脑清醒得很。一辈子节俭的她总觉得什么东西都是好的。因为看着没用的东西太多、太该清理，尤其是那些陈年老朽的物件，那天，我专门抽出一个周末，回乡下对母亲的屋里屋外大收拾、特收拾一顿。从三个冰箱里的陈旧食物到柜缝里塞着的塑料袋，从高桌上的过期调料到窗台上的瓶瓶罐罐，我越收拾越上瘾，直至凌晨1点，才拖着发酸的腰将那些淘汰的大小物件堆码在院子里，准备次日扔到街上的垃圾桶里。看着那生了虫的水果糖、霉黑了的半拉菜花、发馊的剩豆角以及掉了碴的碗盘，我像打了场胜仗长长地舒了口气。

天没亮时，隐约听着院里有轻微的响动。起床后，令我瞠目的是，耗费了我大半宿好不容易收拾到一起的"破烂"竟然全部没了踪影！

母亲不等我发问，冲我说：想方儿方儿地！那小坛装的猪油不让我吃，喂你二哥家的狗不也是好东西，哪能扔呢！那些塑料袋都是我洗干净的，装个东西啥的，啥都扔……最最让我想不到的是：原本，我把衣架上那几条旧不啦唧的毛巾放到锅台上当抹布后，拿出一堆新的并以小家为单位绣了名字替换了上去。而母亲竟然拆掉了我费劲巴拉绣上去的名字并悉数收起，还让旧毛巾全部复了岗！我的抗议最终打了水漂。匪夷所思的是，从那天起，我只要一回家，远远看见我的车，前一秒还在胡同外与邻居聊天的母亲会匆匆踮起她的小脚打道回府，以迅雷不及掩耳之势藏起旧毛巾，挂出新的！后来二哥告诉我："只要知道你回家，妈会麻利儿将大面上暴露的东西藏进冰箱或板柜，对于那些剩饭剩菜，她会第一时间吃掉以免遭你的倾倒之遇。在她眼里，只要你出现，就跟当年的日本鬼子进村似的，得赶紧想办法藏藏藏！"天！我竟然变成了这个形象！

都说悲母在堂，名曰为贵。无疑，我是幸福而富有的。如今，我正努力与时间赛跑：为母亲买各种花，帮其圆满爱花的梦想；一趟趟去送各种她未曾尝过的东西，无论天黑到多晚。"别来回跑了，车多人多！"母亲的规劝一遍又一遍，我却从未放慢脚步。

几度乘风问起居。

一寸光阴一寸金，一抔乡土一抔魂。

于我，写不完的永远是母爱的连载。

茉莉

作者简介：

张雪云，笔名茉莉，女，1979 年 3 月出生，北京密云作家，北京老舍文学院第三届中青年作家高研班学员。

热爱文学，曾任密云作家协会理事。

《我的乡愁》等多篇散文、诗歌作品在市区级刊物发表。

挥之不去的四季记忆

离开古北水镇已经很久了，那些只属于它的"春芽、夏夜、秋红、冬暖"，一直沉淀在我的记忆深处。

春 芽

古北水镇的春天，是从汤河的那汪春水开始的，也是从以陈向宏先生为首的开拓者踏上这片古老的土地开始的。

那年的人间四月天，北京迎来了一场小雪。北方春雪，多么神圣的大自然的洗礼。这特殊的礼遇，让从小在南方乌镇长大的陈向宏先生倍感惊喜。当他第一次迎着小雪花登上有着"长城之最"美誉的司马台长城，看到长城脚下宛如翡翠般美丽的鸳鸯湖，他被这里得天独厚的自然美景深深地吸引了。从此，他与这片沃土结下了不解之缘，这缘分与当年的戚继光修建当时的司马台是如此相似。从此，一个山水和长城完美融合的古镇之梦，如同古老的汤河畔那些春天的小草一样，生出萌芽。

乌镇的成功建设和运营，给了陈向宏先生无限自信。那自信和迪士尼乐园成功落户上海是一样的。那自信，甚至让他觉得，有一天，乌镇也可以落户美国纽约，或是曼哈顿，或是其他哪个国家的哪个城市。

中国文化博大精深，中国建筑和园林艺术具有独特的东方魅力，是世界文化的瑰宝。但是，在琳琅满目的世界文化大潮之中，不是所有的人都能深刻理解中国文化的独特魅力。改革开放，我们以最快的速度学习借鉴西方文化，一个个具有国际视野的现代化大都市如同雨后春笋般迅速崛起，古老的中国展示出前所未有的生命活力。当我们在某个城市漫步的时候，如果不是太多的汉字招牌和中国人的存在，很难区别我们的城市和西方城市究竟有什么不同。著名作家张抗抗老师在《城市的标识》中说："城市与城市之间，已经变得越来越像多胞胎了。"她认为，在日益趋同的城市形状中，树是唯一不可被替代的印记，不可被置换的标识。如果说只有树才能让人们找到回家的路，为何不让树以外的建筑和景观，成为更典型的标识呢？中国五千年的灿烂文化，难道不值得我们自信吗？

在古老的长城脚下，建设一个像乌镇一样美丽的北方古镇的梦想，很快变成现实。古北口这片沉睡了近千年的沃土，迎来了一个热火朝天的播种时节。

陈向宏先生，古北水镇的总设计师，最辛勤的耕耘者之一。他用脚步丈量了这里的每一寸土地，用独有的包工头的智慧，开创了一个连他自己也为之惊叹的乌托邦。

古北水镇建设前期，陈向宏先生做得最多的事，就是深入了解古北口地区的历史和民俗文化。结合当地历史和文化特色及每一处地形地貌特点，他亲自设计并绘制了古北水镇的每一处建筑和景观。这些设计手稿，就是后期建设团队的设计样本。金先生是和陈向宏先生一起从乌镇来到古北水镇的建设者，他说，陈先生做设计的时候，常常会把自己封闭在工作室里，没有十万火急的事，没有人去打扰他。陈先生喜欢一气呵成，有时候一个设计要忙上一个或是几个通宵。

如今，陈向宏先生一笔一笔画出的那些珍贵手稿，已经被无数的建设者变为现实。近万人的建设大军，历经1500多个日日夜夜，共筑了一个举世瞩目的乡村奇迹。

2014年1月1日，历时四年建设的古北水镇，揭开神秘的面纱，开始试运营。背靠司马台长城，坐拥鸳鸯湖水库，总占地面积9平方公里，以明清及民国风格山地合院建筑为主，总建筑面积43万平方米的古北水镇一时间成为媒体和大众关注的焦点。四面八方的人来了，来了的人惊叹，在京郊密云的大山深处，竟然有一处"保存"得这么完好的古村落！他们以前真的不知道呢！

这的确不怪游客，"古北水镇"是名副其实的千年古镇，"古北水镇"的确是穿越时空而来的古镇。它虽然是新建的，但是因为建设过程秉承了修旧如旧，保护与开发并重，以开发促进保护模式，所以，它好似有着近千年的历史，实际却是平地而起。这一点，陈向宏先生不怕争议，因为他知道，威尼斯最浪漫高贵的地标建筑——圣马克广场钟楼，也是重建的。

威尼斯1173年建造的具有灯塔功能的钟楼，在1902年7月14日突然倒塌。1912年4月25日，在钟楼建造的700多年后，威尼斯人又用部分旧料，重建了这个威望的象征。如今，它依旧是威尼斯的标志性建筑，也是人们重点保护的古建筑。

陈向宏团队复建的古北水镇和圣马克广场复建的钟楼如出一辙。正像陈向宏先生所说，历史不能重复，但建筑像海蟹的大钳，断了可以重长，虽然与原来有点不一样，但并不妨碍它成为完整的大蟹！古北水镇是京师锁钥古北口千年古镇的缩影，它让我们回到了明清时代的古北口，找回了那段飘得太久的记忆。相信不久的将来，人们也会像保护长城一样，将古北水镇小心翼翼地保护起来。

古北水镇的春天来了，春风吹绿了柳树，吹红了桃花，也吹醒了猫冬的人们。

狮子桥上的人，开始多起来了，人们迈着愉快的脚步，开启了一场美好的春之旅。汤河畔那些高大的杨树，多么喜悦，那些暗红色的毛茸茸的小花，多么像红扑扑的笑脸，正是这些笑脸的倒影，古老的汤河泛出片片红晕。古北水镇曾经的一草一木，目睹了小镇的巨变，它们永远不会忘记，是建设者们一直以来小心翼翼的呵护，是建设者们的智慧和力量，让它们拥有了一个如此美丽的家园。

雁归码头的冰面渐渐消融，古老的汤河睁开明亮的眸子。游船开启了，摇橹的船夫们满脸喜悦，休息了一个冬天，有了使不完的力气，又要和一船一船的游客一起，在汤河的碧波上领略古北水镇迷人的秀色了。他们的钱袋子，也会随着那一下又一下摇动的船桨，慢慢鼓起来了，这是多么令人兴奋的事啊！

汤市街风筝铺的老大爷，这几天格外忙碌，春天是人们用风筝放飞心情的时节，来这里扎风筝、买风筝的人特别多。老大爷虽然忙得有些疲惫，但是，他的心里乐和着呢。他喜欢人们放飞他的风筝，那风筝上画满了他的自豪和骄傲。他喜欢大家称呼他"民间艺人"，要是没有这风筝铺子，他那些扎风筝的喜好，就只能深深地埋藏在儿时的记忆里了。

清明时节雨纷纷，一场春雨让古北水镇成了一幅淡抹浓妆总相宜的水墨画。远处，司马台长城如同巨龙腾云驾雾一般时隐时现。近处，青灰色的屋顶，在白墙的映衬下，墨色一般浓重。那些春天里盛开的花儿啊，娇艳欲滴，如同一幅书画作品中的红印章一样，夺人眼目。

雨后，空气清新，远处蜿蜒起伏的司马台长城多了几分清秀。洗尘客栈南门的那棵杏树，绽出几朵娇艳的杏花，在无数含苞待放的花骨朵中，那几朵提前绽放的杏花格外引人注目，它们不仅引来了辛勤的蜜蜂和飞舞的彩蝶，更吸引了众多来往游人的快门。人们在那树杏花前，拍照记录下春日里与杏花的美好相拥。早梅发高树，迥映楚天碧。杏花虽没有梅花严寒独自开的傲骨，却有着和梅花一样的高洁，以及梅花没有的邻家淳朴。这也许是春天里洗尘客栈这树杏花独有的寓意吧。

春天的古北水镇，最让我难忘的，还有那些悄悄钻出来的小草。那些小草在石板的缝隙里生根发芽，嫩嫩的，绿绿的，叶尖儿上闪着晶莹的露珠。粗糙的石板还没有像乌镇的石板一样，被来来往往游人的脚步打磨得光滑透亮，但光亮已经有了。

卫林、东良、玉亮……太多的名字了，他们来自全国各地，形成了古北水镇的管理与服务大军。由于工作关系，我和他们中的很多人都成了很好的朋友。

我当时的办公地在古北水镇公共街区，水镇之家是古北水镇的员工餐厅，在我们办公区的对面，我们单位就餐也在那里。

一天中午，食堂一张长方形餐桌的桌子腿松掉了，造成整个桌面倾斜。员工餐厅的经理发现后，第一时间在餐桌旁边摆放了暂停使用的提示牌，然后打电话请求修理。不到5分钟，一位师傅背着工具箱来了。餐厅经理简单介绍了一下情况，师傅就开始修理。一个钉子下去，嗒嗒一钉，桌子修好了。师傅将桌子摆正，反复试了试桌腿的稳定性，确定已经很牢固了，拿出抹布，将桌子下面的一点木屑认真地擦拭干净，随后，将餐厅里所有的桌子都一一检查了一遍，应该是确认没有问题了，拿出一张单子，开始在上面填写，然后跑去请餐厅经理检查修理情况，并在单子上签字。出于好奇，我特意看了看单子上的内容：来电时间、到达时间、结束时间、来电部门、来电人、存在问题、所用耗材、满意度评价（非常满意、满意、不满意）……通过师傅的记录，我知道，接到来电到达餐厅大约用了5分钟，到达餐厅到工作结束大约用了15分钟，修理所用耗材是一个钉子，满意度评价那里，餐厅经理在"非常满意"的地方签了字。

餐厅里师傅修理桌子的过程，令我印象深刻，敬畏之心油然而生。后来，我越来越多地发现，古北水镇的员工都有着严格的职业操守。

2018年的3·15晚会，乌镇因为西红柿炒蛋和炒土豆丝走红，成为3·15正面宣传的典范。在乌镇，一份西红柿炒蛋的配料标准是不能低于4个鸡蛋和200克西红柿，一份炒土豆丝的配料标准是不能低于8两。

古北水镇与乌镇虽然是两家公司，但却是一个管理团队。在公司内部，每个岗位都有着严格的行业管理标准。

一次聊天中，我和卫林经理谈起在员工餐厅看到修餐桌师傅的事，我说你们的员工真敬业。他笑着说，你不用奇怪，这位师傅做的，都是按照我们的行业标准来的。我说你们的标准要求得可真细，连用个钉子都要登记啊？他说，登记是标准流程的一部分，不在于东西大小，这些，工人师傅们都已经习惯了。他还说，你知道吗？那张工单最后是要纳入我们对师傅的月度评价的，经理的满意度评价，会影响师傅的月度奖金。

卫林经理的话，让我恍然大悟。

后来，我认识了古北水镇很多部门的管理者，发现了很多奇葩的行业标准。东良先生是景区酒店管理部的经理，在酒店房间布草的标准中，有一条要求是：

布草后的床铺，只要客人动过了，哪怕只是掀开被子看看，都要拆下送去洗衣房，重新布草。玉亮先生是餐饮部的经理，他每天的工作就是各种检查，他会随机拉开一个餐厅厨房的冰箱门，检查里面存储的食品是不是用保鲜盒分类存放了，是不是标明了进货日期、保质期等。他还经常套上白手套摸一摸冰箱的密封条，因为他们有一条标准是：冰箱的密封条白手套擦拭后不能有明显的脏痕。……

一次次的耳闻目睹，我发现了古北水镇能够赢得良好市场口碑的秘密武器——各种各样的管理标准。

春天是美好的，小镇墙角那些精心栽植的爬山虎，已经悄悄地苏醒了，它们正努力地一脚一脚地向上爬呢。

夏 夜

古北水镇还有一个美丽的名字，叫星空下的小镇。

说到星空下的小镇，就不得不说古北水镇的"夜游"了。在乌镇、在古北水镇，夜游都是最理想的享受生活慢时光的方式。

夏日夜晚的古北水镇，是灯火阑珊的梦幻小镇。所有的建筑和景观，甚至是一些花草树木，都有独特的灯光设计。在各色灯光的映衬下，小镇仿佛变成了晶莹剔透、五光十色的人间仙境。

在这如梦如幻的人间仙境，清凉的夏风轻轻地抚慰，带走了烦躁和狂热，带来了清爽和舒适。

每当夜幕降临，灯光亮起，望京街的音乐灯光秀广场，就会成为小镇上聚集游人最多的地方。观看灯光秀的人们，总是排着长龙般的队伍。

灯光秀表演将建筑、音乐、灯光、喷泉巧妙地融合在一起。音乐声一响起，整个建筑就会被赋予"生命"的魔力，随着音乐舞动起来，白天巍然耸立的楼阁一下子旋转起来了，屋顶上的瓦片跳起舞来了，还有个调皮的小姑娘跑到建筑上去了，她遇到了古代的一个将军……天哪，这故事情节太不可思议了！喷泉随着音乐的节奏，翩翩起舞，时而优雅婉转，时而又会喷出几十米高的强大水柱，甚至还会喷出熊熊火焰。色彩斑斓的灯光，随着音乐以及建筑和喷泉的舞动，变幻莫测，精彩纷呈，让人目不暇接。围观的游客大多拿着手机拍照或是录视频，人群中闪着数不清的荧光，一阵阵惊叹声，随着音乐和场景的变换此起彼伏。

除了望京街上的音乐灯光秀，日月岛广场上的无人机孔明灯表演也非常有意思。想象一下，无数的看似燃烧着的孔明灯通过无人机被慢慢放飞到夜空，随着音乐声变换出各种造型，该是怎样的震撼呢？

夏日的古北水镇，是热闹的，也是安静的。

坐上一条乌篷船，伴着夏日习习凉风，听着摇橹桨一下一下有节奏的拨水声，静静地欣赏这座梦幻般小镇沿河的风景是一件十分惬意的事。

远处的司马台长城，如一条金色腾飞的巨龙，蜿蜒起伏于群山之巅。山顶教堂成了天上的街市，圆通塔变成了晶莹剔透的水晶塔。一座座的石桥，与它自己的倒影连在一起了，形成了极为对称的全新景观。乘着游人的小船从桥孔中间缓缓穿过，河畔的酒吧里飘散出夏日的喧嚣，人们开怀畅饮、放声歌唱、尽情舞蹈……往日积蓄的疲惫在喧嚣中一点点释放出来。空气中混合着美食街上梅干菜烧饼独有的清香、烤鱼吧里烤鱼的熏香、桥头糕淡淡的甜香，还有水果店里飘出的果香、奶香、茶香……

夜游长城的人们，常常提着一个走马灯或是小灯笼，乘着缆车上去，登高望远，俯瞰星空下的古北水镇。在长城上看星空，发现星空很低，离你很近。星空下的古北水镇在群山环抱中闪闪发光、熠熠生辉，令人神往。

漫步在水镇的街头小巷，常常被各种适合拍照的场景深深吸引，好像每迈出一步，都能发现一个新的世界。酒坊、染坊、盒子屋、乐器行、民宿客栈、精品酒店……每一处都有自己独特的风格，每一处都是不可错过的美丽风景。

在古北水镇，有一个晚上8点至凌晨4点才开放的餐饮店，叫"深夜食堂"。白天路过的时候，深夜食堂的门一直关着，我曾误认为深夜食堂不会有什么人去。一次偶然的机会，我和两个朋友去了一次深夜食堂。一进门，我们就被这里热闹的气氛感染了，餐厅里几乎坐满了人。深夜食堂面积不是很大，分为上下两层，座椅摆放得比较随意，有两人对桌的，有三人或四人一桌的，还有六人桌的、八人桌的。饮食风格主要以西餐为主，类似麦当劳、肯德基。餐厅里的客人大多是年轻人，我看到两人桌的位置上坐着的好像是一对情侣，他们具体来自欧洲或是美洲的哪个国家，我猜不出来，但是看到他们窃窃私语的样子，已经感到了一丝甜蜜。墙角四人桌的一看就是几个铁哥们儿，啤酒瓶摆了一桌，喝得正嗨……深夜食堂里的人们，吃什么仿佛已经不重要，重要的是有一个在深夜里依旧可以相互交流沟通的空间。

夜深了，天上的星星一眨一眨地闪着。玩了一天的人们，此时要好好休息一下了。选择一个温馨的港湾，感受长城下星空小镇独有的枕水而眠，放松身心，释放所有的压力和疲惫，享受香甜的夜晚，享受度假的慢时光。

夏日的清晨，小镇的一面墙、一扇窗，常常掩映在一片片绿叶当中。那些叶子绿得那样新鲜，看着非常舒服。叶尖一顺儿朝下，在墙上铺得那样均匀，没有重叠起来的，也不留一点儿空隙，一阵风吹过，一墙的叶子就漾起波纹，好看得很。这是叶圣陶先生讲的，但我也的确看到了。除了爬山虎，它们还有一个文雅的名字，叫地锦，也许是地之锦绣之意吧。

秋 红

古北水镇的秋天是彩色的，更是红色的。

10月，是观赏红叶的最佳时节。

月初的时候，那些爬满了小镇的墙壁、屋顶，甚至整个小巷的爬山虎的叶子，开始一片一片地红起来。绿的、花的、红的，甚是好看。到了10月下旬，那些叶子会变得越来越红，最后整面墙、整个屋顶甚至整个巷子，都是红色的了。红色的叶子，在阳光的照耀下，泛出片片红晕。此时的小镇，好像出嫁的新娘，从头到脚都是红的，充满喜庆。

其实，充满喜庆的红，不只这些红叶，还有小镇上的那些海棠。尤其是雁归码头的那几株，红通通的果子，一串串地挂满枝头，令人馋涎欲滴，又不忍摘下，索性还是多拍些照片吧。这个时节的朋友圈，小镇的红叶和红果子，常常是主角。

其实，比红叶和红海棠更红的，是那些来到小镇上的当红明星。

从观光游览到休闲度假，是小镇作为复合型景区的前两个层级。用陈向宏先生的话讲，小镇发展的第三个层级，就是文化创意。

乌镇戏剧节，已经成为世界级戏剧大师广泛参与的国际盛会。如同中国一扇打开的窗，让国人看见了世界，也让世界看到了国人。

古北水镇各种各样的文化创意活动，让这个兼有南方温婉和北方豪迈气质的北国小镇，吸引着越来越多的文化影视节目在这里举办或拍摄。

演员邓超、郑恺、杨颖等明星参与录制的大型真人秀综艺节目《奔跑吧兄弟》，张国立导演执导的《咱们穿越吧》，演员佟大为、杨坤等参与的《真心英雄》，林更新等参与的《挑战者联盟》，李湘、赵文卓等参与的《未来厨星》，林依轮等参与的《十周嫁出去》等真人秀娱乐节目，陆续在古北水镇景区录制拍摄，并相继播出。姜文导演的电影作品《邪不压正》，很多场景都是在古北水镇拍摄完成的。有幸在小镇上一睹当红明星的风采，真的是常有的事。

颇具人气的古北水镇不仅吸引了很多国内的综艺节目，也吸引了一些国外的节目团队。来自日本的戏剧大师铃木忠志先生，连续几年在古北水镇长城剧场上演他的戏剧作品，《酒神狄俄尼索斯》《厄勒克特拉》《咔哧咔哧山》等一些带有日式风格的作品，颇受业内专业人士赞誉。来自瑞士的卡丹萨国际钢琴竖琴夏令营，魏纳·佰奇等国际级钢琴、竖琴大师，在古北水镇为孩子们现场指导，游客会有幸观看到他们的精彩表演。来自蒙特利尔加拿大人队的元老级冰球巨星们，曾在古北水镇的溜冰场上，进行冰球表演。

古北水镇每天分时段上演狮子迎宾、大鼓书、戏曲、杂技等中国传统文化演艺节目，一声声韵味十足的曲艺佳音，一招招有板有眼的绝活杂耍，悠扬婉转中透出活灵活现。在很多外国人眼里，中国的长城和埃及的金字塔一样，是一个国家的 logo。古北水镇不仅有长城之最的司马台长城，还有代表了更广泛中国元素的建筑群，以及丰富多彩的中国传统文化。这一切对于世界各地的人们来讲，非常富有吸引力。鲁迅先生说，只有民族的才是世界的，这是经得住历史检验的真理。

秋风吹落了最后几片红叶，只剩下遒劲的枝干宛转腾挪而上，一簇簇黑紫色的爬山虎的果子，似一朵朵墨色盛开的小花，在雪白的墙壁上形成一幅幅天然的水墨地锦图。

冬 暖

北方的冬天是寒冷的，也是温暖的。

对于北方大多数自然景点而言，冬天意味着冬眠。对于古北水镇来讲，冬天意味着温泉流淌下的各种暖。

说到古北水镇的温泉，首先想到了鸳鸯湖。鸳鸯湖位于古北水镇司马台长城脚下，鸳鸯湖的美名，源于它特殊的湖水。湖水一半是冷泉，一半是热泉，到了冬天，一半结成冰，一半热气腾腾，因此，人们称它鸳鸯湖。借助鸳鸯湖的温泉，古北水镇开设了御大池子和城上温泉两个大型温泉场馆，还有古北之光、御舍、段家大院、十三妹等温泉酒店。泡过古北水镇的温泉之后，会发现身体特别滑爽，据说这是因为铁质温泉独特的养生美容功效。

古北水镇镖局客栈的南门前，有两个露天的温泉池，叫龙凤汤池，常常看到池边围满了人在那里集体泡脚，堪称小镇上一处别样的风景。

每年的12月和来年1月是北方最冷的时节，这个时候，小镇会迎来很多会议团队。乌镇是世界互联网大会永久举办地，这是所有乌镇人的荣耀。从观光游览到休闲度假，再到文化创意，是复合型度假区发展的前三个层级，会展小镇，则是小镇发展的第四个层级。

古北水镇有古北之光和水镇大酒店两个大型酒店，望京楼、乌镇会、威廉埃德加等精品主题酒店，每个酒店都有适合大中小团队的会议场馆和服务设施。三星GalaxyS8手机新品发布会、宝马MINI夏季故事分享会、一汽丰田"感恩有你陪伴"品牌日……如果没有古北水镇，谁会想到，曾经以防御功能为主的司马台长城，如今却是交流合作的天堂。历史与现实，昨天与今天，只能说物是人非，今非昔比。

圣诞节期间，古北水镇被装点成美丽的圣诞小镇。各色彩灯、圣诞树、驾着马车的圣诞老人在小镇上随处可见。当孩子们接到圣诞老人亲手送来的礼物的那一刻，他们的惊喜被点燃了。圣诞节期间，山顶教堂会传出唱诗班动听的歌声，满满的祝福和希望，在小镇的上空回荡。

春节期间，小镇会举办为期15天的春节庙会活动，那时的小镇，到处张灯结彩，处处洋溢着传统的中国年的喜庆气氛。从农历初一到十五，每一天都会上演精彩纷呈的特色庙会活动。春节期间，全家一起来小镇过年的越来越多，传统的春节回家过年的规矩已经被打破，过年全家集体出游度假，已成为一种新的风尚。

一场冬雪的到来，让古北水镇成了洁白而美丽的童话世界。和冰天雪地的窗外相比，古北水镇的每一个房间都是那样温馨温暖，热茶、温泉、暖床、美食……太多温暖的记忆。

窗外的爬山虎，此时已经静静地睡着了。待到来年春天，春姑娘还会轻轻地呼唤它们。

有人说，冬天已经到了，春天还会远吗？

是啊，四季总要轮回。但是，每一个轮回，都会有太多的故事和太多不一样的记忆。

一切看似在轮回，但是已经有了新的存在意义。

| 林遥

作者简介：

林遥，北京市延庆区作家协会常务副主席、秘书长。
北京作家协会会员，第八次全国青年作家创作会代表，
入选首都第一批优秀中青年文艺人才库、
北京文艺人才"百人工程"。
曾获《北京文学》双年度重点优秀作品奖、孙犁散文奖等。

大梦长安

一

一场秋雨突然袭来，瞬时间长安城风雨满天。细雨敲击着窗棂，发出阵阵呻吟。倚窗而坐，一杯清茶、一卷秦史，耳畔是《寒江残雪》一曲埙调的幽怨，心却安静了。

三秦故土，在这倾盆而注之下，流淌的是多少英雄旧梦，眼前似乎有高冠青衣的始皇帝，还有那渭水畔顾影自怜的清丽女子，都如画卷般急逝而去，留存的只有那一望千里、悄然沉寂的黄土。

这片八百里的秦川，曾经的战场和硝烟，悲愤的呐喊和马嘶，依稀仿佛而色彩斑驳、凝重，在历史长河中虽已慢慢淡去，但怎么也抹不去骨子里的那层深深的忧伤——犹如那一声声的秦腔，慷慨激昂，粗犷雄浑而又苍劲悲壮！

"长相思，在长安……天长路远魂飞苦，梦魂不到关山难。长相思，摧心肝！"盛唐之初，少年李白徘徊于巴山之间，遥望长安，对这个遥远的城市有着一种茫然的崇拜，他设想那是一个繁盛奢华的城市，那里有潇洒的君王，体态雍容的贵妃，还有一种歌舞升平的大唐气象。然而当之后李白走进这里的时候，这个城市的繁盛依然让诗人始料不及。这就是长安城，这就是中国历史上曾经最伟大的城市。

一座城市，没有了风骨，就会失去应有的价值。长安的风骨，半坡遗址有，碑林里有，明城墙上有，书院门有，华清池畔也有。信步长安城内外的大街小巷，随处可见遗迹和文物，见证了最初的文明与繁盛。这种风骨，渗进了现代人的躯体，传承至今。

如今的长安城要比最为鼎盛时的唐朝的长安城地域面积小五倍，可时代的发展岁月的变迁，又从某种意义上扩大了若干倍。步入长安，你会惊讶这里的厚重，文化积淀了几千年居然近在眼前，耳目犹新，昭然若揭。

这座城市的儒雅雍容，在很大程度上来自遗传。长安在远古时也代称三秦，现在三秦是指陕西。"三秦"一词最早出自王勃的《送杜少府之任蜀州》："城阙辅三秦，风烟望五津。与君离别意，同是宦游人。海内存知己，天涯若比邻。无为在歧路，儿女共沾巾。"最早的"三秦"，指长安附近关中一带地方。秦末项羽曾把这一带地方分为三国，所以后世称它三秦。这一称谓却恰巧暗合了一种陕西特殊的地貌，有陕北、陕南、关中三个截然不同的地域和三种迥异的民俗。

在这座城市的身上，有着十三朝古都高贵的血统。朱雀大街、长乐坊、兴庆宫、未央湖、碑林、金花路、北院门、含光门、洒金桥、东木头市、西木头市、明德门、大明宫、阿房宫……古老的街名地名，富含诗意，昭示着历史的久远。让人称奇的是今日城市的布局，仍沿用唐代都城的模式，街道笔直宽阔，皆东西、南北走向，整齐划一，呈井字状。那纵横交错的街道隔成的小区，依稀就是唐时的坊，只不过与坊相比四周少了高大的围墙，甚至街道两边，也依旧植国槐，和旧日大唐的风俗相同，仿佛白居易所说"百千家似围棋局，十二街如种菜畦"，仍是旧日模样。

这个城市曾经承载了中华最辉煌的文明，而世事变迁，沧海桑田，那些曾经的繁华已经尘埃落定。千年以后，我们或许从残留于城市边缘的瓦砾中还能找到一些盛世气象，而这些气象背后淹留的却是沉重的叹息。

二

　　俄罗斯圣彼得堡300年庆典时，邀请各国政要出席，席间问随访的西安代表，西安百年庆典可有如此的荣耀？我方代表回答：西安，古称长安，它的百岁诞辰太过久远，当时还没有史官的设置，所以就没有留下丁点的记忆；500年生日盛况的记载也被千古一帝焚书坑儒的大火烧毁，让我们从世袭的家谱中也找不到丝毫的痕迹；千年庆典则被伟大的史学家司马迁编撰成了第一部纪传体的《史记》；而1500周年的时候，各国的使臣前来朝觐、纳贡，并为我们的女皇守陵直至今天。不信，可以到乾陵看一看矗立于此的六十一蕃臣像，而它们在那里已经守候了又一个1500年。

　　从公元前5世纪到公元5世纪，当世界进入帝国时代的时候，东西方文明同时遇到了一个课题，就是异族的入侵，且都是游牧民族，可是东西方发生了两个截然不同的结果。西罗马被西哥特人打败就此退出了历史舞台，一直主宰着东方的汉族也在草原文明的冲击中，被鲜卑人打败，但在中国，农耕文明的文化又奇异地战胜了草原文化，出现了民族融合的奇观，以致最终才催生出了大唐的辉煌。

　　中世纪欧洲的暗淡与大唐的辉煌形成了鲜明的反差。唐朝是中国乃至全世界文明程度最高的朝代，是公元7世纪到公元9世纪世界的制高点，那时全世界的目光都遥望着这块地方。长安与大唐是一个点与面的关系。长安能够作为一条线索，把西安的都城史整个勾连起来。

　　长安最早设立于秦代，是一个乡的建制，辖区就是今日的西安城域。第一任长安侯是秦始皇的弟弟成蟜，史称长安君，后世因官名沿袭了称谓。"长安"一词也多有吉祥之意，是以传续下来。后来西汉建都沿用，而大唐的首府只是继续进行的又一次继承。长安的存在几乎绵延了关中王朝的全部历史，寻找长安其实就是寻找13个朝代的经历。

　　西周是在西安建都的第一个王朝。公元前1046年，武王伐纣引发了殷军的倒戈，从而推翻了商朝建立了西周。一直到大唐毁灭，中国的历史始终游离在这个区域，可以说是半部中国历史的教科书。

秦末战争中，刘邦在项羽强大的军事实力的紧逼下，经过鸿门宴事件，被迫受封为汉王，就职汉中。刘邦借机养精蓄锐，然后明修栈道，暗度陈仓，再与之决战鸿沟，并以项羽自刎垓下结束了楚汉相争，导演了一幕霸王别姬的悲情史剧，最终平定了天下。

刘邦为这个新的王朝取其汉水的吉祥而定名为"汉"，中国在饱经战乱之后又一次融归了一统。从此，诞生了世界最大的一个民族——汉族，固化了内涵最丰富的文字——汉字，成就了使用人口最多的语言——汉语。这个大写的"汉"字便成为强大的代称和对于广阔的定义，乃至于我们自古就以"汉子"来形容男性的壮硕，用"银汉"去描绘苍穹的浩渺。

长安城的修建起自公元前202年，由汉丞相萧何主持先在秦代兴乐宫的基础上建造了长乐宫，后又以章台为基础修建未央宫。公元前194年开始环绕宫室修筑城垣，历时四年完工。武帝时期，又在城南新辟上林苑，开凿昆明池，在城西建造建章宫，并在朝宫以北修筑了桂宫、北宫等，使宫苑建筑群几乎占据长安城三分之二的面积。至明光宫建成，共历时101年。

除西汉之外，还有新莽、东汉献帝、西晋、前赵、前秦、后秦、西魏、北周和隋等共10个朝代的31个君主在此称帝，历时785年。自兴建长乐宫算起，已有2208年的历史。至公元583年隋文帝废都止，辉煌至今已逾1423年。当我们的祖先建立起一统华夏的封建集权统治时，西方的罗马还在奴隶主之间交替争斗着。于是，汉室王朝在他们的记忆里便留下了深深的烙印，乃至使汉人和中国人几乎画上了等号。从此，那个"汉"字便成为我们这个民族的染色体、中国的DNA。

周、秦、汉、唐为中国留下了深刻印记。

三

从隋文帝建都开始，到公元583年，依照中国建筑大师宇文恺的规划理念，取八卦中的爻卦的卦象，成为城市建筑风水学运用实例的典范，在这个城市留下了动人的遗存。

王维诗说"九天阊阖开宫殿，万国衣冠拜冕旒"，描述的就是大唐宫廷兴庆宫和大明宫接受朝贺的盛景。这是何等的气魄，怎样的壮观，具有难以想象的超大的气象。史载大明宫宫墙内的总面积是320公顷，合4800亩；北京故宫72公顷，1080亩，相差3.5倍。而其中的含元殿又是故宫太和殿的将近两倍大小。大明宫，不是一座简单的土木建筑，而是一个久远而绚丽的梦，是中华民族文明史中的一段梦幻记忆。如果说盛唐的梦境最为华丽，那么大明宫就是这个华丽梦境的发源地。

今日的大明宫早已失去了往日的恢宏，可是作为一种文化符号依然响亮。

当年走出大明宫，就可以到天街。韩愈在《早春呈水部张十八员外》中写道："天街小雨润如酥，草色遥看近却无。最是一年春好处，绝胜烟柳满皇都。"

所谓天街，就是承天门大街，也是天子行走的御道，宽155米，远超今天北京东西长安大街的120米，对比一下就可以想见天街的宽阔与大气。我们常说要建百年工程，就是一百年不落伍，而承天门大街就是到了现在依然最为宽阔。

这条唯我独尊的帝王行走的天街，汇聚了中世纪全世界的向往，收纳了各地的贤能，显示出古长安有容纳百川的气概，荟萃了四海的良才，有融合天下的韬略，云集着南北的人杰。

承天门大街出朱雀门是朱雀路，唐代诗人贾岛的"推敲"二字的典故就发生在朱雀路上。他的《题李凝幽居》写道："闲居少邻并，草径入荒园。鸟宿池边树，僧推月下门。过桥分野色，移石动云根。暂去还来此，幽期不负言。"其中的"鸟宿池边树，僧推月下门"二句，据说是在朱雀大街上骑驴时得之。贾岛在驴背上反复吟咏，想把"推"字改为"敲"字，但拿不定主意，不觉间驴子冲到当时任京兆尹的韩愈的仪仗队里，而被带到韩愈面前。贾岛说明原委，韩愈听了，说还是"敲"字好。这也是今天用"推敲"来形容斟酌文章字句的典故来源。

长安城东南端，有一处高坡，名为乐游原。乐游原与南边的少陵原之间有一块低洼地带，长期积水，形成一个自然的湖泊，秦汉时就曾辟为皇家的园囿。因湖泊曲折弯转而取名"曲江"，后战乱频仍失修，逐渐干涸。隋朝建城时，建筑大师宇文恺重新凿通了上游河道引入池水，圈成了皇家园林"芙蓉园"。唐时芙蓉园又几经扩建，终成一个烟波浩渺、风光旖旎的游览胜境。

芙蓉园也叫乐游园，因处于乐游原上，所以有时也代称乐游原。在唐代诗人的作品中，乐游园、乐游原、芙蓉园、芙蓉原、曲江等，都是指这里。

乐游原是长安城中的制高点，站在原上俯瞰，规模宏大的长安城尽收眼底。北面是巍峨的大明宫、兴庆宫，南面有与天比齐的终南山，令人感受到一种雄浑之气。东面狄寨原上静立着的霸陵则默默地注视着历史前进的脚步，而西面雄伟壮丽的大雁塔，更是用历尽风霜的经历证明着一种思想和信念的坚毅。这里便自然成为当时登高的首选。登高赋诗自古就是文人们遣怀寄情的必然选择，乐游原上也就成了产生唐诗最多的地方。

王涯《游春词二首·其一》说："曲江绿柳变烟条，寒谷冰随暖气销。才见春光生绮陌，已闻清乐动云韶。"每年春季，长安城里上自帝王将相、皇亲贵戚，下至群臣百姓，都纷纷到乐游原上来游玩。"三月三日天气新，长安水边多丽人。"三月三日，根据传统的风俗，人们要到水边清洗尘垢，祛除不祥，所以这一天游人最多，热闹非凡。即使是一国之君的帝王，届时也要来南苑游宴，而且每每都是贵戚宠臣紧随，嫔妃宫娥相伴，还有梨园子弟助兴。他们在紫云楼上宴饮欢歌，在曲江池中流觞题诗，君臣欢娱，其乐无穷。而入夏后，池中荷花盛开，原上清风习习，岸边柳丝低垂，园中花香阵阵，更是让人流连忘返。

这是一段繁华盛世的景象，也是一种王道衰落而致骄奢淫逸的表现。唐玄宗携开元盛世的盛况，却沉溺于舞乐，任用佞幸，而使朝纲靡费，终于引来了"安史之乱"的战火。大唐王朝在炼狱中挣脱后也已筋疲力尽，就像一位历经坎坷的老人，憔悴了。杜牧在感慨中以"欲把一麾江海去，乐游原上望昭陵"表达了对于从前那个辉煌时代的向往。白居易更是留下了无限的惆怅："独行独语曲江头，回马迟迟上乐游。萧飒凉风与衰鬓，谁教计会一时秋。"扼腕长叹也难以追回逝去的岁月，终要被历史的车轮无情地碾过。当他最后来到曲江时，那往日的激情化为了无比的失落，在无尽的恋念中，沮丧而又无奈。一个帝国在"夕阳无限好，只是近黄昏"的诗文中陨落了。

四

大唐风韵过后，战火纷飞、人口迁移，国破家亡之状便愈演愈烈。历史再也没能让长安吸引住后代统治者的眼球，确切地说就是陆放翁"楼船夜雪瓜洲渡，铁马秋风大散关"之后，长安就失去了光彩，埋在三秦大地的泥土之中去了。长安之后，又有许多称谓，元代称奉元路。正式称为"西安"是在1368年，朱元璋在南京建立明朝后，次年春奉元路被大将军徐达攻下，取安定大西北之意，更名为西安至今。

如今的长安城还存有完整的古城墙，但仅存明时的格局，已在中国其他城市见不到了，也许这便是古城的气韵了。追随大唐的神韵脚步，大明宫虽然不在了，但骊山晚照犹存。大雁塔古老的钟声激荡回旋之际，仿佛诉说着来自大唐的无限精彩。被称为秦王腔的《秦王破阵乐》尚在，犹在诉说着那段恢宏的历史，而文人墨客所称颂的"八水绕长安"渐无，"长安水边多丽人"的画面，已在历史的迷雾中变得无从觅起，成为只可意会、不可言传的水墨画。

雨后站在古老的城墙上，视线可以放得更远，四周是鳞次栉比的高楼，熙来攘往的人群，老式的房顶覆着青色的瓦片，在参天槐树那半黄枝叶的掩映下，不见了一点浮华。幽幽旧巷两侧墙壁上的书法石刻，纳尽了诗词歌赋、楷篆隶草。巷子里和店铺里的人，怡然自得，古城风骨忽隐忽现。

我恍然一梦。这梦里遇上孟夫子的，我会送他"红颜弃轩冕，白首卧松云"；遇上王昌龄的，我会告诉他"我寄愁心与明月，随君直到夜郎西"；我也会辞别李白"弃我去者昨日之日不可留，乱我心者今日之日多烦忧"。我还会在落日的时候，坐在城头，拿着短笛吹一曲《梅花落》，唱着"浮云游子意，落日故人情"，去眺望丝绸之路。我能看到在这条路上，当年紧随鸠摩罗什的身后，大秦景教的牧师带来了基督的福音，安拉的信徒送来了真主的护佑，东西方的宗教思想在大唐的长安城中汇聚，终于使历尽苦难的黎民都寻觅到了各自心灵栖居的归处。僧人玄奘，正是读着鸠摩罗什翻译的佛经萌生了去西天取经的理想。鸠摩罗什从西东来到长安弘法，玄奘由东西去到天竺取经。夕阳下的荒漠里，留下了他们在时空中交错而过的身影，一样满身疲惫，一样行色匆匆，更是一样坚定、执着。

暮色里，唢呐板胡引出阵阵丝弦，激越泼辣的秦腔，随着锣鼓点子爬上墙来。护城河畔，阵阵威严从历史走来。已是夜了，唐王、媚娘今晚来吗？古长安瞬间万家灯火，古城墙仅剩下沉沉一线。长安城中，酒气和着诗化作灵魂，缥缈不俗。

从长安到西安，也许是一步之遥，也许是万里之距。说它是一步之遥，在于长安与西安是一个地方；说它是万里之距，是因为那个曾经屡为天朝上国的皇家都城。尽管它在数千年后的历史尘埃中，已不知不觉地随着政治、经济、文化中心东迁，而变得像一张泛黄的书籍，被人翻过，轻轻合起，新的作者和新的书籍开始映入当世人的眼帘，这就像西安替代了长安，这就像这个帝王之气十足且跨越时间很久的四大文明古国之都，在历史的岁月中逐日逊色，被那后起的汴州、杭州、南京、北京所替代。

一梦千年，长安是否还在烟雨凄迷？长安城外，渭水滔滔，千古深情。关中大地，三秦风韵，华清神韵，仍在诉说着它的古老与风韵。

时光的确是万物的解药，遥望着三秦故土下的前生、后世，我于片刻的幻梦任随光阴指间流逝、蹉跎。

缓风吹拂，是秋的萧瑟，遥望秋风渭水，叶落长安，柔弱却也伤人。

氍毹^注忆朱痕

一

一座戏楼，甚至是覆顶倾梁的老戏楼，往往是村镇中的一大景致。

大风扬起，大雪纷飞，我行走在京郊的这些静谧村落间，恍惚中，感觉悄隐在青砖残垣里的戏楼，显得更加苍迈、更加老朽，也不知它们在重重岁月的压挤下撑持了多久，以后还能撑持多久，可它们却是岁岁年年地撑持着。

在广袤的中国大地上，不管是南方还是北方，不管是山区还是平原，不管是城市还是乡村，几乎都能见到戏楼的身影。尤其是在乡村，几乎每个村、镇都有一个或大或小，或今或古，或繁或简的戏楼。

这些戏楼，似乎被今日的时光遗忘了，总是那么孤独地缄默着，缄默中却也张扬出了一种遗世独立的气势！

当历史从从容容地拂去了这些戏楼上的红墙翘顶，卸去了明柱彩绘，它们便幻化成了一方方横陈在地的无字老碑，心定神清地歇卧在了不起眼的地方。它们曾经红红火火地喧闹过，并极有力度地撞击过历史，可现今只能饱含着数不清的老故事守候着身边的黄土地。

学问深时意气平。戏楼变成砖垛或土台之后，便添加了这般深沉的气度。

数年的时间，我步履蹒跚，看过了散落在京郊周边大小数十座残存戏楼，蓦然想起自己写过的《风雪山神庙》中的诗句：

"我静候在台下，等待散场。

只记取戏中箫声低咽，锣鼓冰凉。"

站在这些戏楼前，我才憬悟自己好久没有看戏了。

电视上看的不作数，因为体味不到现场的气氛。

我最后看戏的印象，停留在风雷京剧团演出的折子戏专场。坐在湖广会馆二楼的包厢，有茶水点心，环境美则美矣，却疏远了幼时在村中摩肩接踵挤在戏楼前看戏的心情。此后我再未进过戏院，屈指算来，已逾十载。

过去，京郊地区的经济相对落后，文化生活单调，唱戏看戏是大众最主要的娱乐方式，因而戏楼便成了乡村里唯一的文化活动中心，它在人们的心目中有着不可替代的地位。

我出生于农村，从小就喜欢看戏，曾见过很多戏楼。小时候，戏楼在我眼里一直是村子里最为宏伟高大的建筑。

记忆里，邻村中羊坊的戏楼，去的次数最多。每年村有庙会，就会有唱河北梆子的剧团来这里唱戏。我们这地方喜欢听梆子腔，这种唱腔既有浑厚深沉、悲壮高昂、慷慨激越的风格，又有缠绵悱恻、细腻柔和、轻快活泼的特点，是北方最具地域特色、受众范围颇广的一个古老剧种。

每到那几天，邻近几个村都像过年一样，割肉买菜，以招待前来听戏的亲戚朋友，村上的街道两旁摆满了做生意的小摊，很是热闹。戏楼上慷慨激昂的梆子腔响遏行云，戏楼前拥挤着观众，还有卖各种吃货玩具的小商贩。看戏的大多是中老年人。老人们大都戴着草帽，手里轻摇着蒲扇。尽管正在上演的剧目，他们都不知看了多少遍，情节和唱词都烂熟于心，但每次看戏都是饶有兴致，不到戏演完，一般很少有人半道离场。

20世纪80年代以前，戏楼绝对是村民心中的文化圣殿。但自从电视机普及以后，唱戏、看戏不再是村子里唯一的娱乐活动了。再后来，碟机、手机、互联网也开始普及，文化娱乐形式更加多元化。戏，很快衰落，戏班子也越来越少，戏楼便遭到了冷落，被闲置了起来，时间一长，也就淡出了人们的视野。

戏楼的数量越来越少了，剩下为数不多的残存，寂寞地蹲守在乡村的角落里，无人问津。

二

"亲爱的，你用我不懂的，

语言的面纱，

遮盖着你的容颜……

力拔山兮气盖世，时不利兮骓不逝……"

这是2004年5月1日，为了纪念梅兰芳诞辰110年，在长安大戏院上演的新创京剧交响剧诗《梅兰芳》中的几段词。

前者是泰戈尔的诗，用孟加拉语念白，后者是《霸王别姬》的原词，这是节日焰火式的剧作，是庆典式的，是为了纪念，是为了一种仪式。

在世界文艺中，似乎戏剧的交融更加容易和纯粹。

时间倒回至1937年2月1日，长安大戏院落成头一天的夜里，戏楼上突然有煞神大喝一声，顿时灯光大亮。女鬼从后台跑出。煞神、四灵官出台追之，煞神手撒五色粮、五色线，用宝剑剁碎黑碗，拧得一只活公鸡的脖子出血。女鬼被追出戏院前门后，煞神在戏院各处涂抹鸡血，然后返回戏楼。这是旧时戏院惯例的破台仪式，意在祈福驱邪。这也是一种仪式，暗合了中国戏剧起源于祭祀。

远在上古时代，华夏大地就出现了以歌舞为职业的人——巫觋，其中女的称巫，男的叫觋。巫觋的工作在当时很受尊重，因为人们相信他们的舞蹈与醋歌能招徕鬼神，并能让神灵高兴。《诗经·陈风·宛丘》中有"坎其击鼓，宛丘之下。无冬无夏，值其鹭羽"。"宛丘"，就是四方高中央低的地方，人在宛丘中，手持羽毛群舞，观众在四周斜坡居高临下地观看表演。

亦歌亦舞的表演，往往是一件从上至下、全民性的狂欢，无论是庙堂上的君王，还是江湖上的小民。也许字字为节、四声抑扬的汉民族语言特别容易构成音乐韵味，古来的中国几乎无人不歌、无处不歌。

元代燕南芝庵的《唱论》，是一部论及早期戏剧演唱的重要文献。其中的"歌之所"，可以作为戏剧演出场所的一个参考。

凡歌之所：

"华屋兰堂、衣冠文会、小楼狭阁、月馆风亭、雨窗雪屋，柳外花前。"

中国的戏剧可以在任何地方摆地为场，比如野地、江边；柳外、花前；厅堂、宴集；亭阁、楼榭；里巷、勾栏等。这样一种"无处不歌舞"的传统绵延了千百年。只要有一块空无一物的场地，无论在旷野还是街市，在厅堂还是高台，艺人都可以有声有色地演出一部部活剧，扮演着上下数千年、纵横天地间的形形色色的人物。空无一物的场地或舞台，"假作真时真亦假，无为有处有还无"，同时为中国戏剧造就了时空灵活、场景写意、表演虚拟、道具象征等系列艺术特征。

随着戏剧的流播与兴盛，从城镇到乡村，从平原到山区，大凡有人群聚集的地方几乎都设有或大或小，或繁或简的表演场所——戏楼诞生了。这些数以万计的古戏楼见证过中国戏剧昔日的繁荣，也目睹过当年古人最活生生的民俗生态。一座座戏楼如同一座座博物馆，记录着中国戏剧数百年来的兴衰沉浮，是往日辉煌演剧活动的凝固华章，是当年风光占尽的场上人生的无言诉说，当然也是古代能工巧匠尽展聪明才智的精湛建构。

戏剧有四大要素：剧本、剧场、演员和观众。这四个要素影响着民族性戏剧的特征。在英文里，"戏剧"称"Theatre"，是"剧场"的同义语。称"Theatre"的戏剧史，实际上是"剧场艺术史"而非"戏剧文学史"，它包括剧场形制、舞台艺术及技术、演出装置及设备等丰富的内容。戏剧发展史上，从流动性的广场献艺到固定的剧场演出，是戏剧的一大飞跃。它意味着戏剧由单纯娱乐性的技艺走向成熟、严肃、深刻、细腻的情节表演。在西方戏剧史上，固定剧场的出现被视为戏剧发展史上的里程碑。

从最原始的"宛丘"，到庙宇乐楼、瓦肆勾栏、宅第府邸、会馆戏楼、酒楼茶楼、戏园及近代改良剧场和众多的流动戏楼，不一而足，蔚为大观。

这些戏楼多是三面敞开，戏楼的台面空间简单，细部则装饰复杂，且不说戏楼前立柱上的对联，单是建筑屋脊、壁柱、梁枋、门窗、屏风及其他细小构件上运用的雕刻、彩绘、装饰都有无穷的魅力。

古今沧桑，昨是今非。昔日随处可见的舞榭歌台，"风流总被雨打风吹去"。北京地区现存的古戏楼、戏台，除了少量的保存完好以外，绝大部分已残破、改建、坍塌，有的仅存台基、遗址、碑刻，连20世纪30年代齐如山、张次溪等学者曾经记述和载录过的著名戏楼亦多荡然无存。

历史更迭，不可逆转。不知人们是否意识到，半个多世纪以来中国大地上经历着的变革，是一场迅速而激烈的中西文化的交替融合运动。如今，几乎所有的戏楼都失去了原有的使用价值，不知不觉代之以混凝土建造的影剧院、俱乐部、咖啡屋、卡拉OK厅。维持了上千年的瓦肆勾栏、茶馆戏园正在消融，偶存的戏楼已成文物，或者只是因为屋宇未塌而被移作他用，改为课堂、车间、仓库或宿舍。

古老的戏楼陆续倒坍而不可复现。人们似乎不大理会这些司空见惯的旧式建筑有什么价值，以至于使后来者难觅踪迹。

三

村落中残存的戏楼与城市中的戏楼仍有很大不同，村里的戏楼因寺庙而设，一台多用。

凡有戏楼的乡村，戏楼均是庙宇建置的一部分。旧时的乡村寺庙，不但是宗教活动场所，亦是社会交际场所。村民们世世代代厮守在自家的一方土地上，日出而作，日落而息，"鸡犬相闻，老死不相往来"。在日常生活枯燥贫乏的自然村落里，只有庙宇乡祠是唯一的交际场所，其周围，又兼具集市场所和文化娱乐场所的功能。

乡村的一切宗教活动、社会活动、经济活动、文化活动都围绕着庙宇和集市展开，其间的戏楼便带有庙市文化的特征。乡村庙市随节令农时而有起有落。开庙、开市虽有定时，但并不是日常性的。一年之中，神诞之日不过一次，年节的宗教活动也不过几次。以"市"而言，集市易物不违农时，农忙时少，农闲时多，平均每月不过两次左右。因为乡村的财力有限，平常的集市以简单的经济活动为主，文化娱乐活动则在其次。因此，年节之际的庙会虽热闹非凡，平时的庙宇却冷冷清清。这样一来，戏楼的利用率并不高，于是既用于宗教祭祀，又用于自娱性的社火，也用于职业艺人的演剧，有时甚至用来集会。

乡村庙宇及戏楼的设置，受到自然地理环境、商业交通、政治军事、文化风俗等诸多因素的影响。

北京的东南部一马平川，面临京津平原。西部和北部倚太行山余脉，俗称西山、燕山。西北部山区既是阻隔晋北、内蒙古、东北地区的自然屏障，又有通往以上各地区的关口、通途。这样背山面原、通达四方的地理位置，加上北京城特有的历史文化环境，北京市以此提出了以"一城三带"为重点的历史文化名城保护观念。所谓"三带"，说起来其实就是指环绕京城的郊区，其散落在乡村的庙宇、戏楼活动，既有大同，亦有小异。

京东称通州，古来是我国东南地区通往京城的交通重镇，属于大运河文化带。元代开凿通惠河，连接大运河，通州便成为南北漕运的重要码头。除了水路运输经由此地直达京师外，清代因通惠河堵塞，水源不定，又以通州作为陆路转运的枢纽。经由大运河舟运而至的南方漕粮由此登岸，装车入京。出入京师的各路官吏、商贾、士旅亦在这里纵马入京或扬帆南行。其地理位置扼京津之咽喉，控冀东各县，清代有"一京二卫三通州"之誉——在冀东地区，通州作为商埠，繁华程度仅次于北京、天津。因此，通州有的庙宇、庙会便带有商路色彩。例如在通州城内外，清康熙、乾隆时期先后建有两座万寿宫。城内的万寿宫建于康熙中叶，由江西九府城内13个粮帮集资兴建，设有戏楼。每年农历二月初和八月下旬，粮船人员在此演戏、祭祀。城外万寿宫建于乾隆初年，由江西在通州经营书业、瓷业的商户集资而成，亦有戏楼，春秋两季举行庙会，同时演戏。只可惜这两座万寿宫今已不存。

京西门头沟，地处西山山区，又是通往河北怀来、张家口和晋北的主要通道，属于西山永定河文化带。此地的民俗文化传统与燕北、晋北相接，金、元、明寺庙尚有存留。又因盛产煤炭，自元明起，大小煤窑日益昌盛，直接供应京都。除了若干寺庙可远溯金元外，清代由诸多商号集资修建的三家店三官庙戏楼尚存碑记；又有祭祀窑神的门头沟城子圈门戏楼，可见煤行、商号的行业性特点。

京北密云、怀柔、延庆，重峦叠嶂，坡多地少，有长城绵亘其间，属于长城文化带。这些地区较贫瘠，却是北京城的"北门锁钥"。一方面，通往关外的商路顽强地越岭而过，流通着经济血脉；另一方面，明清之际，因关内外民族矛盾造成战争动乱，关口要道不断修建长城，加强军事防御，又造成某种封闭。当地乡村的经济文化不很发达。因长城周围屯兵不断，随军设置的庙宇便成为军民合一的重要社会活动场所。明代密云的古北口关帝庙戏楼即与屯兵有关，怀柔在明代嘉靖、万历年间亦建有黄花城戏楼和二道关戏楼。此外，这些地区多关帝庙戏楼，也含有崇武的因素。

尽管各地区的乡村庙宇及戏楼略带地方特色的"小异"，在总体形势上却是"大同"。凡有戏楼之寺庙，皆为民俗庙会集中之处。

清代京郊乡村普遍设立而且为数更多的，是与村民日常生活密切相关的乡祠小庙，如龙王庙、娘娘庙（碧霞元君）、关帝庙、菩萨庙、瘟神庙之类，戏楼设置在庙门外或神殿前的开阔地带，有时甚至数庙共一台。县城内则多为城隍庙、关帝庙、火神庙，大抵在交通方便之处设戏楼或数庙共一戏楼，规模稍宏。如清代密云城有四大戏楼：城隍庙戏楼、老爷庙（祀关老爷，即关羽）戏楼、火神庙戏楼、商会会馆（原三圣神祠）戏楼。通州城的城隍庙戏楼和怀柔城东门外的东关三庙戏楼（天齐庙、龙王庙、火神庙）也都在当地颇有名气。

以上庙宇，龙王庙与祈雨有关；娘娘、菩萨庙与求子有关；瘟神庙与祛病除灾有关；关帝庙与忠义道德有关；城隍、土地是一城一方之主；火神关系到城内商铺、房屋的火灾……将与自身日常生活密切相关的神灵立庙奉祀，反映着村乡之民质朴的生活愿望。每逢神诞之日或有求于神灵之时，他们便奉献供品，许愿演戏。一旦愿望实现，又要再献供品，演戏酬神。年节之际，辞旧迎新，更要集拢在寺庙周围尽情狂欢，与神同庆。

在乡村，祭祀的方式，选择了"礼乐酬神"，将戏楼设置在村中的庙门以外，正对神殿，祭祀成为一场狂欢。

有的地方寺庙多而集中，往往几座寺庙共用一个戏楼，而寺庙供奉的礼乐，乡村庙宇难得备有。年节之际的供奉，一是靠村落中的半农半乐的业余演奏班子；一是靠延请戏班演戏酬神，以增添庙会的喜庆娱乐气氛。大的寺庙即使备有司仪司乐的僧道，这类僧道也并不以此谋生，不必去参与艺术竞争。从艺术的角度讲，乡村僧道乐同样属于业余水准。

因此，乡村戏楼不可与都市中的勾栏同日而语。戏楼同时用于祭祀、社火、演剧、集会，主要体现为宗教祭礼和村民的自娱活动，如请神、安神、走会、花会等民俗仪式。庙会活动的经费靠村民集资摊派。雇请来的戏班表演村民共同观赏。当然，在村落和庙宇较多的地方，酬神演戏活动略为频繁，便有村民组成半农半艺的戏班，农忙时务农，农闲时演戏——除了根据自身的文化水准和技艺水平编演一些村民喜闻乐见的节目戏目以外，也向职业戏班学习一些东西。

四

年复一年的、处于封闭和半封闭状态的宗教乐舞和自娱活动，虽有刚具雏形的、初级的戏剧从中产生，却往往要靠外来的戏班增添新的艺术营养。被村民吸收的某些营养融入社火百戏后，又因乡村较为闭塞而凝滞、稳定，从而体现为杂戏式的、多种层次的文化积淀。

这些乡村庙宇戏楼的后台，那样窄小、阴暗甚至潮湿，条件很差。江湖戏班到此演出，有时要在台上留宿，以看守行头。苦闷无聊之时，艺人往往在后台墙面上留下题迹，发泄不满。杂乱无章的后台题迹可以说是乡村戏俗的反映，其中除了戏班、年月、戏出等题署外，还包括游戏文字、骂人的脏话、淫秽的图画。其中多有贫困流浪的心理写照。

延庆中羊坊村泰山庙戏楼的后台有光绪十九年（1893）的题墨："夹在中羊坊，教（叫）人好悲伤。正（整）日小米范（饭），吃的茄子汤。任××在（再）不来了。"延庆大泥河村龙王庙戏楼的后台有光绪年间的题墨："来在大泥河，腿（退）戏休愿（怨）我。驼（驮）箱驼（驮）不动，乏价礼（理）不合。"密云古北口瘟神庙戏楼后台有清末戏班题迹："天上下雨想（响）叮当，忽然想起我家乡。眼望夫妻不见面，哭得两眼知（直）汪汪。"

走在这些京郊乡村的老街上，偶然间，就会发现一些尚未丧失老面孔的戏楼，它们很老朽了，尽管缺梁短柱，破顶歪墙，却因为广结善缘，因为酬神与娱民的双重功能，便无伤大雅地撑持下来了。爱人者，人恒爱之，戏楼也同一些寺庙一样，自豪地端立至今，并向人们昭示着"兴亡千古事，梨园万古新"的深层含义！

当你慢慢走过去，慢慢地登上凸凸凹凹的台阶，慢慢踱入台口，你就会看到被尘土和蛛丝遮掩了的壁画，上面那些影影绰绰的古人都在默默地审视着你，你似乎也听到了他们的呼吸，听到了他们的叹息！

在满是尘土的台面上慢慢挪步，慢慢思考，你会窥见一些帝王将相和才子佳人，你会窥见亮亮的珠花儿、颤嘟嘟的绒球儿、绚丽的靠旗和拂扬的飘带，还有长长短短的兵器。风来了，你伴着极有劲力的风声，也就听到隐隐约约的行腔弄调声，那声音也越来越高亢！渐渐地，你又听出了戏文中可歌可泣的内容，听见古人们在哭在笑在吼喊。随后，他们又都趁着夜色，低吟着正气之歌，缓缓地隐没了。

过去的数百年间，在横风斜雨的环境中，看惯了风云变幻的村民，听久了马蹄嘶鸣的村民，或许，只能从戏楼那里乞讨一些短暂的安宁，从戏中人物身上感受一些浓浓的温情，他们也会随着剧情哭着笑着。戏楼能为他们描摹出斑斑斓斓的五彩光环，能够揉抚他们惶惶然的心境。也许，只有当他们聚在戏楼前看戏时，才会感到一分惬意，如同品味老酒和酽茶一般，恣恣意意地投入一本本唱念做打的戏中，与台上的人物同悲同喜。当他们的心灵同他们极为敬畏、极为仰慕的古人贴在了一起，他们也便有了底气，也便有了生活的勇气！

拉大锯，扯大锯，姥姥村里唱大戏。

接闺女，请女婿，小小子也要去。

落日余晖下，我耳边仿佛响起了幼年这首耳熟能详的歌谣。"礼失而求之于野"，残存于荒野之间的戏楼，依稀向我阐释了一组关于古老民族的文化基因密码。

注：氍毹（qú shū）：毛织地毯，古代演戏地上铺地毯，是以用"氍毹"代指舞台。

许青山 |

作者简介：

许青山，80 后作家，
北京市延庆区作家协会秘书长、区诗联学会副秘书长，
北京老舍文学院第三届中青年作家高级研讨班学员。
2000 年开始文学创作，部分诗作、散文获得北京市级征文奖。

杏花的纷落

风都是香的。

杏花，梦一样地开了。

奶奶家的屋后，隔一条土路，是个大院子。院中有几棵老杏树，微雨轻轻一吻，醉了大地，绽放出云蒸霞蔚的一片春光。

杏树有三四米高，树干一路向上，攀缘分枝，空间领域愈来愈广，枝条越发幼细。七八岁大的我虽然很瘦，却仍不敢坐到最高处，在约3米高的枝丫上，侧身靠着主干，有节奏地摇晃着肌肉紧实的小腿。双手自然不能闲着，要四处去折花枝，如果看到开得繁茂的枝条，就站起来，一只手有力握紧主干，脚则踩稳树杈，让身体展开如同飞翔模样，将漂亮的花枝折下来。

待到残花褪尽青杏小，就一边摘杏一边吃。我可以从青翠酸涩，一直吃到橙红甜软。

我晓得这棵树一切的秘密和妙处，可以任脚下的枝丫，在体重的压迫下向下弯垂。如果依然够不到，我愿意继续向上爬。如果脚下的枝条不能承受住我，我会用一条胳膊抱住主干，把自己像树袋熊一样挂在树上，伸长另一只手臂去攀折。此刻，杏树晃晃悠悠，有细碎的叶子缓缓落下。

这是我最"英雄"的时刻，距离成功的边缘越来越近，却听到树下温柔的召唤："园园，下来吧，你老姑买糖回家了。"

园园是奶奶给我起的小名,她固执地只叫她自己起的名字。老姑当时在县城读卫生学校,总是自己省吃俭用,把钱一分一分地攒起来,回家时给奶奶和我买好吃的。

我信了,高兴得噌噌噌往下爬。

奶奶轻声而急促地说:"慢点,慢点,没人跟你抢。"

等我落到地上,刚才的声音转瞬间变了,高而尖厉:"又爬树,那么高,掉下来就摔死了!看我不告诉你妈去。"

还用了什么骂我的词呢?无非是不像个女孩儿、怎么能跟男孩子一样摔泥巴、爬山、下河、上树、衣服天天脏得不成样子、头发时刻乱着、鞋子太费坏得快,等等。

还有什么?我不记得了。我不管这些,我急着回家吃糖。贫瘠的童年,食物是匮乏的,玉米面为主,逢年过节才吃白面大米,菜品是单一的土豆白菜。零食对于一个孩子来说,就像海伦之于特洛伊,因其稀少更具有神奇的诱惑力。

我顶嘴:"我还没有站到最高呢,张晓军比我爬得还高!而且,我没有掉下来过!"

"掉下来就晚了!"奶奶拉着我回家。

老姑没在,但我仍然能够吃到糖。奶奶会把零食藏起来,挂在屋梁上、放进柜子最底层或者小西屋的面缸里,一次一点,分批给我。我觉得她简直会魔法,在一穷二白的家里,魔杖一挥,零食出来。她不敢百分之百骗我下来,因为第二天,当她抱柴火准备烧火做饭时,习惯性地往屋后的方向看一眼,会发现我又坐到高高的树枝上了。于是,她扔下柴火,拔腿跑出门,绕到后街,进入院子,站在树下轻声唤我下来。

"我养活了五个孩子,也没有你一个费心。"奶奶这样抱怨。

也许正因为养活五个孩子,生活才会如此贫寒辛苦吧!她的生命中,要赡养公婆、伺候丈夫、照顾小叔子——我的三爷爷,因为捡到抗日战争遗留的子弹而炸瞎眼睛,然后就疯了——更要喂饱嗷嗷待哺的五张小嘴。每天洗衣做饭、养猪喂鸡、擦柜扫地，每年一针一线拆洗缝纫一家老小十身棉衣，不定期拆洗被褥……一茬儿孩子长大了，像小鸟一样飞向自己的天空，新的一茬儿孩子又如同新春播种的庄稼发芽成长，催促着拔草捉虫、浇水施肥。

就像无数农村家庭一样，开枝散叶生机勃勃的背后，是一个又一个女人默默操劳的一生。

看着黧黑面庞的奶奶着急惊慌的样子，我就会笑着想象，她的心是我脚下踩牢的枝条，被风霜雪雨磨砺得粗糙，却在面对一代又一代晚辈的时候，迎来一轮又一轮春天，清冽的汁液，重新汩汩流淌柔软了血管，积攒的爱意，顶破表皮绽放一芽嫩绿，开出一朵朵娇嫩的花。相伴而生的，是顽皮淘气的疾风骤雨下，缤纷一地的恐惧。

岁月的风雨，粗粝了一颗心，看见新绿，又重新柔软，充满格外的怜惜。经历过各种各样的遭遇，所以一有风吹草动，会率先设想出种种最可怕的后果，担心稍有不慎便会造成难以承受的灾难和伤害。

奶奶有三个哥哥、一个姐姐，我只见过三舅爷。奶奶年轻时，经受了宠爱自己的父母兄姐的死亡，嫁为人妇，又先后送走自己多年照顾的公婆、小叔子。现在想来，她看似坚强的背后，藏着的是对死亡的呜咽和无奈。

可是新开的花，并不知道一场狂风就能让一棵树落英如雨，初生的牛犊不怕百兽之王的雄风。

我什么都不怕。我只会嘲笑老年人的谨小慎微。

我腹诽："才不是呢！费心的明明是那两个小的嘛！我已经自己玩了。"

奶奶曾同时带四个弟妹。几个孩子上下相差一两岁，叽里哇啦打成一团，但孩子们再闹腾，也不过是电视机上精彩纷呈的演出，奶奶才是手里拿着遥控器的权威，只要她一出现，战局便宣告结束。

"孩子们和他们的孩子，都是我带大的。"这是奶奶一直引以为豪的事情。看着人丁兴旺、添丁进口；看着餐桌上从玉米面饼子就咸菜，逐步变成白面大米应季蔬果；看着孩子们的衣服从补丁摞补丁，逐步变成还没有穿破就换了时兴样子……奶奶是满足的。

我的孩子出生时，她已经快80岁了。她坐在床上，把重孙女抱在身前，点着丫头的小脚丫："颠颠捏捏，桃花落叶，李子黄，麦子黄，黄到底，就是你。"不会说话的小娃娃嘿嘿笑，窗外秋叶飘黄。她自信满满地告诉爸爸、妈妈：有事可以出去忙，孩子她来带！她脸上的笑容和皱纹里都骄傲地写着：我可以！没问题！

我根深蒂固的印象里，奶奶一直那么老，仿佛从一生下来就是满脸皱纹、慈眉善目的模样。从我记得她，到她离开我，她没有年轻过，也没有再老去。

妈妈说不是这样的！奶奶是家中老么，从小被捧在手心里养大，除了做饭，父母兄姐不舍得让她干种地等粗活儿；年轻时泼辣，家里家外大事小情说一不二，比如决定孩子们的婚事，比如不同意二叔当兵，二叔到老了都耿耿于怀军旅梦的破灭，比如因为我和邻居小孩打架，她去和邻居争吵……

我无法想象她也有小时候，梳着两条小辫子，穿着碎花袄，娇俏可爱、干干净净，站在树底下等着哥哥姐姐给她摘果子。然后，那个孩子走进我的童年，站在绚烂的杏树下，仰着脸望着我，焦急而温柔。光阴流转，风云变幻，她逐渐变得粗糙，变得坚硬，再变得倔强，变得慈祥。

奶奶是好强的。

爷爷在家里是甩手掌柜，每天到街上跟老哥几个下象棋，奶奶则是家里家外的"大拿"（管事的），吃什么、买什么、亲朋办事随多少份子、考学做工、分家盖房……所有人的任何事，都要先请示奶奶，才能够去落实。

她忙前忙后，精打细算，在捉襟见肘的岁月里，支持着一大家子生活的正常运转。70岁的奶奶，仍然坚持自己照顾起居，只要是外出，无论参加喜宴还是走亲访友，仍然提前到理发店修剪头发，出发时对着镜子涂抹头油，让每一根头发服帖，然后换身新衣服，把自己捯饬干净利索再出发。甚至，办理爷爷的丧事，也是奶奶在主持。

我坐在土炕上将白布撕成粗细不等的长条，有的做成头上戴的孝帽，有的做成腰间围的孝带。吊唁的客人上门，便敬上一套。我时时问奶奶，这个人是谁？

那个人是谁？什么人给戴红花的孝帽、什么人给净面的孝帽……爸爸、叔叔也会时时走进屋问奶奶，什么事要请哪位长辈操持？送路、出殡的流程是否正确……

当时的我愤恨院子里办"白事"震天的音乐，80岁的奶奶却有如老帅，坐镇中军，声音沉稳，指挥若定。她的冷静和坚强，让我一度恍惚：陪伴爷爷走了大半辈子的奶奶，面对生死离别，是否咀嚼着伤痛？

那个曾经被宠爱的小女孩，在生命的流年中，一点点失去依傍，嫁做人妇，又凭借着不服输的倔强性格，万事从头学起，当家做主，挑门立户，东挪西凑抚养五个儿女，把日子过得滋润有余。她的一生就是学习成长、向上攀爬的过程，哪怕再高、再陡、再难，也要尽最大的力量，把自己的职责完成到最好的程度。

有奶奶在，我永远是孩子，可以什么都不管，什么都不懂，什么都来问。孩子痛了可以在人前哭泣，奶奶痛了只能人后舔舐伤口，甚至，她都不要你知道她会痛。

爷爷丧事之后，她病了一场，然后一下子就老了。我不知道是因为感到了孤单，还是因为繁促的生活，骤然间被按了停止键。她不适应突然到来的清闲。爷爷离开前数年卧病，虽有儿女轮流帮衬，照顾的主力一直是奶奶。做饭、喂饭、擦手擦脸、换洗衣服……她像一只陀螺，在命运的指尖上不停旋转，忘记了最初为何旋转，只是固执地坚持旋转、旋转，把脚下的点当成永恒的方向，持续加速，仿佛一旦停下，便会倾倒。

她脚下的点，就是这个家，是丈夫、儿女、孙辈，她用力的路径，就是日复一日的繁杂琐事。

我的印象里，奶奶一直在做饭。早上我睁开眼睛，她在淘米；我中午到家，她在烧火；下午放学，她在择菜；暮色中我玩得一身汗回来，她把饭菜摆满圆桌。

小时候，做饭是最费时费事的家务劳动，会占据一个女人大部分劳务时间。家家烧火的柴火就占半院子。需要在秋收的时候将玉米秆、高粱秆等收回家晒干，脱去颗粒的玉米核（农村叫作棒核儿）也要堆放在一起，比庄稼秆耐烧。每年冬春，奶奶不忙的时候就坐在炕上，拿着一根晒干了的玉米，用锥子手工脱粒，随着锥子从顶端往下突突突地冲锋，一排一排的玉米粒就欢喜地蹦跳到笸箩里。我们有时候会帮忙，帮忙为了听故事，听奶奶讲自然灾害时，庄稼收成不好，怎么把棒核儿碾成面掺在玉米面里贴饼子。我们惊诧："棒核儿还能吃啊？"因为棒核儿粗糙，用锥子给玉米脱粒，不到10分钟，虎口就会被又硬又糙的棒核儿磨得又红又疼。

"不仅棒核儿能吃，榆钱儿也能吃，树叶子树皮都能吃，不吃真饿啊。不过做好了不难吃，不信改天给你们做。"奶奶说到这里，我们忽地跳下地："挕榆钱儿了。"她就笑骂："这帮懒孩子。"然后继续专心致志枯燥地劳动。玉米被分开成玉米粒和棒核儿两堆，玉米粒收进麻袋，棒核儿堆到院子柴火堆上。她专心的样子就像我们考试，每完成一项会被计一次分，一分一分加在一起，就变成了不同走向的未来。

当然这些柴火并不够，还需要耐烧的"硬柴"——主要是木头，她要将男人们上山砍的木柴、孩子们捡回来的树根分类放好。这样在烧大锅做饭的时候，就能根据锅里不同的食材放入不同的柴火。

除非实在忙不过来，奶奶一般不叫我们帮忙烧火。一是她好强，自己能干的就不叫别人分担；二是她嫌弃我们笨，该放木柴时放玉米秆，该一根一根慢慢放玉米秆生小火的时候，我们一抱一抱往灶坑里送，常常就会有的饼夹生，有的饼煳了。

做一大家子的饭是很大的工作量。比如要洗一大盆土豆、一整棵白菜，在直径快1米的大锅里，绕圈贴满玉米饼子，馒头要蒸满锅，米饭要水煮捞饭。吃完饭就是堆成山的碗，男人们要去上班，小孩子们要去读书、要去玩。她便一个人洗菜、淘米、和面、抱柴、烧火、做饭、洗碗……日复一日，年复一年，上班的男人们心安理得：女人在家能有什么事啊？不就做个饭吗！他们却不知道，夜以继日的家长里短，耗尽了女人的一生。

奶奶最拿手的是摊土豆饼，薄薄的、焦黄的土豆饼在算子上摞成厚厚一摞，配上蒜醋，点几滴香油，一想起那味道，馋虫就会被勾出来。奶奶却轻易不做，因为费事、费油，供不上吃。最小的老姑夫还被叫作叔叔的时候，第一次来家，奶奶精心做了土豆饼、熬茄子、炒豆角，菜没有放在盆里，而是用盘子盛好端上桌。她站在旁边看着老姑夫吃，我站在她旁边看着她。老姑父把一摞土豆饼都吃了，直打饱嗝，赞叹这是自己吃过的最地道的土豆饼。她笑了，头不自觉地抬了一下，自信充满了整个身体。赞美仿佛是九九河开的那一股潜流，融化了河面上最后一层薄冰，于是砰的一下，整个春天荡漾在她的脸上。

奶奶快80岁时，逐渐变得虚弱，孩子们不再允许她单独居住，她的身边总是有人陪伴。一次我回父母家，妈妈上班不在家，爸爸在房间里倒腾柜子，奶奶在厨房做午饭。我很生气，偷偷责备爸爸："怎么能让奶奶做饭呢？"爸爸跟我说："人老了得有事做，否则会觉得自己没有用。大家爱吃她做的饭，她就高兴，一高兴就有精神。"果然，奶奶看见我回来，又开开心心地炒了我爱吃的土豆丝。她的饭量很小，几口就饱了，宠溺地看着我们把饭菜吃完。

我忽然悲哀，灶台是她一辈子的坚守，做饭是她一生跳不出的命运，孩子们的赞美，是对她存在价值的最好肯定。一个农村女人，一生追求的价值，从迷茫到清晰，从被迫到自愿，自己哪怕是最坚硬的石头，也被生活的刀凿，一下一下刻成一方不可更改的印章。

我在百度疯狂搜索与奶奶同时代的女性，我想看看奶奶是不是原本可以开启精彩纷呈的人生，是不是真的可以挣脱命运的绳索。

同样生于1932年，"电影皇后"伊丽莎白·泰勒3岁开始学习芭蕾舞，两次获得奥斯卡最佳女演员奖，被林肯中心电影协会授予终身成就奖。中国的张织云，比奶奶还大几岁，幼年移居上海，成为中国第一位影后。田华老师与奶奶一样，出生于落后的小山村，童年家境贫困，少年参加八路军晋察冀军区抗敌剧社，后因在《白毛女》中扮演"喜儿"成为家喻户晓的艺术家。在中华人民共和国成立70周年之际，第一位获得诺贝尔科学奖项的中国本土科学家，也是获得中国国家最高科学技术奖的第一位女科学家，89岁的屠呦呦，又获得人生最重的一个奖项：中华人民共和国首次颁发的"共和国勋章"……

大时代的背景下，太多的女性被困守于家庭，能过上与众不同生活的女人少之又少，成功者更是寥寥无几。一粒种子撒在不同的土地上，只能在自己的物质条件和生存环境下扎根、生长，每个人生命的历程，都不能脱离外界条件的束缚，命运如同陶泥旋转的底座，固定住一个原点，时间之手轻轻抚触，生命的泥土几经变化，最终定型成不同的器皿。不同的树开不同的花朵，不同的路有不同的风景。

几年后，奶奶缠绵病榻，轻得仿佛没有重量，彻底不能再做饭，甚至不能自理。对于一个好强惯了的人来说，吃喝拉撒都要靠别人照顾，内心是何等卑微和屈辱。

我不敢看她的眼睛，她的眼神里写满恐惧和哀求，像个无助的孩子。她不知道自己求什么、能求什么，我不知道自己该怎么帮她、能帮她什么。我只能不停地喂她各种零食。她的胃口还好，牙口也好，给什么都不拒绝。这是她一贯的智慧，从来不要求也不拒绝儿孙们的善意，哪怕是最细微的孝敬。这也是她一贯的性格，永远保持对陌生事物的好奇和尝试的愿望。

她吃饱了，空气又陷入寂静。我不知道该说什么，与一个87岁的老人聊工作吗？与一个带了一辈子孩子的女人谈育儿吗？与一个操劳一生的人抱怨辛苦吗？还是向她汇报欣喜和幸福，又怎么说呢？工作与生活让我焦头烂额，重复又重复的一天又一天，有什么欣喜和幸福呢！我只好问她年轻时的故事，她的眼睛一下子就亮了，嘴角轻轻扬起，头不自觉地抬了一下，自信充满了她整个身体，脸上恢复了骄傲的神态："想当年我去看过毛主席，你们都没见过毛主席，我见过！我当妇女主任的时候，咱们县组织村干部专程去北京。"发现了这个秘密，就如找到"芝麻开门"的咒语，找到了与她聊天的切入点，每次看她，便会问她往事。每次她都很健谈，她告诉我，她曾经也是家里家外一肩挑，是村里的妇女主任，处理公事井井有条。村里组织妇女干部活动的时候，走过很多城市。孩子们孝顺，也曾带她去外地旅游。"我看过海，别的老太太可没有这样的待遇。"她说，很开心的样子。我在她的眼睛里，看见了大海蔚蓝的波涛。

奶奶是在孩子面前保持严肃的人，我推开她心门的时候，她的生命已然时日无多。

我惊异地发现，她曾经也有梦想，也有渴望，也一路努力，但是最终她的梦想缩小回家庭，她的价值聚焦在做饭这一件事情上。

我忽然发现，我竟然不如奶奶！她明确地知道自己想要的是什么，虽然囿于现实和物质条件，最终没能抵达期望的终点，但是努力的过程，已经变成闪亮的珠宝，被珍藏在她心灵的妆奁中。

《死亡诗社》里说："孩子们，你们必须努力寻找自己的声音。""孩子们，让你的生命超凡脱俗。"我们能做的只是努力寻找自己的梦想，然后努力扎根、努力成长，给重复又重复的生活注入欣喜和新意，用最大的力量绽放出自己花朵的模样，装点头上的天空、脚下的土地。

我其实不如奶奶。我迷了路。

灵前，我才第一次记住她的名字。于我而言，对奶奶的印象，停留在灶台前、家门口。我曾经也问过奶奶的姓名，比如小时候好奇，比如她生病住院细看插在床头的卡片。但是，在我的心里，奶奶就是奶奶，奶奶的名字就叫奶奶。唯有灵前，我一遍遍读着写着她名字的小小木牌。我不能相信，一个人最后就只剩下一张照片、一个小木牌。

她离开已经很久，但仿佛从来未离开，还在我的身边。偶尔在欢笑中忽然暂停，流下泪来，然后吸一吸鼻子，一切继续。切土豆丝的时候，我会听到她说："刀要斜着，要不然容易切了手。"周末的时候，远方会有呼唤："哎，你们好久没有回来了。"立志减肥与贪吃欲望斗争的时候，她躺在病床上叹息着劝告："胖点好，身体健康最重要。我年轻时也胖过，后来再不能。"

我告诉自己要相信《环球寻梦记》里说的是真的，只要爱的记忆不消失，只要不被遗忘，生命便没有结束。我们永远记得，虽然不敢提起。

老家的杏树下，再也听不到奶奶的呼唤："园园，回家吃饭了。"但是我的行囊里已经被奶奶装上了努力和倔强，装上了奶奶希望我幸福的愿望。

走出这一方小小的院子，选择新的落脚点，四季更替，轮回有序，不计风雨，不畏险阻，奋力去开自己的花，结自己的果。

枫红稻谷香

　　盛名已久的台湾云门舞集，有一部舞台剧叫《稻禾》，舞者用伸展交叠到极致的肢体，诗意地讲述了关于稻禾的故事：萌芽、生长、繁茂、死亡、重生——周而复始，循环往复。舞台背景是为了这部作品特意拍摄的稻田实景照片，影像设计王奕盛，因《稻禾》获得2014年英国剧场影像设计最大奖"光明骑士奖"。

　　我总是觉得剧中绵延的青山、金黄的稻田是如此亲切和熟悉。直到看到延庆小河屯稻田——用最质朴的植物筑就的梦境空间，才明白这亲切和熟悉来源于根植故乡的梦和期待，而看到实景的美和壮阔，更觉震撼。

　　那天，几番周折终于抵达，已然夕阳西下时分。抓着山头不肯下山的太阳，偷偷嘲笑我们，又默默等待我们。洒满整个大地的金色光芒，慈爱、宠溺、温柔，与几百亩金色的稻田交相辉映。微风拂过，金色稻浪翻滚，搅荡金色光芒跃动，宛然是天与地在细语呢喃，讲述生命的奇迹与感恩，哺育与希望。

　　斜阳下的稻田有着无与伦比的美丽！甫一下车，便被它调色板一样绚丽缤纷的美深深震撼。

　　各种色彩在阳光下铺陈开来！主色调自然是大片稻田铺满视野的满目金黄，沉甸甸的谷穗压弯了腰，向大地母亲致敬，空气里弥漫收获的味道；脚下是充满生机的苍茫的狼茅草、举着惹人怜爱的蒲棒的芦苇、不知名的顽强开放的杂色野花，它们摇曳在微风中，更摇曳在清澈透明的河水波纹里；四围从近到远是深绿、橙红、赭黄的树木，层层护卫，笔直坚毅地向着天空生长；远方是淡淡暮色中逐渐变得深沉的墨色远山，趋近于水墨画一样的朦胧悠远；抬头，天空一碧如洗，澄净湛蓝，云朵洁白悠闲，轻舒曼卷……大自然真是一位画艺精湛的画师，把大地铺成宣纸，用时间为笔饱蘸蓬勃生机的浓墨，须臾间潇洒书就粗犷灵动的大写意，细看，又是一幅精谨细腻的工笔画。

天高云淡，风清气爽，树影婆娑，瓜果飘香，稻谷香里诉不尽的丰收喜悦……这正是北国最令人陶醉的秋色啊！

郁达夫曾说："我的不远千里，要从杭州赶上青岛，更要从青岛赶上北平来的理由，也不过想饱尝一尝这'秋'，这故都的秋味。"

我们何其有幸，不要不远千里，不要辗转于各种交通工具，只要十几分钟，就能在群山环绕的金色稻田饱尝浓浓的秋味。

这里更是延庆金秋季节的网红打卡地！石径、稻海、风车、凉亭、木栈道，体贴了人们的爱美之心。匠心独具的设计只是轻微点缀，便将农业生产与生态休闲旅游深度融合，让普通的田野升级成摄影片场。木栈道古拙，九曲蜿蜒穿过田陌，让人既不践踏稻田又能置身稻浪，如置身童话里的绿野仙踪，随意取景都是构图绝佳的精彩大片。遗世独立的小小凉亭，妩媚的红，如娇羞的少女对着河水梳妆，蓝色的风车俏然而立，只偷下天空一抹颜色，就生动了整片原野。孩子们兴奋地笑闹奔逃，家长是紧紧跟随的摄影师，一路抓拍下最可爱的画面。而女人，那是最爱美的群体，一个斗笠、一件蓑衣，就能变身武侠小说里的侠女，一条纱巾、一副墨镜，摆个造型就可以拍一部音乐 MV。爱美的人让风景灵动。

延庆稻米曾作为宫廷贡米，名重一时。而今，由于保护北京水源地，水稻种植退出了历史舞台。这里是延庆区保留的最后一块稻田，仅有几百亩，观赏的意义远大于生产优质稻米的目的。在深秋稻谷收获季节，成为一道田园诗的风景线。

回到家，第一件事就是发朋友圈，美景赢来无数点赞和询问："求这么美的地方的详细路线图。"也召唤出妈妈的电话："真没想到，一片稻田能够这样美，你照相的手艺不错啊！"

"您不是说庄稼地有啥好看的吗？"我挤对妈妈。

"你哪里知道弯腰撅臀种稻的辛苦！一头汗，两脚泥，抬头看天都没工夫，全部心思就是赶紧干完活回家吃饭。"

我遥望的田园诗是妈妈真实劳作的艰辛。

相比玉米、小麦等几种农作物，种植水稻是对自然条件要求最高的：必须有水、有平整的土地、有比较固定的场所，遭受的病虫害也比较多。种植水稻也是工序最多、最耗人力的。

农活中最苦最累的是耕地。牛马很早用于农耕，但是延庆的稻田零星分散，每家每户的土地都很小，村里人家又穷，也供养不起牛马，只能全凭人力。头一年秋收之后，要立即深挖松土。第二年春天再进行深耕，把硬结的土壤翻松，这样水稻的根系才易于深入，水肥也易于吸收。

水稻最娇气，如若田地高低不平，高一点的地方没有水，稻苗就会旱死；低一点的地方水过高，稻苗又会被淹死。所以插秧之前须轧地，把水田整理得平平整整。轧地的大滚子是长长的一根木头，拖在水里的木头两边拴着粗绳子，轧地的人把绳子挂在肩上向前拖行。受到重力加阻力的双重作用，粗重的木头在水里增加到100多斤，力气小的人根本拉不动。

"我们家没有男孩儿，轧地的活儿只能你姥爷一个人干，他像牲口一样弓着背艰难前进，我站在田边，眼泪忍不住掉下来。好劳力拉上十来圈也会大汗淋漓，我们家只有女儿，力气小，最多拉两圈。农事不等人啊。你姥爷刚替换下来舒口气儿，就说自己歇过来了，继续轧地。那时候，我特别恨自己为什么不是个男孩子。"

把水田梳理得平平整整之后，才能育苗、插秧。插秧时正值谷雨前后，北方依然寒凉，人们穿着棉袄，高高挽起裤脚，光腿光脚踩在泥里，带着冰碴的水没到膝盖，渗进骨头。插秧一刻不能歇，累极了也只能站直身体四处看看，然后继续俯身弯腰后退着完成整片稻田的插秧工作。农民种麦子、玉米如果累了，可以坐在田地上歇息一会儿，但是在稻田里如果蹲下整条裤子就都湿了，而且只能沿直线后退，以免脚印破坏水田的平整。

之后还要施肥、浇水、薅草、随时观察情况灌溉或排水。水渠狭窄，水流和缓，而农时有律，遇集中灌溉时节，农民自觉按照先来后到的原则顺序截水，甚至从傍晚排队到天明。众多泉眼先后枯干之后，用水开始紧张，个别人就不肯遵守秩序，相互嚷上几句偶有发生。当年，邻里争吵是常见的事情，村民的心像这从高处流下的泉水，简单直接，有了不满就高声说出来；村民的心又像这孕育万物的大地，博大宽厚，谁家遇到急难困苦，转眼冰释前嫌，二话不说来帮忙，不求任何回报。

如果说玉米是农村吃苦耐劳的野丫头，给点阳光和雨水就能茁壮成长，那么稻禾就是戏曲里娇生惯养的贵小姐，必须小心伺候，要不然就不给你收成。

我理解不了，明明北方以种玉米、小麦为主，为什么偏偏选择辛苦种水稻？如果为了食品多样性，去买大米好了，或者用玉米去换大米啊！

母亲很无奈。我好像问了一个傻问题。

姥姥姥爷当年最愁的就是吃饭，怎么喂饱这一大家子的嘴是困扰他们最大的难题。孩子们就像屋檐下刚咬破壳的小燕子，闭着眼睛张着饥饿的小嘴等待父母觅食归来，可是他们盛米面的缸总是那么快就见了底儿。而姥爷的父辈、祖辈，土地产量更小，时有天灾战乱，甚至不奢求吃饱，仅仅满足于把孩子养活、长大。

对于祖祖辈辈靠土地吃饭的农民来说，每一块土地都是活命的指望，必须让每一块土地物尽其用，争取最大产出。自家院子里种满蔬菜；村南的旱地，以种玉米为主，路边撒上几粒向日葵种子，再放任一丛丛鬼子姜（学名菊芋，用于腌菜）自主生长；村北的涝洼地，挨着泉眼、挨着水边，用木棍一戳就能冒出水来，种高粱、玉米、小麦都长势不好，老辈子人顺势挖了水渠，把后山遍布四处的泉水汇集到一起引进村庄种水稻，在水田之间的田垄上，还要用捅火的通条扎几个小眼，点上几颗黄豆。到了秋天，多种作物同时丰收，让他们感到无限满足，对未来充满希望。

对于贫穷的人们来说，大米还承担着育养婴儿的责任。以前农家没有余钱，商店里也买不到奶粉。直到20世纪80年代初，没有母乳吃的孩子依然要靠喝米汤长大。老一辈人多种尝试之后，确认黏稠的米汤最适合孩子娇弱的肠胃。现在科学告诉我们，大米有提高人体中枢神经组织功能的作用，稻米中蛋白质的生物价和氨基酸的构成比例都比小麦、大麦、小米、玉米等禾谷类作物高，蛋白质净利用率高，消化率达66.8%～83.1%，稻米中含量丰富的赖氨酸，为人体必需但不能自我合成，只能从食物中摄取。

《说文解字》里说"黄"，从田从光，地之色也。在妈妈的心中，地之色的金秋既是成熟的代名词，更是辛苦劳作的代名词，金色的稻米只是用来吃的，唯一的作用是果腹。她盯着的是水稻叶片上的虫眼、赤足踩进泥水的冰凉，是夏日炎炎头顶暴晒的艳阳、打谷场上脱粒时张牙舞爪眯人眼睛的麸皮。而在我们的头脑中，这金黄的稻田代表着丰收、幸福，更代表着唯美、浪漫，是童话意境的营造、孩子写生的现场，是骑着自行车穿梭其中成为电影主角的想象、拍下美照发圈炫耀的素材。同一个字，同一幅场景，之所以在不同人的头脑中形成不同的画面，源于不同的生活经验。妈妈的青春记忆最深刻的一个字就是"穷"，她总要对我说："干这点活儿就叫苦？我们当年……"也总会对她的孙女们说："嗝，这也不香，那也不好，我看你们就是吃得肚皮白了，我们小时候连窝窝头都吃不饱……"他们是在新中国成立的礼炮声中出生的一代，面对大家小家同样一穷二白的家当，唯有咬紧牙关用汗水浇灌黄土地，他们的青春只有黑蓝灰的衣服，所以心中也只有黑白灰的色彩，他们看见金色的稻浪能够想到的只有白米饭。

我们的祖辈们，为了满足最基本的生存需要，在人与土地互相驯化的过程中，积累着朴素的经验，代代传递。如同我们不懂他们算不清账的节俭，他们也不明白我们多样化的要求。今天的我们，能拿着食谱书，对照热量表，计算如何营养均衡、合理膳食、增肌减脂。小时候的妈妈无论如何都想象不出，有一天食物的种类和品质会如此丰富，购买食物不再是最重要的生活开支，其中水果、蔬菜的需求会远远超越对粮食的需求。妈妈的妈妈也想象不出，自己不缠小脚竟然能够嫁人，女儿们竟然可以像男人一样外出工作。她们更无法想象，稻田除了满足吃的需要，还有了审美的意义！这是时代快速发展在两代人之间划出的幸福鸿沟！

我一直想象北京的后花园延庆，从古至今都是古书里的桃花源，有良田美池桑竹之属，阡陌交通，鸡犬相闻，男耕女织，怡然自乐。因为延庆处于冀西北的山间盆地中——由桑干河、洋河冲积而成的宽谷，适宜农耕，还有可以狩猎的山林，山上有泉，山下有河，虽然比不上南方鱼米之乡自然资源丰富，比不上东北广袤黑土地的肥沃，但是满足人民温饱应该没有问题。

此时，遥远的过去被拉到眼前，我才恍然想起，这片土地曾经如此贫瘠！这片土地曾饱经战火摧残！

今天，我们赞叹延庆最后这一片稻田的美丽，是否昨日，稻禾的精灵也曾叹息大地之上人民的伤痛？在它们世世代代、生生不息的过往中，曾经亲见饥饿的孩子衣衫褴褛，铁蹄践踏新发的禾苗，热血在刀光剑影下冰冷、凝固，生命如草芥一样被随意丢弃。向北望去，是传说中黄帝、炎帝阪泉之战的旧址；向南遥看，是自秦始皇统一天下开始修筑的万里长城遗迹。我们若把目光投向历史的深处，会看见大唐晋王李克用与幽州节度使李匡威，在百里妫川展开鏖战，之后军屯变为村落；会看见明代赋予这里京城西北防御的重任，王朝与强大的北方鞑靼疆场厮杀，百姓灾难深重；会看见李自成在此血战攻进北京、会看见日寇在此扫荡修筑围子把人民视如犬豕……这一片土地，曾经是上古时代的古战场，曾经是历代封建帝王抵御北方游牧民族入侵的最前线，也曾经是抗日战争日寇三个伪政权的接合部。

历史上，长城为防御外敌入侵而修葺，塞外是多民族冲突的混战区。曾经，对于春天来说，同一把种子撒在同一片土地之上，收获粮食还是鲜血，是个谜。而今，我们终于能够笃定地相信，每一粒种子给予我们的回报，不只是丰收的喜悦，还有视觉的盛宴。

与家人一起看纪录片《埃塞俄比亚——翻山涉水上学路》，介绍当地的小孩穿越沙漠，顶着50多摄氏度的烈日走15公里去读书。孩子问我："他们为什么不坐汽车去？为什么不把学校修在家门口？"我蔑视她："你这是在问'何不食肉糜'！"我问我的母亲，既然辛苦为什么还要种水稻？不是跟孩子一样，问出了"何不食肉糜"！

我要带妈妈去她家乡最后那片稻田，让她穿越时空，看一看青春错过的美。我不知道她能否看见金色稻浪油彩一样炫目，还是眼前恍惚出现当年的同伴，那群穿着黑蓝灰衣服、大声说话爱笑爱闹、挽起裤脚辛勤收割的长辫子姑娘。

不同的感觉叠加在同样的稻田印象中，哪一个是真实哪一个又是梦境？如何才能区分？她的真实是我的梦境，我的真实是她的恍然如梦。同一片稻田的昨日今生，是翻天覆地的时代变迁。

驱车路过妈妈的村庄，老家屋后的蔡家河比我记忆中窄了很多，河水比几年前清澈了很多。曾经这里河道破损严重，河边芦苇和杂草丛生。每年夏季，沿途村庄的生活垃圾被雨水冲进河中、冲到农田，村民每年都要下地挖沟排水。而今，这里是一幅以绵延的青山为背景、以河流为主脉、花溪呈九曲、彩林绕四园的风景画卷。这是一条陪伴着两岸人们不断变化的河流。

经过妈妈家责任田的区域，像镜子镶嵌在大地上、能够倒映天光云影的块块水田不见了，取而代之的是成片的白杨树林。斑驳的白色树干，随风飘舞如蝶的落叶，女儿又欢呼着跑跳玩耍。曾经广袤的稻田，伴随着蔡家河流域的治理，已经变成绿化带，抵御风沙，守护北京的蓝天，更成为北京延庆世博会的主要基础景观。

妈妈一个劲地念叨："可惜了，可惜了！那可是用山泉水灌溉出的水稻啊！打出来的是连米汤都香甜的米！"

妈妈怀念自己种出的水稻，更怀念旧时光里的人。亲戚上门，蒸一锅米饭，一院子都能闻到饭香，主妇们会盛出一碗又一碗，分享给大杂院的近邻；拜年买不起点心，舀出五六碗新米，再炸些炸糕、油饼、排叉，走亲访友不失体面；好的稻苗是稻作成功的关键，偏偏有时会育苗失败，但这才不会让农人发愁呢，挨家挨户问问，自然有人先插完秧剩下秧苗，送苗的人家还会帮着你一起栽种，忙完后各自回家吃饭，谁也不多计较……

　　旧时光正如用了美颜滤镜的照片，过滤了磨难，只留下朦胧的美好。可是谁也不想回到过去不是吗？崭新的生活就像拥有更高像素和更好镜头的相机，打开更加多彩的世界。当人们对精神的需求远远大于对物质的需求时，人与人相处的方式自然有所不同。我们在进步中所有的改变都不是失去，我们留恋的情谊其实并未远离，只不过以新的妆容和服饰出现。

　　抵达小河屯稻田时，成熟的庄稼已被机器收割。我安慰妈妈明年一定早点来。她却说："没关系，咱们去你说的九曲花溪看看吧。"妈妈开始期待新的景物。

　　萌芽、生长、繁茂、死亡、重生，稻禾的故事周而复始，在这循环往复的过程中，稻作中机器代替了人力，稻米的产量翻番增长，稻田从辛苦的代名词变成秋天里最美的风景。稻禾的故事将在未来继续书写下去，那么就让我们这些书写者，把每一个奋斗的今天仔细收藏，去发现、去记录、去珍惜，每一个坚实的脚印里盛满的美和幸福。

范雨素 |

作者简介：

范雨素，湖北襄阳人，北京老舍文学院第三届中青年作家高研班学员。曾做过小时工和育儿嫂。现在北京顺义做保洁。

打伙风景

刘表冢

我在湖北襄阳一个叫作打伙的村子长大。和大多数人一样，我一直觉得自己的家乡，自己所在的村子是最伟大的、最好的。世界很大很大，多少多少家乡，我家的村子是最好最好的家。

村子的西边，是我们生产队的地。地里默默地躺着一方诸侯：荆州牧刘表。我们村的人都把刘表的墓叫作皇冢子。我们村的村民不知为啥把刘表叫作皇帝佬。乡亲们说，我们村里埋皇帝佬儿的地，风水好，所以几千年里没有洪灾，不下冰雹。

据史学家习凿齿所著《襄阳耆旧纪》中说刘表墓在襄阳东门外，晋时已被盗过。同治《襄阳县志》说刘表墓有两处：一在东门外；一在滚河南。东门外的刘表墓民国二十四年被毁，滚河南的刘表墓在抗日战争时发掘。在襄阳双沟四碑堰也有一个刘表墓，这个刘表墓，尚待考证。我家村子的刘表墓就是滚河南岸的刘表墓，从航拍图上看和双沟四碑堰刘表墓是一条直线。三国时，给刘表守陵的是薛、李二位将军，现在，薛、李二人的后人枝繁叶茂，繁衍至千人，默默地附陵而居了2000年。两位将军的后人，是我童年的伙伴。

我家村子的刘表墓在抗日战争时被一个国民党团长挖掘盗宝，那时我的母亲是个5岁的小孩，和当时村子里的村民一块儿目睹了盗墓过程。可惜，当时没有抖音视频，不能直播，我的母亲错过了当主播去发财的机会。幸运的是，母亲因为年龄小没有被国民党士兵拉夫做苦力挖墓。母亲说，只有我们村的墓是真冢子，因为墓里有夫妇合葬的人骨头，那个男人的大腿骨那么长那么长……

按母亲比画的手势，刘表的大腿骨的长度推算出的身高高度，和史书中记载的刘表的身高吻合。母亲说，国民党团长盗走了墓里国宝，也不做官了，带着姨太太携宝出逃，准备封刀隐没在寻常人家，享受花不完的金银财宝，可逃至钟祥被人追踪并击毙，财宝已不知落入哪个寻常百姓家。

团长姨太太，住在村民薛国强的屋里头，她在薛家堂屋里戴上了墓中女主人的戒指，那个戒指是用金子镶着珠宝的，戒指上的大珍珠，顺前看，顺后看，顺左看，顺右看，都在滚动。一个村的小孩围着姨太太看戒指，当时，我5岁的母亲围在第一排看神戒指。团长姨太太戴上了戒指。看到娃子们羡慕的眼神，哈哈哈地笑，嘴都合不拢了。我小时候，听母亲把这个神戒的故事讲了一百遍。戒指上的珍珠像荷叶上的水珠一样滚来滚去。母亲说，那个戒指是活宝贝。可一代枭雄刘表夫妇的尸骨，却不知被人扔到哪个水沟里了。

我的父亲上过军校，在厦门前线当过兵，是金门战役的厦门前线，后来复员回家当农民，父亲说刘表不光是诸侯，还会写书，写过《荆州占星记》。写《荆州占星记》的刘表放在当代，叫天体物理学家。所以我们村的乡亲说我们村是风水宝地是没错的，天体物理学家刘表给自己找的墓地肯定是他心目中最适合自己理念的。据《襄阳府志》记载，我们村子在2000多年前是楚国末期楚王最小的儿子楚侯的封地。

滚 河

那个时候，村子旁边有一条大河，叫昆河。在《中国地名志》里有对昆河的记载。河流是城市的生命线，因为有大昆河，有大动脉，昆河滋养我们村子成为一个城池。

村子里有72口井，有花家地，花家地是我们村子三队的地，还有药家地，是四队的地，花家地是楚侯的花园，所以叫花家地；药家地是城里药铺掌柜的地，所以叫药家地。村子西边有一条水渠，叫长渠。古时，那里叫作衙门口，是楚侯的衙门，是打官司的地方。村子里还有王莽赶刘秀时留下的两处遗址："背君寺"和"扳倒井"。扳倒井的井台上留下了2000年的时空勒痕。青石板的井沿上有一道道绳索勒出来的深沟。我无数的祖辈都喝这口汉光武帝命名的井中水长大成人。

我们村子东西走向，通往昔日的衙门口，今天长渠的那条大街。据母亲说，古时叫作翠花街，住着不知亡国恨的商女。宋元战役，我们村子是古战场，翠花街的少女和元军合唱《喜春来》：

> 三十年的媳妇熬成婆呦
>
> 四十年的古道熬成河。

泰山作砺，沧海变桑田，河流改道了，昆河不停改道。乡民们把昆河叫作滚河了，家乡的乡亲已经忘记滚河原来是叫昆河的。原来的昆河码头叫杨家大码头。2000多年的时光捶打，杨家大码头，现在叫作杨坡村。

我们村子，这座原来的古城，现在叫作打伙村，和昔日的杨家大码头，现在的杨坡村相隔200米。

大河流成小河道，大码头成了小村落，废城成了古村。

> 朱雀桥边野草花，乌衣巷口夕阳斜。
>
> 旧时王谢堂前燕，飞入寻常百姓家。

修 身

我曾在人物的一次演讲里说过："普通的农民工现在只操心孩子的教育问题，他们希望孩子能像城市孩子一样得到良好的教育，留在农村的农民最担心儿子娶不上媳妇。教育是修身，娶媳妇是齐家。"

我从20岁离开家乡以后，每次回家只是蜻蜓点水地待一两天就走，但因为经常和母亲通电话，对家乡的故事也了如指掌，我的小女儿、二伯父家的小堂哥的小儿子、我大伯父的曾孙子，还有我舅舅家的孙子，这四个孩子年龄相仿，是同龄人，可他们却过着四种不一样的人生，南辕北辙，阶层各异。

我的小女儿叫北漂的孩子，叫流动儿童，没有北京户口，找学校很艰难。约在2015年，我看到《中国新闻周刊》上的一篇文章：《那些被北京赶出去的孩子到底去哪里上学了？》，看了后，我得到信息，把孩子送到衡水的私立学校读书去了。在衡水读书，一年下来书学费加上生活费共需2万元。我做保姆，一年能挣6万元，还能养活孩子读书。我在北京租房的邻居对我说，他们的儿子，从小学就在老家合肥读私立学校，一年的全部花销是3万元，他们两口子一年能挣八九万元。把挣的约一半的钱都花在孩子的教育上。

我舅家小表弟的孩子跟着打工的爸爸妈妈在福州南漂。福建对流动儿童制定的政策很宽松，孩子在福州的公立学校读书。表弟两口子对孩子学习很重视，给孩子报了好几个补习班。

我二伯家的孙子，我小堂哥的儿子在老家的公立学校读书，从上小学一年级就要寄宿，小堂哥的孩子成绩不好，小堂哥两口子没出去打工，只是在家种地，也没给孩子报补习班。孩子如野草般疯长。

大伯父家的孙子，我侄女的孩子。侄女两口子是襄阳城里的医生，叫中产。他们的孩子在城里读书，双休日还要上几个补习班。

闲暇时，我经常想，这四个孩子的祖父、母辈是亲兄弟姐妹，起点是一样的，当这四个孩子长大后他们命运是什么样的？南漂的孩子？北漂的孩子？种地的孩子？中产的孩子？

齐 家

每次和母亲通话，母亲都会和我谈起现在说媳妇需要多少彩礼。说现在说一个媳妇要20万元彩礼，还不算上别的花销，比如，还要有城里的房，还要买个车。

我种地的大哥50多岁了，还在杭州打工，给我的小侄儿挣彩礼钱。母亲说，现在谁家能说上一个媳妇都要供起来，屋里头的人，各个要抬举她。

我琢磨，计划生育是把双刃剑，100年前女人连名字都没有，叫××氏，像林徽因、陆小曼这样有名字的女人寥若晨星。所以被写民国想象体的人利用，说民国好呀，大师辈出。

我的母亲、我的祖母，是解放了，1949年以后才有名字的。新文化运动100年，女人有了名字，农村女人因为计划生育，男多女少，物以稀为贵，大白菜成了龙舌兰，还有了至高无上的地位。

我家是襄阳市近郊区，村里做父母的，每天都为儿子们的婚姻愁白了头。那偏僻山区的父母不知道怎么在为孩子的婚姻煎熬。

我在皮村的文友诗人小海对我说，他们村有一个女孩是傻女子，下雨天，不会避雨。就这样，已经结了两次婚了，第一次结婚父母收了20万元彩礼，然后离了；重又找了个人家，又收了20万元彩礼，又嫁出去了。

这个傻女儿给父母挣了40万元彩礼。她的父母要感谢计划生育这个国策。计划生育让更多的女孩接受教育了，对促进男女平等立下了汗马功劳。母亲说，村里有好几个在城里工作的人，退休了，回到村里，他们教村里的妇女跳广场舞。一到晚上，村里锣鼓喧天，有跳广场舞的，有扭秧歌的。

我的舅舅70多岁了，舅母死了十几年了。舅舅守着两个儿子的两栋小楼和自己的五间大瓦房过生活。

舅舅家的房子是村子的俱乐部。舅舅的同龄人在农闲时天天聚在舅舅家里，打一毛钱一把的扑克牌。

村里上了60岁的农民都有了退休工资，还给发了免费的公交卡。于是家家神龛都供着毛主席和习总书记的标准像，母亲说农民过上好日子了，各个还有医保，敢迈医院的门了。

是啊，是太平盛世，歌舞升平啊。

"三大件"

现在的农村最头疼的事是给儿子说媳妇。我们村子是襄阳市近郊，位置好，原以为会好一点，可没想到也这么难，如蜀道一样难。

我二伯家小堂哥的大儿子今年25岁了，小堂哥一直在村里，捡打工人家抛荒的地，以及自己家的一份地，靠种地生活。种地太多，只能没黑没白地干，累得龇牙咧嘴，牙都豁了。

小堂哥靠辛勤的劳动，置办了两处大院子，盖了三栋楼，约1000平方米，还买了一台八成新的黑色名牌小汽车，小堂哥觉得这样就能给儿子说上媳妇，可是世道变得快，现在说媳妇，农村的房子不中用，只有城里的房子才有用，要有城里的房子、小汽车、20万元以上的彩礼。有了这三大件，才能说上媳妇，没有这三大件媳妇不登门。小堂哥咬咬牙，在襄阳城里付了首付，我的堂侄才订了婚。

今年才49岁的小堂哥累得脱了形，比鲁迅先生《故乡》里的老年闰土还恓惶。我的大哥的儿子，我自己的小侄子，也到了要结婚的年龄，房子、车子、彩礼这三大硬件，至少要100万元才能凑齐，我大哥没有钱，在家种地也赚不到钱，我大哥托我小姐姐介绍工作，我小姐姐把大哥介绍到养猪场打工，小姐姐气愤愤地埋怨母亲是个重男轻女的人，说她读高三时成绩不错，第一年没考上是失误，如果复读一年也能考个大学。可父母不让复读，没有远见，现在也不能帮衬大哥，只能介绍大哥到养猪场打工，如果复读了上了大学，那个时代的大学生，现在肯定有好工作，肯定能给大哥介绍一个如编辑这样的高级工作，也不是去养猪场干活了。

大哥挣不出来三大件，小侄了虽然也是读了大学的人，但现在大学毕业也是打工，小侄子也挣不出来三大件。我大哥少年时是要当文学家的人，是喜欢用全景视野看问题的人，是有大局观的人。我大哥坐在堂屋的门槛上说，虽然现在好多农村娃子读了大学也白读，也赚不了钱，但现在整个国家的国民素质提高了。解放前一百个人里只有三个人认得几个字，现在我们村里没有文盲，过年返乡时间，大学生摩肩接踵，好歹这也是我们国家有力量的表现之一。我的小侄子因为没有结婚，有了大量的时间追逐梦想，做个追梦人。小侄子的梦想是为祖国的环保事业做贡献，让天更蓝水更绿，绿水青山才是金山银山。小侄子去年打了一年工，攒下一笔钱，小侄子拿着一笔钱，今年初来到了318国道上，走川藏线，边走边捡路上游客遗弃的垃圾，为祖国的环保事业添砖加瓦，因为环保部工作不给力，经常被媒体人鞭挞。端午节这天，小侄子和全家人视频，我在视频里看到了。川藏线上了318国道，熙熙攘攘，好多人选择了在318国道上为环保做贡献，小侄子每天保持走3万步。我的母亲，也就是小侄子奶奶，出生在解放前，没上过一天学，思想跟不上。母亲不停地说小侄子正在干啥呀，净做这没屁眼的事，好不容易攒的一点钱又给扑腾干净了。

未 来

我的做保姆的朋友小蓉，是内蒙古林西人，她告诉我，他们村只剩几个老人留守了。村里的地都荒着，因为这二十几年都不下雨。没有雨水，就长不了庄稼。人们都要靠打工才能生活。她小时候9岁上的学，要翻一座山到乡政府所在地上小学，上完小学，因为家里穷就辍学了。小蓉比我小三岁，干起家务活，如旋耕机耕地，如推土机推残垣断壁，快得让人眼花缭乱。

因为会干活，小蓉容易找活干，每月能挣6000元。小蓉还对我说，他们小时候读书的小学已经没有人了。村里的人都领着孩子在林西县城读书。打工赚到钱的人在县城买了房。没钱买房的人在县城租房领小孩读书。听了小蓉的话，我心里好难受。农村没有人了，叫空心村。农民们都拥到城里打工，没有技术、没有知识的农民想在城里讨口饭吃多难啊！

小蓉因为太能干，在城里生存还不难。可还有好多不如小蓉的农民啊！每次经过北京的劳务市场，看到在马路牙子上坐着找活的头发花白的农民大哥，我就会泪流满面，我用袖子抹去脸上的泪痕。

如果在自己村里，能赚到钱，能过上好日子，谁愿意背井离乡出来受罪呀？可什么时候在自己村里就能致富呢？我也不晓得那是啥时候。

我是那不一样的烟火

走在五环外的城中村里，发廊的音箱里飘过张国荣的歌：

我是那不一样的烟火，我就是我……

忽地思绪闪到我的一位亲人身上，我的哥哥李开学。

他是2008年的新闻热点，他是和我们庸碌大众不一样的烟火。他如鞭炮，如烟火，如昙花一现。如闪电，用自己的生命，赢得了瞬间的灿烂，然后迅速被人忘却。人死如灯灭，现在已没人知道他是谁了。

以科学二字命名的哥哥

李开学是我大哥范云的高中同学，小哥范飞的同事。因为是家中男丁，和我的两个哥哥一样，名字起得讲究。

他家兄妹四人，开学哥哥是老二，老大叫李开科。兄弟俩被父亲用科学二字命名，下面是两个妹妹。

开学哥哥的父母出生在解放前，是贫穷的农民。他们朴素地认为国家落后，遭欺侮，是因为没有科学，所以给儿子用科学命名。两个女儿随便取个花花草草的名字。

后来开学哥哥长大后，给自己的妹妹改了个诗意的名字，叫李咏笛。

我在9岁的时候，就已记得哥哥在我家玩时的高谈阔论。那时候开学哥哥和我的两个哥哥聚在一起谈得最多的是各自的理想。

我大哥的理想是当个包青天，可我大哥考了两年，都考不上大学。这个理想只能嘴皮上过瘾，实现不了。

我最喜欢看《塔铺》的原因就是里面的主人公王全和我大哥的理想是一样的。

我小哥和开学哥哥的理想是一样的，想当国家总理，想治国安邦，经天纬地。

但我小哥和开学哥哥都只是个老师，这理想也只能说说。我觉得他们俩都不可能实现。

记得开学哥哥说："东律镇长叫方安邦，这名字起得有理想，所以人家当上了镇长。"

我小哥少年早慧，有天生的资质。但他懒散，说完了，也把理想撂完了。

可没想到开学哥哥几十年如一日，没放下理想，照着理想践行，从不忘初心。

力挽狂澜

小哥忘记了理想，总是嘲笑开学哥哥志大才疏，但他们是好朋友，开学哥哥也不生气。

可开学哥哥在人生路上还是遇到了挫折。

开学哥哥和他教过的女学生谈恋爱了，女学生在初中辍学了，只能回家种地。开学哥哥是通过高考跃过龙门的人，是有铁饭碗的人。在我们湖北，俗称九头鸟，精明透顶的人。在当时20世纪80年代初，从来没有人选择这种门不当、户不对的婚姻。

我的小哥当时就找了个也端铁饭碗的中学老师。这才是皆大欢喜的婚姻。开学哥哥的父亲为了儿子的一辈子着想，坚决不同意。父亲挥舞着棒子，把开学哥哥打得浑身青紫，全是软组织瘀伤。

开学哥哥骑着自行车，骑了四十里路来到我家，睡在我家门口洋槐树下的竹床上，睡了一天，想让伤口休息。

最后，开学哥哥还是奉子成婚了。他给儿子取名李挽澜，是力挽狂澜。他是勉励自己，要从贫困的生活泥潭里爬出来。

上下求索

开学哥哥虽然如红军过草地样，陷进贫穷的圣湖的泥潭，但他也不允许自己沉沦。他1997年考上武汉大学政治学硕士，2000年毕业，接着进了泰州市国税局。国税局引进人才的同时还解决家属工作。

开学哥哥进了国税局仍不忘自己的初心和理想。

可能是因为我们的家乡是诸葛亮故里，是杜甫祖居呀！是要"安得广厦千万间，大庇天下寒士俱欢颜"，是有"两朝开济老臣心"的地方。

开学哥哥在国税局用了三年时间考上了复旦大学政治学博士。他背水一战，别人上博士都是在职的，他上脱产全职的，贫穷的家境没了收入，只能置之死地而后生了。

苍凉的手势

我20岁离开家乡后，基本上和家人断了联系。2017年，我成"名"后，和家中诸位亲人又联系上了。

从亲人口中获知开学哥哥的消息，这一年，媒体的舆论数据说：84%的人说我是正面人物，是积极向上的力量。16%的人说我是反面形象，说我仇富了，揭露人隐私了。

家人说："开学哥哥活着就好了，他看着你长大的。他在的话，他要一天写一篇檄文维护你，不许别人说你一个'不'字。"

听了家人的话，我泪如雨下。

开学哥哥走了。论文，课题，就业，家庭，经济，五副重担，使哥哥猝死在学习桌前。少年时，哥哥每天说的是要兴国安邦，他没有忘掉初心，但没有实现理想，死在了征途。

中年的我，回忆起开学哥哥，只记得几帧剪影。

记得第一次看到开学哥哥，那时我八九岁，他十八九岁。我看他的脸如小人书的希腊雕塑，好帅好帅。我11岁那年，躺在门口的洋槐树下的竹床上，嗅着花香看《收获》杂志上的《六十九届初中生》，开学哥哥看见了，告诉我这是王安忆的自传。

还记得，少年的开学哥哥站在门口，举着他那双如拿破仑一样大小的手说：人家说，手小的人，心脏也小，这是真的吗？

开学哥哥和《平凡的世界》中孙少平是神似，和《徐志强的个人悲伤》中徐志强只是形似。

今年是开学哥哥逝去第11个年头，11是奇数，是素数，是质数，是忧郁，孤独的，适合写祭文。

爷爷语录

今年春天，我在顺义后沙峪做保姆，雇主家有四个人：姥爷、姥姥、妈妈、宝宝。

因是单亲家庭，宝宝随母姓，叫姥爷为爷爷。我也跟着宝宝叫，叫老人为爷爷。

爷爷是1946年生的，我问爷爷，人家1949年生的都当上知青了，你咋没当过知青？爷爷说他早生了三年，错过好时候了。

爷爷在龙湖新买了一栋别墅，每天忙着跑装修的事，在装修门店拿回来好多广告纸。

爷爷边看广告，边发牢骚。因为装修分两种价格，经典装修和普通装修，经典装修的价钱是普通装修的 N 倍。

爷爷说，为什么没有豆腐渣装修？豆腐渣装修的价格一定便宜得很。

爷爷年轻时受过罪，对金钱锱铢必较，所以希望有豆腐渣装修。

放暑假时，我告诉爷爷，我的小女儿枝枝考上了衡水某高中的火箭班。因是火箭班，只象征性地交点学费就行了。学校分火箭班、实验班、普通班这三种班。这三种班收费是不一样的。

爷爷说，噢，火箭班的收费就相当于外国的奖学金制度。

爷爷接着说，既然有火箭班，那还要设个乌龟班，才是对称的、押韵的。

我说，要是设乌龟班，谁的孩子上乌龟班呀？家长要气坏了，谁的孩子上乌龟班呀？那学校就要关张大吉了。不能犯这种文字游戏的错误。

我接着对爷爷说，以后小孩上学只交一点点钱了。我以后不用踏踏实实地赚钱，要和刮浮夸风一样，凑合着赚点钱就行了。

因为想到了浮夸风，我对爷爷讲了一个我听到的"文革"逸事。

爷爷听了，严厉地批评我，这种故事，不能讲。别人听了，会说你是在影射别人。

我诧异，说我一个做保姆的，哪里懂影射，不要想复杂了。

爷爷说，胡吃得，胡喝得，胡说不得。不听老人言，你要吃亏在眼前。

听了爷爷的良药苦口，我低下了头，反省自己胡说的错误。

爷爷告诉我，他20世纪50年代在北京上的中学。上中学时，学校上体育课时，教学生滑旱冰，每个学生发一双冰刀鞋。爷爷不想学，就坐在学校体育馆的护栏上玩。体育老师很好，也不批评他。

我听了爷爷的话，想起我在20世纪80年代上中学时，乡下的农村中学，没有操场，没有体育老师，同学们坐在教室里打闹。

爷爷的中学，也领先我的中学好几个世纪啊！

万华山 |

作者简介:

万华山，河南正阳县人，1989 年出生，
高中辍学后出外打工，尝试十余种职业。
2016 年到北京，现为图书公司编辑，皮村文学小组成员，
北京老舍文学院第三届中青年作家高研班学员。

311

围

2020，过完乙亥年，紧接着是庚子鼠年。本打算初六返京，按公司规定初八上班。还没来得及离愁别恨，吟鞭北指，就被一场疫情困在了家里，被迫做起了宅男。

新春临近，一场来势汹汹的新型冠状病毒，在1月迅速扩散。在疫情蔓延之际，1月23日，武汉宣布封城，不久湖北多个地区效仿，阻断了许多人的归乡路。

南阳、信阳、驻马店，豫南三地，向来与九省通衢的武汉，商贸往来频繁，我家处于信阳与驻马店的交界点，用电子地图导航，距离武汉不过270公里。不久，便"沦为"疫情的重灾区，信阳封城，驻马店实行交通管制，关闭商超、网吧、影院，村村封路，禁止走亲访友，禁止聚众打牌闲聊。我家后院马路的拐弯处，竖着正阳县与息县的界碑，息县方在界碑以东熄火了一台重型挖掘机，我方在界碑以西堆放上齐腰深的碎石乱砖，"敌我双方"都拉上横幅，"串门就是相互残杀，聚会就是自寻短见"，横幅两边站有从头武装到脚的管控者。在这番硬核防疫之下，楚河汉界一旦划分，有老死不相往来的架势。

在家挨了数日，吃饭、睡觉、看书、上网，偶尔到田野里走走，俯仰麦地蓝天，也痛感生态破坏，物非人非。对于一个嗜书的人来说，无聊从来无以侵袭我，高中后12年，正是对智识的追求，对未竟的学业的遗憾以及对自我的提升，使得我求知若渴，在有条件的情况下手不释卷。

近几天，在阅读徐则臣的《北上》，书中来自意大利的小波罗，让我想起了我的同样来自意大利的朋友费德。费德原本打算随商丘的打工诗人小海，一起回河南过年，在北京订火车票耽搁了几天，后来发现疫情严重，各地提倡不宜聚众，想来也没法领略河南的地方民俗，就提前打道回府了。正月初四的晚上，我收到了费德的风景照，每一幅图都能配上一首诗，他告诉我那是他的老家。费德发来消息时，北京时间已经11点，我搓完几圈麻将，昏昏欲睡；罗马比北京晚七个小时，如果是晴天，还是阳光高照。《北上》中的小波罗，来晚清游历一番，实则在马可·波罗造访元大都时，已经埋下了缘分。相隔着500年的时间，一本在欧洲流行的行记，依然可以勾起一个热血青年的执念。执念一旦种下，必会奋力破土，栉风沐雨。费德来中国，是否在某种程度上也受到了曾经先辈的召唤？此后远隔重洋，也只好明月共此时了。

除了费德之外，我有另外一个周姓的朋友，年前聚会认识，相约年后在京城看戏。这姑娘很爱打趣，是个妙人。因为此番疫情，父母担忧独生女一人在外的安全，劝说其早点回川，这位朋友已经于1月4日办完交接，返回老家了。

早上打开手机，疫情的发展，确诊病例和疑似病例的增长，触目惊心。我一方面为朋友早点回家隔离外界而欣慰，一方面暗自伤感，想起了网络上的感叹：不知道明天和意外哪个先来。

我揣上一盒黄鹤楼，走去田地散散心。自从10年前，全庄人搬迁到新修的马路边上，庄上的老屋子不断地坍圮，屋梁、砖块从高处而下，散落在沟壑里，不再抵抗地球的重力。那些旧时的记忆，也日渐模糊。我沿着新屋往老屋出发，只有10分钟的距离，却怎么也找不到路。路，被荒草埋没，或者辟为新田，屋梁埋于地底，砖块被挪移。我怎么也找不到生活了十几年的老屋子，承载了无数的夜晚和白天，现在被时间无情地移开。包围在我周身的是，一片青青的麦地。眼前的生机，解除了物是人非的感慨的侵扰。我踏进一个空房间，家徒四壁，那个时候，风和光都是赤裸的，人的无所依也同样如此。

我在一篇小说里，写了我的庄子，我称它为万围子。在我们这一带，有不少以庄人的姓为开头的围子，李围子、刘围子、冷围子、张围子等，姓是顾名思义的指称，围子则明示了地理环境，四面环水，中间一块大的陆地，动土掘地，之后房屋鸡舍俨然，围子不来外人的时候，是老子所说的小国寡民。出了围子，田地阡陌，纵横交错，平原上水塘、湖泊、河流、大堰，点缀其间，由于人多地少，过去生产力低下，成百上千亩的良田，成了荒野，杂花生树，鸟兽出没其间。人人住在水塘包围的低矮屋舍里，温馨而蛮荒；人人处在与外界的鲜少交流情景中，固执而内向。

我在偏僻的小村落里围着，外出即是一种冒险。与城里人相较，身体矫健是一个人保全完整的最大资本。我家门口，有两棵树：柳树和杨树，两棵树先天畸形，长大后倾斜交颈而立，交颈处离地尚有一丈，我在家时日日操练，一口气跑上交颈处，或蹲或坐于树干，四望袅袅炊烟，心里生出一种豪迈，这次上树又是对外部的一次小小征服。它倾覆了我的身心，我的身体和心理合作无间，没有一点闪失。

我喜欢跟其他男孩打架斗狠，为的不是如心理学所说的比发育，而是为了战胜茫茫人世的恐惧。在20世纪90年代的河南乡村，家庭教育还是秉承了古代中国的伦常，所谓父亲打儿子天经地义，在现代家庭观念没有传达的僻壤，每个孩子心里都被植入一个外在的魔，一面讨好，一面厌恶，一面依赖，一面摆脱。在父亲喜怒无常的拳脚与咆哮下，恐惧如影子般随行。有出息的孩子，就像狗咬尾巴一样执着地想要战胜它，对父权阴影的安置，是这些孩子一生的课题。每一次面对"敌人"，无非是面对恐惧的外化。每一次拳脚的斗狠，都是对心中恐惧的一次痛击。几年以后，孩子因受到学校的教化而终止打架，但与恐惧的对决，却演化成日复一日的胶着。稍有不慎，影子便会淹没人形，让那黑暗反噬自我。

对自我成长的烦恼与对外界的恐惧，还能通过劳动缓解，特别是复杂的劳动。对乡村劳动我有着既美好又艰涩的体会，在端午之前，有一个反复需要做的工作，是把水沟里的水，倒到下秧苗的水田里。在1979年，实行家庭联产承包责任制时，我家有八口人，分了接近30亩的田地，不久旱地被改作水田，到了我十来岁，能参加劳动的时候，水田已经有20多亩。水稻属于移栽的作物，在移栽之前给秧苗补水，就成了一年收成的重中之重。我家的秧田足有两亩，在四月几乎每隔三天就要补水。一个大铁桶，两边系上粗麻绳，一人拽一边，从水沟打水，再泼到田里。从低水位泼到高水位，两个人既要使用的力气相同，又要保持同样的节奏。很多次，天蒙蒙亮，母亲提着铁桶，我揉着眼睛跟在后面。这个劳作在当地叫覆水，覆有底朝上翻过来的意思。母亲一边覆水，一边念着当地的民谣：覆水哦，栽秧哦，大米干饭浇汤哦。覆水的一整套动作，弯腰、低头、甩胯、摆臂，一气呵成，我不久就熟练了这道工序。

繁杂的劳作、嬉戏和对抗，练就了一种敏捷坚韧的神经反应模式，使我认为我足以应对人世所有的突发事件，就像所有的围子，都能找到通往外界的路。

高中辍学后，我从2009年到2015年，在外打工六年，做过流水线，下过工地，做过销售员，开过小超市，当过厨师，客串过临时演员。每一份工作，刚开始都做得风生水起，但都过早夭折，于三个月后偃旗息鼓，并非我生性好动，或者意志不坚。

上初中一年级时，我下决心用功读书，一心想要做"别人家的孩子"。儿时，爷爷常常对我讲，万家祖上从湖北麻城迁徙而来，先祖"老万"，担上大扁担，扁担两头吊上两个大竹筐，一只筐子收捡着衣裳，一只筐子载着小儿子，跟在后边的是媳妇，媳妇手里牵着大儿子。一家人随着迁徙的人群流动到淮河岸边。当时，淮河以北的豫南地区，人烟稀少，野蒿满布，豺狼出没。一群人淹没在蒿草地里，手脚并用，刀耕火种，有了清朝中期的千亩良田。咸丰之后是同治，同治之后是光绪，到了清末，万家已是大户，家里设了私塾先生，每辈人里都有举人、秀才，万家晋升为当地的乡绅。宣统下位，中华民国竖起了大旗，袁世凯窃位，军阀割据，战端四起。蒋介石于1924年在广州建起了黄埔军校。我爷爷出生于1934年，他3岁时，母亲去世，也就在那一年，太爷爷考上了建校10年的黄埔军校。行至半途，太爷爷仰天长叹，他知道自己一走，归期难料，幼儿的生死与一家人的生计，都将成谜。于是半道返乡，从此过上扛犁耙打牛腿的日子。只有到了日落而息，太爷爷点起油灯，才能伴着书香入睡。不久，太爷爷续弦，后母苛刻，爷爷未能进入学堂，7岁下地，一生中大字不识，少有欢乐嬉戏的时候。

没有童年的爷爷，早早当家，执迷于事务，经历了历史上的大饥荒，批斗，养成了火山一样暴烈的脾气，以及严酷的自律。他早早种下执念，想要返回书香之家。家里三代单传，传到我父亲。父亲同样没有童年，小孩儿的欢乐与游戏，在爷爷是不准许的，父亲唯一被准许的是，产生实际效益的劳作和继承书香门第的看书。

一种巨大的说不清的东西围绕着父亲，日日夜夜将他裹挟。父亲是不敢和爷爷正常说话的，他面对的是一座沉默、凶悍的无可辩驳的活火山。在战战兢兢的生活境遇里，父亲早早投降，放弃了真实的感受，也放弃了基于真实感受的情感、思想的表达。父亲唯一的娱乐，就是看书。爷爷是不识字的，只知道敬畏书籍与字纸。父亲在苦闷与压抑之下，并不去阅读艰深与"反熵"的东西，只是用看书偷得浮生半日闲，聊以自遣罢了。他无以摆脱阴影，恢复自由意志。

到了我这一辈，背负着家族的厄运，命运注定同样艰难。我出生时，是家里的长子，作为唯一的孩子，上面有太奶奶（爷爷的后母）、爷爷、奶奶、父亲、母亲，三个姑姑。奶奶那时候腰背还能挺直，走路像一阵风，干活是一阵雨，三个姑姑处在花季雨季，正是喜欢赏花观月，憧憬外面世界的年纪。家里的奶奶和姑姑们，照顾着我，她们会编织花花草草的玩具，也会给我唱童谣。她们惯着我，尽量满足我所有的要求，让我误以为天上的星星，也能摘下来做成木马。

我家保留到现在的最早的照片，照片上，我刚过百天，三个穿着乡土气息花布大褂的姑姑，簇拥着我，坐在开得烂漫的油菜花地里。我穿的儿童罩衣胸前，是两只游泳的黄色小鸭子。我儿时的性情，就是被如此塑造的。

等到上学，姑姑们出嫁。我的苦日子降临了，父亲是不准许孩子游戏的，无数的天真和异想，无以实行。姑姑们走了，我就像是一只掉了队的大雁。

农村里，男孩子不吃十年闲饭，我和爷爷一样，7岁就开始下地。经过多年的垦荒，万楼的庄稼地可以分到人均三四亩，我家有30多亩田地，家里牛、羊、猪、鸡满圈，夜里围在院子里，白天要放出去散养。我从小就在树林和田野里撒欢，更加养成了自由不拘的个性。但一回到家里，搞点小动作，有些小错误，总能被爷爷以暴力全面驯化了的父亲精准捕捉到，进而施以家法。所谓家法，就是大吼大嚷，拿棍棒和鞋底子伺候。性子一旦养成，一方面是人格，一方面路径依赖，再也无法改变。无论面对怎样的高压，我始终无法放弃那些浪漫与幻想。我好像一个柔软的弹球，不断被父亲拍打，又始终用神经和肌肉的力量，去处理掉应激，恢复我的柔软与弹性。

上了小学，我的生活重心依然是干农活，趁我父亲不在，去树林和田野里疯玩，纾解父权的压力。我觉得生活就是一场猫捉老鼠似的冒险剧，你追我赶，在缝隙中求觅一线生机。我以为弹球的弹性会永远在，恐惧和解脱就像是一种轮回。在这个轮回之间，我能干好农活，也能继续我的欢乐和幻想。

小学一年级的期中考试，发成绩的那天，我走到操场，很多同学围上来，投来一种异样的我极不习惯的眼光，走到教室，老师告诉我，我考了第一名。作为一个出了名的喜欢打架斗殴的调皮学生，我很自然地以为老师是在讽刺我。一个星期后，学校操场的五星红旗冉冉上升，校长笑着给我颁发了奖状。

爷爷对于书香的执念，从看到我大红奖状的那一刻再度暗暗滋生。从此，我肩负的压力更大，为了保持身心平衡，弹球的性能必须更加稳固才行。我加强了对自身的操练。当身心极度疲惫的时候，我也开始看书，我渐渐喜欢上读书，凡是能找到的课外书，我都看了。我看过父亲的《知音》《妇女之友》《老人春秋》，武侠传奇，鬼故事；也搜罗过邻居的官场揭秘系列。我未必不是为了消遣，躲避外界的干扰，但是与父亲不同，我在暗暗吸收一些力量，从书中大侠的身上，从神仙身上，从清廉智慧的官员身上。

我现在正在电脑上打字，85岁的爷爷刚刚走过来，告诉我奶奶把包子蒸好了，要我过去吃个新鲜出炉的包子。被新冠病毒困住的日子，家人被迫围在一起，被迫亲密起来。80年前，香港被日本占领，成为海上孤岛，成就了张爱玲笔下的《倾城之恋》。80年之后，我们通过网络大数据得知，几乎每次重大灾难之后，受灾地区的离婚率都会大幅上升。在举国封锁，村村封路，被迫的无间断接触中，似乎有很多人领悟了爱的真意，也有很多人，被婚姻的围城中的最后一根稻草压垮，终于下决心迫不及待冲出去。

在我爷爷编织的亲情网中，某个黄昏，我看向远方的白石桥，往日清晰的七孔石桥，换成了重重叠叠的影子。我近视了。近视是推倒多米诺骨牌的第一张牌，它推倒了我辛苦多年搭建起的防御工事。

奶奶又来喊我去吃包子了。奶奶是我小时候最重要的教养者，我和奶奶住在一个房间，直到我初中住校。奶奶是个完美主义者。她包包子，一定要把包子褶捏得很端正，如果捏不端正，她会把包子毁掉，重新捏。我也是一个完美主义者。因为奶奶，更因为父亲。

近视以后，我从五排调到三排，从三排调到一排，捕捉黑板与书本上的字句，如同旱季求雨。与此同时，我再也不能准确投篮，与小伙伴在一起打打闹闹，也没有了以前的恣肆，父亲吼叫时，我没法狂奔到田野，一口气扎到河底深处。端午前的清晨，我没法再自如地和母亲覆水，唱歌谣。因为戴着厚重的眼镜，那些复杂的动作无法做出，或者做出时有所顾忌。我用自如操控肢体，通过神经和肌肉抵御人世的担负与恐惧的办法，失效了。行至高三，我患上了神经衰弱。

在高中期间，我不断与父亲发生争执，生活中的光亮，除了学校榜单的成绩，就是那一线朦胧的爱情。父爱的缺失，身体的衰弱，极其渴望有另一种巨力的弥补。那时，我还未能从心底接受月亏月圆的现实，就像奶奶今天还要改变包子的褶皱。到了高三，我的神经衰弱进一步加剧，心房里的病菌和霉斑，已经无可抑制。那个女孩儿，转学到外县。那房子的梁柱塌陷了。

兜兜转转，辍学后在长三角、珠三角，东南、西北，游历了10年，换了不下10份工作。2019年，有点苗头的爱情熄灭，写作进入瓶颈。青春的生长业已结束，自然并未提供给我伟力。在一次外出四川的文学交流活动中，我突然决定不如做个近视手术。

回到北京，我12月去北京同仁医院做了检查，队伍排得老长，当天去屈光科，预备做近视手术的至少有100人。排在我前面的内蒙古小伙子，想要参军入伍，只好通过手术矫正屈光。除此，还有形形色色的青年男女。我难以知晓他们做手术的缘由，一定是被某些东西围住了。检查完毕，我的各项指标正常，可以做全秒激光，手术定在3月，我已经交了手术费。我期待着通过生理的改变，恢复应对应激事件的神经反应能力。

翻开手机，查看疫情的新情况，全国的确诊病例，已经接近7万人，形势依然严峻。村里的广播正在播放严防死守的警告。这些声音无疑是一层层的防护膜，用安全做原料，以恐惧为模型。

在快要结束这篇文章的当口，费德又给我发来了消息，说他今年4月到上海做调研的计划推迟了。周姓姑娘昨晚告诉我，她已经在成都找好了工作，目前正在隔离，14天之后就可以正常上班。

2020，这个庚子鼠年太不吉祥。中国有疫情，东非有蝗灾，澳大利亚大火尚未平息，无论是人类还是自然界，都被围困其中。但是千千万万的生灵，又都在全力以赴，勃发生机。走出门口，远看田野，一场大雪过后，暖阳下麦苗绿波盈野，摇动天地。

非如此不可？

一

我知道皮村文学小组是在2016年，因为一个叫小海的打工诗人。他介绍我过去，距离我成为"北漂"仅仅半年，而我作为一个有意识的底层写作者，已经漂泊了大江南北。

作为一个农村孩子，我家是村里的种粮大户，30多亩水旱田地，还兼有鸡、鸭、鹅、猪、牛、羊等副业，这一切兴旺发展起来的时候，由我勤劳的爷爷、奶奶带着独生子爸爸和三个能干姑姑，等到姑姑们都出嫁了，爷爷、奶奶也衰老了气力，弟弟、妹妹还小，家里的劳力青黄不接，作为长子，我只好顶个大人用。

我的爷爷是孤儿，3岁没了母亲，有后母就有后父，有着秀才祖父和黄埔军官肄业生父亲的爷爷，没有读过一天书，7岁开始下地干活，养成了一辈子的倔强、孤僻和坚韧。我的奶奶也是孤儿，5岁时父亲扛活去了外地，杳无音信，母女回到娘家，相依为命，后来母亲改嫁远地，奶奶跟着姨妈长大，在那种缺衣少食的动荡年岁里，寄人篱下的奶奶，尝尽了世间的辛酸，养成了一生的敏感、幻想和超脱。

在我满1周岁时，父母亲就把我丢给了爷爷、奶奶。爷爷、奶奶把所有未曾得到的童年美梦都寄托给我一一实现，也把现世的倔强、敏感和超脱，都无一保留地植入我幼小的心田。从此，我成为事实上和心理上的幸福孤儿。

这样的一个孤儿，在繁重的田间劳动中，面对的是铁一样坚硬和陌生的父亲。伴随着熟练的插秧、割刈、晒谷、翻场等动作，或者孤独地牧牛在一片荒野或河滩，内心的敏感和幻想便带我去到另外一个世界，刚开始的幻象雏形都来自奶奶讲述的老故事，等我上学、稍微识字以后，那世界便扩充到森林、草原、月球……爪哇岛、阿拉伯、丹麦……而孤单的童年里，我也有了伴侣，小红帽、阿里巴巴、大拇指……沉浸在那想象的天国里，我得到现实中没有的快乐。

海明威说，一个作家最好的成长条件，是不幸的童年。（虽然我或者皮村的一些写作的工友算不得作家。）由己及人及事，所有的叙述愿望，都来自对现实的不满与反抗吧，"一个人只有今生今世是不够的，他还应当有诗意的世界"。我们工友的写作，更多的是自身的苦难经历或者心酸往事，也许并不那么诗意，但是写作本身就足够诗意，况且很多工友就在写诗。我们写作语言的源头也是那些有诗意的文学名著，即使很多"非虚构"，也在不断地追求诗样的语言。

二

我出生在20世纪80年代的末尾。在我童年成长的90年代，城市里的孩子，经历十多年的改革开放，已经物质文明和精神文明极大丰富了，而我们乡间还处在闭塞落后的农耕文明尾巴上。"何当共剪西窗烛"，同龄的城里的孩子已经很难想象为什么蜡烛要"剪"了。剪完蜡烛，七八岁，我们村才通上电。10岁时，我们家买了第一台电视机，这才告别了跑远路到邻庄看《楚留香传奇》的日子，但是供电好比《功夫》电影里的包租婆供水，总是时断时续的，有时候两大武林高手正要一决雌雄，电视突然闪了几下，啪地灭了，独对着一方黑暗，谁也说不清哪天会来电。

记得，有一天我在村口，正和小伙伴"打面包"（两张纸折叠到一块，形成的四角形纸板，有的地方叫"打四角"，谁用四角打翻了别人的，就可以赢过来），听谁高呼了一声"来电了"！我扔掉一裤兜赢来的纸面包，撒腿就往家里跑。

小学三年级时，已经是世纪末，我们家刚装了固定电话，一家人兴奋地围着看，跃跃欲试，知道的亲戚里装了电话的只有我姥爷家，但都不知道该怎么拨打，围绕着拨打七位数字还是只拨打最后三位，分成了争执的两派。这距离贝尔1876年发明电话，已经过去100多年了，文明的河流在最需要浸润的乡野里总是姗姗来迟。

在匮乏中，乡间少年渴望另一个世界，如同沙漠植物等待一场雨水，这样的植物当然不止我一株。

三

那时候，没有空调，乡村没有沉沦为孤寡老人和留守儿童聚集的荒村。人们还习惯在凉风下树荫底聚成一群，吃饭、闲谈、笑闹。

我们孩子，也自有一方天地。当蒸腾了一天的大地，还在散发着它的馍笼般热气的时节，我和小伙伴们便爬上了平展的水泥屋顶，勤快的二丫早早泼了井水消了暑气，屋顶凉津津的，我们铺上草席，躺着看星星。

蝉歇蛙鸣，聒噪的蛙声由远及近，在空旷的乡间夜色里，挑发了人的寂寞和幽思。静默了一阵。有小伙伴说，讲个故事吧。又有人补充道，不能讲鬼故事。

讲故事的人，通常是看过童话书的年长几岁的我。天上的星星闪亮在邈远的银河两岸，我讲述的童话，便在夜色的掩盖下，将小伙伴们带往一个幸福的脱离农村现实的幸福王国。他们瞪着明亮的眸子，侧耳听，夜空深蓝了，王子和公主终于重逢，猎人救回了小红帽奶奶，大拇指回到父母身旁……我听见，身边的呼吸轻微而均匀，嘴角还挂着笑意……

讲述是一件幸福的事。因为我们共同分享着一个美好的世界。我们爱憎分明、弃恶扬善、诅咒邪恶、祝福美好，所有故事主角的品质，在后来成长的岁月里，都成为一种自我心灵的期许与暗示，伴随我们度过所有的不如意，不至于沉坠。

大人见了那情景，都说我是个说书的——如果没有后来的现代通信，我倒是愿意重述那些更有色彩的异域和英雄的业绩。

我能读到的书，毕竟乏善可陈。从亲友那儿搜集的有限书本的故事，很快被我讲完，而夏天远没有结束。躺在星光和蛙鸣里，我想我有义务继续自己伟大的说书事业。我开始编造自己的童话故事，一只猪成了精，伤害美丽的豆花妹妹，后来神通广大的柳先生英雄救美……这个老套的故事，不过是毛毛家的猪跑出猪圈，拱了二丫家的豆地，她爸拿柳条把猪一顿狠抽……后来又有羊成了精，伤害了麦子妹妹。类似地，所以我的故事都不是空穴来风，颇有现实依据。但是，听多了，小伙伴们也听出了蹊跷，我和安徒生、格林兄弟毕竟不是一个路数，就像工友兄弟们和专业作家有差别一样。

后来，我承认有些故事是我编的，小伙伴们便显出一种失望来，因为那些曲折和美好，是虚假的了。

四

学业未成，我成了千千万万珠三角打工仔中的一员。

在这孤独的人海浮沉中，再也没有小伙伴来听我说书。现实的奔忙和困窘，也让高一在地方报纸发表过小散文的我，文学梦想无望。

辗转在流水线车间，终日里，生命气息被工厂油压机、冲压机、切割机、螺丝笔等混杂的噪声所遮蔽，失去了身体的自主权，如庄子的"曳尾涂中"也是一种奢望。鲜活的生命变成了机械的一部分，上班下班，白班夜班，有时候累到手脚麻木，真是不知道此生何生，今夕何夕。

在工厂，除了工作时间长，劳累，缺乏尊严，年轻人还折磨于梦想着一个更广阔的天地。

回忆曾经的同学少年，再看看疮痍满目、了无希望的去路，心里时常升起无限的惶恐。

有一天，11点下晚班，和同事阿明吃炒米粉，喝啤酒，回到宿舍睡不着，躺在床上，翻来覆去。索性拿起手机，准备在 QQ 空间里吐吐苦水，发个说说，就码起了字，谁知码完，两个小时过去了，我虚构了一个货车司机的故事，工作没点，黑白颠倒，混淆了梦境和现实，正是自身的写照。这是一次孤独的自我对话。不同于小时候给小伙伴们勾勒童话，成年后的我可是叙述困苦。

写完睡下，一夜无梦。第二天，打开手机 QQ，不少好友给我点赞，有的甚至说，你不写小说可惜了。这些小小的赞扬，在我心头荡漾起一个久违的旋涡，鼓励我开始在朋友圈叙述自己的所思所想。在熟悉了所操作的机械，达到"人机合一"的境界后，我开始思想开小差，穿着贴身湿腻的静电服，我臆造出浪迹五湖的罗二爷，他伫立在一孔如古诗里"二十四桥"的石桥边，是"波心荡，冷月无声"清凉世界的潇洒形象；在思乡的情景中，我虚构了赶驴车的浑不吝的麻老六……还有飞檐走壁武功高强的柴公子……每次讲述，都是一次与工友及自己的对话，都是对生活重压的一种纾解。

五

从小时候的生活情景出发，热爱幻想，"说书"，到上学期间语文成绩极好，我所在高中办的第一期校报就有我的文章。再到主动地要去叙述一些生活经历，来到皮村，认识工友，特别是加入皮村文学小组，受到张慧瑜老师的鼓励，决心继续书写下去。

一路走来，虽然文辞拙劣，却有一种"非如此不可"的气势。

有时候，我想，每个人的生活中是否都有一件"非如此不可"的事情？

如果有，那么对于皮村文学小组来说，"非如此不可"的就是写作。

在捷克作家昆德拉谈论生命的"轻与重"里，他认为，"非如此不可"是发自内心深处的一种欲望，正是这种欲望使演员展示自己给公众，医生终生与疾患打交道，贝多芬从日常中提炼出扼住命运喉咙的琴声。

　　鲁迅曾经批判过"文字在人民间萌芽，后来却一定为特权者所收揽"，"因为文字是特权者的东西，所以它就有了尊严性，并且有了神秘性"。

　　对于皮村的工友来说，面临沉重的生活负担，甚至面临着尊严被剥夺，但是我们的生活贴近大地，我们有着对生命的热爱与执念，想在生活的枷锁下飞腾出一角精神的乌托邦。书写，非如此不可！

艾诺依

作者简介：

艾诺依，1990 年生人，中国作家协会会员，

鲁迅文学院第 36 届中青年作家高研班学员。

先后出版创作诗集《山河映万朵》和散文集《且来花里听笙歌》，

多篇文章入选中高考模拟试卷及辅导教材，

曾获冰心散文奖和《读者》新媒体最受欢迎作者奖。

编剧作品获全国政法题材优秀原创微电影剧本奖。

风华录

水道纵横的古城，舳舻相接，酒旗如林，市井繁华。

漫步于庭院，烟雨朦胧，青石小道，恰碧人自远处袅娜而来，婷婷立于廊前，裙裾翩飞，轻盈梦幻，于身姿摇漾，一颦一笑顾盼之间暗香浮动，撩人心弦。

侧耳细听，优雅婉转的吴侬软语低低萦绕，丝竹悠扬，妙喉婉转，一唱三叹。

一个人，一方台，一转身。

一个人，一句话，一段情。

一个人，一出戏，一场梦。

一忧一喜皆心火，一荣一枯皆眼尘。

那女子咿呀的唱腔中，无花木可见春色，无波涛可观江河，依稀听见风婆娑着竹叶，朦胧看到雨亲吻着芭蕉，忽而感受满地的白雪正在"皑皑轻趁步，剪剪舞随腰"。

忽如间水袖甩将开来，衣袖舞动，沉香弥漫，如花瓣，似蝴蝶，飘飘荡荡凌空而下，身体软若云絮，双臂柔若无骨，仿佛出水的白莲，独自驰思于杳远幽冥，那样雍容不迫，又那么怅然不已。

"凡音之起，由人心生也。人心之动，物使之然也。感于物而动，故形于声。"这浓墨重彩的背后是张什么样的面孔，华丽戏服中又缝着怎样的故事？心绪与水袖一起翻飞，打开心里那座城，西湖柳瘦，红楼春秋，和着古老悠扬的曲调，流淌成有声有色的历史，满足了平淡而不甘平庸的心。

这女子似已在那里等待百年，只可惜今日懂她的人太少，读不出那"水磨调"里的韵味，看不明那眼神饱含的清雅。

待昆曲的巅峰过去，待汤显祖、洪昇等昆曲大师与世长辞，昆曲渐渐走向没落。日新月异的太仓南码头，再未曾寻到半点水墨山川的影子。作为独立的剧种，昆剧固然衰微已久，其艺术生命实际上远远没有终结，京剧、越剧、川剧、湘剧、赣剧、婺剧、祁剧、桂剧等，都受其深刻影响，仍保留着昆曲的部分剧目、声腔和曲牌。

此情此景，我想陪这女子一起等。

会有人来吗？

应该有。

就这样，不知今夕何夕，当我在等待中，走进1904年的江宁织造府，繁华将尽。天官织造司里，织女姐姐在工作间隙追忆往事、愁肠百转，遣青溪小姑蒋三妹往人间点化顽石；中学生小王正闹起床气，睡眼惺忪之际羡杀古代女子足不出户、专事女红针黹的简单生活，遂被织女认为是不二之选。两个同为90后的女主角，一个是1890后，另一个是1990后，虽是同龄人却又相差百年。她们站在不同的时光节点上，相互审视、相互理解，也同时站在年轻人的角度，有对话，亦有碰撞。在云锦织造过程中，了解云锦背后的工匠精神。

小王与小玉之间相距了100年。这100年，恰恰是中国从近代走到现当代，发生翻天覆地变化的100年。许多传统道德、传统文化被抛弃了，其中有糟粕，也有精华……这也是中国社会逐渐开放、与世界接轨的100年，有太多新的技术、新的思维方式、新的价值观念融入，其中有精华，亦有沉淀。

这是在2017年等来的越剧，上演的剧目构建新的磁场，而我还在等。

我在等待中看到他，转益多师、博采众家之长，年轻的豫剧表演者。

我走进河南开封的一个村子，附近的大人、小孩儿早早地聚在一块，热热闹闹地等着表演开始。一个老奶奶，骑了很久的三轮车过来，看完演出特别高兴，拉着他的手亲热地说着话,随后从兜里小心翼翼地拿出一个圆滚滚的熟鸡蛋,用手绢包着轻轻放到他手里:"孩子,唱累了吧,快吃……"他还记得那鸡蛋热乎乎的,也让心里甜丝丝的。

在很多村里,他们住的地方都没有床,常常是打着地铺。若连住的地方也没有,就到一些放了假的学校,把课桌一拼就是一个床。这种生活在很多人看来似乎是非常遥远了,但其实戏曲人依然在经历着,吃百家饭,也是属于他们的财富。

即便在田间地头表演戏曲,他也把每一个动作、每一个眼神、每一句戏词都练了无数遍。借用电影《霸王别姬》里小赖子的话,看到台上的名角儿那个光彩和剧场内山崩地裂的喊好声,小赖子大哭着说:"这得挨多少打才能出来呀!"张国荣扮演的程蝶衣就对他的徒弟小四说:"等你流上三船五车的汗,就明白了!"

以前的观众主要是"听戏",老先生们来到戏楼,坐下,拿一杯茶,闭上眼睛去听。依稀记得我小时候总爱依偎在姥姥的怀里,似懂非懂地听曲、看曲,那时的角儿或许只要唱得好就行。但现在方式变了,观众变成了"看戏",这就要求戏曲人在化妆上要更加讲究,在服装上要有变化,灯光舞美上要设计得更好看。他们看的可能不仅是戏,还有舞台、表演、音乐。

那么,在这些光怪陆离中,我看到了把戏曲变得好听、好看、好玩的她。

她的父亲是国家一级演员,从小就浸染在戏曲的氛围中。2017年起,她作为一名粤剧演员,正式走进某直播平台开始成为当红主播,引导观众通过看戏了解历史。传统的剧场只能容纳1000人,直播平台可以容纳无数人,大大扩展了戏曲的观众量。她时而用戏曲的调门唱流行歌曲,时而用戏曲的念白和板腔来段说唱。在表演川剧变脸时,她还用画外音为大家普及有关变脸的知识。除了戏曲推广,她偶尔还会现场与多位非遗传承人互动。

就这样,在继续等待中,我还看到了《中国文艺》《国色生香》《经典咏流传》等节目,致敬戏曲、弘扬戏曲及中国传统文化创办。以戏曲艺术为代表的京剧、越剧等走向国际舞台,比如《贵妃醉酒》登上维也纳金色大厅的舞台,《锁麟囊》剧目登上了法国、美国纽约等地方的舞台。此外,还有很多新编剧目,比如改编自德国小说的《浮士德》等也是戏曲做出的新尝试。

当然，程式化动作、一桌二椅依旧是中国戏曲的特色。

中国戏曲和西方戏剧最大的差别就在于，它的很多东西都是依靠观众的想象完成的。西方戏剧家总是围绕"墙"的问题展开研究，但中国戏曲中，墙是不存在的。墙在观众的心里。

戏曲不会消失，因为这是长在中国人骨子里的东西。从元朝产生的杂曲，到明朝兴起的昆曲，一直到清朝所形成的京剧，无论是华丽的服饰和唱念做打的形式，还是演绎历史故事，都在潜移默化地使人们感受中华民族的传统美德，都反映了中国几千年的精神要素，中华民族传统思想中的"忠孝节义"、讴歌真善美，成为传承和弘扬民族气节的有效载体。所谓传承，也不仅是某些经典唱段的咿呀学语，而是通过这一中华民族艺术的瑰宝和国粹，进一步了解我国的传统历史文化。

在全球化的浪潮里，许多人的目光被欧美时尚、日韩文化所吸引，追着港台节目，盲目崇拜流行文化，而传统文化大部分被迫沦为小众文化。世界上任何民族，如果抛弃民族文化传统，没有任何特色，就会在世界民族之林失去地位，也失去影响力。放眼河山，多一分细心和探究，可以在点点滴滴间渐渐还原历史的足音，走进中国传统文化，岁月承载着历史的脚步，大地沉积着文明的精华。戏曲是真正纯粹的艺术，好似宇宙中一颗并不耀眼夺目的恒星，虽然若隐若现，但它始终保持自己的韵律哼唱。

一个心烦意乱的午后，我在公园散步，路过凉亭，一位老人拿着一把大蒲扇正悠闲地闭目听戏曲，我也坐下来休息。不一会儿，陆续来了三五行人坐在凉亭里，开始有说有笑，后来大家都沉默了，有的停止了打电话，也有的摘下自己的耳机，凉亭内只剩下收音机里传来的嗓音，跌宕起伏的唱腔和饱含情感的念白。伴随着湖光山色，阵阵暖风吹拂，叶的摆动，云的飘荡，边赏景边品曲，感受古老而清新的韵律。

念念不忘这份记忆背后的真挚，这份美好。从前打开电视，总喜欢看一些娱乐综艺节目，现在不知不觉就停留在戏曲频道，精美的画面，精致的妆容，精巧的道具，都比小时候电视机上的唱段高妙许多。而我就这样放着放着，即使有不熟悉的剧目，也不愿意调台，突然间也懂得离去的外婆，在世时虽然耳朵已经听不清楚，她却总是把电视停留在戏曲节目的画面。如今，母亲经过的时候常常嘟囔一句，怎么看这些没有意思的东西，换台换台。我还是偷摸地调回来，相比于那些过目即忘的消遣，不如研究这春秋书卷般的历史故事或者秋波流转的神态，一件戏服的针线，一个钗饰的工艺，连这彩妆也比那些网络直播"堪比整容术"的化妆术要有功夫得多。静静地坐着，闭目养神地听一段戏曲，或是泡上一杯醇香的茶，欣赏一会儿戏曲节目，定会感到超脱的自然与精心，似乎就是外婆不可描述的感受吧。我这才明白，戏曲不分时代，它不会过时也不会老套，这便是戏曲的魅力。

穿汉服、写书法、学国学、买文创，身边青年一代有诸多朋友喜欢国风。在熙来攘往的大街小巷，可以看到衣袂飘飘、广袖流云的汉服青年，朋友也会身穿传统汉服，行走在高楼林立的CBD，尽显现代与古典的碰撞之美，在别人的目光中燃烧。这些年轻人不再是爱自由的追风少年，更是特立独行的潮流引领者，是小众文化的支持者，更是中国传统文化的传承者。其中，一个美术爱好者的朋友房内还挂满了脸谱装饰。戏曲产生于民间，民间美术中的木版年画、窗花剪纸、纸扎糖塑、服饰刺绣、泥人、葫芦雕刻、建筑彩绘和雕刻等，都有戏曲人物形象，戏曲脸谱艺术也是表现的一个重要方面。

鹰立如睡，虎行若病，静静思，淡淡行，这世上任何地方，都可以生长，任何去处，都是归宿，无论何时何地，不受他人影响，坚持所爱，珍惜所有，做最真的自己。

我依然在等，和那江南女子一样，和那么一群人一样，脚踏实地地守着自己念念不忘的那片天和地。

因为相信，经得住时间荡涤的事物，更醇更深刻。

如同江上的歌谣，自古至今，飘香不散。

西苑红墙

　　二月中旬，北京的样子还是一片沉寂。这片萧索之中，反而处处透着静谧的味道，沉淀出一丝丝暮者的年代感。

　　踏着最后的冬日气息，一路西行至清华西路，两旁青松翠柏立于门前，串串大红灯笼挂于枝上，孩童穿梭其中断断续续传来铜铃般的嬉笑声，静立此地的小小门洞里面，居然有这么一座举世闻名的园林。

　　上次来探访圆明园，大致于高中时代，似乎更倾心周边的百年名校，那时雄心壮志的少年忽略了它的存在。随后，逃不开北海的热闹、景山的高处、后海的日落，尤其是颐和园的冬雪与夏荷，甚至乘龙船自北京展览馆后湖途经紫竹院、万寿寺终至颐和园，游经慈禧太后最喜欢的河道线路，赏长河两岸桃红柳绿。这座城的每一处都埋下往事，锁住年华，余晖中的侧影，无法回望的故事令人动容。

　　当流连于这些繁华盛景时，与慕名前往、游客如织的爱国主题教育景点擦肩而过。从印象中拼凑不齐、碎石满地的西洋楼，到后来看过圆明园复原微缩景观，内心惊诧于它的辉煌与魅力，但那时仍觉得已然欣赏不到的美景，何必至此一行。

　　虽然没有找到任何理由来访，没有带着期盼的心情前往，然而，圆明园，这座"万园之园"自始至终带着它百年来的浴火历劫、宠辱不惊，把真实的一面展现在世间。人人爱美，人人躲避伤痕，落雪后一墙之隔的颐和园到处可见扛着摄影设备的记录者和盛装出席在镜头前的无数面孔。这里的沉默，就像这里花未开、树在眠，冬日大片大片裸露的土地一望无边，没有楼台亭阁、巷陌勾栏，踏在厚土之上，看着脚下残留的地基，几根残留的柱子曾托起一个人间仙境。此处的长廊，彼处的高台，逐次从脚底的废墟里拔地而起，用大理石、汉白玉、青铜和瓷器精雕细刻，用洋漆铺染，上了珐琅、镀金，饰以琉璃、脂粉，披上绸缎、缀满宝石，一座座花园、一方方水池、一眼眼喷泉，将诗情画意融于千变万化的景象之中。正是这里，凝聚六代帝王心血的地方，几乎是神奇的华夏人民运用想象力创造的一切。它的神秘就在于它的不存在性和不可复制性，毁灭与存活，这颗东方明珠同曾经驰骋在白山黑水之间征服了北戎南蛮的马背上的王朝，一起湮没在历史的尘埃里。

壮丽的宫殿，秀美的园林，无数的珍宝与艺术品，皆付之一炬。来此之前，我感到它的骨骼似是冷冰冰的石头；来此之后，那些静卧的巨石荒凉而寂寞，在熊熊烈火中被刺伤、受污辱，仿佛廊柱残破的一角还留有燃烧后的余温。那恬淡秀美的武陵春色在哪里？那曲桥塔影的平湖秋月在哪里？那笙歌管弦的宴乐生平又在哪里？昔日的繁盛，被揉碎在眼前才更觉悲痛。

从长春园行至西洋楼的分岔口处，原本朝着海岳开襟的水边前行，右手边有绵延的土丘，随着几位游人也爬上去一探究竟，竟可从高处俯瞰西洋楼的景观群，大水法、远瀛观、海晏堂、水力钟喷泉、方外观、养雀笼直至万花阵。残垣断壁之中，万花阵已被修复得颇为完整。这是圆明园内一座中西结合的迷宫，由阵墙、中心庭院、碧花楼和后花园组成。盛时，每当中秋之夜，清帝坐在阵中心的中式凉亭里，宫女们手持黄色彩绸扎起的莲花灯，寻径飞跑，先到者便可领到皇帝的赏物，故又称为黄花阵。虽然从入口到中心亭的直径距离不过三十余米，但因为此阵宜进难出，因此容易走入死胡同。清帝坐在高处，四望莲花灯东流西奔，引为乐事。我们遇到这么奇思妙想的地方，也不禁莞尔一笑。

类似于此的地方，还有园中的福海，这里相当于北海公园的水面。湖水平静如明镜，清绿似翡翠，映照着怪石丛林，和煦暖阳，万点金光，灿烂夺目，湖水环绕着蓬岛瑶台，岛上亭台楼阁典雅秀丽，碧水荡漾在群山之中，小桥若彩带与群山相连，一片湖光山色美不胜收。每于端午佳节，清帝在此举行传统的龙舟竞渡活动，七月十五日夜，清帝于此观赏河灯，冬日结冰后，清帝乘坐冰床在福海赏游，一路留下欢声笑语。也恰是有了辽阔的水域，英法联军火烧圆明园时，由于圆明园面积太大，景点分散，水面开阔，才使一些偏僻之处和水中景点幸免于难，但时至今日，园内景色依然能让人触目惊心地体会到"夷为平地"四个字的深刻含义。更为重要的是，火烧圆明园的真正概念，不仅是火烧圆明园，而是火烧京西皇家的万寿山、玉泉山、香山三山，清漪园、圆明园、畅春园、静明园、静宜园五园，焚毁的范围远比圆明园要大得多。历史的车轮吹散笼罩在北京城上空遮天蔽日的黑云，碾碎愚昧和野蛮，我们愿意历史朝哪边走，我们又在让历史朝哪边走？

离开之前，我在岸边停驻良久。

庚子初年，一场突发的新型冠状病毒肺炎疫情肆虐大地，圆明园中没有了络绎不绝的游客，口罩隔开人与人之间的距离，原本筹备元宵灯会的诸多装饰物散落在湖面、树间，大片空地的挂绳上，片片灯谜字条在风中瑟瑟抖动，它们已等不来答案。忆起去年此时，我与先生沿着老北京中轴线，从景山公园一路步行至钟鼓楼回家，处处洋溢着热闹欢乐的氛围。吃食是藏在内心深处的情感寄托，街边裹着厚棉袄的老人怀里是插满糖葫芦的竿子，透明的冰糖薄薄地包在那一颗颗诱人的红果上，红宝石般凝聚出小小的光点，望着望着，甜甜的滋味已蔓延至舌尖。也巧遇百年老字号的手工元宵，凝固着千万个祝愿和温暖，即使元宵的口味早已被抢购得所剩无几，也甘愿买一些尝个鲜。在此之前，为了沾沾喜庆，我们首先前往景山公园猜灯谜，阳光明媚的晌午，人们纷纷在漂亮的花灯前合影留念。行人驻足在树与树之间，三三两两地结伴交流。也有的人拿起手机在网上查阅，猜到谜底的题目需要记住编号，驻留时间长了还会感到一丝凉意，先生说这事不能太贪心。

于是揣着想好的谜底，我们便前往兑换处，一路思考着其余未猜出的谜语，讨论着有没有猜谜的窍门。兑换处的门口早已排起长长的队伍，大家都摩拳擦掌地期待着，有的人手里已经领到了礼品，再次排队来寻找新的答案。所有正确答案都在工作人员查询的册子上，轮到我进入屋内，每个毛孔都不自觉地紧张起来，好似回到了学生考试揭晓成绩的一刻。最终还是先生答对了，奖品是红彤彤的手提灯笼。我小心翼翼地提在手中，沿途吸引了不少孩子好奇又羡慕的目光，我们商量着，明年等宝宝大一点，也带她来感受元宵节的气氛。只可惜，盼着盼着，谁也没有料到疫情蔓延，美好的计划瞬间变成了空谈。

踏雪寻梅，月色婵娟。二月的北京城有自己专属的记忆，元宵灯会在景山，在圆明园，在一座座红墙之内，古往今来，人们驱逐黑暗，用灯笼祈许光明，驱魔降福。望着结冰的湖面，恶性放在历史的镜像前，人类与人类之间，人类与自然之间，放大的欲望掠夺着生灵，巨大的灾难笼罩着无数个你我，生与死隔着薄薄的一扇门，生命的脆弱是绝对的，生命如石的顽强是相对的，忽而升起"后之视今，亦犹今之视昔"的无限感慨。历史往往给人类生动而鲜活的谜面，我们必须自己做出解答。我们需要怎样的城市，我们如何对待脚下的土地，敬畏是每个人内心设立的一道底线，这种敬畏的人格素养基础就是尊重。

落日余晖，水波粼粼，芦苇荡漾，野鸭成群，黑天鹅时而优雅地旋转身子，时而俯仰头颅，野鸭游于水面而立于冰面，水有水的优点，冰有冰的良处。干枯的莲蓬歪歪扭扭，随手捡拾一枝，却有别样的韵味，似是这座园林的写照。荷花盛景之美留在人们心间，曾天真地在其间雀跃，曾痴迷地在其间沉吟，但更多的时候，忍受那些寒冷和潮湿，那些无奈与寂寥，并且以晨光熹微的期盼度日。鲜花凋落，岁月翻过，生命已成暗褐色的蓬头，依然拥有独树一帜的古朴，依然保持着出淤泥而不染的风骨。

后来，我把它带回，放置在书桌，闲来煮茶半曲琼瑶，触碰枯蓬的脉搏，常常忆起那一抹的悲凉，常常凝视那一处的沧桑。